千机谋

MAZE TRAP

唐小蓝 著

天津出版传媒集团
百花文艺出版社

图书在版编目（CIP）数据

千机谋 / 唐小蓝著 . -- 天津：百花文艺出版社，2017.3

ISBN 978-7-5306-7110-8

Ⅰ . ①千… Ⅱ . ①唐… Ⅲ . ①长篇小说—中国—当代 Ⅳ . ① I247.5

中国版本图书馆 CIP 数据核字 (2016) 第 250885 号

责任编辑：于静筠

出版人：李勃洋
出版发行：百花文艺出版社
地址：天津市和平区西康路 35 号　**邮编：**300051
电话传真：+86-22-23332651（发行部）
+86-22-23332656（总编室）
+86-22-23332478（邮购部）
主页：http://www.baihuawenyi.com
印刷：北京雁林吉兆印刷有限公司
开本：710 × 1000 毫米　1/16
字数：350 千字
印张：20.5
版次：2017 年 3 月第 1 版
印次：2017 年 3 月第 1 次印刷
定价：35.00 元

目 录

contents

黄昏，香港油麻地。

“啊！”

“死人啦！”

两个少女受了巨大的惊吓，不约而同地捂住嘴巴，发出尖锐而惊恐的尖叫！

人群也惊恐四散，围成一个圈，有人小心翼翼地退到角落看光景，有人拿出电话报警，也有人胆大地上前去试探鼻息，感觉到男人身体冰凉，于是垂眼摇了摇头。

已经没气了。

李越霆的脚步骤然停止，气喘吁吁，无奈地双手撑在路旁的栏杆上，望着对面街角簇拥的里三层外三层的人群。

警笛声很快响起，一辆在附近巡逻的冲锋车接到通知，呼啸着赶来。

叶颜看着尸体被盖上白布抬走，忍不住哀叹道：“我们还是来晚了……”

李越霆把拳头攥得很紧，气愤地用力砸在栏杆上：“已经第四个了。”

夜色逐渐深重，李越霆忍不住抬头仰望这令人感觉压抑而无力的天幕。

无月无星，漆黑一片。

唯有瑟瑟耸动的夜风，带着死亡的气息，吹落在每个人的眼底。

当你在凝视无尽深渊的时候，无尽深渊也在同样望着你。

坠落，或者逃脱；生存，或者死亡。

这一局较量已经开始，你，准备好了吗？

【第一章】 大风起兮云飞扬

时值深秋，澳门依旧热得很。

烈日当空，正午时分，阳光直射在脸上，晃得人根本睁不开眼睛。

这座城市是赫赫有名的娱乐之都，被繁华重重包裹，歌舞升平，纸醉金迷，人们在这里享受着一掷千金的滋味，同时做着一夜暴富的美梦。

三十九楼，酒店的顶楼天台。这里平时几乎没什么人会上来，因为这座酒店新开不久，比起其他的老牌酒店来说人气要差上许多，连楼下的大堂都很少有客人进出，就更别说天台上了。

然而事情总有例外，原本空旷敞阔的天台上，此刻却有粗鲁的骂声在久久回荡着！

“靠！快点说！老子的耐性有限，再不说，就把你从这儿直接扔下去！”

开口叫骂的是个高壮汉子，身上套着件短袖衫，胳膊上肌肉结实，隐约露出臂膀上深青色的刺青。他居高临下地站着，一双小眼睛在墨镜后面微微眯起，看着面前两个手下将一个中年男人的大半个身子按在天台的边沿上。

此时中年男人的头几乎已经悬空在外，身体因为恐惧而瑟瑟发抖，从高处向下看那种万物渺小的恐惧，让他连呼吸都变得急促而虚弱，只是仍旧嘴硬："我……我不知道什么密码！"

刺青汉子上去抬手就抽了他两个耳光，打得啪啪响，骂道："还敢嘴硬！敢蒙老子？其他四个人可都已经说了，你识相的，就赶紧说出来，否则，就别怪我不客气了！"

中年男人被人戳破心思有些发懵，可还是不甘心地抵赖挣扎："我真的不知道……"

刺青汉子抬脚照着他的小腹又狠狠踹了两下："快说！不然弄死你信不信！"

身边的两个人也上前去接着一顿拳打脚踢，这回可是用上了十成力道，中年男人被打得几乎断了气，抱着小腹，身体佝偻成一团，像一只被木棍戳过的毛毛虫。

他多年来一直养尊处优，哪里还能吃得了这种苦头？脑袋里一阵天旋地转，浑身上下都在痛，刺眼的阳光照在天台玻璃上，然后反射到他的脸上，刺入眼底，生理性的泪水无意识涌出眼眶，很快就模糊了他的视线。他满心恐惧和绝望，喘息着松了口："我……我说……"

原本为了防止有人起了贪念，想要独占密码箱里的东西，所以他们将一个六位的密码，拆分成六个数字，分别由六个人保管，并约定了将这个秘密世代相传。

他们原本以为这个秘密会随着那样东西一起，被收藏在暗无天日的地方，再也不会被提起。可没有想到的是，辛辛苦苦藏匿了二十年的秘密，背负的罪孽，终究还是逃不过的。

他定了定神，认命般地放弃了一切坚持："密码是……咳咳……是，是3……"

刺青汉子与两个同伴对望了一眼，脸上不约而同露出了得意的笑容，他转身拎起放在一旁的一个黑色大提包，朝着同伴挥了一下手，很随意地吩咐道："处理一下。"

这种事他们都不是第一次做了，办起来十分得心应手。全程戴着手套，保证不会留下指纹，再避开监控，就算是把一个人直接从天台上扔下去，结合这人之前的一系列遭遇，绝对可以伪造出自杀身亡的假象。

他们正打算动手，中年男人察觉了事情不对，开始杀猪一般地号叫起来，一边试图挣扎，但是刚一动弹就被牢牢压制在地上，完全动不了。

刺青汉子正打算快步离开，忽然听到不远处传来一声懒洋洋的呵欠声，接着就是个男人低沉嘶哑的声音：“喂！大中午的，吵什么吵呀！不能让人好好睡个午觉吗？”

天台上的所有人不约而同地愣了一下，刺青汉子惊讶而意外地循着声音看过去，他来到这里做的第一件事就是四处巡查，确认这里只有他们四个人，可这凭空响起来的声音，说话的显然不是他们当中的人！

中年男人正惊恐万分地挣扎，原本以为他要被人从三十九楼上活活扔下去摔死，可是，电光石火间，一只强而有力的手臂不知道从什么地方伸了过来，粗暴地抓住了他的后衣领，然后他竟然就这么被拖着挣开了钳制，下一秒，他就被像扔一只破口袋一样，很嫌弃地直接扔在了地上！

他的后背撞在地面上，大理石坚硬而冰冷，惊魂未定地扬起脸，灼灼的日光底下，赫然立着一个高大挺拔的黑影！

看身高那必定是个男人，只是这大热天的，竟然从头到脚穿了一身黑，最显眼的自然是那件拉起来挡住了脸的黑色连帽衫，阴影底下，依稀能看到那人还戴着黑色的口罩，挡住大部分五官，只有双眼流露出一点锐利又桀骜的光，像刚被悉心打磨过的刀锋。

男人双手抄在口袋里，他显然是把声音刻意压低了一些，很好地掩饰了自己原本的声线，似乎是不想让别人轻而易举地辨别出来，只不过那话似乎并不是朝着在场这些人说的，更像是自言自语：“还好来得及时！哎哟喂，终于让我遇上一个活的了！”

刺青汉子被这人凭空打乱了所有计划，定睛一看，自己的两个同伴已经被打翻在地，翻着白眼早就晕了过去，而面前这人，从着装到举止都透着说不出的神秘，让人有些不敢轻易接近，他顿时有些气急，指着对方有些结巴：“你、你是谁？”

男人根本就没搭理他，而是从容弯下腰，伸出带着黑线手套的右手，捏着中年男人的下巴，逼迫他扬起头来与自己对望，低声问：“你，是陈昭吗？”

被准确地喊出了姓名，陈昭有些意外，他本来就被人威胁，这下似乎情况变本加厉，他心中越发慌乱了，激烈地挥手打开男人的手，惊恐地手脚并用地往后爬："你……你想干什么？！你别过来！你别过来！"

男人有些意外地歪头，盯着他往外爬了几步，忽然好像想通了什么，闪身上前，敏捷地抓住了他的衣领，手一挥把人直接拽住了拖回到自己面前："喂！我刚刚才救了你的哎！你怎么分不清好人坏人啊？难道不知道什么叫'滴水之恩，用湖相报'吗？"

"啊？"

现场画风突变，陈昭当即一愣，脑子瞬间卡壳，想了半天也没弄明白这位神秘人到底要表达什么意思，疑惑地小声问了一句："你说的是……滴水之恩，涌泉相报？"

男人这时忽然没来由地轻轻"哦"了一声，侧头抬手按了一下耳朵的位置，隐约能看到黑色连帽衫底下，似乎有蓝牙耳机的光芒闪烁，他的声音有些沮丧，尾音拖得很长："我又说错啦？"

看情况，陈昭猜他是在跟人打电话，男人安静地歪着头认真倾听了一会儿，这才收敛神色，假装帅气地拍拍他的肩膀："别当真，我只是开个玩笑而已！活跃一下气氛嘛！哈哈哈哈！"

他自己在那里干笑了几声，搞得陈昭哭笑不得，一肚子的恐惧顿时都散了个无影无踪，诡异的场合，诡异的男人，连带着他自己都好像变得诡异起来。明明刚刚还吓得要命，害怕到腿肚子都转筋，可现在这恐惧的感觉不知不觉已经散去一大半了。

男人说完扬起下巴，朝着刺青汉子那边看去，抬手朝他勾了勾食指："说实话吧，何方、佟国志、王强、孙英群他们四个人，是不是都是你们杀的？"

刺青汉子心中一惊，立刻知道这人是有备而来。他们之前通过同样的方式，已经处理掉了四个人，都神不知鬼不觉，没想到竟然有人追到了其中的线索。

他也算是身经百战的人物了，对方既然能在瞬间就干掉两个人，战力一定不弱，硬拼肯定不靠谱，还容易送上门去给对方逼供，反正他已经拿到了密码，最好的办法就是三十六计，走为上策。

他跑得很快，提着大提包，几乎是三五步就冲进了天台的出口，陈昭原以为男人会立刻追上去，可是对方却气定神闲地站起身来，任凭敞开的黑色外套在风中帅气地飞舞，单手把他从地上拉起来。

似乎是看穿了自己的担心，男人轻松地开了口，语调的儿化音有一点诡异的不协调：“没事儿，他跑不了！”

说着歪着头勾起食指在耳畔轻轻敲了敲，语调轻快愉悦：“他下去了，格格，到你了！”

陈昭与神秘男人面对面站着，却依旧看不清他确切的模样，只是对方身上忽然散发出来的凌厉气场让他不由自主地胆怯，他于是下意识把身子往后缩了缩。

男人低声安慰他：“别害怕，我们是来帮你的。”

他的声音里仍然带着不容抗拒的气势与威严，只是平和了许多，陈昭的情绪稍稍缓和下来，不知道怎么的，脑袋里忽然灵光一闪，想起在某次酒桌上听到的那个离奇的传说来。

两个多月之前，圈内古玩大家叶成儒老先生和他的孙女相继被人绑架。坊间传说，这件事情与一批几十年前下落不明的宝藏有关，原本情况危急，但是没想到竟然引来了江湖中赫赫有名的“千面狐狸”出手，顺利营救出了被绑架的叶老和叶家千金。

坊间传言，他有千张面孔，狡猾如狐，身份神秘，极少有人见过他真实的面貌。然而，凡是有事关文物国宝的大案，他都会插手介入调查，只为文物国宝不外流，也不会沦为不法之徒牟取暴利的工具。

陈昭顿时心头一跳，像是打起了鼓一样，咚咚地跳个不停：“你……你是‘千面狐狸’？”

男人被识破身份也不意外，反倒是有些骄傲，隔着手套做了个打响指的动作，语气也跟着悠扬起来：“是啊，就是我！嗯，看起来我还是挺有名的嘛！嘿嘿嘿嘿……”

“千面狐狸”只是江湖中人给他起的称号，他的公开身份是一家上市公司的持有人，本名李越霆。两个多月之前，李越霆率领“文物猎人”团队第一次与QS公司交手，顺利救出了被绑架的叶成儒老先生以及他的孙女叶颜，同时也查出了阿波丸号沉船宝藏与两块盗门凤凰玉佩之间的联系。

虽然宝藏的最终下落让人唏嘘不已，但是至少，他们在重重谜团中抽丝剥茧，找出了隐藏多年的真相，同时也惩戒了处心积虑多年，为了得到宝藏不惜杀人作恶的潘俊，从这一点上看，他们并没有输。

“啊！”

话筒里忽然传来一声凄厉的惨叫，听得出来，声音是个男人的。李越霆心情愉悦地拍了拍陈昭的肩膀，很认真地问：“你，想不想看坏人被揍？”

被他这么一拍，陈昭觉得浑身的骨头就像是被打散了再重装起来，摇摇晃晃地几乎站不稳，但他知道此时自己完全说了不算，只能咬牙硬撑着，心有余悸地跟在李越霆身后。

天台的楼梯间有点昏暗，因为新建好没多久，还弥漫着一股呛鼻子的油漆味。李越霆往下走了半层楼梯，视线一转就开阔了不少，眼前的景象让他禁不住哑然失笑：“我说格格，你好像有点用力过猛了啊！”

楼梯拐角的空地上，刺青男人脸着地趴着，状况非常狼狈凄惨，他的两只胳膊被扭在背后，身子扭成一个诡异的角度，一只白皙纤秀的手掌将他牢牢制住，男人脸上的青筋几乎爆出来，但是却始终无法动弹。

陈昭惊讶万分地往上看去，落入视线的是一段如玉般的手腕，腕间戴着一只晶莹通透的透水白玉镯子，随着手上的动作一晃一晃，在这样一个阴暗的场合，不合时宜地闪着异常明亮的光。

那只手的主人扬起头来，顺势将一只穿了绣花布鞋的脚踩在男人的腰间，轻描淡写之间用力往下沉了沉，顿时听到“咔嚓”一声，似乎是骨头断裂的声响，男人又是一声惨叫，随之响起的语气抑扬顿挫，锋利冷傲，是地道标准的京片子：“哟！您倒是没用力过猛，可您差点就让人跑了呢！”

被称为“格格”的，正是曾经被绑架，后来被李越霆所救的叶家千金叶颜，她在追查“阿波丸号沉船宝藏”一案中加入文物猎人团队，成为第四名正式成员。

“Sorry，我的错，我的错……”李越霆向来尊重女士，摊开双手又合十摇了摇，主动承认错误，然后凑过去把男人从叶颜手里接过来，一边笑吟吟地数落起他来：“你看，我让你有话好好说，你非要跑，现在好了吧？被人揍了吧？哎你让我看看，脸痛不痛，没毁容吧？”

在昏暗的光线下，看到男人被揍得鼻青脸肿的样子，李越霆笑得越发欢畅：“也好，本来长这样了就已经够悲剧了，我们现在就当是做做好事，帮他毁个容再整容吧！”

叶颜被他这不着调的样子搞得哭笑不得，垂手退到一边，简单整理了一下身上衣服。

为了隐藏身份，她脸上也化了很浓的妆，不过还是没改爱穿古风衣饰的喜好。所以出门时选了一条铺满了刺绣花纹的长围巾挡住了脸，还穿了一双黑红相间的系带绣花布鞋，鞋尖一朵雍容华贵的牡丹花盛放，黑色的布带缠绕在脚腕上，蜿蜒往上，长裙底下露出一截小腿，显得皮肤越发白皙动人，赏心悦目。

李越霆对古韵古风钟爱有加，叶颜的打扮完全合乎他的心意，所以得了空，他又眯着眼睛上下打量了几眼，欣赏过美人，这才心满意足地转头去威胁那刺青男人，语气油滑而轻佻：“我可没什么耐性跟你耗着，劝你还是早点儿说实话吧！早说早完事儿，我还想抽空去赌场逛逛，玩上几手呢！”

此时的李越霆怎么看都像个没什么正形的小混混，叶颜知道他这是故意的，于是干脆板起脸，立志将黑脸唱到底：“我可不会对您客客气气地说话办事儿，你要不就快说，要不然，我还差个练功的木头桩子，把您绑了杵在那儿我看也差不多！”

她刚刚出手狠辣，再加上一口冷言冷语，倒是把那人吓得够呛。

李越霆这时候笑呵呵地继续出来当和事老，学着叶颜的京味语调，调侃着顺手又插一刀：“对了，您恐怕还不知道吧？这位小姐练的可是咏春，专门拆手拆脚扭关节，你要是不信，我先给你示范下怎么样？”

说着原本搭在对方肩头的手迅速地往下一滑，一把扣住男人的手腕，直接往下一扭！

他的五指力道精准，一分不多，一分不少，只听“咔嚓”一声，男人的手腕一阵剧痛，当即惨叫出声，话说得飞快：“啊！！！我说！我说！人是我杀的，可我只是收了钱办事，只知道委托人叫‘马二先生’，其他的我也、我也不清楚啊！”

李越霆挑了挑眉：“哦？马先生？二先生？这都是什么鬼？”

说着眉梢一挑，五指再度收紧，叶颜听到男人的骨节被他捏得咯咯作响，惨叫声听得人毛骨悚然，陈昭在李越霆背后缩着脖子发抖，吓得几乎要尿了裤子。

男人声嘶力竭地哀号：“真的只有这些了，真的，我保证，不，我发誓！”

听他的意思，倒也不像是在说谎话，李越霆随意地放开他的手，把人扔在地上，又随意往他的小腹踩上一脚，看他像摊烂泥一样蜷缩着，于是慢慢摇着头调侃：“啧啧啧啧，我就用了三分力而已，您这也太差劲了吧！

他悠悠转过身，抬手指了一下男人仓促间扔在地上的黑色大提包，叶颜心领神会地走过去查看，一边戴上早就准备好的白色手套。提包里的东西让她眼前一亮：“咦？鎏金双雁银盒？”

李越霆在鉴定这方面的造诣虽然不如叶颜专业，但毕竟见多识广，禁不住好奇地追问：“跟之前几件金银器一样，也是假货吗？”

“那叫赝品好吗？”

叶颜非常嫌弃地瞥了李越霆一眼，这人明明是个行家，但偏偏总是要把自己装得跟个外行一样。她单手将东西托在掌心，另一只手在花纹上慢慢摩挲：“仿制得很真，也难怪他们会上当，如果不是看过之前那几件，我也很难看出破绽来。不过……”

她说到这里迟疑了一下，稍稍蹙眉，李越霆听得出她话中纠结的意思，开口问道：“有哪里不对吗？”

叶颜点点头，李越霆猜得没错，这确实是她心中所想。

不知道为什么，自从把这鎏金双雁银盒拿在手上，她心中就总有一种怪异的感觉，没有任何证据，更多的是出于一个女人敏锐的第六感，这件金银器，似乎与之前他们看到的那几件都不太一样。

只是看了半天也看不出门道，叶颜干脆把鎏金双雁盒换了个手，眯着眼睛瞟了一下四周，她现在站着的那个地方光线实在是有点暗，于是决定找个亮堂点的地方再仔细看看。她一边琢磨其中的门道，一边慢慢往旁边挪了几步，单手托着银盒在掌心，迎着光线认真端详着。

“唐代的金银器盛极一时，代表着国家的繁荣昌盛……”叶颜端详着银盒上的鎏金双雁花纹，栩栩如生，工艺精湛，她一时感触，忍不住脱口就用了两个四字词语，然而下一秒就注意到李越霆望向自己的眼中流露出些许疑惑，她顿时明白过来，以现在李越霆的国语水平，能听懂“繁荣昌盛”是什么意思，但是“盛极一时”对他来说实在是有些难了。

她在心里斟酌了一下，把接下来的话全都翻译成了大白话来说：“汉代的时候曾经有一个说法，如果生活中使用金银做的器物，嗯，也就是生活物件儿，可以长寿。汉武帝非常相信这一点，所以让人把自己的生活用品都换成了金银制品，这样的风俗一直流行到唐代。皇族、贵族们开始用这个进行攀比，那时候来说，用金银器，是一种上流社会的风气，就跟现在某些有钱人喜欢用什么LV，CHANLE之类的，道理是一样的。”

李越霆全都听明白了，瞥了一眼站在一旁几乎石化了的陈昭，问道：“这东西是你的？也是在那场什么唐代文物巡回拍卖会上买的吗？”

陈昭胆战心惊地点头答应：“是啊是啊！”

叶颜似乎对时间十分留意，眯起眼眸重复了一次：“在你买了这件鎏金双雁盒之后，也发现它是个赝品？”

陈昭惊恐万分，生怕一不小心被这两个凶神恶煞的人给拆了，连忙点头承认：“没错，买了它之后不久，有个朋友找到我，说有人想高价收购，我当时想着能从中赚一大笔钱，所以就答应了。结果那人找了个专家来验货……”

李越霆自然而熟练地把话接下去：“那个专家悄悄对你说，这件银器是赝品，但是他愿意帮你隐瞒，只要你事后给他百分之一的报酬，你虽然答应了，但是不放心，于是又私下托关系找业内人士去鉴定，结果是相同的，确实是赝品。所以你就答应了那个专家的条件，给了他一笔钱，他做了金银器是正品的检定报告，对方也答应见面交易，只不过地点就定在了这里，要你一个人来。对吗？”

陈昭拼命点头，事情正如李越霆说的那样，他来了之后才发现这是个陷阱。李越霆与叶颜对望了一眼，他们终于明白了对方的目的，之前的四位富商，以及陈昭和第六个人，他们手中的那一位密码才是对方真正想要的东西，而唐代金银器和骗局，都是因此而设，每个人心中都有贪念，只要有利可图，就能让他们自投罗网，取得密码之后杀人灭口，然后再伪装成自杀的假象。

大家各有心思，但就在这一晃神的工夫，原本被李越霆踩在脚底下的男人忽然用力挣扎起来，弓着背狠狠朝着叶颜的方向撞了过去！

叶颜刚刚挪动了几步，此刻距离往下的楼梯很近，被他突如其来的这么一撞，身子一歪，脚下打滑，当即就朝着楼下摔了过去！在这种情况下当然是叶颜更为重要，李越霆毫不犹豫地跨出两步，长臂一捞就将人揽腰抱住，温香软玉满怀，他有些小开心，但又不得不眼睁睁看着那个男人在地上滚了半圈，趁着自己去救人的工夫，直接连滚带爬地下楼梯跑了！

叶颜这边都快要摔出去了，那边双手还死死把鎏金双雁银盒抱在胸前护着，直到被李越霆捞在怀里，这才缓了过来，长舒一口气，低头去看怀里的东西：“哎呀，幸亏没摔着……人都跑了，你还不赶紧追？”

李越霆转头往下看了一眼，那人已经跑出楼梯间，他此刻这个打扮在客房区里追人狂奔，估计不招来保安都很难，于是干脆摆摆手：“算了，不追了！反正他们这种底下办事的人，知道的也不会多到哪里去。问出一个马二先生已经算是不错了，我想想办法，找人调查一下这个‘马二先生’到底是什么鬼。”

他边说边笑眯眯地靠上去，假装不经意间用下巴蹭了蹭叶颜的肩膀，抬手一指她怀里的银盒：“放心吧，这是金银做的，结实着呢，摔不坏！倒是你，要是摔坏了，我可是会心痛的呢！”

他说这话时眉眼弯弯，露出一排整齐的白牙，似笑非笑，半真半假，怎么看都是一副不怎么能信得过的样子。叶颜原本想吐槽一下他这个“什么鬼”的句式，冷不防被他的后半句话给搞了个满脸发热，幸好顶着个大浓妆，轻易看不出来脸红。

她低下头，像捧着一枚鸡蛋一样捧着盒子小心站稳，这才硬着头皮开口反驳：“这虽然是赝品，但也挺金贵的，一旦摔掉一个边儿半个角儿什么的，那多可惜啊！”

李越霆见她目光炯炯，说得义正词言，不忍心反驳，只是笑着顺着她的话往下说：“是啊是啊，你说得对，摔了太可惜了。这东西挺好看的，拿回去给你放个耳环戒指什么的，也挺不错的。”

随意又扫了陈昭一眼，问：“你这盒子卖吗？”

这种能惹来性命危险的东西，陈昭恨不得当场就给扔了，只是花了钱在上面又舍不得，这会儿李越霆说想买，赶忙就往外推：“卖！卖！你，哦不，您想要，随便给点儿钱就拿去好了！”

李越霆眼珠一转，双手抱在胸前跟他谈条件：“不如这样吧，我送你和全家到一个安全的地方去避避风头，保证你们的安全，换你这个鎏金双雁银盒，怎么样？”

陈昭热切点头，他留在澳门迟早会有危险，如果千面狐狸能够保护他们全家的安全，那就再好不过了。

只有叶颜知道李越霆的用意只是为了留下这个盒子，因为就算陈昭不答应把鎏金双雁银盒给他，他也一样会保护他们全家安全。他虽然看起来一脸高帅富不怎么靠谱的样子，实际上却是比谁都热心而且靠得住的人。

叶颜小心翼翼地把鎏金双雁银盒收了起来，李越霆手腕一翻摸出一张房卡，说道：“走吧，我们先回房间再慢慢说。”

总站在楼梯间里说话还是挺奇怪的，而且，从第一个富商坠楼案开始，这是他第一次见到了活着的当事人，当然要把事情全盘问清楚才行。

他们之前已经在这间酒店开了一个套房，正好可以让陈昭暂时躲着。李越霆一边走一边打电话，让人把陈昭的家人保护起来。

陈昭惊魂未定地坐在沙发上，看似态度诚恳地回答着叶颜和李越霆提出的各种问题。他们最关心的，是那六个人共同保管的密码，陈昭回忆说，二十年前，他们六个人在西安的古玩市场遇到一位收破烂的老人，发现他手中的一筐“破铜烂铁”，其实是被泥土包裹的金银器，于是他们哄骗老人，用一个很低的价格买下了所有的东西，为了不引人注意，他们把其中的几件变卖，大部分都收藏了起来，六个人共同保管一个密码，然后每隔一段时间，就把金银器拿出来变卖一两件。

李越霆又问了第六个人的信息，那人叫范致国，目前据说已经定居温哥华，陈昭摇摇头，说："两年前，我们就联络不上他了。"

叶颜知道这个范致国的行踪非常重要，于是在一旁默默拿了李越霆的平板电脑就开始查询，只是她并不太擅长这些，找了半天仍是毫无头绪，赌气地扔了电脑，站到窗前看起了窗外的风景。

李越霆结束了跟陈昭的交谈，到窗边拍了拍叶颜的肩膀，笑道："看什么呢？"

叶颜忧心忡忡地回答："我怕范致国会有危险，假如对方是为了得到这个密码，那么，没理由不去找第六个人。而且……"

李越霆忽然把食指竖起来，按在唇上做了个噤声的手势，叶颜立刻会意地看向陈昭的方向，回过头来时两人交换了一个眼神，在彼此的眼中很清楚地看到了同样的结论。

他们曾经携手共度生死考验，所以，在某些方面，总是有着心照不宣的默契。

很快陈昭的家人就被安顿好，陈昭飞往北京的机票也已经定好，叶颜知道这很可能又是小白老板的手笔，那个身材姣好，性感火辣的女人似乎有手眼通天的本事，很多事情李越霆都会放心交给她来善后。

不过一想起她对李越霆殷勤热情的态度，叶颜总是觉得心里酸溜溜的，一口气上不来下不去，她对着镜子补了个妆，转头就看到李越霆从门口进来。

"送走了？"

叶颜问，那么多人看着，而且对方刚被李越霆震慑过一回，应该没那么快再有动作，陈昭暂时会很安全。

李越霆点点头："送上车了，直接过关到珠海，那边有人会去接。"

叶颜收了口红，轻描淡写地问："你也看出来他在说谎了？"

李越霆笑着吹了声口哨："很容易看出来的好吗？"

叶颜瞥他一眼："那你怎么当时不揭穿他？"

李越霆歪着头一脸无辜：“他自己不愿意说，难道我还能严，严刑什么来着？”

“严刑逼供……”叶颜扶额，这家伙简直就是成语黑洞嘛！

李越霆笑得跟一朵灿烂盛开的向日葵一样，嘴巴都快咧到耳后根了：“就是嘛！反正我想知道的，我差不多都猜到了，剩下的，就让他自己藏着吧！反正就算我不挖，总有人会愿意帮他们把所有事情都挖出来的！”

叶颜跟着感叹一句：“是啊！那个马二先生，恐怕就是为了这件事来的。密码箱里的东西，绝对不只是金银器这么简单。”

李越霆掰着手指头盘算：“我觉得啊，他们六个当年肯定是干了什么不太好的事儿，才拿到了密码箱里的东西。那东西肯定非常值钱，但是又不太好变卖，所以才会想出六个人一人保管一位密码这种事情来。陈昭肯定很害怕我们知道他们当年干过的事情，所以才编了个谎话来骗我们。”

叶颜表示赞同：“当务之急，还是先找到范致国吧！”

李越霆随手拿过被叶颜丢在沙发上的电脑，神色坦然：“你说的有道理，不过，‘当务之急’是什么意思？”

叶颜深深吸了一口气，然后怒吼：“滚！”

李越霆笑呵呵地成功把自己窝在沙发里，身子团成一个球：“嘿，美人，别这么暴躁嘛！”

叶颜狠狠瞪他一眼，李越霆立刻把脖子缩回去，悻悻道：“先找人，先找人！”

叶颜这才打开自己的笔记本电脑，打开搜索引擎，试图把范致国这个人找出来，但是翻了半天仍然没什么结果，这边李越霆也皱着眉咔嚓咔嚓打字，半天叹了口气，小声嘀咕：“唉，小苏要是在就好了。”

叶颜在键盘上飞快打字的动作一停，指尖僵硬，她暂时并不想提这个名字，可是她也很清楚，李越霆是不可能不提到苏云时的。

他们是最好的兄弟，不是亲生，但是彼此之间却有着比血缘更浓烈的情谊。

苏云时在文物猎人团队成立之初就加入了，李越霆曾经告诉过她，他们第一次见面是在巴黎，他们一起教训了两个歧视中国人的法国佬，从此成为了最好的朋友。

李越霆从没有怀疑过苏云时，直到现在为止，他仍然相信苏云时不会背叛文物猎人，背叛他们共同遵循的信仰和原则。

但是，包括陈昭在内的五人，在唐代金银器巡回拍卖会上买下的金银器，做工精致逼真，惟妙惟肖，这让叶颜立刻想起了在先前追查阿波丸号沉船宝藏下落时，苏云时仿制的那块凤凰玉佩，还有更早之前，那块成功骗过了苏富比拍卖行鉴定专家的白玉长宜子孙牌。

那双修长精致，指节分明的手，有着旁人无可匹敌的魔力。

叶颜因此怀疑苏云时与这件案子有关，但是偏巧他又在这个时候失踪了。

“阿波丸号沉船宝藏案”结案后，李越霆暂时解散了团队，去北京处理公司生意，而叶颜到香港参加苏富比拍卖行的入职考试，李越霆的妹妹李乐婷跟着男友金冉开始了环游世界的甜蜜旅行。

所以李越霆收到富商坠楼案风声，第一时间并不想打扰妹妹和金冉的二人世界，所以只给叶颜和苏云时发了通知，要他们尽快到香港会合，但是，最后来的却只有叶颜一个人。

苏云时一贯神出鬼没，平时不在任务期间找不到人原本是很正常的，不过一旦收到集合信号，他还是会按时赶来。

可是这一次苏云时并没有出现，这加重了叶颜的怀疑，李越霆对此十分担心，试图启动他身上的应急追踪器查询位置，结果发现追踪器也被人为关闭，让人根本无法确定他此刻的位置。

叶颜一向是个有话就说的爽快人，当即就表示了怀疑，而李越霆坚持相信苏云时的为人，言语之间各不相让，两人吵了几句，搞得不欢而散。

不过，闹过别扭之后才能更理解对方，李越霆知道叶颜其实真心当苏云时是朋友，不过骨子里依然是个正邪分明，容不得半点沙子的侠女，所以才更急于搞清楚事情的真相。

知道叶颜心中的想法，李越霆知道自己这时候提起苏云时有点不太合适，一时失言，于是打哈哈地笑了两声圆场：“你就别担心啦！我已经托了人在找他，相信很快就会有消息了。”

叶颜知道李越霆对苏云时的信赖一直都是盲目的，其实，连她都看出了苏云时的深藏不露，李越霆那么精明一个人，怎么会什么都没察觉？

也许，是他自己一直都在假装什么都不知道吧？

叶颜眯起眼，上下打量着李越霆，这人什么都好，就是精得太过分了，偏偏脸上却总是一副很容易看透的样子，又善于卖萌装蠢，一笑就露出整齐的一排大白牙，人畜无害，让人根本对他警惕不起来。

只不过此刻他把自己包裹得严严实实，像个大号的黑色粽子一样，叶颜越看越闹心，干脆直接给了李越霆一个白眼，忍不住抱怨道："现在又没有外人了，能不能拜托您，把帽子收一收，别总打扮得跟个中二病一样，成不？"

"哎哎哎，不成不成，"李越霆兴冲冲地嘿嘿一乐，抬手拉下口罩，却不肯把帽衫上的帽子拉下来，语调骄傲地炫耀："我这才不是中二病呢！这是流行，你不知道，网上最近可流行这打扮了呢！帅气、神秘，我是不是看起来特别有高冷霸道总裁的气质？"

您还总裁，您就一中二综合征重度患者啊！

叶颜在心里默默腹诽，努力压下想要把电脑扔到李越霆脸上去砸死他的冲动。这边脑海里灵光一现，想起苏云时曾经给他们安装过一个专门寻人用的 APP，赶紧找出来打开，果然成功翻出范致国这个人的资料。

"改过一次名字，原名叫范进……范进……"叶颜顿时一囧，小声嘀咕，"真是服了，范进中举吗？"

李越霆搞不懂意思，乐颠颠地凑过来看："范进中举是什么意思？那个范致国还是范进的，他现在在哪儿？"

叶颜没工夫跟李越霆解释什么典故，又忙着翻了翻，忽然一惊："范致国今天从吉隆坡飞澳门！他竟然也来了！"

说着看了一下电脑上的时间，语气急促地又道："航班一个小时之后就要降落了！"

李越霆立刻拍拍桌子，示意叶颜把电脑收起来，他自己也动作敏捷地整理好背包："走吧，赶紧去机场，我们能查到范致国的下落，马二先生很可能也能查到，我们必须比那些人先见到这个人，第六位密码绝不能落到他们手里！”

两人都不是磨叽的人，一前一后冲进电梯，他们的车子就停在楼下的地下停车场，李越霆负责开车，电脑屏幕上开着导航，显示着机场的方向。

叶颜系好安全带，正打算把范致国的照片拿出来给李越霆看，李越霆的手机这时候突然响了一下，是微信提示，李越霆扶着方向盘拐上主路，抽空打开看了一眼，手轻轻一抖，用力握了一下方向盘镇定下来，这才抬手把手机递给身边的叶颜："有小苏的消息了……"

"9 月 12 日，这里是……苏州七里山塘？"

叶颜看着小白老板发来的微信，有些惊诧也有些钦佩，寻找苏云时实际上跟大海捞针无疑，但是在这么短的时间里，她却能找到有用的线索。

这是张微博截图，苏云时在七里山塘某个茶馆里喝茶听评弹的时候，因为颜值实在逆天，被某个路过的花痴姑娘偷拍下照片发上网，结果还在微博上小小引起了一番热议。

她一边看，大脑一边在高速运转："小苏为什么会去了苏州？"

李越霆不忘给车子加速，飞一般地疾驰在笔直的马路上，一边做出判断："我有三个疑点，第一，从发布微博的时间，图片上的光线和环境来看，应该是晚上，而且在八点钟以后，但以我了解的小苏，晚上八点之后，他绝对不可能出门；第二，虽然照片上只拍到了他一个人，但是，他旁边的桌子上却放了两个茶杯，这说明当时小苏不是一个人出来，而是跟别人在一起喝茶；第三，小苏的玉坠平常是不离身的，那么，他的应急追踪器到底是被谁关掉的？是他自己，还是和他在一起的人？他在茶馆跟人见面之后，又发生了什么事？"

叶颜迅速把照片放大数倍，虽然有点模糊，但还是勉强能辨别出来，此时，苏云时的脖颈上还戴着那枚和田红玉坠子。

她很快得出推论："我认同你的三个疑点，我觉得有些事可以这样解释：第一，这应该是一场非常重要的约会，才会让小苏打破习惯，在晚上八点之后出门。不过他向来睡得早，所以，就算他要出门，也会选一个距离酒店不太远的地方。所以这个茶馆一定就在他所住的酒店附近，直线距离应该不会超过五百米。第二，喝茶听评弹这种事，我觉得应该约的不是女人。第三，应急追踪器并不是那么容易就能关掉的，要么是小苏在跟这个人见面之后，摘掉了玉坠，要么他自己用软件关闭了信号源。不过这些，应该都是在他与那个人见面之后发生的事情。”

叶颜说得头头是道，好歹也跟李越霆合作了这么久，对他分析事情的逻辑已经很熟悉了。李越霆趁着等红灯的间隙再次回忆了一下那张照片，绿灯亮起时，语气再度兴奋起来：“我知道了，小苏应该约的是他的同门！”

叶颜一愣：“同门？”

从没听说过苏云时的门派来历，他的同门又是从何说起啊？

李越霆指指电脑，言简意赅地解释：“我下了一本电子书，你翻到我做了书签的地方，看看就明白了。”

叶颜轻哼一声，神态有些嫌弃地在电脑的阅读软件里查找电子书，先是翻到一本英文版的《恶之花》，她稍稍诧异了一下，完全没想到李越霆竟然还看诗集，一边不以为然地翻了几页：“真是的，电子书多没质感啊！”

李越霆笑呵呵地回答：“有吗？我觉得这电脑跟纸质书的重量差不多啊，拿起来都挺沉的。”

叶颜关掉诗集，重新在书架翻找了一下，目光最后停在一本叫做《八门传奇》的传记书上，微微一愣，忽然双目一亮：“唉？老李，你刚才说什么？”

李越霆没搞明白她到底要干什么，只是下意识重复：“拿起来都挺沉的。”

叶颜恍然大悟，立刻扔下电脑把提包打开，匆匆戴上手套，把鎏金双雁银盒取了出来捧在掌心：“不是，是上一句！你说，跟纸质书的重量差不多？对不对？”

李越霆歪着头继续一头雾水，快速地眨着眼睛，自己琢磨刚刚说过的这没头没尾的话：“重量差不多？重量……重量！哎呀！我懂了！我真是太聪明了，聪明起来连我自己都佩服啊！”

他用力拍了一下方向盘，紧跟着一扭，车子差点一头撞到路边，急刹车停住，把叶颜晃了个猝不及防，差点把银盒砸到他脸上去：“哎哎哎，你别激动！”

鎏金双雁银盒，银质鎏金，上面线刻着一对相向而立的双雁，站在结满了莲子的莲蓬上，彼此举止亲昵，难舍难分。

叶颜在大学主修的科目就是文物鉴定，所以一眼就能看出其中的端倪，这银盒，无论从材质、做工、色泽、亮度上来看，都足够以假乱真，只有进行金属元素年份测试，才能准确辨别出其实是个赝品。

除此之外，这件东西还有一个破绽，叶颜缓过来，用掌心小心地掂量着银盒的重量，一边大略在心中估算。这才是她从一开始就察觉到怪异的地方，如果与同等体积的贵金属比较，这个银盒的重量，似乎要轻了一些。

李越霆也看懂了：“体积相同，为什么会轻一些？是材质用料不对，还是其中……有空心？有夹层？有机关？”

叶颜将眼眸眯起，略略一想，大胆的念头顿时涌上心来，她问李越霆：“你敢不敢赌一把？”

李越霆见她坚定的模样，嘴角一歪，自信满满：“当然了，你不知道吗？我的赌运一向都很好啊！”

叶颜瞥了他一眼，从手提包里取出两件工具，小心地从银盒底座开始撬，很快就听到“咔嚓”一声，底座脱落，李越霆忍不住凑过去细看，顿时眼睛一亮：“真的是这样！”

果然如他们所料，银盒原本应该是实心的底座，现在竟然是空心的！

李越霆用手一点点仔细地摸索那个空心的位置，指腹竟然有凹凸不平的触感，那些冰冷的图像，在他的记忆中，慢慢用一种熟悉的方式，依次呈现在他的脑海中。

那是一组摩斯密码，这种联络方式他们已经多年不用，可是，关键时刻，却能释放出最精确的信息。

情况危急，急需援救。

苏云时

李越霆心中一惊，直接抬脚猛踩油门，苏云时一向能力出色，可现在连他都需要通过这种方式来求救，就证明他遇到的情况确实非常危险。

叶颜还没反应过来，已经被结结实实晃了一个踉跄，尖叫一声："老李你冷静！你慢点慢点，注意安全！"

李越霆眼疾手快地转向："先订机票，我们立刻去苏州。你联络婷婷和金冉，我们需要支援，无论他们在哪里，都要想办法立刻赶过来跟我们会合！"

叶颜顿时明白李越霆的打算，掏出手机打电话，电话很快接通，首先响起的是李乐婷那欢快如同银铃般的声音，听起来应该是心情不错："哟！大姐，咱们怎么就这么有默契呢！我刚下飞机，你的电话就来了，嘿嘿，来得正好，快点快点，让我哥来机场接我们！我给你们带了好吃的德国香肠哟！"

叶颜被她这一长串话说得有点乱，信息量太大，干脆把手机开了免提，往李越霆面前一放："你哥在我旁边呢，你自己跟他说吧！"

"哎，婷婷，你别跑那么快……是格格吧，我们刚到澳门……"

金冉的声音也在旁边响起，看来李乐婷也把手机开了免提，背景音有些杂乱，但听得出是粤语夹杂着英文在广播。

倒是来得恰到好处，叶颜听到金冉的话，心中顿时一喜，金冉也是个难缠的家伙，诡计百出的李乐婷就更别说了，有他们保护范致国，她和李越霆才能放心地离开澳门，赶去救援苏云时。

只不过叶颜还没来得及说话，李越霆这时候出了声，语气有些意外："你们怎么来了？"

李乐婷兴冲冲地回答："金冉说你可能遇上了挺大的麻烦，虽然我很想出去玩，可是想一想，还是你比较重要！所以我们就来找你们啦！怎么样，感动吧！"

李越霆当场眼眶一热，叶颜恰好侧过头看他，发现他脸上的表情忽然柔和了不少，可是嘴上却还是坚持不服软："其实也不是什么大不了的事情，就算你们不来……"

"感动就感动呗，您这傲娇的劲儿是准备装给谁看呀！"

叶颜听得忍无可忍，开口呛声，直接一把将电话捞回自己面前，顺便白了一眼李越霆，跟李乐婷继续说话："我们现在正在往机场走呢！最慢再有十五分钟怎么也到了，正好，你们帮我留意一个人，我把照片微信发给你。”

李乐婷“嗯”了一声，背景杂音忽然就小了，她戴上耳机，停下脚步，招呼金冉靠过来，两人一起翻看叶颜发过来的照片，说话声音也跟着小了不少：“他就是这个案子的关键人物吗？这大叔，看起来还挺帅的呢！”

叶颜把事情的前因后果简单介绍了一下，顺便把范致国的航班号也告诉了李乐婷，李越霆虽然表面上认真开车，但是一直眯着眼睛找机会往叶颜那边瞥，耳朵也竖了起来，试图听清楚电话那头李乐婷说的每一个字。

金冉开了电脑开始搜索，他跟苏云时一样，都对计算机方面的技术十分擅长，在这方面要比叶颜管用得多，很快就找出有用的资料：“范致国找了一家保安公司，花高价雇佣了八个保镖来保护他。他在星际酒店订了个套房，目前看，计划要住一个星期左右。”

叶颜“哦”了一声，恰好看到李越霆的目光飘过来，心中一动，顺手就把电话的免提给关了。看情况，范致国已经得知其他四个同伴的死讯，她心里有些诧异：“他明知有人要对他不利，为什么还是一定要来澳门呢？”

金冉用手机拨了李乐婷的电话，调整为三方会议模式：“我在查保安公司为他安排的行程，拿到了行程，就知道他到底来澳门干什么了。”

李乐婷走到行李传送带旁边，一边踮着脚张望一边猜测：“我觉得吧，他很可能也是为了那些金银器，还有密码才来的。”

金冉很自然地牵起李乐婷的手，拉着她躲开一个有些失控的行李车，李乐婷被金冉半圈在怀里，幸福地笑眯眯不说话，神情像极了她养在别墅里的那只猫。

“按照格格所说的，这些人虽然为了密码而来，但是行事的套路很完整，也很有逻辑，先通过唐代金银器拍卖会把他们引来，让他们买下赝品，然后通过专家朋友做出暗示，这些东西很有可能是赝品，要他们急于出手，再假扮买家，将他们引到偏僻的地方私下交易，趁机抢走东西，逼问密码，然后再杀人灭口。我看，这不是一般的诈骗犯，而像是……”

理清楚了思路，金冉的脑海中忽然闪过一个大胆的想法。他的语气顿时凝重起来："格格，你听说过江湖八门之中，有一派叫做'千门'吗？"

叶颜一愣，顿时想起刚刚李越霆让她看的那本书来——《八门传奇》，八门之中的千门，说的不就是这件事吗？

她这会儿也顾不得再逗李越霆，把手机重新开了免提，让李越霆也加入这次对话："金冉说，这群人的行事风格，很像是江湖八门中'千门'的手法。老李，你刚刚让我看的那本书，说是约了小苏见面的是他的同门，所以，小苏的同门……是千门的人？"

这个推论把除了李越霆之外的三人都吓了一跳，关于苏云时的身份背景，他们一无所知，但金冉毕竟出身盗门，对此有些了解，冷静得比较快："小苏是千门的人？千门三宗，他是哪一宗的传人？"

李乐婷靠在金冉肩头，慢慢揉着差点被惊吓掉的下巴感慨："不是吧？从来没听云时哥哥说过啊！"

叶颜抬头，黑色帽衫罩下一块阴影，正巧投落在李越霆脸上，他在众人惊诧的疑问中，忽然发出"嘿嘿嘿嘿"的诡异笑声："那是啊……这么大的秘密，当然只有我才知道了！"

听他的语气，俨然是很得意的样子，就如同他平时的行为做派一样，对任何事情，一直都是信心满满，势在必得，这天底下，似乎就没有他做不到的事情。

车子飞快地驶过跨海大桥，滨海城市大片开阔的绿地尽头，已经能看到机场的轮廓。

叶颜双手捧着平板电脑，她阅读的速度很快，几乎是每一秒钟就翻过一页，《八门传奇》是一本江湖传记类书籍，作者是清末人士，后来被翻译成白话文，台湾出版，李越霆搞到的这本是文言文和白话文对照版，看起来并不吃力。

"八门之中，唯千、盗门，传言甚多，名声甚广……"

她还记得这是孔天明当年在南华早报上连载小说里的一句话，后来因为李越霆听不懂文言文，于是苏云时把整篇文字都翻译成了英文解释给他听。

千门明王设局与日本人决战，盗门分立南北多年……这些都是当年的江湖旧事，民国虽然动荡纷乱，但却出了不少奇人奇事，不过当时他们一门心思地追查阿波丸号宝藏下落，解开盗门与千亿财富息息相关的谜团，关注的一直都是盗门，而忽视了其中有关千门一派的记录。

千门是江湖里最为神秘，也是最行事诡异的门派。所谓千术，其实不过是最为高明的骗术，千门中自古就有千门八将一说，正、提、反、脱、风、火、除、谣，每人各司其职，但却能组成一个完整的骗局，让人在毫无察觉的情况下落入圈套。

李越霆侧头在导航上查看机场停车场的具体位置，一边试图随口解释："我并不是有意瞒着你们，只不过，那是小苏的秘密，他既然不想让人知道，我也不好过问，只能一直假装自己不知道。"

叶颜心中早有预感，这会儿印证了自己的猜测，李越霆果然事先就知情了，她倒也能理解，只是有些想不明白，双手把电脑抱在胸前，歪头看他："我很好奇，你是怎么发现小苏身份的？"

李越霆忍不住露出得意的笑容，抬手往叶颜怀中的平板电脑一指："追查盗门的时候，我恰好看到这本书，里面提到不少关于千门的故事，一门三宗，各有所……长，对吧？"

他犹豫地发出一个二声的音节，小心翼翼地看着叶颜，似乎在期待她的肯定，叶颜知道他其实一直在努力学习成语，可惜这方面的积淀实在是不多，运用自如就不期待了，只要不用错就已经很让人满意了。她点了点头，把话接下去："是的，一门三宗，各有所长。千门分为三宗，其中千宗是掌门明王嫡传一派，最擅长仿制伪造，技术精妙，让人难分真假。小苏的那一门手艺，当初连苏富比的鉴定专家都骗过了，现在看来，也只有千宗传人，能做到这一点了。"

李越霆成功找到停车场的入口，心情愉悦，跟着侃侃而谈："所以啊，当初在香港，那个古灵精怪的夏家小丫头黏着小苏不放的时候，我就知道，她好像也发现了点儿什么。你可能没有发现，小苏的手跟一般人的手是不同的。夏沫沫跟他握过手，可能也发现了这个问题。"

如果说叶颜的怀疑只是推测，那么李越霆说的这件事就能算得上是实质性证据了，听他这么一提，回忆起跟苏云时初见握手时的情形，再联系起书里写到的细节，她立刻就全都明白了：“是小苏手上的伤痕，对吗？”

千门中人，对手的要求极高，为了让手指灵活，会把锋利的刀片拿在手上把玩，从一片加到同时五片，等到刀片在指尖翻转自如时，才算是练成了基本功。而练习时，割伤手指是常有的事情，伤口结痂愈合，只会留下一道道非常细微的小疤痕。如果不是仔细留意，根本就察觉不到这样的伤口。

叶颜深知李越霆表面看来处事随性，但实际上心思极为细腻，苏云时的身份他一早就已经察觉，但却可以不动声色地帮他保守秘密。

李越霆不知道她心里所想，只是把眼下最着急的事情都在脑子里过了一遍，列出重点主次。然后分派任务：“既然婷婷跟金冉来了，那么保护范致国的任务就交给他们俩，我们去苏州，另外格格，你再找一下七里山塘附近最好的酒店，五星级的那种，直线距离茶馆500米以内的，应该就是小苏住的地方了。”

叶颜飞快地用电脑查找最近的航班，一边推断苏云时现在的处境：“他用摩斯密码对外求救，看来是被人限制了人身自由。不过以小苏的身手，受制于人，不太应该啊？”

李越霆勉强听懂了“受制于人”的意思，对此他确实也有点意外，他从书里看到，千门当中一贯有“以茶斗技”的传统，也就是所谓的边喝茶边谈判，所以他才推断苏云时是跟同门相约在茶馆里会面，只不过具体的原因，也要他们到了苏州之后才能继续追查。

金冉和李乐婷在机场的停车场里与他们顺利交接，金冉用手机软件切进了保镖们的对讲频道，成功查到来接范致国的车子的位置和车号，然后开车紧跟着他们一路暗中保护。

李越霆跟叶颜急匆匆地登上了飞往上海的航班，从上海转高铁再到达苏州已经是晚上，在路上他们已经收到了金冉的邮件，把苏云时在苏州的行程列出了一个详细的清单，包括预订酒店、刷卡消费、订车记录等等。而其中信用卡消费记录是对于苏云时行踪最好的记录，果然不出李越霆所料，苏云时在七里山塘附近一家五星级酒店预订了长达一个半月的套间。

因此叶颜也预订了同一家酒店，同一楼层，更方便他们行事。

住进酒店之后，李越霆并没有着急，而是神采奕奕地拉着呵欠连天的叶颜上街吃晚餐，他对这一带似乎很熟悉，直接杀到街巷里，七拐八拐进到小店，菜单也不看，气定神闲地坐下来，直接报了几样招牌菜。

叶颜一直忧心苏云时的安全，又担心晚上吃多了会胖，所以对晚餐的菜式毫不上心，李越霆结束点菜，双手撑在桌上，笑眯眯地望着那位已经被他那双闪亮眼睛彻底晃瞎的服务员，自带低音炮的播放效果："哎美人，你们家宋老板在吗？"

叶颜心中一动，怪不得他这一路过来这么熟悉，原来跟老板是旧相识。

服务员愣了愣，迅速把李越霆从头到脚打量了一番，完全看不出他到底是何方神圣，迟疑了一下还是决定继续问下去："请问您找他有什么事吗？"

李越霆呵呵一笑，不再问话，而是拿出手机发微信语音："宋老板，请问有没有这个荣幸，请你吃顿水果年糕？"

服务员看他的反应，似乎跟自家老板是认识的，而且关系还不错，李越霆放下手机，认真地朝着服务员点头致意："多谢你了，麻烦上菜快一点，我都要饿扁了……"

前半句还说的正经，等到了后半句就又露出了随性油滑的性子，还不忘瘪嘴眨眼，眼里水灵灵的，根本就是在卖萌。

叶颜在一旁看着画风突变，顿时目瞪口呆，看不过去了，暗暗戳了李越霆的胳膊一下："你别闹啦！你看你把人家小姑娘吓的！"

服务员早就被李越霆逗得满脸通红，抱着菜单迅速跑开。李越霆心满意足地望着她的背影，颇为不悦地抿着上好的碧螺春，开口辩解道："我真是冤枉啊！我可没有吓唬她！你看我刚刚态度明明很温柔很斯文嘛！"

叶颜瞪他一眼，一只手无意识地搭在手臂上，轻轻蹭着，仿佛是在思考什么事情。半天忽然指尖一停，抬头看向李越霆，目光犀利尖锐："说吧，你到底打的什么主意？"

以她对李越霆的了解，他绝对不可能只是过来吃个饭这么简单。

李越霆歪着头，用一只手撑着太阳穴，看着叶颜似笑非笑，看起来一副高深莫测的样子："就是吃饭而已嘛！还能有什么主意？"

叶颜伸出一根手指，气定神闲地指了指李越霆，压低的语气中透着某种尖锐的深意："不急着找小苏，不去茶馆，而是专程跑到饭店来，还点名要见人家老板，你这'千面狐狸'的称号，难道会是白叫的？"

李越霆忽然飞快地伸手刮了一下叶颜的鼻尖，然后挤了眼睛朝她一笑："别人都说美人是花瓶，好看不实用，可偏偏我眼前这个不只是漂亮的花瓶，还是价值连城的珐琅彩。我可真是……赚着了！"

不是情话，胜似情话，叶颜听在心里，像是尝了蜜糖一样，心里甜甜的，只不过她不肯轻易表露出来，于是毫无意外地傲娇了，假装镇定地把头往另一边撇开："什么珐琅彩，什么花瓶的，怎么总说些别人听不懂的话！"

李越霆笑吟吟地看着叶颜将傲娇进行到底，反正他们都是主修傲娇学的，谁也别笑话谁，一边抬手持壶帮她添茶续水，态度殷勤得很。

他虽然不喜欢喝茶，但是既然叶颜喜欢，他看着她喝茶也觉得挺开心的。

宋老板接到李越霆的微信很快出现，他是个身材健硕的中年男人，看起来四十多岁的样子，留着极短的板儿寸，走路带风，说话声音又粗又响，还是一口东北口音，往那里一站，倒是有些莫名的喜感。

李越霆与他寒暄握手，互相问候了两句，他的口音直接就被带跑偏了，从一口不太标准的普通话变成了依旧不太标准但语调铿锵有力的东北话："好久不见了，宋老板最近都在哪儿发财呢！"

宋老板笑得双眼几乎都眯在了一起，声音震得叶颜的耳膜里轰隆隆直响："还不就那样！进进货，看看店，下下厨房，可不像小李子你，那么大的生意，还经常有空跑出来游山玩水，真是羡慕死人哪！"

宋老板这"小李子"三个字刚一出口，叶颜就差点儿没憋住笑，很自然地就在脑海中想象了一个首席总管大太监的形象，然后把李越霆的脑袋接了上去，只觉得搞笑到不行，只不过碍于有外人在场，她只能低下头，一抽一抽地忍得很辛苦。

宋老板对此毫无察觉，问候完了一偏头就看到叶颜低头站在那儿，还以为是她害羞了，于是兴冲冲地开口又问："哟！这就是咱弟妹吧！"

叶颜当即囧得不行，这下更不敢抬头了。李越霆心里倒是兴奋得彩旗招展锣鼓喧天了，只是表面上却只能风平浪静地笑着解释："不是，宋哥，这还不是弟妹呢！"

说着扯了一下叶颜的衣袖，主动介绍道："这是宋哥。"

叶颜抬起头的一瞬间立刻换上落落大方的表情，与宋哥礼貌地握了握手："宋哥您好，我是叶颜。"

一口京片子语调越发悠扬，李越霆心中一动，叶颜的尾音不稳，竟然是少有的慌了。

宋老板恍然大悟，语重心长地拍了拍李越霆的肩膀："兄弟，革命尚未成功，咱得继续努力啊！"

李越霆呆了一下，立刻笑着打着哈哈应付："没错没错。"

叶颜心中囧得如同一万只大象呼啸而过，把热带雨林直接踩成了非洲大平原，她趁着宋老板没看到，用力捏了李越霆一把，低声愤愤问道："你都跟宋哥胡说八道些什么啊！"

李越霆不答反问，一脸无辜："他说的我没听懂，话说，那个'革命尚未成功'是什么意思啊？"

叶颜顿时无言以对，又气又恼，只能跺着脚抱怨："没听懂你答应个什么劲儿啊！你大爷的！"

难得飚了句京骂，看来叶颜对这件事还是挺上心的，李越霆摸了摸头，心中窃喜，脸上却是无辜至极的表情。

宋哥见两人交头接耳的模样，更是在一旁笑得高深莫测，意味深长。叶颜总觉得被那目光盯得脸上一阵阵发热，最后只能低下头扒拉着碗里的年糕条，李越霆开始笑呵呵地跟宋哥有一搭没一搭地聊天，中文不时夹杂着几个英文单词，随着东北口音满天飞。

东拉西扯了半天，李越霆终于看似随意地问出一句："宋哥，小苏前一阵子来过了吧？有没有留什么话，要您转达给我的？"

叶颜手中正在夹年糕的筷子停了一下，李越霆此行的目的她终于明白了，想必是苏云时不方便直接留话，所以借着来这里吃饭的机会，通过宋哥代为转达。

宋哥没好气地挥了挥手，语气抱怨又不解："你这一说我倒是想起来了，半个月前小苏确实上我这儿来了一趟，说是来旅游的，走之前留了句话在我手机备忘录里，说要是过一阵子你来了，就把这个给你看。哎！不是我说你们啊！你们俩这一天天的到底都在搞什么！有话不能好好说嘛？！你们又不是原始人，现在又是手机又是微信的，你们干嘛还搞这种找人传话的事儿啊！哎我说，你们俩要是再这么拿我涮着玩儿，下次我就给你们俩写封信，贴个邮票寄出去算了！"

宋哥气呼呼地嚷嚷了半天，可还是从手机里找出备忘录来，往李越霆面前一横："呐！就是这个！我也不知道是什么意思，你自己看吧！"

李越霆眉宇一皱，只见上面写了几个字："基西拉岛的时间。"

叶颜跟着愣了神，基西拉岛这种偏僻不常见的地名还真是让她百科全书一样的大脑处理器短路了一下，不过她还是很快拿出手机查询。

"谁知道他搞的什么鬼！别理他别理他，来来来，宋哥我陪你走一个……"

李越霆只瞥了一眼那几个字，顺着宋哥的话抱怨了一句，很快恢复了正常神情，拉着对方勾肩搭背地敬酒，表现得好像这件事无关紧要的样子。

宋哥酒量不错，两人你来我往，一边侃大山一边互相敬酒，倒是喝了不少。叶颜被扔在一边，安静地夹着水果年糕一块一块往嘴里放，这酸酸甜甜的味道她倒是很喜欢，只是担心晚上吃多了会不消化。好在茶不错，能解油腻，让她很是欢喜。

酒过三巡，李越霆看起来已经有了八分醉意，眼神涣散，但偏偏又温柔地仿佛晕开了水，靠在叶颜身边，嘴都合不拢，一直在笑。

宋哥也喝得差不多了，于是亲自出门拦了一辆出租车，帮助叶颜半扶半拖地把李越霆拉上出租车送回酒店。

车一开，李越霆顺势就往叶颜身上倒，叶颜并没有推开他，而是偏头凑过去，贴在他耳边轻声说话，一个字一个字咬得格外清楚："在外人眼前，演一演就算了，在我这儿，劳烦您就别这么费劲儿了，成吗？"

李越霆合了合眼，再睁开眼睛时，眼中已经没有了朦胧的醉意，只是脸上还挂着笑容，维持着靠在叶颜肩头的动作不变："真聪明，我喜欢！"

叶颜压低了声音问："你知道小苏那句话的意思吗？"

李越霆弯起手指抵住额头思考，一边低声念叨："基西拉岛，希腊爱奥尼亚群岛中最靠东南的岛屿，基西拉岛……这个词怎么听起来这么耳熟呢？"

叶颜看他一眼："之前听过？在哪里？"

李越霆摇摇头："有印象，但是想不起来了。"

叶颜又问："那接下来怎么办？"

李越霆歪着头盘算："回酒店，回酒店再说吧！"

回到酒店时大堂里依旧灯火通明，李越霆下了电梯拉着叶颜直奔苏云时的房间而去，手腕一甩亮出一张房卡。

叶颜的大脑转了一圈儿才意识到一个问题，就算同楼层，可是他们的房卡也打不开别的房间的门啊！

李越霆阴阴一笑，抬手把手中的卡伸到叶颜面前挥了挥，叶颜定睛一看，原来是张普通的银行卡，他直接上手往门缝里一刷，轻轻一扣，门竟然就开了。

苏云时的房间很整洁，没有被翻过的凌乱痕迹，李越霆进门之后果断把房门上锁，然后抬眼环视一圈，立刻做出结论："有外人来过。"

叶颜摸着下巴四处看，却看不出半点门道，只能用疑惑地目光看向李越霆："何……你怎么看出来的？"

"何以见得"四个字硬生生憋了回去，李越霆听大白话听得很明白，抬手一指："地毯上有脚印，小苏爱干净，从来进门就换拖鞋，穿鞋踩在地毯上这种事，他是绝对不会做的。"

叶颜知道李越霆对于苏云时的生活习惯十分了解，对他的推断非常认可："既然房间里进了外人，那么，他们是来干什么的呢？小苏已经不在这儿了，他们是来找东西的吗？找什么东西？"

李越霆瞥了一眼桌面，立刻勾起嘴角，转身开柜门翻找起来："小苏的电脑包还在桌上，按照他的习惯，他的电脑应该也留在这儿了。电脑可是他的命，假如他外出没有带电脑，那么电脑里一定有他留给我们的线索！快快快，赶快找！”

叶颜跟着开始翻箱倒柜地找电脑，半天没发现，倒是在床头的柜子里发现一个保险箱。

这保险箱是酒店配备的，为了给客人存放贵重物品，李越霆试着开了一下，显然密码并不是他所猜想的那个。可他的眼睛却突然亮起来，用力在上面拍了拍，兴冲冲道：“就是这个了！”

叶颜一手习惯性地搭在胳膊上，用手轻轻蹭着，一边不解地问：“可没有密码啊？”

“密码一定跟小苏留给我们的那句话有关系！”

李越霆顾不得房间的整齐，开始到处乱翻，把桌上摆得整整齐齐的书都一本本打开丢在一边，叶颜知道他是在找苏云时可能留下的线索，于是也主动加入进来，她一眼就看到桌上的酒店便签本，嘴角一扬似乎想到了什么，随手捞过一支铅笔在上面涂起来。

一边得意地拉了李越霆的袖子：“别找了，在这儿呢！”

有人在便签本上写过字，然后撕去了前一页，被铅笔一涂，随着叶颜手上的动作，便签本上慢慢浮现出一行淡淡的字迹来。

“天空十分迷人，大海波平如镜。

今后，对我来说，一切黑暗，血红。”

苏云时的字迹，字如其人，俊秀工整，淡雅飘逸。李越霆慢慢把上面的字读出来，语调沉郁，听起来有些苍凉悲壮的意味。

叶颜眼前白光一闪，她似乎捕捉到了什么讯息，可是因为太过微小，所以伸出手却没有能立刻抓住。她急切地转头去看李越霆，气息有些不稳：“这……这是……”

李越霆慢慢合上眼，就保持着此刻的站姿，似乎在努力回忆些什么。

原来这就是苏云时给他留下的线索，不知道那时候，苏云时的心情是不是也正是这样，沉郁、黑暗，仿佛身处无边无际、永远也看不到尽头的深海当中，不见丝毫光明。

是他来晚了。

他明知道苏云时身上藏着太多秘密，却并没有给他足够的关心。

可自责只是一瞬间的事情，再睁开眼睛时，李越霆的眼神已经沉淀下来，重新露出气定神闲的模样，开口解答叶颜的疑惑："是波特莱尔的《恶之花》。"

他确实看过这本书，他也记得，那本书其实是苏云时下载的。

那时候他们在新加坡机场候机，飞机晚点三个多小时，大家都很无聊，于是只能凑在一起玩跑跑卡丁车和开心消消乐。苏云时手速足以秒杀众人，然而他并不喜欢打游戏，电脑又恰好正在充电，于是就随手用平板电脑下载了几本诗集来读着打发时间。

李越霆的消消乐卡在一关死活过不去，被李乐婷和叶颜携手嘲笑若干次，终于硬着头皮凑上来向苏云时求助。苏云时顺手把平板电脑塞给他，用一分钟把游戏通了关，结果转头一看，李越霆却对那本诗集上了心，游戏也不玩了，凑上来问东问西，苏云时嫌他烦人，于是抢了李越霆的平板电脑过来，给他下载了全英文版的，塞回去打发他到一边去自己看着玩儿。

波特莱尔是法国历史上最伟大的诗人之一，而《恶之花》更是从恶中发掘美好的经典之作，李越霆后来确实也把这本书认真读完了，所以他才会觉得"基西拉岛"这四个字看起来很眼熟，可惜当时没想起来。

叶颜只觉得面前紧闭的那道大门终于轰然开启，光亮散落，让她眼前一片开阔，没想到，李越霆电脑里的那部诗集，竟然是苏云时留下的答案。

李越霆这时候已经把电脑从包里翻了出来，打开那本书的目录，一目十行地扫过，终于在某处定格："是！就是这个！《基西拉岛之旅》，发表于1855年6月1日，后来被收入《恶之花》，成为诗集的第116首。传说，波特莱尔是受到法国诗人奈瓦尔于1844年8月11日发表在《艺术家》上的一篇游记的启发，才创作出了这首诗。"

叶颜微一皱眉，顺着他的话做出推论："小苏留下的线索是'基西拉岛的时间'，既然是时间，那么最有可能的时间有两个，1855年6月1日和1844年8月11日。相比起来，我觉得第一个的可能性更大一些。"

李越霆不等叶颜说完，立刻奔过去试密码，果然不出他们所料，输入185561的组合，只听"滴答"一声，保险箱的锁应声弹开。叶颜和李越霆彼此对望了一眼，交换了一个眼神，里面的东西只有三样，一是苏云时的笔记本电脑，另外有一瓶药，最后是张小小的卡片，叶颜关注的点显然在这个上，看了顿时诧异："身份证？"

苏云时为什么要把自己的身份证锁在保险箱里？叶颜发问的工夫，李越霆目光已经落在那瓶药上，神色忽然凝重起来，犹如一颗石子落入了深潭，激起无数水花："他竟然把药留下了……"

叶颜不解："什么？"

转而才想起苏云时的心脏一直不太好，所以随身都带着药，只是她没明白苏云时为什么把这些东西留下，还特意锁在保险箱里。正思索的工夫，李越霆已经伸手关了保险箱，把所有东西拢在怀里，然后果断拉着叶颜离开了苏云时的房间，回到了自己的房间。

他们预定的房间很大，事先也检查过，隔音效果非常不错，所以才敢放心大胆地坐下来讨论案情。

身份证和药瓶都搁在桌上，叶颜端了一杯水慢慢喝着，李越霆心情不好，抱着苏云时的电脑窝在沙发里，一声不响地输入密码进入系统。

电脑桌面上放着一个名为"0912"的文件夹，正是苏云时出现在茶馆的日期，叶颜一手端着杯子，慢慢走过去，凑在电脑前看过去，那个文件夹里存放了一份详细的身份资料，那是一个对她来说十分陌生的英文名字，唯一熟悉的只有护照上照片里的苏云时，那时候的他看起来好像只有二十岁出头的样子，表情淡然，眉目如画，显得十分青涩。

"这个人……也是小苏吗？"

叶颜不解地问，李越霆轻轻吐出一口气，看起来有些郁闷，这才开口说话："是啊，我第一次见到他的时候，他就是这个样子。"

这张照片显然引起了李越霆的感慨，他禁不住回忆起很多年前，与苏云时在巴黎的初次见面。

那时候他离家在外独自经商，而苏云时的公开对外身份是一名旅游杂志的摄影记者。因为见识过他出神入化的黑客技术，后来李越霆在决定组建文物猎人团队时，第一个就想到了他，并且专程飞往新加坡，当面向他发出了邀请。

“我记得那时候，小苏是这么对我说的，他说，‘我一直都觉得，我是一个没有过去，也没有未来的人。我从小心脏就不好，就算是手术之后，也需要定期服用药物来控制病情，更无法预料自己的生命会在什么时候突然结束。我一直在努力，让自己看起来生活得像一个正常人，但是我还是很害怕因为我的身体会拖累别人。我不知道你听了这些话之后，是不是还愿意接受我成为你的合作伙伴，但是假如你不怕我拖后腿的话，我想，我愿意加入你们。’”

虽然这些话是从李越霆口中转述出来的，但是叶颜依然可以想象当时苏云时说这话时的心情。那时候的他还很自卑，幸好，他遇见的那个人是李越霆。无论什么时候，李越霆都真诚热情，他带给人的感觉就如同午后透过窗子照进来的阳光，让人温暖、踏实。

叶颜笑了，这时候她好像已经能猜测到李越霆的回答：“你是不是回答小苏说，咳咳……”

她清了清嗓子，故意做出李越霆那样笑嘻嘻的语气说：“没关系，我腿粗，不怕拖。”

李越霆也笑了，只是这笑容很淡：“对啊，我当时是这么对他说的，那时候我觉得，我和婷婷的身手足够保护他了，就算他战斗力为零也不要紧。可是，没有什么保证是一直有效的，比如这一次。”

他的目光落在那瓶药上，白色的瓶身上印着全英文的说明，那是苏云时从不离身的心脏特效药。

叶颜似乎注意到了这一点，只是她不太明白苏云时把这瓶药留在保险箱里的用意到底是什么，干脆把药瓶拿在手里，仔细看起了上面的说明。

李越霆忽然从旁伸手过来，五指张开，将药瓶连同她的手掌都包裹在他的掌心里，他的手不似平时那么火热，竟然透着惊人的凉意。他从看到药瓶的时候，就已经清楚了苏云时的用意，所以情绪免不了受到影响：“他已经做了最坏的打算，这瓶药，就是他的底牌。”

叶颜的眼睛骤然睁大，她的思路敏捷，李越霆稍作提点，她就能够举一反三：“他不会是想要……”

“金银器是小苏做的，除了他之外，我相信再也没有人能做出这么逼真的唐代金银器。所以，千门的人需要他，他们约他见面，并且带走了小苏，或者说，小苏被什么威胁，所以才不得不跟他们走。只不过，他并不想让他们知道自己现在的姓名和身份，所以提前留下了自己的身份证，而带上了那张新加坡籍的护照。所以这也就能够解释，为什么我们之前怎么查，都找不到这半个月小苏的行踪。其实，那是因为他已经用回了原来的名字。"

李越霆声音有些低哑，他试着把事情理顺，从中寻找追查苏云时下落的线索。

"而对于千门的人来说，苏云时必须活着才有利用的价值，小苏心里很清楚这一点，所以……所以……"

他的声音有些哽咽，叶颜此刻的眼眶已经红了，就像是一只可怜的小兔子，声音也跟着颤抖起来："假如我们一直找不到他，救不了他，他就必须自救。他提前藏起这瓶药，一旦发病，没有药物及时控制，情况危急的时候，那些人为了保住他的性命，就会找医生来，或者送他去医院，这样，他才能找到机会逃脱……他、他怎么能这样做！"

她一边说，一边极力隐忍不让自己的情绪失控，握拳用力在桌上狠狠地锤了一下，她能感觉到，李越霆的手也抖得厉害。

"小苏一向是个稳重的人，他从来不争不抢，对钱，对名声都没有什么兴趣，更不喜欢冒险。我认识他这么久，他做什么事情，就算计划再周详，再完美，都不会忘记给自己留一张保命的底牌"，李越霆慢慢松开手，目光却一直盯着那瓶药，他的语气有些颤抖，眼神也稍有些散乱："可这一次，他竟然连底牌都压上了……"

他自责地用一只手捂住了自己的脸，慢慢蹲了下去，喃喃道："是我的错，我早该发现他有问题的，如果早点发现，他就不会……"

叶颜知道这次苏云时遇到危险，李越霆的心里十分不好受，她俯下身，张开双臂抱住了李越霆，轻声靠在他耳边安慰："现在还不是自责的时候，小苏还在等我们去救他，事情紧急，留给我们的时间已经不多了。老李，你得振作啊！"

李越霆浑身一震，他向来冷静，也只有兄弟同伴的安危才能这样轻易牵动他的情绪，他很快察觉到自己这次过于情绪化了，当即抹了一把脸，深吸一口气，拍拍叶颜的肩膀，扶着她站了起来："你说得对，小苏在等我们，只要我们能及时救他出来，就不会有生命危险。"

叶颜点点头："赶紧让金冉查一下他的行程，看看都有什么有用的线索吧！"

李越霆把身份资料迅速发给金冉，让他搜索一下相关记录。留在澳门的两位显然过得比较悠闲，因为范致国自从到了酒店之后就一直没有再出来过。金冉接了李越霆的微信，立刻把那个英文名字和护照号输入进对话框搜索。

李乐婷躺在床上，嘴里嚼着牛肉干，双手捧着电脑看地图，一边不安分地左右滚来滚去："他们找到小苏哥哥了吗？"

金冉摇摇头，等待结果的时间并不长，可他还是习惯性地用手指夹了一枚硬币，灵巧地在五指间翻来翻去，看着屏幕上显示出为数不多的几行记录，在微信里打开实时通话功能："他 9 月 13 日从上海飞北京，然后转机长春，之后就再没有记录了。"

李越霆把手机开成声音外放的模式，招呼叶颜过来一起听："这么看可以确定，小苏目前人在长春。"

叶颜有些失望地摇摇头，禁不住有些丧气："长春地方那么大，要找一个人出来太难了。"

李越霆皱着眉头，食指勾起来抵住眉心，默不作声琢磨着。倒是李乐婷没心没肺地嚼着牛肉干，腾出嘴巴来插了一句话："小苏哥哥应该不是一个人去的长春吧？"

看似无心插柳的一句，叶颜却立刻心领神会，当即问出一句："能查出，他是跟谁一起买的票飞长春吗？"

金冉眼前一亮，手上不停："能！"

李越霆的五官终于重新舒展开，神色飞扬："查那几个跟他同行的人，租车记录、信用卡消费记录、电话通话记录，还有短信来往什么的，一定会有线索！"

金冉手指飞快地在键盘上敲击，然后鼠标唰唰唰点击几下，一切立刻了然于胸：“没有查到租车记录，但是其中一个人下飞机之后，跟另外一个手机号通过一个电话，这个电话号码在网上登记租了一台商务车，不过租车用的身份证应该是假的。”

李越霆嘴角重新露出笑容，金冉顺手调出商务车的 GPS 定位和行车路线，跟日期对比一看，立刻也乐了：“找着了，在净月潭那边儿呢！”

他把一个地图定位链接直接扔给了李越霆，叶颜已经非常及时地拿出手机，自作主张地宣布：“我立刻查高铁时刻还有机票，明天早上就出发，预计最快下午就能到长春了。”

李乐婷也不闲着，打开地图直接切进卫星图模式，直接把周围的建筑物都筛查了一遍：“从停车的位置看，那里应该是一片别墅区，暂时不能确定是哪栋楼，金冉啊，你有空把这个别墅区查一查，看看停车位置的附近，哪些别墅是有人住的。”

一切豁然开朗，李越霆终于觉得心里没那么堵得慌了，他点点头，对于叶颜和李乐婷的反应非常满意：“顺便帮我查一查，看看哪栋别墅是出租或者出售的，到时候我跟格格也进去看一看。”

金冉一边看卫星图一边开口提醒：“听说这个季节，东北早就下雪了，一出门就冻成狗，你们的羽绒服可得提前备好。”

“这个不难”，李越霆随手发了个微信出去：“我让长春分公司的徐经理去买，明天接机的时候带来就行。”

叶颜抽空表示了一下诧异：“你在长春还有分公司？”

李越霆非常骄傲地点点头：“嗯，除了拉萨还有呼和浩特，别的省会城市都有。”

叶颜禁不住好奇起来：“你的公司到底是干什么的啊？竟然有这么多分公司？”

李乐婷听了这话倒是莫名兴奋起来了，从被子里把头一抬：“大姐，这事儿你竟然还不知道？来来来，我们私聊，我告诉你哈！”

李越霆心中一囧，连忙开口阻止：“哎哟喂，婷婷你够了！”

金冉嘴角一抹压不住的笑，李乐婷翻了个身，他已经起身过去把手机塞进她的手里，李乐婷笑弯了眼眸，眼底落满了幸福的小星星，朝着金冉嘟着嘴扔了个飞吻："爱你，么么哒。"

因为金冉的手机还开着语音对话的模式，所以全过程被电话另一头的那两位听了个一点儿不剩。叶颜肉麻地抱着胳膊搓了搓，感觉鸡皮疙瘩落了满地，李越霆不高兴地瘪了嘴，自己嘀嘀咕咕地抱怨："这丫头真是……"

叶颜摩拳擦掌，然后非常及时地再补上一刀："别嫉妒啦，谁让你是哥哥不是男朋友！"

准确无误一击即中，李越霆十分配合地捂着心脏，做出一个被万箭穿心的痛苦表情："你们太过分了！啊！我受伤了！"

找到了苏云时的下落，他整个人觉得压在心上的那块大石头终于落地了，整个人也轻松了不少。

李乐婷撇撇嘴，不搭理演戏成瘾的李越霆，而是兴冲冲地把叶颜拉出来单独小窗对话："格格快来，我跟你说我哥的公司是干什么的！"

叶颜对这事儿也很八卦，她跟李乐婷在某些方面有着相同的嗜好，两人一拍即合："快说快说！"

李越霆看着身边捧着手机笑成一朵花的叶颜，无可奈何地用手捂住了脸："完了，悲剧了。"

李乐婷开心地在床上滚来滚去地微信语音："我跟你说啊！我哥他们公司是卖毛绒玩具的！什么小猫小狗小熊猫，小猪小熊小狐狸啊，只要你想要，样式可全着咧！"

叶颜脑海中忍不住描绘出一脸正气的李越霆被成堆的卡通毛绒玩具淹没的样子，顿时被逗得笑到合不拢嘴，捂着肚子弯下腰："哈哈哈哈哈……"

李越霆无可奈何地看着两位女士把自己当成了笑话，非常无辜地摸了一把自己的头发："毛绒玩具怎么了，有这么好笑啊！"

叶颜笑了一阵子，好不容易直起腰来，拍拍李越霆的肩膀，严肃认真地安慰他："嗯，你的公司不错。"

然而接下来还是忍不住，趴在沙发上用力捶着笑了半天，顿时感觉这个星期的笑料都有了。

【第二章】知己相逢方一笑

第二天一早，李越霆和叶颜就从苏州出发，为了尽快抵达长春，叶颜在订车票机票的时候，千挑万选，精打细算，幸好一路顺利，他们按计划抵达。

航班广播里传来顺利着陆的消息，叶颜把头扭向窗外，看着依稀暗下来的天空底下，一片漫天遍野的苍白与银灰，忍不住低声感慨："啊！好大的雪！"

她虽然也曾经在北方生活过，但是北京毕竟不比东北，这样浩瀚的雪景，只有在山海关外才有幸一见。李越霆靠过来看，也跟着小小地震惊了一下，他和叶颜一样，都是第一次来长春，只是因为彼此陪伴，所以完全没有感觉到初次到达一个城市的陌生与不安。

虽然金冉已经提醒过他们要注意保暖，但是实际上，李越霆和叶颜对这里的温度并没有一个明确的概念，他们已经穿上了自认为比较厚实的衣服，叶颜甚至连厚围巾都戴上了，然而刚下飞机，还是毫无悬念地被迎面而来的冷风扫了个通透。

深秋时节，在苏州只需要穿一件薄大衣或者外套就不会冷，可在一个国庆节就会下雪的城市，傍晚时分降到零下四五度都算是比较正常的。叶颜被冻得差点儿就往李越霆的怀里缩，只是当着这么多人的面，她又要面子，最后还是硬生生忍住了，改为拉紧了围巾，试图挡住风往领子里钻，让自己暖和一点。

李越霆把双手搓在一起呵了口气，面前立刻就起了一片白雾，可见这天真是冷得可以。他不动声色地跟在叶颜身边，两人一起往前走，边走边把外套脱了下来披在她肩头。

叶颜只觉得身上一暖，抬起头就迎上李越霆笑嘻嘻的模样，感觉到被他身上略带烟草和红酒味道的气息包围，她顿时一个激灵，伸手就要往外推。

李越霆歪着头把外套又往上拽了一下，把叶颜整个人包裹住，顺势绅士地按住了她的手："你穿着，我不冷。"

他的语调格外温柔，叶颜当即觉得脸颊发热，只能默默低下头不做声，不过心里还是觉得甜滋滋的。

外套给了叶颜，李越霆身上就只剩下了一件黑色连帽衫。他其实冻得要命，但还是要在女士面前装出一副轻松自如的样子来，忍着不敢发抖。叶颜注意到他把帽子拉起来，不经意缩了脖子，看得出来是在咬牙硬撑，忍不住有些心疼，干脆停下脚步，把围巾解下来，温柔地绕在李越霆的脖子上。

李越霆难得见到叶颜如此文静婉约的模样，心中十分高兴，就算再冷这会儿也觉得值了。他趁机想要更近一步，于是悄悄把手伸过去，想要挽住叶颜的肩膀，把她揽到自己怀里来。然而李先生这头把如意算盘打得啪啪响，手刚伸过去一半，叶颜却忽然低下头，在口袋里翻腾着找起东西来，不一会儿摸出一个正在拼命震动的手机。

李越霆计划失败，默默把手收回来，很尴尬地在衣襟上拍了拍。

"对啊，已经到了"，叶颜很从容地边走边跟人说话，李越霆把脸一沉，悻悻地跟着，一边不住地在心里腹诽，哪个不识相的，竟然这时候给叶颜打电话。

叶颜跟对方说了两句，突然手一横，把电话送到李越霆面前："你妹打来的，找你。"

一听到"你妹"两个字，李越霆的五官顿时就好像全都亮了，瞬间换上笑容："婷婷啊……"

“大哥啊！你是不是下飞机忘了开手机了？”

李乐婷娇滴滴地拖长了语调抱怨，“幸好大姐不像你这么不靠谱。”

李越霆笑出一脸褶子，完全不把妹妹的吐槽当一回事儿：“啊好像是的，我错了我错了，哥下次不敢了。婷婷你找我什么事儿呀？”

李乐婷嘿嘿一乐：“速速报上你的信用卡密码！”

李越霆完全没犹豫没停顿，语速流利地答了六个数字，之后才反应过来：“不对啊？我的信用卡密码以前不是告诉过你吗？”

李乐婷习惯性望天装傻：“是吗？你告诉过我吗？没有吧？我怎么不记得这事儿了？”

李越霆是个标准的妹控，李乐婷说什么就是什么，立刻顺着她往下说话：“没事儿没事儿，那就是我没告诉过你，总之是哥的错哈！”

李乐婷把密码告诉金冉，后者顺利地在键盘上输入然后点击“确定”按钮：“好了！”

叶颜在旁边都听不下去了，开口吐槽：“迟早有一天，婷婷能把你给卖了！”

李越霆笑意灿烂：“只要她高兴，卖就卖呗！”

她的声音被李乐婷听见了，于是兴致勃勃地接话：“格格你就放心吧，就算我哥真的被卖了，那也绝对不是他吃亏，而是买他的那个人倒了八辈子霉好吗？”

叶颜听了很认真地思考了一下，然后颇为赞同地点了点头：“你说的有道理，确实是这样的。”

李越霆无奈地听着两个女人热烈讨论把自己卖来卖去的问题，只觉得一个头两个大，比起成为这个话题的主人公，他更愿意赤手空拳去对付一群盗墓贼。

金冉终于忍不住开口打断了叶颜和李乐婷的对话，女人的八卦有时候实在是太没有营养了：“婷婷，你把别墅地址和联络人的电话发给他们吧！”

金冉发话，李乐婷这才肯说正事：“有个好消息，我们可能找到小苏哥哥的准确位置了！”

李越霆心中一喜，李乐婷已经开始语调清脆地回顾起整个过程来："我们发现这个别墅区其实有一大半都是旅游别墅，可以对外出租。金冉搜索出租信息的时候发现，其中有一栋别墅已经被租出去两个多月了。"

"从时间上看，是吻合的，不过还是要等我和格格进去之后，再做二次确认。"

李越霆似乎猜到李乐婷用他的信用卡干什么了，于是问："金冉帮我们预订的是哪一栋？"

"我预订的是 A 区 35 号和 B 区 12 号，我们猜测小苏在 A 区 33 号，在 35 号的位置适合瞭望，至于 12 号，那就是备用基地，位置安全，隐蔽性好，可以留着以防万一。"

答话的是金冉，他的思路周全，安排也非常得当，李越霆满意地点头，眼珠一转，语气意味深长："12 号会很有用的……嗯，我忽然有个不错的主意。"

叶颜隐约猜到这只狐狸又有了什么狡猾的鬼主意，心里默默为那群带走了小苏的人点了一根蜡。

两个人肩并肩走到行李传送带旁边等行李，叶颜闲来无事，就往到达出口的方向瞥了一眼，机场本来就不大，再加上她眼神好，远远地就看到有人拉开一副红底白字的大横幅，上书一行大字：热烈欢迎李董事长莅临考察。

顺着条幅，两边各站了四五个人，手里有的捧着鲜花，有的拎着羽绒服，还有的拿着围巾帽子什么的，总之那画面要多喜感就有多喜感。她当即没忍住"扑哧"一声笑了，随手戳了戳李越霆，指了那个方向给他看。

李越霆顺着她的手看过去，当即脸上一阵红一阵白，肩膀垮下来，长长叹了一口气。眼前这个场景，机智如他，也确实不知道是出去好，还是躲起来不见人好。

叶颜拍拍他的肩膀："老李，你公司的员工真心不是一般有才啊！古代皇帝出巡，也不过锣鼓喧天，鲜花铺地，百姓夹道欢迎而已，你这儿虽然没有锣鼓，但这鲜花也有了，夹道欢迎也有了，级别正经不低啊！"

李越霆勉强把叶颜这句带着"皇帝""百姓"的话的意思给弄明白，

顿时就跟喝了瓶酱油一样，他低头看了一下自己此刻的装扮，用手摸着鼻子，心里不知道在盘算什么。

不一会儿行李到了，李越霆绅士地帮叶颜把箱子拎下来，立刻拎起自己的背包，笑嘻嘻地指了指洗手间的方向：“等我一下哈！”

叶颜见这只狐狸眼角眉梢都是没说出来的戏，也懒得去问他，干脆说：“正好，我也去补个妆。”

今天起得有点早，她只来得及匆忙上了个淡妆，一会儿还要见这么多人，不能丢了面子。叶颜心里这么想着，还是精细地给自己补了个端庄大方的妆容，一出来就看到李越霆正一手撑着行李箱，努力摆出一个帅气逼人的造型。

他从头到脚的穿着全都换了，此刻是银灰色衬衫加黑色西裤，一双皮鞋闪闪发亮，头发也梳得整齐笔挺，不过脖子上还围着叶颜的那条围巾。

“帅吗？”

李越霆朝着叶颜歪了歪头，明明是机场，他却硬是站出了巴黎时装周走秀的范儿。

这人果然还是去换了套衣服，就觉得他不能穿成个黑色粽子出去见人，叶颜颇为赞许地点点头：“造型不错。”

李越霆被顺毛之后心情愉悦，骄傲地把下巴扬起一个弧度，叶颜拎起行李箱，在经过他面前时，干净利落地插上一刀：“很有社会主义和谐小康社会村镇企业家的气质。”

奈何李越霆对这些名词完全不感冒，顿时化身好奇少年，追在叶颜身后问了一路：“什么意思？村镇企业家是什么啊？小康社会又是什么？”

然而叶颜彻底把他给无视了，走在前面唰唰唰脚步飞快，李越霆终于在走出到达口之前收敛了脸上的多余表情，摆出一副严肃沉稳的董事长范儿去见徐经理和他的员工们。

他之前虽然没有来过长春，但是徐经理作为地区主管，曾经参加过总公司的会议，偶尔李越霆也会出席，所以见过这位年轻有为的董事长大人。再加上李越霆远远走来，身边自带强大气场，只要不眼瞎，立刻就能看出来他跟其他人完全不一样。

徐经理战战兢兢迎上来，身后跟了两个手捧鲜花的年轻女员工，李越霆让他准备的羽绒服是男女各一件，所以他猜想着董事长可能带了随行的秘书，因此接待标准都是按照两人份来备的。

李越霆和叶颜被硬塞了满怀的鲜花，叶颜对这种华而不实的东西向来不感兴趣，只是不好当场拒绝，皱了皱眉还是自己抱着了。李越霆嘴角一抽，正迎上徐经理的目光，他身形高挑，徐经理虽然也有一米七五，但是站在他面前立刻就落了下风。

而且徐经理一紧张就口吃："董、董、董……"

李越霆大手一挥拍了拍他的肩膀，一副首长慰问小兵的架势："你辛苦了，大家都辛苦了！"

说着笑容温柔地把自己怀中的鲜花塞进了徐经理的手里："匆忙来打扰你，真是抱歉，我借花……"

叶颜见他马上有要卡壳的趋势，立刻凑过去在他耳边风飞快地提词："借花献佛。"

李越霆跟着没事人一样地往下接着说："我借花献佛，对您，对大家表示感谢，希望您不要嫌弃。"

话都说到了这个份儿上，徐经理哪还敢推辞，李越霆于是把叶颜手中的花也接了过来，抽出来分给旁边的人，全程笑容和蔼可亲，跟个老干部一样。

叶颜默默在心中为他的机智点了个赞。

两人走出机场的时候，身上已经披上了厚实的羽绒服。李越霆提前已经拒绝了长春分公司要给他接风洗尘的请求，表示自己这次来其实是私人旅游的，所以要求大家尽量保持低调。

"看来徐经理把你的指示贯彻执行得很好啊！那么多员工，还真的一个拍照的都没有。"

叶颜靠在舒适的真皮沙发后座上，享受着车里的暖风，一边摆弄手机，发自心底地认可了李越霆的领导能力。

李越霆笑得露出一排白牙齿，言语间得意得很："那是！"

说着拍了拍身上的羽绒服，忽然又有点忧伤："就是款式土了点儿。"

叶颜嘀咕了一句“要求真多”，把手机递给他，她刚收到李乐婷发来的别墅区平面图。李越霆只扫了一眼就没了兴趣，目光在车里扫了一圈，不知道从哪里翻出一份当天的报纸，津津有味地看了起来。

火车转飞机坐得叶颜有点疲倦，反正从机场进入市区还要很久，她也就不管李越霆，自己找了个舒服的姿势靠着睡了。

李越霆把报纸从头到尾翻了一遍，目光最后落在娱乐版面的一条消息上：“国民男神领衔全明星阵容，电影《1932》昨日在我市正式开机”。

他抿了抿唇，看着报纸上那张帅气逼人的男明星照片，慢慢露出一个狡诈的笑容，用只有自己能听到的声音说道：“嗯，就是你了！”

叶颜一觉醒来，身边的李越霆正在兴致勃勃地跟人发微信，车子已经拐进市区，古老与现代交错的城市，依旧完好地保存着伪满洲国时期的建筑风情，道路宽阔，有高耸的大树沿街伫立，不过此刻树叶掉光了，看起来十分萧索。

“长春，原来是这个样子的啊！”

叶颜一手托腮，打着呵欠看着窗外的光景，“曾经的伪满洲国首都……”

李越霆半懂半不懂地捧着手机抬头，他对近现代史基本上就是小白级别：“什么？”

“1932 年，日本占领东北三省之后，在这里建立了傀儡政权，因为不被当时的国民政府和国际社会承认，所以被叫作‘伪满洲国’。清代的废帝溥仪在这里重新登基，成为被世人唾骂的傀儡皇帝。”

叶颜百科全书一样的大脑飞快地运转，她从小就钟爱历史，记住这些对她来说就如同家常便饭。

李越霆也忍不住往窗外看去，他在唐人街时，也曾经听老一辈说起一些往事，战争年代的动荡、分离、残破与无助，是生活在和平年代的他们永远无法想象的。

不过时光流转，昔日见证了战火硝烟，民族屈辱历史的城市，如今岁月静好，和平安定，人们生活宁静、富足。

“你知道吗？宣统皇帝溥仪在位时，将大量的珍贵文物和古籍字画以赏赐大臣的名义私运出紫禁城，后来他逃亡至东北，无数宝物因此遗失，有的丢失在了他逃亡的路上，有的被侵略者掠夺，有的被无知的士兵焚毁，还有的落入了贪婪的富商和文物贩子手中……”

一想到文物，叶颜就会不由自主地想起自己的爷爷：“爷爷说，国弱，则民弱，才会受到外敌欺压。只有国家繁荣富强，我们才能有资格守护好祖先留下的珍贵遗产。我记得这句话，是去年还是前年，我跟爷爷参加海晏堂十二兽首当中兔首和鼠首的回归交接仪式时，他对我说的。哦，你知道十二兽首吗？英法联军入侵北京时，放火焚毁了圆明园，把兽首割下来带走。现在十二兽首还有好几个流落在海外……”

李越霆笑眯眯地看着她，叶颜的话让他回忆起了很多事情，他于是接着她的话说了下去：“海晏堂里有一处景观喷水池，是意大利籍宫廷画家郎世宁根据中国十二生肖设计的，铜像每天会依次轮流喷水，正好对应着一天的十二个时辰。正午十二点时，十二个铜像会一起喷水，据说场面非常壮观，可惜，我们再也看不到了。”

叶颜一愣：“你知道？等等，这件事你不会也……”

她似乎懂了点什么，但是又不太确信，于是用怀疑的眼光上下打量李越霆，如果仔细想想，这种事情确实是文物猎人们能做出来的事情。六年前，鼠首和兔首在法国被公开拍卖，神秘买家拍下又拒绝付款，后来历经数年交涉，法国方面终于同意把两个兽首无偿归还中国，这在文物界确实是一件非常轰动的事情。

李越霆笑容灿烂地摊开手，做出一个“不关我事”的表情：“我当时就是顺路经过帮个忙，大部分事儿都是小苏干的。”

叶颜顿时明白他并不想多说什么，李越霆从来都不是个喜欢表功劳的人，事情过去了也就算了，她于是笑着嘟囔一句：“反正小苏又不在，你想怎么往他身上推都随便你。反正你也就只敢背着他说这些。”

李越霆咧开嘴巴露出牙齿，像只狡猾又可爱的大白鲨：“当着他的面我也敢。”

叶颜扔给他一个“信你才有鬼”的白眼，李越霆于是一脸不甘示弱地又加了一句：“明天，到了明天，我们就能见到小苏了。到时候你亲自问他啊！”

叶颜知道此时李越霆已经有了全盘打算，她对于他那些层出不穷又不按照常理出牌的计划已经非常期待，心中有底，配合地点了点头：“好，问就问。”

李越霆阴阴一笑，终于不再八卦而是进入了正题，说着朝她举了举手机：“我刚订了烟花，今晚请你看烟火表演！”

叶颜满心不解，搞不清楚他的用意，只是碍于车上还有司机，没办法问得那么明白，所以一直忍着，只是简单答应：“好啊！”

李越霆此刻就像一个普通的游客一样，对未来的旅行无比期待，他用不太标准但是音调颇有些韵味的东北话和司机闲聊，打听好玩的景点和当地特色美食，叶颜发现他搭讪的功力一流，跟李乐婷一样，自带自来熟功能，这点可是她望尘莫及的。

比起这对活宝兄妹，叶颜觉得自己更像苏云时一些，多数时间平和内敛，然而一旦被触及底线，那绝对是深水炸弹，爆炸威力惊人。

就在他们的车子缓缓驶入别墅区时，叶颜心中的另一颗“深水炸弹”，此刻正安静地站在客厅的窗前。他是个非常年轻的男人，看起来不过二十岁出头的样子，褐色的头发柔软而微卷，显得他的肤色非常白，在暗下来却还没有点灯的房间里竟然白得发亮。

银灰色窗帘遮住了整个窗户，天色昏暗，漫长的黑夜即将降临。

苏云时刚伸出手，似乎是想要掀开窗帘，立刻就有人上前阻拦：“苏先生……”

他默默收回手，脸上的表情看不出喜怒，只是走到旁边，在躺椅上坐下，随手拿过放在小桌上的一本书。

他已经在这里住了整整十四天了。

他并不知道自己的伙伴们会在什么时候出现，但是他一直相信，他们一定会来，会找到他。

只是无边无际的黑暗始终笼罩着他，他在期待一线光的降临。于是当窗外第一发烟花在漆黑的夜空中炸开时，苏云时觉得自己的整个世界都被照亮了。

因为窗帘挡得很严实，他其实看不见窗外的烟火华丽绚烂，但是他并没有表现出过多的情绪，只是抬头看了一下墙上的时钟。

十八点三十二分。

那一声接着一声的爆炸声几乎震得窗户都在瑟瑟发抖，苏云时不耐烦地揉了揉耳朵，不浅不淡地丢下一句话："看看谁在外面放烟花，吵死了，让他有多远滚多远。"

负责监视他行动的两个男人面面相觑，他们不好惹事，又不知道怎么回话，有个男人还算比较机灵，赶忙转移话题："苏先生，晚饭已经准备好了，双皮奶您想要芒果味的还是燕麦味的？"

苏云时瞪他一眼，像只慵懒的猫那样打了个呵欠，站起身来往餐厅走去："芒果的太甜了，还是燕麦的吧！"

十分钟之后，烟花散尽。

苏云时吃完第二碗双皮奶，十分满足地要了一杯热牛奶，到客厅的躺椅上继续看书。

摇椅旁边摆着一张小茶几，他抿了两口牛奶，随手放在一边。

他看的是泰戈尔的《飞鸟集》，全英文版，阅读速度很快，几秒钟就能翻过一页，监视他的人正在交接换班，苏云时听到身后窃窃私语，一手捏着鼻梁提神，另一只手五指张开拢住杯子正要端起来，忽然感觉到一股凉意，于是淡淡开口吩咐："请帮我把牛奶热一下，谢谢。"

身后没有回应，可能是在忙别的所以没能听到他的话。他的五指拢在杯子上，沉默的瞬间垂下眼眸，睫毛长而浓密，仿佛是墨色的蝴蝶拍动了一下翅膀，再睁开眼睛时，瞳孔里已经泛起犀利而邪魅的光。

他忽然将手一挥，杯子从指间跌落，重重砸在面前的地板上，碎成一地残破的玻璃碎渣，牛奶飞溅在床边的银灰色窗帘上，看起来污浊一片。

异常的响动惊动了所有人，大家一窝蜂地冲过来，只看到苏云时抖开盖在膝上的毯子，慢慢站了起来，他没有转身，只留给他们一个清瘦的背影，声音淡薄却有力量："同样的话，我不想说第二次。"

一群人脸上红了又白，白了又青，想发火但是又硬生生忍了下去。

面前这位爷，可算是彻头彻尾的祖宗大爷，虽然多数时候都安安静静不闹事不折腾没半点存在感，可一旦闹起脾气来，那就是海啸地震也挡不住他。

最重要的是，这人脆弱得跟花瓶一样，打不得骂不得，稍稍不遂他的心意就上不来气，说是心脏不好，身上又没带药，所以绝对不能生气。

当然心脏特效药他们也买了不少送过来，可是对他好像都完全没有效果。他是老板再三要求必须活着的人，不能有半点闪失，于是，形势立刻就从他们软禁了他，完全变成了他随意使唤他们，除了不能出门和跟人联络，他在这个别墅里，基本上还是说了算的。

其中一个男人立刻赔笑脸："对不起苏先生，我这就去给您再倒一杯热牛奶来。"

苏云时漫不经心地抬起一只手挥了挥，紧跟着往脚下指了一下："不用了。叫人收拾一下，还有，窗帘脏了，也要换一下。"

他说着慢悠悠地站到了一边，不温不火地瞪了他们一眼。

一群人正犹豫着不想换窗帘，大家彼此对望，谁也拿不了主意，

苏云时单手按在胸口上，轻轻咳嗽了一声，紧接着又说："这么脏，让我还怎么坐这儿看书？赶紧给我撤了！"

他这时候的语气傲然冰冷，众人注意到他生气了，一想又是晚上，反正外面黑灯瞎火的，什么都看不着，窗帘撤了就撤了吧。

于是一堆人忙着扫地擦地摘窗帘，苏云时就站在旁边看他们不时偷偷看向自己，然后继续低下头战战兢兢忙碌的样子，心里默默地想，自己刚刚的态度明明很好啊？为什么他们会这么害怕呢？

当然，这个时间显然是不会有人去洗窗帘的，又没有新的换上，于是客厅的落地窗上只剩一层乳白色的薄纱帘子，隐约能看到窗外无边无际的漆黑夜空。

不一会儿苏云时继续躺在躺椅上看书了，他认真地看了一会儿，忽然窗外再度传来轰鸣巨响，火树银花不夜天，璀璨缤纷。

竟然还有第二波烟花！

两个男人警觉地往窗边移动，做出戒备的姿势，然而苏云时连动都

懒得动，头也不抬，只是认真看着他的书，随口问了句："怎么还放？几点了？"

男人见他一副事不关己的样子，看了看表，回答到："八点三十二分。"

苏云时散漫地"哦"了一声，颇为不满地骂了一句："这种没品位的土豪，真讨厌。"

他合上手里的书，懒洋洋站了起来。大家都已经熟悉了他的生活习惯，九点之前一定会睡觉，所以连忙目送他踱步往卧室走去。

苏云时关了卧室的灯，但是并没有像平常一样躺到床上去，而是把一张椅子拖到窗边，默默地坐了下来。

房间里漆黑一片，然而苏云时并不惧怕这样的黑暗，他曾经是生活在黑暗里的人，正如同他曾经对李越霆说过的那样，他是个没有过去的人。假如他连回忆和过去都能够勇敢割舍，还有什么是会让他觉得恐惧的呢？

对他而言，只要这个世界上还有什么东西值得他等待，那么，他的生命就有了意义。

而现在，他在等待那个机会，一个与同伴取得联络的机会。

就这样不动声色地坐了将近两个小时，苏云时在时钟到达十点三十二分那个位置前，突然毫无征兆地站了起来。

他的脚步很轻，走路时几乎听不到任何声音，看似不紧不慢，然而却在瞬间就穿过客厅，走进了厨房。

别墅的厨房是半开放的，与客厅相连，中间只隔着一张餐桌。

保温柜里有事先准备好的牛奶，这也是苏云时的生活习惯之一，晚上有时候会睡到半夜下楼找牛奶喝。

苏云时睡眼蒙眬地拣出一盒牛奶，撕开盒子，靠在一旁小口抿着。

目光却望向客厅的落地窗，窗外明明一片漆黑，但却在某一刻骤然一亮。那光亮仿若瞬间自星空滑落的流星，一路灼烧，最后只剩虚无的光晕与星痕。

苏云时面无表情地喝了一口牛奶，看着光亮在视线里忽明忽暗，排列出一组他非常熟悉的摩斯密码。他和李越霆都曾经是摩斯密码的爱好者，有一阵子极度迷恋暗码，于是干脆携手做出一本属于自己密码本。

他默默记下所有的密码，然后扬起头一口气喝光整盒牛奶，悄无声息地回了房间。

留在客厅里监视苏云时的人对他的这个举动已经习以为常，并没有觉察到有什么异样，只是打了个呵欠，翻了个身，窝在沙发里重新又睡了过去。

苏云时掀开被子躺在床上，却抑制不住嘴角要上扬的冲动。

这一夜，他睡得前所未有的安慰。也许是知道伙伴们已经到了附近，心里有了底。

入睡前，苏云时的心里只重复回荡着同一句话，那是李越霆对他说的，“四点，明天见。”

他虽然不知道李越霆要干什么，但是放烟花传讯，又用手电筒明暗打出摩斯密码，显然意味着明天要有所行动，他们合作多年，这样的默契无需提前交流，看现场发挥也能演出个八九不离十。

因为心情愉悦的关系，苏云时第二天早上的起床气都比平时少了大半，牛奶也多喝了一盒，脸上还有了一点淡淡的笑容。只是在旁人眼中，总以为他心里又琢磨了不安好心的主意，于是众人心中十分忐忑，态度殷勤，差点没把苏云时当神仙供着。

客厅的窗帘洗干净了，早就有人赶在天亮之前就给换上，苏云时对此一点儿也不关心，该吃饭的时候吃饭，该看书的时候看书，只不过目光有事儿没事儿总往墙上的时钟那里飘。

他能感觉得到，今天的天气非常不错，窗帘底下，投射出挡不住的窄窄一条光亮，是温暖和煦的阳光。

下午三点半的时候，原本冷清的院子里，忽然热闹起来。

人声喧哗，似乎是在激烈地争吵。

苏云时看着身边监视他的人接二连三地跑出去控制场面，终于找准机会，趁他们不注意的时候，动作迅速地掀开窗帘往外看去。

门外不知道什么时候聚集了一大群人，看起来至少有三四十人的样子，有男有女，大部分都很年轻，有几个看起来还是高中生样子的女孩，穿着校服，在争吵中声音尖尖的，听起来格外刺耳。

“你们这群骗子！”

“明明地址上写的就是这里！”

“把你们这里负责的人叫出来！”

苏云时不知道发生了什么，但是他非常确定，这事儿一定是李越霆的手笔，这时候忽然人群中不知是谁高喊了一句：“我们报警吧！让警察来处理这群骗子！”

苏云时差点笑出声来，虽然声音刻意做了些掩饰，然而这语调，这声线，除了叶颜还能是谁？

这时候有脚步声响起，有人来了，苏云时收了手，快走了几步躲到厨房去，拿过杯子，装出在喝水的样子。

两个男人显然是回来找苏云时的，外头忽然来了一群人，大部分都是学生，说是什么男神出演的电影《1932》剧组招聘临时演员，地址上写的就是这里，然而他们当然不可能干这种事，必须坚决否认。

于是所有来应聘的人都认为他们是骗子，不由分说地要找负责人理论。现在场面有点混乱，他们控制不住，还有人趁乱报了警，所以他们赶紧打电话请示了老板，得到了指示：一定要看好苏云时，不能让警察见到他。

苏云时正在不紧不慢地喝水，突然男人一左一右地围了上来，态度有点粗暴：“苏先生，麻烦您先上楼！”

门外的争吵声越来越高，苏云时不动，男人也跟着暴躁起来，直接上手就要拽他。

苏云时把胳膊一挥，把对方的手打开，提高了语调吼了一句：“放肆！”

他后退两步站定，冷笑道：“冯先生的人，可是越来越没有规矩了！”

男人们有些不耐烦：“麻烦苏先生还是识相一点儿，不要逼我们动手。”

苏云时不以为然地笑笑：“话不要说得太早。”

他忽然扬手把手中的玻璃杯往对方面前一摔，趁着那人吓了一跳的机会，忽然身形闪动，直接跃到那人身后，抬手照着他的后颈就是一记手刀！

在场的没有人见过苏云时出手，在他们印象中，这就是一个文文弱弱，战斗力几乎没有的男人。

然而苏云时的身手让他们无比惊讶，他闪身躲开一记拳头，反手将男人挥来的重拳接在掌心里，用力收紧五指与对方对峙。

那人感觉整个内心都是崩溃的，诧异道：“你……你怎么……”

苏云时冷哼一声：“如果我不是自愿跟你们来，留在这儿，你们以为，就凭你们几个，真能制得住我吗？”

他手上再加了一分力道，直接将男人的胳膊扭出一个诡异的弧度，然后抬脚往对方的膝关节重重一踹！

男人发出一声惨叫，苏云时原本想要再补上一脚，然而忽然觉得呼吸一滞，胸腔里，心脏跳动的节奏骤然混乱起来。

遭了！苏云时心道不好，脸色飞快地蒙上了一层惨白的阴影，他用力揪住了自己的衣领，大口喘气，试图平复不怎么正常的心跳。

刚才的动作猛了点，自己的药又不在身上，苏云时听到七零八落地脚步声时，整个人已经有点眩晕，他感觉有一只手狠狠扼住了自己的喉咙，他喘不过气，也发不出半点声音，只能单手扶墙，身子软绵绵地往下倒。

看到苏云时发病，在场的人都有点儿不知所措，他似乎是非常难受，身子蜷缩着在地上翻腾挣扎，脸色已经从惨白变得有些青紫，有人立刻给老板打电话请示，只是这时候好像所有的电话都打不出去。

人不能死，这是底线。

记起老板一开始的命令，他们还是决定把人先送去最近的医院，要不然到时候警察来了事情恐怕会更麻烦，还不如早点出去躲一躲。

他们立刻扶起苏云时往地下车库走，车库门在后院，正好可以避开前院那些闹事的人。

心脏位置的疼痛让苏云时几乎窒息，感觉就像是灭顶的潮水将他吞没，冰冷而绝望。

然而掌心忽然一暖，有人塞了什么小小的东西在他的手中，那一刻苏云时察觉到熟悉的气息，红酒夹杂着英国烟草的淡香，顿时意识清醒了些，指尖摸索了两下，趁着弯腰咳嗽的时候，直接用手掌按住了嘴巴。

小小的药片落入口中，迅速化开，吞咽。

苏云时无力地倒在车座上，感觉到有股暖意沿着全身血脉游走。

车外传来激烈的打斗声，被围在正中间的那个黑色人影身姿矫健，以一对三，却丝毫不见落下风。

苏云时缓了一会儿，悄悄爬起来，一个手肘打晕了守着他的人。

推开车门，外面的打斗已经结束，那人转头看向他，面容在阴影里晦暗不明，但是轮廓和语气都是苏云时无比熟悉的："嘿！你还好吗？放心，麻烦都已经解决了！"

苏云时顿时轻松地笑了："那还不快来开车！"

李越霆一溜烟地跑去驾驶座，直接把车开上路。

深吸了一口清新的空气，苏云时忍不住伸了个懒腰，重见光明的感觉简直不能再好了，但他忽然想起什么，说道："我们得回去。"

那栋别墅里藏着一些关于这个案子的线索，他绝不能失去这个机会。

李越霆朝他做了个"放轻松"的手势，但并没有拒绝他的提议，反而表示赞同："别急，我们是要回去，但不是现在。"

他开车在园区里绕了几圈，然后才把车停进一栋别墅的地下车库里。

苏云时一愣，立刻明白了李越霆的打算，倒是又乐了："果然是属狐狸的，就你精。"

李越霆跳下车，帮着苏云时拉开车门，苏云时扶着车门下了车，站定与他对视，两人谁也不说话，但是脸上的表情瞬间变换，从欣喜到平静。

苏云时将李越霆上下打量一番，淡淡说了一句："好久不见。"

看似波澜不惊，然而心中千言万语，最终却只化成了这四个字。

这一刻，是久别之后的重逢，尽管历经生与死的考验，但幸好，他们的初心依旧。

李越霆忽然一步上前，张开手臂将他抱住了："兄弟，对不起。"

苏云时毫无心理准备，不知道对方突然会来这么一出，当即无奈一笑，却不忍心将他推开："你对不起我什么了？"

李越霆手臂用力收紧，语气真诚："我应该早点来的，刚刚就差一点，只差一点你就……”

刚刚亲眼目睹他跟人动手导致心脏病发，当时情况危急没来得及细想，现在放松下来再回想倒是有些后怕，如果自己再迟来一步，恐怕苏云时就真的危险了。

苏云时爽朗地拍拍李越霆的肩膀：“兄弟，咱别跟小姑娘一样，说话这么腻歪成不？有话好好说，你沉死了，识相的赶紧从我身上滚下去！”

李越霆趴在苏云时的肩膀上摇了摇头，完全是一副“我是无赖你能把我怎么办”的样子。苏云时冷哼一声，双眉一挑，开口数到：“三。”

李越霆打个哆嗦，松手后退站定，动作一气呵成，如同行云流水。

苏云时连个“二”都没来得及数出来，见李越霆就已经自动认怂地撤了，只是满脸委屈的样子倒像是他在欺负人了。

他于是主动走过去揽过李越霆的肩膀，说道：“走，我们进去说话吧！”

李越霆知道，苏云时这个时候一定有很多事情想对自己说。

叶颜不一会儿就赶过来跟他们会合，她今天打扮成学生模样，长发梳成一条长辫子，随意搭在肩膀上，看起来格外娇俏漂亮。

B 区 12 号是金冉为他们提前预订好的休息点，谁也不会想到他们救了人之后竟然没有立刻有多远走多远，所以当冯先生正怀着一腔怒火满世界找人的时候，他们其实正在别墅里开开心心地吃零食休息。

李越霆心情愉悦地喝着一罐可乐，碳酸饮料独有的气泡在他的胃里兴奋地跳着舞。

苏云时重新拿到自己的背包，看到心爱的电脑，眼睛一下子亮起来。

开机，指尖在键盘上飞快地敲击密码，叶颜这时候端上热好的牛奶和杏仁奶油曲奇，香气扑鼻，这些都是苏云时最喜欢的食物，他闻到香味，忍不住感激地看了她一眼。

李越霆大口吞咽着可乐，他虽然更喜欢酒，但是有时候，也偶尔会迷恋这种甜得有些发苦味道的饮料。

“要现在开视频会议吗？”

叶颜用手机测了一下别墅里的信号，网络看起来还不错。

苏云时把电脑放在面前，摄像头对准了自己，他朝着李越霆和叶颜招招手："你们坐过来一点。"

李乐婷挂着笑容的脸庞出现在屏幕上，旁边坐着金冉。看到苏云时，小姑娘的心情看起来非常愉悦："云时哥哥！"

苏云时给她一个温柔的笑容："嗯。"

李越霆试图跟妹妹打招呼，然而却被彻底无视。李乐婷对着苏云时嘘寒问暖了半天，直到金冉看不下去，轻轻推了推她的胳膊，她才意识到自己忘记了正题，所以又把话题转到了她和金冉的新发现上。

范致国约了人在后天见面，时间地点都很神秘，但唯一可以确定的是，他想要跟这个人谈一笔交易。

"是关于密码的吗？"

李越霆猜想，金冉摇摇头："他们打电话时都很小心，没透露什么具体的信息。"

苏云时并不知道关于密码这件事的前世今生，顿时露出疑惑的表情，李越霆于是凑在他身边，小声地给他解释了一下。

叶颜忽然想起了什么，于是问："我记得范致国并没有参加那场唐代金银器巡回拍卖会，那么他最近有没有入手过什么唐代金银器，或者是别的其他什么古玩物件儿？"

金冉摇摇头，这一点他在查询范致国资料的时候就已经确认过："他目前经营的生意跟古玩完全无关，最近也没什么大规模的财务支出记录。"

李越霆跟苏云时讲完案情主动加入他们的讨论："当年的同伴一个接一个的死了，范致国不可能一点察觉都没有，就算他现在买了假的金银器，我觉得他也不敢轻易出手了。"

苏云时附和一句："如果我是范致国，那么现在我要做的事情一定是先保命，明明躲在国外更安全，但是他为什么敢于在这个风口浪尖来澳门跟人见面？"

李越霆眼前一亮："他不得不来！难道，他有把柄在人家手里？"

叶颜也跟着融会贯通："那只保险箱里的东西，一定是见不得光的。"

李乐婷双手拖着腮，笑盈盈地看着其他人讨论案情，也不出声。倒是金冉先注意到她的沉默，于是轻轻用指头戳了戳她的胳膊：“想什么呢？怎么不说话？”

李乐婷把头一歪：“我有一个问题想不明白，怎么都没人去找保险箱呢？”

李越霆皱眉：“难道正常程序不是先拿到密码再去找保险箱吗？”

李乐婷白了他一眼，很嫌弃的样子：“我原本以为，只有坏人的智商才会这么干。没想到，我英明神武的哥哥竟然也是这么想的。啧啧啧……”

李越霆露出恍然大悟的表情，用力一拍大腿：“对啊！没有密码不要紧，保险箱是可以撬的嘛！”

叶颜眼前一黑，赶紧伸手去拦李越霆：“哎哟喂，您可千万别！婷婷的意思是，只要保险箱不落在冯先生手中，有没有密码，就都无所谓了。”

苏云时淡淡一笑：“格格说得很有道理。”

他说着拉过电脑，飞快地查了些有用的信息，不忘随手插李越霆一刀：“撬保险箱这么没有技术含量的事情，完全不适合我们。”

他把查询到的记录画面发送给李乐婷：“从航班记录上来看，两年零七个月之前，范致国、陈昭还有其他四个人都去了瑞士。如果我没猜错，保险箱应该就在瑞士的某家银行里。”

“六个人都去了……”

李越霆摸着下巴思考：“能查到保险箱的租用记录吗？”

苏云时摇摇头：“安保系统的保密级别很高，恐怕盲目切进去了容易打草惊蛇。而且，我想这个保险箱，应该不是以他们六个人当中任何一个的名义开的，所以，并不好查。”

叶颜有些不解：“为什么？”

金冉接话：“六个人假如通过非法的手段拿到了那些东西，一定不想让人知道，也不想让人查到，所以，那个开保险箱的身份一定是假的。”

苏云时静静补了一句：“我想，这个想要拿到保险箱里东西的马二先生，和跟要我伪造金银器的冯先生，应该是同一个人。他的目的很明确，而且不惜一切代价，可见，保险箱里的东西，绝不只是陈昭所说的金银器那么简单。”

叶颜横插了一句："马二，两点水，马字边，应该是'冯'字的化名。"

李越霆看向苏云时："你对这个冯先生了解多少？"

苏云时很平静地回答："他叫冯千秋，是我同门师弟。"

李越霆又问："一门三宗，各有所长，你是千宗传人，他，应该不是吧？"

苏云时点点头："他出身隐宗，是这一任隐宗的传人，另外我怀疑，这一局当中，还有另外一个人的参与。"

众人一起看向苏云时："谁？"

苏云时说："三宗之中，千宗擅长仿造复刻，隐宗设局行骗，而玄宗，则是鉴定甄别的行家。这一局，我出了手，冯千秋设了局，但如果不是玄宗的传人刘江帆从中策应，哦，暗中帮忙，我想，这些人并不会那么容易就落入圈套。"

叶颜忽然想起书上所写的一句话来，忍不住默念出声："三宗聚，以明王为尊，千术可倾天下。"

苏云时点头表示认可："没错，千术是最高明的骗术。而明王……"

他的语气顿了顿，似乎在努力回忆些什么："每隔六年，三宗都会齐聚一次，设下所谓的'倾天局'，三宗传人，是设局之人，同时也是破局之人。最后，成功破局的那个人，就是新一任的明王。"

叶颜感叹："都说旁观者清，当局者迷……"

李越霆在一旁勉强把事情听了个大概，忽然冒出一句："隐宗和玄宗不干好事，明王不管吗？"

李乐婷听得兴趣盎然："明王他长得帅吗？"

金冉问的则是："你见过明王？"

苏云时轻轻摇了头："上任明王，他，已经死了。"

李越霆不说话，叶颜却忍不住继续追问："他是怎么死的？"

苏云时表情依旧平静如常，他只是在说一件与自己毫无关系的事情："最近这几十年来，最后破了倾天局的都是千宗传人，隐宗与玄宗对此十分不满，六年前，冯千秋的师父罗先生，以及隐宗的传人刘江帆私下达成盟约，一同对付千宗，他们设下了一个精妙到几乎毫无破绽的局，想要趁机一举瓦解千宗的势力。”

苏云时的声音平和而温柔，如同止水，没有半点波澜。然而，所有人都能够听出隐藏在这平和讲述背后的危险与血腥。人人都在局中，互相角力，互相钳制，但又要随时寻找对方的破绽，一击即中。

“我从小父母双亡，是师父收养了我，六岁入门，是这一代的千宗首徒。”

苏云时的师父柳远是时任掌门明王的师弟，同时也是明王之位最有利的竞争者。柳远年轻时曾旅居新加坡，但是始终心怀故土，在苏云时八岁时带着他和妻女一道回国定居，开了一家小店做手工珠宝订制。

“师父对明王之位并没有什么兴趣，所以多年来一直不愿跟门派联系，但是因为师伯年纪大了，再也无法去参与倾天局，他知道罗先生和刘江帆不怀好意，所以只能向师父求助，请他出山。”

六年前，苏云时二十二岁。

柳远知道他身体不好，不许他参与倾天局。柳远独自与罗先生及刘江帆展开较量，虽然最后成功破局，然而心力交瘁，不久便过世了。

苏云时说到最后终于忍不住有些语气哽咽，毕竟是将他一手养大的师父，触及回忆，悲伤是免不了的。李越霆皱了皱眉，不动声色地把装曲奇的碟子往苏云时面前推了推，笑道：“这一次你也想参与倾天局吗？如果你想做明王，我们可以帮你呀！”

苏云时面色一沉，停了片刻，最后淡淡答了句：“我对明王之位，没有任何兴趣。”

李越霆神色严肃起来，又问：“你应该知道，这件事我不可能不管。”

苏云时点头：“我明白，我仍然是文物猎人的一员，我知道自己该做什么，不该做什么。”

叶颜哑然失笑：“这回倒好了，我们全都被卷进千门的倾天局里，想出都出不去了。”

李乐婷兴致勃勃摩拳擦掌：“云时哥哥你说，要是我破了倾天局，掌门明王的位置能归我吗？”

金冉轻轻推了推她："婷婷，别闹。"

苏云时淡淡一笑："千门的门规里倒是没有这一条，我想，应该可以吧？"

于是这边李越霆也开始摩拳擦掌了："真的呀？那太好了，这么好玩儿的事儿，我也想试试。"

他的儿化音还是有一点生硬，只不过比起以前已经进步多了。

叶颜和苏云时对望了一眼，异口同声地说："老李，别闹！"

李越霆做了个委屈的表情："我像在闹着玩吗？我可不是在一本正经的胡说八道。"

叶颜和苏云时脸上各自多了三条黑线，再度异口同声地吼道："你！够！了！"

"哥啊，成语不是这么用的，哎哟喂！"

就连李乐婷都忍不住吐槽，成语黑洞加上网瘾少年，最后就弄出来这么个李越霆先生，说句话都能让人哭笑不得，也真是够了。

李越霆卖萌地吐了个舌头，忽然冒出一句："哎？想知道保险箱在哪里，我们为什么不去问陈昭呢？"

叶颜这才意识到，他们竟然用了最复杂的方法去思考最简单的问题，崩溃地捂脸："我最近的智商一定是欠费了。"

"人还在小白手上，容不得他不听话，让小白想尽一切办法把位置问出来，然后先找人保护起来。"

苏云时还在说话，李越霆已经低下头去给小白老板发微信了，他虽然也在心里不止一次地抱怨自己这次真是蠢得可以，但是表面上还是一副不动声色的样子，毕竟他还算是这个小团队的领导，对于一个领导来说，面子是很重要的。

金冉眼珠子转了两下，心中忽然有了个大胆的主意，只是不太敢直说，这个团队里他跟苏云时都是技术支持，虽然交情不深，但有时候也有些默契，他的目光转向苏云时，立刻就被对方察觉："嗯？"

两人的目光交汇，顿时有种思绪对撞的火花交错，李越霆的声音这时候突兀地横插了进来："你们两个黑客不是想要……黑掉银行的保险箱系统吧？”

李乐婷一听就兴奋了：“哎？要玩这么大？”

叶颜静下来想了想，她向来比较谨慎：“不会打草惊蛇吗？”

李越霆笑呵呵地又摸来一罐可乐，但不打开，在手上一抛一抛地玩儿着：“现在冯先生手里有五位密码，可我们手里只有一位，就像是斗地主一样，一手烂牌想要赢恐怕是不行了，既然我赢不了，那么，他也别想赢。”

玩牌嘛，好牌有好牌的打法，烂牌有烂牌的路子。苏云时跟李越霆玩儿过牌，深知他的门道，见叶颜不是很明白，当即补充：“就是传说中，不要脸、耍无赖的玩儿法。”

叶颜恍然大悟看向李越霆，一脸“我全懂了”的意味深长，李越霆眼前一黑：“小苏啊……话这么说真的好吗？”

苏云时一脸无辜：“难道不是这样吗？”

李越霆认命地低下头对手指：“确实……是这样的。”

苏云时得意地哼了一声：“那老李，你就分工吧！”

李越霆终于又成功找回了自己碎了一地的面子：“金冉帮我们订机票，不从长春机场走，我们先走一段高速去沈阳，然后再转澳门。范致国很快要跟人交易，我猜那个人可能是冯千秋或者刘江帆。婷婷，你帮金冉盯紧这条线，打探消息你比较擅长，看看能不能想办法探出交易时间和地点来。至于保险箱的消息交给小白，有准确位置之后，我们再具体商量要怎么办。小苏，等天黑了你陪我回趟34号别墅，我们去看看冯先生都给我们留下了什么。格格你备好车，再帮我们在市内找个住处，今晚我们不能留在别墅区过夜了。”

大家各有安排，有条不紊地领走自己的任务。

长春的天黑得特别早，叶颜戴上了帽子和口罩，车子停在35号别墅的地下车库里，没有熄火，随时准备出来接应李越霆和苏云时。

李乐婷换上点缀了黑色蕾丝边的蓬蓬裙，少有的化了浓妆，金冉悄无声息地躲在暗处，怀里抱着电脑，目光却紧盯着年轻少女在昏暗灯光下若隐若现的苗条身影。

负责范致国这次保护工作的保安公司经理正巧轮休，约了几个好友在酒吧小聚。

李乐婷坐在吧台的转椅上，手中端着一杯鸡尾酒，在黑暗里朝他浅浅一笑。

金冉看到那张俏丽的脸上，露出与李越霆如出一辙的，狐狸般狡诈却优雅的笑容。

黑暗里，李越霆与苏云时各自换上了一身黑衣，戴着同样的帽子和口罩，蹑手蹑脚地潜入别墅。

苏云时对这里已经十分熟悉，一楼客厅，二楼卧室，三楼则是书房和工作间，他记得这里有一台电脑，除了存有所有要仿制的唐代金银器的数据资料，说不定还能找到什么别的蛛丝马迹。

其实依照李越霆的身手，直接爬上三楼并不难，但是苏云时很难负荷这种高强度的运动，所以大家经过讨论，还是决定按照正常程序，从别墅一楼走楼梯上去。

李越霆干净利落地翻过围栏跳了进去，正打算开正门的锁，苏云时从他身边一阵风般地掠过，做了个“往后”的手势，一楼的小花园后面有道门通往厨房，那把锁要比正门的好开很多。

苏云时领路，李越霆自然百分之百信任，两人蹑手蹑脚开了门。李越霆侧了侧身，从腰间拎出一件仪器，直接按在墙上，苏云时把手机打开，上面立刻在别墅的平面图上显示出了几个闪烁的小红点。

苏云时朝着李越霆挑眉，抬起带着妥帖黑线手套的手，比了个“五”的手势。

这新入手的红外线探测器真是不错，从范围半径到灵敏度都是一等一的。

别墅里一共五个人，苏云时把探测结果转给等在外面接应的叶颜，虽然他们不方便随时看手机，但是她可以为他们当导航。

叶颜坐在驾驶座上，这辆车是她昨天就准备好了的，专门用来替换下午行动时已经用过的那辆。平板电脑上除了红色的光点，还有三个蓝色的光点，分别代表着李越霆、苏云时和叶颜的位置。

“大厅两个人，客厅一个，餐厅一个。”

叶颜的声音平稳从容地响起，李越霆已经做出相应的命令手势，苏云时会意，小心移动到门口，在黑暗里潜藏好自己的身形，他负责餐厅那一个，李越霆要解决的是大厅里那一个。

不过李越霆要穿过餐厅而不惊动餐厅里的那个守卫，显然是不可能的，他们只能打个时间差，苏云时在黑暗中跟李越霆交流了一下眼神，他眯着眼，朝着对方使了个眼色，李越霆心领神会，一只脚踏出，整个人已经如同一条灵活的鱼一样，贴着墙滑了过去！

与此同时，苏云时忽然把手握拳抵在唇上，不轻不重地咳嗽了一声。

"谁？"

一楼的两个人同时警觉，被咳嗽声吸引，不约而同地朝着同一个方向奔去！

这正中苏李二人下怀，苏云时从黑暗中闪出半边身子来，身形如影似烟，在男人面前一晃已经站在了他的身后，手上用足了十分力道，重重往他后颈一砸！

另一个看到有外人出现刚想呼喊求救，李越霆已经上前一把捂住了他的嘴巴，在他出声之前，把他直接打晕了。

两人各自把两个昏迷的人小心地扶到一边藏好，再度对望一眼，苏云时的眼中带着些许称赞的意思，只是神色平静，李越霆却挑眉笑了笑，他戴着口罩，唯有一双漆黑如同浓墨的眼睛露在外面，蕴藏着一点如冰般的璀璨星芒。

"安全登陆。"

苏云时压低了声音说了声，给叶颜下一步行动的提示。

叶颜抬手看了看表，晚上九点三十五分，苏云时说完他该说的话，懒懒地按着嘴，隔着口罩打了个呵欠。

时间太晚了，已经过了他上床睡觉的时间了。

李越霆从他身边一阵风般地掠过，顺手做出一个"三"的手势，苏云时点点头，三十分钟解决任务，这个主意不错。

叶颜已经开始提示下一步的行动路线："二楼没有人，剩下三个人都集中在三楼。"

楼梯比较狭窄，不能两个人并排行走，于是李越霆主动走在苏云时前面，悄无声息地踏上楼梯。极好的身手让他们早就练成了走路没声的绝技，苏云时很默契地紧跟在他后面，把后背转过来对着李越霆的后背，两个人彼此警戒，一边向上走去。

“等等，有人下来了！”

地图上忽然有红色光点慢慢移动，恰好朝着楼梯的方向。叶颜立刻警觉，低声通报，李越霆一把拉着苏云时拐进二楼，洗手间恰好就在楼梯口，是最佳的躲避地点，他们直接钻了进去，然后各自靠在一边，屏息警戒。

“他正往一楼走，恐怕很快就会发现楼下的人被你们打晕了。”

叶颜抿着唇发表意见：“必须尽快解决他们三个。”

李越霆坚定地垂下眼眸，完全赞同叶颜的看法，他抬起手，指了指楼梯的方向，朝着苏云时做了个“这个交给你”的动作，苏云时点点头，目送他先走了出去，自己紧随其后，两人一上一下，分开行动。

苏云时快步跟上那个下楼的人，在他抵达一楼之前，直接把人打晕了，拖进厕所关起来。

李越霆悄悄走上三楼，看到工作间的门口守着两个人，心想最后这两个原来在这儿呢，于是左看右看，随手抓起旁边的一个什么装饰的小花瓶，直接往反方向扔了过去！

只听咣当一声，花瓶在地上碎成一片，李越霆玩得正兴起，于是干脆又开口学了一声猫叫：“喵——喵——喵”

苏云时正踏着楼梯往上走，李越霆这一声正好通过耳机传进耳朵里，他差点一脚踩空把自己绊倒，面无表情地按住扶手站定，继续往上走。

工作间门口守着的两个人互相对望了一眼，其中一个过去查看情况，李越霆侧头看到已经上来的苏云时，被遮挡在口罩后面的嘴角含笑，他来得正是时候！他闪身往旁边一躲，任凭那个人一路穿过走廊走到了另一边去查看情况，朝着苏云时做了个手势，苏云时点点头，放轻脚步跟上了那人，而李越霆身形一蹿已经冲到工作间门口！

两人一边一个，一个正面强攻，一个背后偷袭，事半功倍。

苏云时不管善后，也没有着急进去，而是掏出手机摆弄了几下，李越霆把人拖到厕所关起来，回头看到他还站在门口，于是问道：“怎么不进去？”

苏云时把门推开一个虚掩的缝隙，指了指里面，李越霆顺着看过去，顿时明白：“远程监控摄像头？技术挺发达啊！”

“再有一分钟就能解决”，苏云时运指如飞，他早就观察过这里的环境，哪里有摄像头，哪里有机关，对他来说一清二楚。

李越霆双手抱在胸前等了一分钟，等苏云时切断了监控网络，收了电脑，懒懒打了个呵欠，一边反手推开门，大步走了进去，四处翻找起来。

苏云时直接奔着那台台式机就过去了，用数据线连接手机开始强制破解密码登录，李越霆把抽屉一个个拉开，翻出里面的资料或者材料来看，满眼好奇：“咦？这是什么？”

苏云时埋头对着电脑奋战，不时抬头去跟李越霆解释，这是加温的辅助材料，那是颜料，这是花纹样子，那是刻刀。

李越霆拎着一把细长精致的小刀看得很是喜欢：“这是你们千门专用的工具吗？”

苏云时点点头，把密码一个个破解然后进入系统，果然顺利打开电脑，李越霆歪着头想了想，又问：“有几样怎么从没看你用过？”

电脑系统里存着不少资料，苏云时看了看觉得不错，着急睡觉又懒得等着一点点拷贝，于是难得简单粗暴，直接上手开机箱拆硬盘，一边轻描淡写地回答：“师傅有，但没传给我。”

李越霆依依不舍地把刀放下，又去看一旁的花纹样子，随口问：“为什么不传给你啊？你手艺那么好！”

苏云时三两下把机箱盖卸了，对李越霆这个刨根问底的劲儿实在是没辙了，原本打算不理他，让他自己把这个话题跳过去的，然而没想到李越霆对这件事很执念，锲而不舍地追问：“这不应该啊，他到底为什么不传给你啊！”

“这不科学啊！”

“难道有什么隐情？”

李越霆自说自话猜得热闹，就连叶颜都败给他了，忍不住哀号一声："老李，你能不能歇会儿啊！"

苏云时清了清嗓子，李越霆太絮叨，看来他只能说实话了："师傅说，我的手艺太好，一旦有了那些工具，就能以假乱真，怀璧其罪，那并不是好事。"

李越霆嘿嘿一笑，满脸期待地看向苏云时，苏云时一看他那个熟悉的眼神，顿时额头拉出三条黑线："回去自己查字典，我不想解释什么叫'怀璧其罪'。"

"匹夫无罪，怀璧其罪，因为财能生祸，是这个意思吧？"

李越霆坐在桌上，手中翻着一沓不知道是什么的资料，竟然难得对成语侃侃而谈，苏云时脸一黑，颇为无奈地对他说："老李啊，我们都在一个频道，刚刚格格说了什么，难道我会听不见吗？"

李越霆耸着肩笑得很是轻松，满眼都是灿烂的小星星，忽然手上一停，语气诧异地"咦"了一声。

苏云时把拆下来的硬盘装进背包里，就听到李越霆没来由的这一声，抬头看去，李越霆已经从桌上跳了下来，直奔他身边，把手中的东西给他看："这个，也是冯先生让你仿制的吗？"

苏云时摇摇头，李越霆手中拿着的是一张照片，像素不高，但是能辨认出来上面的是伎乐俑。

"这个我没有见过。"他仔细端量照片，先前看过的资料里面，应该没有这一组，直接把手机拿出来拍照，然后传给叶颜，她才是这方面的行家，自然要由她来鉴别一下才更权威。

叶颜听说发现了新的线索，刚打算接过来看看，结果看到画面上除了原本静止不动的五个红点之外，忽然又有十几个正在缓缓靠近！她立刻把这个情况通报给他们："有人正往这边来了，而且人很多，至少有两辆车！"

李越霆和苏云时对望了一眼，硬拼显然不是办法，他们这时候想要从正门出去已经不可能了，李越霆直接把资料往地上一扔，背包拉开，从里面掏出备用的绳索递给苏云时，笑着问："能行吧？"

“你说呢？”

苏云时从容反问，顺手把绳索接过来，动作熟练地开了窗就往上面系，叶颜已经打开了车库的门，李越霆抬手看表，神色严肃地下命令：“一分钟内撤退！”

两辆车正风驰电掣地朝着别墅驶来，一辆商务车后面跟着一辆面包车，眼看着就要靠过来了。苏云时把绳索顺出窗外，然后用力拽了两下测试安全，这才放心地翻上窗台，看了李越霆一眼。

李越霆点点头，于是苏云时一手攥着绳子，动作敏捷地跳了下去！

叶颜的车一个急转弯从别墅冲了出来，还没停稳苏云时已经从天而降，他喘着气拉开车门，身后李越霆已经如同只雄鹰一样振翅而下，用力推了一把苏云时的背把他扶上车，叶颜没等车门关上就猛踩油门，李越霆跟着把门拉上，就看到苏云时脸色苍白地靠在座位上顺气，幸好只是三楼，他还能应付。

别墅区的道路进出只有一条，其实是个环路，叶颜车速极快地从别墅的另一边拐出去时，另外两辆车恰好拐进去，擦肩而过。

李越霆帮叶颜开了导航，他们已经选好了新住处，距离这里大概有四十分钟的车程，繁华市区的五星级酒店。谁也想不到他们敢这么大摇大摆地出去晃荡，但是，这偏偏就是李越霆最喜欢做的事情。

苏云时因为太困，上了车就开始补眠，叶颜开了一阵，觉得安全了才停下来把车换给李越霆开。

伎乐俑叶颜见得并不多，但是好歹看过一些资料，很快就有了结论，只是怕吵了苏云时睡觉，压低了声音说：“这应该是隋代的。”

李越霆有些意外：“不是唐代的？”

他们最近接触的金银器都是仿唐代的，所以他推想这一组可能也来自相同朝代，不过他对这些陶俑之类的冥器并不是非常懂，叶颜显然更权威一些。

苏云时忽然淡淡开口：“不是，确实是隋代的。这一组是坐部伎，是隋代才开始出现的陪葬品。陶俑的头虽然比较圆润，但是身材苗条，所以，应该不是唐代的东西。”

他确实很困，但刚刚补了一会儿眠，感觉好了很多，心情也不错，难得有兴趣地开口加入了讨论。

叶颜点点头，迅速搜集脑海里的知识储备："1959年，河南安阳张盛墓曾经出土一组彩绘伎乐陶俑，一共八个，造型服饰都是典型的隋代女子形象，倒是跟这一组有点类似。"

李越霆抽空扫了一眼图："嗯，样子差不多，不过这一组是六个，数量不同。"

苏云时朝着叶颜伸出手，叶颜把照片递给他，李越霆思考问题的时候下意识地动着眉毛，从金银器到伎乐俑，他似乎捕捉到了些其中的联系："伎乐俑也是陪葬品，对不对？"

苏云时默默看着照片，叶颜顺着李越霆的推断说下去："隋代的伎乐俑，唐代的金银器，都是陪葬品，莫非……"

李越霆点点头，他的猜测跟叶颜差不多："我觉得，这件事很可能关系到某个隋唐时代的古墓。"

苏云时捏着照片的手一僵，语气低沉："你们还记得，阿波丸号宝藏案当中，潘俊背后的QS公司吗？"

李越霆不知道苏云时为什么会提到他们的上一桩任务，但是既然他说了，那一定是有他的道理的："我记得，QS公司背地里经营的就是文物走私和仿制的违法生意。"

苏云时把照片合在掌心里，低下头："有一件事我瞒了你们，那天你跟金冉带潘俊进岩洞的时候，我并没有留在船上，我去见了冯千秋。"

李越霆和叶颜都是一愣，就听到苏云时接着说下去："还有，在苏州，我是自愿跟冯千秋的人走的。"

叶颜一双白嫩秀气的手骤然握拳，情绪显然是有些控制不住了："小苏，你这话什么意思？"

李越霆安慰般地拍了拍叶颜的手，用眼神示意她冷静一点儿，这才不紧不慢地问："你跟冯千秋做了什么交易？"

苏云时淡淡一笑，虽然脸色苍白，车厢里又暗，但是那笑容依旧是光华丛生，让人心生温暖："我把阿波丸号宝藏的真正下落告诉了他，要他转告他的老板，放我们安全离开。”

李越霆点点头：“怪不得，我还想不明白，那天我们从岩洞里出来之后，QS 公司竟然没有再派人来跟进这件事。”

他停了停，调笑道：“我就说嘛，谁有那个本事，能那么容易就把你带走。冯千秋帮了你一个忙，所以你必须还他一份人情，这说得通。”

可叶颜还是有些不理解：“话不是这么说的，你为了还他的人情，帮他仿制的那些金银器赝品，已经害死了四条人命！那是人命……”

李越霆凭空打断她的话：“并不只是还他人情那么简单吧？那时候你已经知道，冯千秋所做的这些，都是‘倾天局’的一部分，你身为千门传人，已经身在局中，想逃，恐怕也逃不了。”

苏云时幽幽长叹一声：“身在局中，身不由已。”

叶颜被打断了说话非常不高兴，刚想开口，李越霆忽然用力握了一下她的手，垂眸轻轻摇了一下头。她看到他眼中明晃晃闪烁恳求的意味，显然是不想她再说下去让苏云时为难，心中虽然憋着一股火，但还是竭力忍住了。

她虽然性子烈，但从来都不是不分是非的人，刚刚只是脑子一热，被李越霆拦住静下来一想，倒是能设身处地换位思考，假如身在苏云时的那个位置上，确实很难做出选择。

毕竟，苏云时一开始的目的也是为了保护他们。

苏云时在后面默默地将一切都看在眼里，禁不住将唇抿成一线：“格格说得对，这件事是我的错。但错已铸成，我就算再愧疚自责也没用。现在最重要的，是理清事情的线索，这件事虽然主导的人是冯千秋，但是绝对不能忽视 QS 公司在背后的力量，冯千秋和刘江帆想要的是掌门明王之位，那么，QS 公司想要的，又是什么呢？”

叶颜对苏云时的直接认错有些意外，但是很快接受，与他一起分析起来：“我想最有可能的，就是这个伎乐俑还有我们所猜测的，那个神秘的隋唐古墓。”

李越霆见苏云时不说话，于是开口做总结：“我们现在需要解决的问题：第一，QS 公司的目的，应该是古墓，更确切地说，很有可能是墓中的文物，这个墓跟唐代金银器，还有伎乐俑，以及陈昭、范致国等六个人和他们手中的密码，到底有什么联系？第二，冯千秋设下的‘倾天局’，我想四位富商之死只是一部分，接下来，应该还有更大的篇章在等着我们，他们最终的目的，到底是什么？第三，保险箱在哪儿？里面到底放着什么？解决了这三个问题，我们才有可能阻止冯千秋和QS公司的阴谋。”

苏云时打开电脑，接上他刚刚从别墅那台电脑上拆下来的硬盘，指尖飞快地在键盘上敲击出一连串的字符，一边补充：“还有一点，陈昭、范致国以及其他四位富商，他们之间到底有什么不可告人的联系？”

李越霆一手揉着下巴，看似放弃了思考，而是目视前方，认真开车。

苏云时目光飞快地在屏幕上密密麻麻的资料档案上移动，竭力不漏掉任何一条有用的信息。

叶颜盯着手机里那张伎乐俑的照片，仿佛在有些模糊不清的画面当中，那些乐俑化为载歌载舞，栩栩动人的乐女，正在演出一场悠然动人，但扑朔迷离的盛世歌舞。

车子在灯火通明的路上飞快疾驰，夜色寂静如水，无尽黑暗笼罩大地。

然而，他们从未放弃与黑暗抗争。

因为他们知道，既然身在局中，那么只有破局，才是唯一的出路。

【第三章】 流转去脉心未明

第二天一早，李越霆就组织小分队浩浩荡荡从长春出发，先开车走高速到沈阳，然后从桃仙机场直接飞澳门。

叶颜早已经习惯了他这种不按照常理出牌的打法，估计冯先生从昨晚开始就守在机场等着堵人，然而他们却悠哉地看了一路东北平原的浩荡风光。

头等舱只有他们三个乘客，让李越霆总有种包机出游的错觉。

漂亮的空姐显然对这两位款式完全不同的帅哥格外感兴趣，一会儿送饮料一会儿送点心，十分殷勤，这让李越霆越发绅士起来，声音低醇，态度和善，笑容满面，然而却藏不住一身骄傲，那感觉就跟一只开了屏的孔雀似的，分分钟就要把自己的尾巴来回抖一圈，只为博美人一笑。

相比起他来，苏云时就淡定得多了，他对空姐们的示好完全视而不见，因为飞机一起飞，他就闭上眼睛开始补眠，之后就再也没有睁过眼。

李越霆一手端着咖啡，一边侧头低声跟叶颜商讨接下来的计划。李乐婷成功从保安公司经理那里打听到范致国跟人见面的时间地点，在澳门要谈点事情，上档次的场面不是赌场，就是游轮，显然李越霆比较庆幸对方选的是游轮，要是赌场，可能想要混进去要麻烦很多。

上游轮也很有趣，李越霆眉飞色舞地畅想：“我是不是应该买套新西装？ Tom Ford 的这季新款怎么样，我想买很久了哎！”

苏云时睁开眼睛，侧目扫了他一眼，语气平淡如水："扮个厨子，买西装干嘛？"

叶颜忍不住笑出声来，要说这世界上谁最能拆李越霆的台，非苏云时莫属了。

李越霆把眉头一皱："凭什么又是我扮厨子？格格你评评理，咱们几个人里头，到底谁厨艺最好？"

叶颜原本想要实话实说，但是转念一想，李越霆这是挖了个坑等着自己往下跳啊，在他和苏云时当中，明显还是腹黑的小苏先生更不能得罪，于是她假装迟疑了一下，却把目光投向苏云时，等着他出来继续插刀，顺便帮自己解围。

苏云时默默把电脑打开，一边说："我厨艺好，跟我要扮厨子，没有任何关系。金冉厨艺也很好，不然你让他扮厨子？"

李越霆顿时无言以对，让金冉扮厨子，估计自家宝贝妹妹能把厨房直接拆了吧？

他默默咽下一肚子苦水："为什么一定要扮厨子？难道上游轮就没有别的办法了吗？"

叶颜想了想："有是有，但是如果要掩饰身份混上船的话，还是扮点什么比较好，应聘厨子会比较容易吧？或者洗碗工也行啊！"

李越霆觉得胸口顿时又是砰砰两枪，苏云时也跟着想了想，很认真地说："我可以去应聘荷官。"

叶颜忍不住扶额："冯先生认识你，你就别扮了，直接上船藏起来，别让他看见就好了。"

三个人一番讨论，最后决定金冉跟李乐婷假扮游客上船策应，叶颜以某位土大款千金的名义，高价雇几个保镖，然后苏云时混在保镖的队伍里一起上船，至于李越霆，他是扮成大厨还是扮成洗碗工，就随他心情了。

奥利安娜公主号是一艘五星级豪华游轮，从澳门出港，在海上环游一圈，三天两夜。船上除了各种娱乐博彩设施，还有酒吧和高级西餐厅，以及极度奢侈的总统套房，当然，李越霆是肯定住不上的，他最多就是在餐厅的后厨偷吃两片刚切好的烧鹅。

叶颜在李乐婷的建议和帮助下，成功把自己打扮成一个暴发户家的富二代，项链上的大颗宝石亮闪闪，恨不得在十个手指头上都套上宝石戒指，妆容浓重，怎么看都像是被人抡拳头把眼睛给打肿了。

苏云时一上船就躲起来了，他并不适合留在明处，藏在暗处的黑客，就像是一场战争中的狙击手，悄无声息，沉默肃穆，但是却能在顷刻之间掌控生死，长枪一划，八百米无人区。

李越霆把自己打扮成一个邋遢的穷屌丝，他演戏的功力出神入化，几乎是演什么像什么。逼真的扮相，导致当天晚上他在餐厅里跟叶颜擦肩而过的时候，叶颜竟然完全没认出他来！

“网络正常，金冉，画面清楚吗？”

苏云时轻而易举地接进了船上监控系统的主控制网络，把画面传送到房间里，金冉把笔记本电脑横在膝盖上，飞快地调出各个画面检查，一边评价：“嗯，这组摄像头的像素不错，挺清楚的。”

李乐婷幸福地在床上打滚，床垫子又柔又软，是她的最爱，金冉随手扔了根削好的甘蔗过去，她接了就捧在手里“咔嚓咔嚓”地啃着。

“我想乖乖了，也不知道最近它瘦了没有。”

李乐婷把甘蔗嚼成渣吐出来，一边念叨，她已经有一个多月没有见到她家亲爱的儿子了。

“我觉得它瘦了的可能性几乎为零，我爷爷不把它喂成肥猪才怪！”

叶颜笑语盈盈地接话，她此刻正在甲板上的露天餐厅吃榴莲蛋糕，顺便盯梢范致国。

范致国坐在靠甲板的那张桌子旁喝咖啡，身后站着四个高壮的黑衣保镖，神情严肃，如临大敌。

叶颜距离他并不远，她身后也跟着四个保镖，不过站得比较远。两个人坐着，一堆人站着，那场面还真是挺搞笑的。

范致国喝完咖啡，起身离开，带着一小队保镖从叶颜面前经过，因为这风格实在太过类似，于是忍不住停下来看了一眼。叶颜那一刻正巧抬起头来，迎上他的目光，于是嫣然一笑，笑容娇美动人，范致国一愣，与她点头示意，然后匆匆走了。

叶颜一手掩着嘴轻声低语："他走了，看方向应该是去了保龄球馆。"

金冉拍拍床，招呼李乐婷："我教你打保龄球怎么样？"

李乐婷一脸兴奋："好啊好啊！"

两人迅速收拾好东西出门去保龄球馆，继续盯梢范致国。叶颜用手机翻了翻游轮上的行程，晚上有个假面舞会，她暗自小声嘟囔着，"不知道范致国会不会去啊？"

苏云时的声音低低响起，他不知道躲在什么地方，听起来十分安静："他应该会去，我听到他的保镖在对讲频道里说，晚上会安排两个人便装去舞会保护他。"

"那正好，想办法找个机会把他弄过来灌醉，套套话，最好能混到他身边，让他带我们去跟冯先生交易。"

李越霆兴致勃勃地插话，间隙传来潺潺水声，听起来他似乎是在刷碗。

李乐婷和金冉肩并肩往球馆的方向走，半开玩笑地提议："那还不容易，把他找个地儿关起来，打一顿，等他全都招了再放出来不就行了？"

苏云时皱了皱眉："我总感觉这件事有点奇怪。"

叶颜继续坐在那儿吃蛋糕："哪里奇怪？"

李越霆关了水龙头，抖掉手上的水珠："哪里都奇怪，范致国冒着生命危险跑来跟人见面，冯先生到现在为止还没露面，见面的时间定在明天中午，他们要干什么，为什么选了这艘船？"

叶颜忽然一拍桌子，震得桌上的碟子和叉子哗啦啦直响，幸好旁边没人，才没引起注意，倒是把保镖吓了一大跳，叶颜抬手示意自己没什么事，见他们都没上前，于是压低声音又说："明天中午，游轮会开到哪儿？"

频道里一片安静，苏云时低头哗啦哗啦打字，很快给出答案："临近公海海域。"

李乐婷拉着金冉的手走进保龄球馆，果然看到范致国一个人在那里挥汗如雨地打球。

金冉脚步停了停，忽然冒出一句："公海海域，这个词我怎么总觉得在哪里听过？"

叶颜把最后一口蛋糕塞进嘴里："港片里都这么说，船开到公海海域，杀了人没人管。"

"什么片？好看吗？"

李越霆提问的重点完全错误，一边把腰上的围裙解下来，他穿着最廉价的白色T恤和藏蓝色短裤，脚踩一双人字拖，戴一副黑框眼镜，头发乱糟糟跟鸟窝差不多。这个打扮，再加上他稍稍修了一下五官，于是整个人的气质都变了，完全是个生活不得志的屌丝形象。他顺手从盆里抽出根洗好的黄瓜咬在嘴里，晃晃悠悠往外走，跟对面的厨子打招呼，说着一口流利的粤语，意思是厨房太热，他出去甲板上透口气，抽根烟就回来。

苏云时合上电脑："我查了登船乘客名单，当中没有冯千秋，估计用的也是化名。"

李越霆咔嚓咔嚓嚼着黄瓜，靠在甲板的栏杆上吹风，眯着眼睛往海上看去："这年头，谁出来行走江湖用真名啊？"

"我总觉得，事情并没有那么简单。"

苏云时抬手按了一下心脏的位置，不知道是不是思虑过重，他这两天的心脏总是不太舒服，幸好药一直带在身上。

李越霆把黄瓜吃完，拍了拍前襟上的水，点了一支烟，夹在指尖却不抽，眼神深邃，好像在思考些什么："把人骗上船杀人灭口，好像有点……呃，大材小用？不对不对，大失所望？"

叶颜只觉得黑线挂了满脸，李越霆最近一定是成语字典看多了："你想说，大费周章？"

李越霆弹了一下烟灰，眼神挺诚恳的，只不过叶颜此刻看不见："好像是这个意思吧？"

苏云时默默吐槽一句"完全词不达意"，然后表示了赞同："从之前几个富商的遭遇看，确实这次他们对范致国，把事情搞得有点复杂了。如果只是要杀人灭口，何必要费这么大的劲？"

李越霆说："难道他们还有别的阴谋阳谋？"

叶颜特真诚地回答："这个真不知道。"

李越霆想了想，实在没什么头绪，于是又说："谁把范致国的资料再发我一份，我再研究研究。”

苏云时大手一挥，直接把一份简单扼要的资料发到了他的微信上，李越霆把烟掐掉，拿着手机边走边看，范致国改过名字，而且资料不全，因为那时候电子档案还没那么发达，所以很多事情，尤其是他们非常想知道的从前那部分，都是空缺着的。

“生平资料、兴趣爱好、家庭住址、股票不动产、就医记录……”李越霆一边走一边看一边嘟囔着，苏云时和金冉两个黑客联手，基本上快要把范致国的老底都掀了。

可是到底哪里不对劲呢？

李越霆想，总感觉哪里怪怪的，他的第六感向来十分灵敏，可是这一次，他把事情从头到尾想了好几次，硬是找不到破绽在什么地方。

既然如此，就只能走一步看一步了。

目前来看，他们最为重要的任务是晚上的舞会，要想办法控制住范致国，并且将他保护起来。

晚上的舞会在游轮的甲板上举行，露天游泳池旁排开一字长桌，上面堆放着精美餐点和水果。李乐婷和金冉一组，在叶颜周围活动，随时瞭望并向她通报情况。苏云时仍旧躲在暗处总控一切。李越霆换上了服务员的白衬衫黑马甲以及银色面具，端着装了香槟和果汁的黑色托盘，在现场四处游荡。

“范致国喜欢收藏围棋，格格，我在你房间的保险箱里放了两颗云子，图片刚发到你微信上。他一定会感兴趣，到时候你就找机会，邀请他到你房间里去坐坐。”

苏云时慢条斯理地说，叶颜看了一眼刚收到的图片，一黑一白两颗温润的云子摆在湛蓝色锦盒里，色泽明亮动人，果然是难得一见的珍品。

“范致国酒量不行，估计有个三五杯红酒下肚，应该就可以套话了吧？”

李越霆对叶颜的酒量十分有信心，虽然她平时很不喜欢喝酒，但是事实证明，从小就跟着爷爷品茅台、尝杜康的叶颜，基本上可以凭真本事灌倒两个李越霆。

第一次得知这个真相的李越霆当时脑海中只想到一个人，那就是《萧十一郎》里的风四娘，永远喝着最烈的酒，笑容明媚动人，爽朗又不失温柔。

假如活在古代的话，叶颜也一定是那样一个恣意潇洒的侠女吧？

叶颜完全没把喝酒这件事放在心上，随口应付上来搭讪的路人甲乙丙丁，然后慢慢往范致国的方向移动。

金冉和李乐婷手挽手在一旁分吃一个布丁，看似秀恩爱，实际上眼观六路耳听八方，叶颜周围的一举一动都逃不出他们的眼睛。

金冉的手中还握着手机，他随时监视着游轮的航行路线，另外，他还接入游轮保安的对讲频道，可以及时获得船上的各种动向。

李越霆在人群中穿行，不经意间目光已经环视一圈，冯千秋并没有出现在这里，直到现在为止，他还没有露过面。

他心念一动，背过身低声问苏云时："你能检索一下船上的乘客名单吗？"

苏云时立刻回复："怎么检索？"

李越霆想了想答道："拥有单独的套房，年龄四十岁以上，亚裔，没有女伴。"

苏云时抬手在键盘上敲击关键字，他们上船之前已经弄到了乘客名单，但是并没有在当中找到什么有用的线索。

"没有。"

很快苏云时回复给他一个明确的结果，李越霆眯起眼睛看向不远处的范致国，他正在与叶颜交谈。叶颜把手机递过去，似乎是在给他看云子的照片，范致国果然露出了十分感兴趣的神色，连声追问起这两枚云子的来历。

"《徐霞客游记》中记载，棋子出云南，以永昌者为上。云南盛产玛瑙和琥珀，用这两种材料制作成的云子晶莹剔透，白子微带翠绿，黑子厚重，最正宗的云子产于明代，如今传世的只有一副半。"

叶颜侃侃而谈，却在最为关键处欲言又止，给范致国留下无尽想象的空间。

实际上苏云时给她的这对云子是仿制的，只不过他的手艺精妙，如果不仔细分辨，绝对可以以假乱真。

叶颜开始有点理解苏云时的师傅当时的顾虑，如此精湛的技艺，假如再得到那套工具，恐怕会引来更多如同冯千秋那样不安好心的人的觊觎吧！

范致国的脸被一副国王面具挡去了大半，露在外面的眼睛放着光，就像是狮子看到了猎物一样。

叶颜随手把手机揣进口袋里，故意笑着转移话题："可惜啊，我只弄到了两枚而已。"

"两枚足矣，这两枚，绝对可以算得上是价值连城了！"

范致国所有的好奇心都被吊起来了，于是对叶颜的态度也越发礼貌："冒昧地问一句，这两枚云子，何小姐有转手的打算吗？"

叶颜歪着头，装出一副不怎么懂的模样："真的那么值钱吗？我是在国外一个小拍卖会上淘回来的，老外不懂，才花了三万八千欧元，听范先生这么一说，这钱我倒是花得很合算了？"

苏云时盯着李越霆要他检索的乘客资料沉默了半天，忽然抬手关掉耳机，然后拿出手机，拨通了一个电话："喂？你在哪里？"

谁也没有留意苏云时此时此刻的沉默，对于他们来说，他平时多数时间也都是这样沉默着。苏云时悄无声息地把自己藏在暗处，低声与电话那端的人说了几句话，最后又道："好吧，那就这么办吧！"

他挂断电话，长长叹了一口气，心想，非到万不得已，他真的不想走出那一步。

这边范致国和叶颜的对话还在继续，话题都是关于那两枚云子的，叶颜把"欲擒故纵"这个策略发挥到了极致，一边转移话题，一边不时吊一吊对方的胃口。范致国则一心想要把这个难得一见的藏品弄到手，所以言语间对叶颜十分讨好。

叶颜端着一杯香槟，范致国手中的杯子空了，恰好有服务员走过来，托盘中装着刚倒好的果汁，叶颜见范致国的目光已经飘了过去，为了礼貌，于是主动帮他接过杯子，换了一杯果汁递给他。

范致国朝她礼貌地一笑："谢谢。"

说着举杯示意，虽然只是果汁，但是礼节总是要有的，叶颜于是举杯与他相碰，仪态优雅地喝了一小口香槟。范致国可能是有点渴了，一口气喝了半杯果汁，放下杯子，长长舒了一口气。

那个送果汁的服务员很快端着托盘消失在人群中，乐曲声响起，男男女女各自邀约共舞，叶颜和范致国都没兴趣跳舞，仍是站在一旁聊天。

李越霆目光环视，仍是保持着随时戒备的状态："金冉，婷婷，你们那里有什么异常吗？"

金冉和李乐婷各自确认回复，一切平静，没有异常。

苏云时仍然没有出声，就好像从来没有存在过这个人一样。

舞会进行得非常顺利，一开始现场 DJ 放的是优雅的华尔兹，大家表现得都比较矜持，后来气氛越来越热闹，天也越来越黑，夜空中繁星点点，灯红酒绿，不知道什么时候乐曲也跟着 High 了起来，炫动的节奏让人忍不住跟着想要扭动身体起舞。

狂欢的时间已经到来。

叶颜趁机邀请范致国到自己房间去观赏那两枚云子，范致国心中正盼着如此，立刻一口答应了，两人各自带着保镖，穿过人群，沿着甲板边缘慢慢往客舱走去。

苏云时坐在黑暗的角落里，只有眼前电脑的屏幕是亮着的，光照在他的脸上，显得沧桑惨白，他紧盯着监控摄像画面，目光一动不动，忽然在触及到某一点的时候，顿时一停！

是他错了！

他们竟然犯了这么大一个错误！

与此同时，李越霆放下手中已经全是空杯子的托盘，重新端起补充了新鲜果汁的托盘，微酸甘香的味道让他一愣，眼前却忽然浮现出一张全英文的记录单来！

他竟然没有注意到！

原来，真相竟然是这样！

李越霆放下托盘，不顾一切地冲出人群，奔向叶颜。

金冉和李乐婷都注意到他异常的举动，不解地望着他的背影，就听到苏云时急促的声音响起："拦住格格，不能让她跟范致国单独离开！"

两人虽然不明白发生了什么事，但是也立刻跟了上去。然而一切都已经来不及了，范致国和叶颜一前一后，刚走到客舱入口处，叶颜就看到范致国的背影忽然肩膀抽动了一下，她还没弄清楚发生了什么，范致国突然身子一歪就倒了下去！

"范先生！"

保镖猛冲上来，叶颜也跟着一个箭步冲上去，却被保镖们挡开，她有些着急地探头看去，见范致国痛苦地按着胸口躺在地上抽搐，保镖当中没有医生，只能大喊向船上的服务人员求救。

范致国抽搐了几下，半睁着眼睛朝着叶颜指了指，喉咙里发出"嗬嗬"的声音，但却半个字抖说不出来。

李越霆已经冲出人群，直奔叶颜而去，他跑得飞快，出了这种事，他心中的第一反应就是一定要有人陪在叶颜身边，不能让她独自面对这一切！

但是，当他马上就要到叶颜身边的时候，却不知道从哪里伸过来的一只手，忽然用力抓住了他的胳膊，李越霆没有准备，被一下拽到了旁边，他反手正想挣脱，但是抬头迎上的却是苏云时静如止水的一张脸，他顿时一愣："小苏，你……干嘛拉着我？"

苏云时双眸低垂，朝着他摇了摇头："你不能过去。"

李越霆这时候心急如焚，哪里来得及听他的解释，反手就要挣脱："不行，我得过去，没能及时发现冯千秋的阴谋，这是我的失误，这错不能让格格来背！"

苏云时抓着他手腕的手五指用力收紧，竟然如同铁钳一般，牢牢牵制住李越霆，他挣脱了两三下竟然没有成功。李越霆知道苏云时虽然表面上平静如常，仍是那个温润如玉的谦谦君子。但是，他身上不知道什么时候就多了横剑出鞘的纵横杀气，凌厉得让人害怕。

"不，你不能过去。"

苏云时冷静地把这句话重复了一次，看着李越霆眼中焦急的神色一分分褪去，这才单刀直入地问："冯千秋早就已经知道千面狐狸插手了这件案子，这个时候主动走出去，你觉得他会怎么想？"

李越霆脸色一沉，心中已经明白了苏云时的用意，确实，刚刚他因为叶颜的关系影响了情绪和判断力，千面狐狸的身份一直是个秘密，现在去帮助叶颜，无异于主动告诉冯千秋，他就是千面狐狸。

可是这个时候，他怎么能把叶颜抛下不管？

苏云时看出他眼中的忧虑和矛盾，于是主动放开李越霆的手，转而上移，轻轻捏了一下他的手臂，问："你相信我吗？"

李越霆不明所以地点点头，这件事他不用想就能做出回答："当然。"

苏云时听到他的答案，忽然扬起嘴角淡淡一笑："我就当这是个承诺了。"

在那一刻他垂下眼，挡住了眼底细微如水的波动："希望你，不要反悔。"

李越霆被他这几句古怪的话搞得有些找不到头绪，稍微晃神，苏云时已经转身朝着叶颜走去。

"我看过登船时游轮入口处的视频记录，冯千秋根本没有上船。"

苏云时淡淡地低声说着，从黑暗中慢慢闪出身形，走向灯光闪亮的地方。

李越霆恍然间就明白了苏云时的用意，冯千秋并没有要跟范致国做什么交易的打算，这场所谓的交易，不过是一个饵，他在用范致国做饵，假如上钩的不是千面狐狸，那么，就只能是身为千门传人的苏云时了。

范致国此刻已经停止了呼吸，脸色青紫，眼睛紧闭，仿佛陷入一场漫长的沉睡当中，身体逐渐变得冰冷。叶颜手足无措地站在一边，她是距离范致国最近的人，她亲眼看着他被痛苦折磨然后死去，却始终无能为力。

这种感觉糟透了。

叶颜觉得所有人都在盯着自己，她像个小丑，又像是被他们所怀疑的凶手，她明明是无辜的，但是，看到他们此刻的眼神，连她自己都快要相信自己有罪了。

她一个人，无依无靠，就连求助都不敢。

下一秒，她就看到苏云时从黑暗中缓缓走来，他并没有戴面具，温文尔雅的面容在灯光下熠熠生辉，犹如黑夜里的一道光，瞬间为她照亮了眼前的路。

他坚定地向着她走来，脸上带着似笑非笑的表情，平静优雅。

叶颜觉得自己忽然就没那么害怕了，至少这一刻，有苏云时陪着她。虽然看不到李越霆，但是她知道，他一定正在某个角落里默默注视着自己，他不走出来，不是害怕承担责任，而是他要顾全大局。

他们所有人当中，只有千面狐狸的身份，是绝对不能暴露的。

苏云时走到她面前，及时拉住了叶颜的手，给她递过一个安慰的眼神，语气温柔："别怕，我陪着你。"

"嘤嘤嘤嘤……这本来应该是我的台词。"

李越霆委屈地用手指在角落里画圈圈，一不小心沦为酱油角色的李先生心情十分不明媚。但他不得不承认，面前这出如同言情偶像剧的对白还挺唯美的，尤其是有这么帅气漂亮的男女主角，碍于情势复杂，也只能咬牙硬忍着了。

游轮上有人突然死亡而且死因不明，所以船长跟公司商量之后，决定立刻返航，并及时通知了船上的安保人员来做处理。

但叶颜仍是一头雾水，她完全不明白到底范致国是怎么挂掉的。

"难道是下毒？可是船上供应的饮料那么随机……"

叶颜托着腮靠在沙发上思考，她和苏云时被安排在同一个房间里，好在只是被监视起来，并没有被搜身，所以他们身上戴着的通讯频道还在持续工作。两个人先是把房间里从头到尾检查了一遍，确定没有监听设备，这才坐下来待着，但是因为干坐着实在无聊，只能靠分析案情打发时间。

"应该不是，投毒的针对性太强，在舞会那种公众场合，可操作难度实在太大。"

苏云时其实也不太能想清楚，但是他唯一能确认的一点是，冯千秋这次设局的手段确实棋高一着，利用他们急于追查真相的心态，用范致国给他们造成了沉重一击。

李越霆已经回到了厨房，现在船上的一切娱乐运作都暂停了，只不过大家都要吃饭，所以厨子暂时不会失业，他一边洗菜一边低声道：“问题出在范致国最后喝的那杯饮料上，他喝的是柚子汁。”

“柚子汁不是很健康还能减肥吗？为什么范致国喝了却会有问题呢？”

李乐婷疑惑得要命，她平时也会喝柚子汁，也没发现有什么问题啊？

金冉不说话，却立刻在电脑上搜索起来，他们俩这时候也已经在工作人员的安排下回到房间休息等候返航了。客房区十分安静，可能是因为出了人命案的关系，所以大家都表现得很配合，待在房间里都不怎么出来走动。

苏云时抿着唇思考李越霆的话，在观察细节方面，恐怕没有人能比得上李越霆的思维缜密，虽然当事人李先生可能根本不知道思维缜密是什么意思，但是，他却能看到很多别人注意不到的关键性线索。

比如这杯要了范致国性命的柚子汁。

厨房里有些闷热，李越霆把洗干净的西红柿甩干水装在盆子里，然后随手捞起一个咬了一大口，微酸清爽的感觉瞬间让他清醒过来：“小苏，你把范致国的就医记录发给大家看看……”

大家立刻收到苏云时传到微信上的资料，范致国的身体基本健康，但是因为平时应酬太多，经常喝酒，饮食也不清淡，所以有点血压高，所以医生给了他每天早晚服用两次降压药的建议，服药是从上周六开始的。

“柚子含有丰富的维生素C以及胰岛素等成分，所以能够降低血黏度，但是，如果服用了降压药之后再喝柚子汁，效果就等于一次服用了十倍的降压药，血压急速下降，会引发心绞痛和心肌梗死。”

李越霆咬着西红柿解释事情始末，让大家听得目瞪口呆，谁也没想到，能够杀人于无形的，竟然是看似健康营养的柚子汁。

叶颜眼中露出“原来如此”的神色，接着说：“范致国这一死，彻底打乱了我们的计划。但是冯千秋为什么那么急于灭口，然后嫁祸给我们呢？他难道已经拿到了第六位密码？”

“不对”，苏云时忽然勾起手急促地敲了两下电脑：“我们从一开始就想错顺序了！”

李越霆吃完西红柿在水龙头底下冲着手，双手骨节分明，交错在一起，溅起晶莹的水珠，谁也没有注意到他的表情忽然严肃起来："是的，我们从一开始就错了！"

他们按照正常的顺序来推断，从第一个跳楼身亡的富商开始，一共六人，各自保管一位密码，到范致国，正好是第六个。

但实际上，他们却忘记了一件非常重要的事情。

李越霆把手擦干，一手蹭着鼻尖，把脑海中所有他们已经掌握的线索重新排序："我们以为的第一个，其实并不是第一个。"

他这句话说得有些玄妙，说白了就是意思不清不楚，苏云时却明白他的意思，接着补充下去："冯千秋能够利用他们六个人来设局，并且企图帮助 QS 公司寻找古墓的下落，那么一开始，他们又是怎么知道这件事的？"

叶颜猛地一拍沙发："那六个人当中，有人泄密！"

李乐婷小小地"哦"了一声："怪不得对付其他五个是一个套路，而范致国是另外一个套路，如果是这样的话，那么，事情就合情合理多了。

金冉接着她的话往下说："范致国就是那个泄密的人，他把保险箱和古墓的存在，透露给了冯千秋，冯千秋应该是给了他一些好处，所以范致国才会从加拿大来到澳门，想要跟冯千秋见面谈这笔交易。"

李越霆夸张地叹了口气："可惜啊，冯先生从来都是大忽悠。不但忽悠了范致国，这回连我们都给忽悠了。"

叶颜被他俏皮的语气逗笑了："老李你这是从哪儿学来的词儿啊，忽悠，你知道大忽悠是谁，什么意思吗？"

能博美人一笑，李越霆也跟着开心了起来，得意一笑："当然了，国外也是能看春晚的，虽然本山大叔好多年不上春晚了，但是他依然活在我们心中。"

叶颜原本还在乐，继而眼前一黑："呃……这话听得怎么那么奇怪呢？"

金冉实在忍不住就插了句话："依然活在我们心中这种话，一般都是用来说革命烈士的。"

李乐婷笑着伸手，用手指头轻轻戳他："喂，别那么认真啦，我哥恐怕连'革命烈士'是什么意思都不知道，跟他解释了也是白解释。"

李越霆很无奈地抬手捋过自己的一头短发，他今天没做造型，有一些头发散下来挡在额前，看起来比平时软萌了一些：“其实我知道啦，我就是想开个玩笑而已。”

叶颜顿时有些哽咽，笑中带泪：“我明白。”

她知道李越霆是在刻意哄自己开心，刚才苏云时已经把事情都讲给她听了。当她知道一开始李越霆不顾暴露身份的危险想要过来陪她的时候，只感觉整颗心都是暖的，不过，她更支持苏云时及时拉住他。千面狐狸这几年名声在外，仇家也不少，假如他的身份暴露，必然会非常危险。

李乐婷耸了耸肩，一脸无辜：“亲爱的哥哥，你看不出来我在配合你开玩笑吗！”

李越霆立刻点头：“看出来了，看出来了。”

苏云时觉得楼已经彻底不知道歪到哪儿去了，他们一开始讨论的话题是什么来着？

金冉终于忍不住咳嗽了一声：“所以冯千秋已经集齐了六位密码，他骗我们入局，就是想要用范致国的死拖住我们，然后抢先去瑞士打开保险箱，取出里面的东西？”

李越霆点点头，不知道想到了什么又摇摇头：“他现在想打开保险箱，估计有点难。”

苏云时眉头一皱，语气意味深长：“你不是真的……”

李越霆嘿嘿一笑：“是真的。”

苏云时浅浅叹了口气，语气中有几分无奈：“你啊！”

李乐婷和金冉对视了一眼，两个人不约而同地翻了个白眼。叶颜听他们这么说话实在是累，于是直接伸手过去，在苏云时面前用力拍了一下他面前的沙发，京腔飚得淋漓尽致：“麻烦您二位，咱们能不能先不用脑电波交流？这个地球上还有其他人类，好吗？”

苏云时脸一红，低下头不吭声。

李越霆脸皮厚自然不在乎这个，于是兴高采烈地邀功：“我让小白问了一下陈昭，当初那个保险箱是用谁的身份办的，然后继续借用这个身份，去银行挂了个失，说忘记密码了，申请重办一个，现在应该还在走流程吧！”

金冉顿时就懂了，这就是当初苏云时说的那种不要脸，要无赖的打法："这种单独的保险箱，VIP 客户，对安全要求非常高，假如流程没办完，他们是不会再接受客户打开保险箱的申请的，就算是冯千秋有密码，也要先申请撤回找回密码的办理申请，而这个撤回流程，也需要时间。总之就是，怎么着都得拖着。"

李越霆得意地哼了一声："敢坑我？上一个敢坑我的人，都破产好多年了！"

知道冯千秋一时半会儿动不了保险箱，叶颜这才彻底放下心来。

李乐婷不解地问："上一个坑你的？那不是潘俊吗？他破产了吗？"

李越霆冷哼一声："你不提我都把他忘了，他破没破产我不知道，但是我知道，他的坟头应该都长草了。哦不对，他的尸体能不能找到都不好说，不一定有坟。"

叶颜很真诚的评价："说实话潘俊死得真不值得，那岩洞里什么宝藏都没有，你说他要是知道真相，会不会直接气活了啊？"

李乐婷兴致勃勃地发表意见："很有可能哎！直接变成粽子诈尸了！"

李越霆很好奇地问："粽子？粽子不是之前我们过元宵节吃的那个带叶子的点心吗？"

叶颜很想一巴掌拍死他："那是端午节吃的！不对，那个粽子不是这个粽子……"

李越霆发自内心地感慨："国语真是太牛了，粽子和粽子原来都不是一个意思。"

苏云时无语地扶额，又跑题了，又歪楼了。他们这群人歪楼的功力怎么就那么强？

游轮全速回航，很快就回到澳门的码头，早就有警车等在那里，上船来录了口供，然后把叶颜和苏云时带回警局去问话，也把命案现场进行了取证。

但是很可惜，现场人多物杂，范致国用过的杯子早就不知道哪儿去了，所以他的死因只能等待警方的检验确认。

叶颜在警局待了一整夜，待遇倒是十分礼貌，有热水还有单独的地方休息。第二天一早，叶颜被人带出了房间，说是有人来保释她。

来的是个陌生的律师，办理手续全程都不肯透露委托人的姓名。叶颜知道这种情况下李越霆不可能亲自出面，这人的套路倒也符合他办事神神道道的风格，不过她一直没有看到苏云时出现，有些诧异，于是就主动问了问。

男人一脸严肃地与警方交涉，整理好所有需要的手续，忙碌完了才回答："他已经在外面等着了。"

叶颜信以为真，于是跟着那人一起往外走。

警察局的走廊是回字型，所以叶颜并没有看到，当她往外走的时候，另一个方向的电梯门打开，身穿笔挺西装的金冉手里拎着一个公文包，正大步向办公室的方向走去。

叶颜跟着律师上了另外一部电梯，电梯门缓缓合上，金冉拐进了办公室，微笑着向办事的警察询问保释的事宜，然而对方在听到被保释人名字的时候诧异地瞪大了眼睛，指着叶颜刚刚签下的保释文件说："她不是已经走了吗？"

金冉瞬间脸色大变，又问了另一个名字，那是苏云时的化名，得到的答案是他因为有不在场证明，所以当天晚上就已经先离开了。

他知道事情紧急，立刻掏出手机给李越霆打电话："糟了！有人抢先我们一步把格格带走了！"

李越霆眉毛一挑，感觉心被揪了一下："那小苏呢？"

金冉快步往外走，到地下停车场去跟李越霆他们会合，一边把自己问到的结果都告诉李越霆。

与此同时，叶颜跟着律师一起走出门口，她看到面前不远的地方停着一辆商务车，拉着窗帘，挡得严严实实，心里顿时觉得有点奇怪。

虽然他们的车有时候也会拉窗帘，但是很少遮挡得这么严实，她警觉地立刻往驾驶室看了一眼，开车的身形虽然看不清楚，但是看轮廓完全不是李乐婷那纤瘦的模样，她顿时往后退了一步，看向那人，语气里充满了敌意："你是谁？想干什么？"

对方忽然上前一步，寒光一闪，一把刀抵在了叶颜的腰间。

叶颜顿时什么都明白了："你是马二先生的人？"

"何小姐，我奉劝你一句，知道得太多了，对自己没什么好处。"

男人毫无反应，上前推搡叶颜，想要让她尽快上车。叶颜知道刀子离自己太近，现在硬拼显然是不理智的。她向来都不是那种凭着一腔热血就动手的人，这个时候，等待一个好时机逃走显然更加重要。

她默默地抬手，趁着对方拉扯她的时候，把耳环用力拽下来一只扔在地上，这才冷静地任凭对方把自己塞进车里。

叶颜一上车，关上门，他们立刻把她的双手绑起来，男人没有收刀子，而是在她面前比画着，一边警告她："识相的话，老实待着，否则，我划花你的脸！"

叶颜点点头，假装出一副害怕到说不出话来的样子，趁机偷偷打量了一下车上的情况，一个司机，另外有两个男人，一个守在她身边，就是把她从警察局保释出来的那个，另一个坐在副驾驶的位置上。

虽然是一对三，但是，这些人从一开始就犯了一个致命的错误，他们不知道叶颜的身手。假如换了李越霆的话，他一定会把除了司机之外的所有人都安排在叶颜身边，一左一右牢牢控制住，保证叶颜武力值再高也跑不出去。

不过幸好这群人不是李越霆，叶颜想，希望她留下的记号，同伴们能够看到。

车子开上马路，穿过老街区，直奔滨海的方向而去。

这时李越霆急切地冲出警察局的门口，他们的车停在地下停车场，他已经尽量让自己跑到最快了，可惜还是没赶上，他喘着气懊恼地抬脚踹飞了路边草坪上的石头。

金冉匆匆追下来跟他会合，李越霆四下张望没有发现叶颜，不过看到草丛边有光线一闪，他顺着跟过去，弯腰查看，一只玉耳环进入视线，正是之前他在香港买来送给叶颜的礼物。

"他们应该刚走不久，金冉，你试着调取附近监视摄像头拍到的画面，大约5—10分钟里，有没有形迹可疑的车辆从这里开走，比如拉着窗帘的，牌照有问题的都算。”

李越霆把耳环揣进口袋里，面不改色地分配任务：“婷婷，把车开出来，我们追上去！”

李乐婷突然一个甩尾，车轮擦地发出尖锐的响声，从停车场直接冲出来：“来了！让我知道是谁绑走了大姐，我揍死他！”

她小小咆哮，像只牙尖嘴利的猫。

车子很快开到门口，李越霆和金冉跳上车，金冉已经把所有的画面调出来搜索，很快锁定最有嫌疑的车辆，于是直接追踪位置，然后送到李乐婷的面前。

她扫了一眼，然后立刻加速换挡追了上去。

“奇怪，小苏去哪儿了？为什么会有人给他做不在场证明？他出来之后为什么没来找我们？”

李越霆确认李乐婷已经向带走叶颜那辆车的方向追去，终于腾出脑子来想别的事情。他为了不暴露身份，不能直接上门保释，只能透过小白的关系，想办法打探警局里的消息，得知可以保释之后第一时间就让金冉赶过来了，但是没想到还是让人抢先一步。

叶颜没救着不说，竟然连苏云时也不见了。

“我总觉得云时哥哥有事情瞒着我们。”

李乐婷心思单纯，但第六感也最为灵敏，李越霆对于她的这种天马行空的套路早已经十分熟悉，歪了歪头：“没证据，光靠感觉不算哦！”

李乐婷说：“他的手机关机了，追踪不到位置。”

李越霆闭着眼睛，仰头躺在座位上沉默了片刻，忽然开口，却不知道在问谁：“你们说，倾天局到底是什么？”

李乐婷：“啊？”

金冉一愣，还没来得及思考，李越霆接着又说：“你死我活。”

李乐婷先惊后喜：“恭喜你！哥！你会用四字成语啦！”

金冉轻轻戳了戳她的胳膊，把一只手指按在唇上摇了摇头，示意她不要打断李越霆的思路。

李越霆睁开眼，漆黑如墨的眼底闪过一丝光亮：“说白了，他们就是在互相牵制，互相利用，互相陷害，冯千秋、刘江帆，还有小苏……”

他忽然想起那天苏云时阻拦他上前去找叶颜，最后放开他手臂的时候，苏云时问他是不是会一直相信自己，最后还说：“我就当这，是个承诺了。”

现在回忆起苏云时那时候的眼神，李越霆忽然明白了些什么。

“当时小苏过来阻止我的时候，他已经料到冯千秋会有此一招。因为当冯千秋已经控制不了苏云时的时候，他们必须立刻找到下一个能绊倒他的筹码。”

李越霆长叹了一口气，他其实非常不想接受这个事实，但是，他不得不承认，他当时确实疏忽了。

“其实当时想帮助叶颜还有其他的办法，不一定非要去一个人，当时我太着急了，所以也没及时想到。那时候小苏走到叶颜的身边，其实就是在告诉这个局中所有人，叶颜就是那个与他有关的筹码……”

李越霆有些无力地闭上了眼睛，一只手托着鼻梁有一下没一下地捏着。被人欺骗的感觉确实不怎么好受，尤其是被自己最重视的朋友。

“冯千秋设局，苏云时被摆了一道，所以现在，轮到他设局给冯千秋了？”

金冉跟着猜测，他虽然跟苏云时认识的时间不长，但好歹也曾经并肩战斗，对这人的脾气还是了解一些的，苏云时向来都是个有仇必报的人，让他忍气吞声简直就是不可能的事。

“你的意思，是云时哥哥想利用大姐对付冯千秋？这……好像不太可能吧？”

李乐婷有些诧异，把几乎要掉下来的下巴用力拖上去。

李越霆点点头：“倒是很有这个可能。”

金冉有些着急：“那接下来他会怎么办？我们是想办法救人还是……”

李越霆皱着眉头觉得自己头痛得厉害，靠在座椅上无力叹气：“我也说不好，小苏的心思，我从来都猜不透。”

他很想继续相信苏云时，但是假如他真的在所有人都不知情的情况下利用叶颜，甚至利用文物猎人去破这次的倾天局，他也不知道他们的下一次见面，会是什么样的情形。

他从来没有想过，也不愿去想。

李越霆从来没有这么困扰过，向来自诩自己的智谋和策略无人能比，但是，却从没想过要把这些都用在自己最好的兄弟身上。

这时候就听到李乐婷提高了语调兴冲冲地喊了一声：“耶！终于追上了！”

前方那辆劫走了叶颜的商务车已经进入了他们的视线，路况很好，以李乐婷的技术，不下几个并线超车就能追上。

李越霆的心里这才兴奋了一些，冲散了之前苏云时给他带来的阴霾。

也许事情并不像他想象的那么糟，李越霆在内心暗暗地想，他还是愿意相信苏云时的。

叶颜一路上都安静地闭着眼靠在座位上休息，她此刻的心绪非常平静，显然是这些日子的经历很好地磨练了她的性子，当她清楚地感觉到车子突然加速又开始变道，她立刻就明白，应该有人追上来了。

这几个人也算是老手了，再加上路上车又不多，没过几个路口，他们就发现有辆车不远不近地吊在自己后面，顿时警觉，立刻打电话喊人来阻拦。

叶颜不动声色地听着，这些人打电话讲的都是粤语，她听不太懂，但听得出来语气比较着急，应该是李乐婷车技太好，他们甩了半天都没能彻底甩掉。

李乐婷此时开车正开到兴头上，她曾经是地下车场的赛车手，开这种宽阔平坦的道路自然是没有任何难度，任凭对方左躲右闪，她还是能紧紧咬住不放，就像一张粘人的狗皮膏药。

车子开上滨海大道，直奔某个方向而去，金冉及时查询位置，一边预估对方的动向：“前面再有十公里是个废弃的货柜码头，继续往前就没路了，我觉得他们很有可能要去那里。”

李越霆点点头，对李乐婷说：“他们一定想要在到达目的地之前把我们甩掉，这段路千万小心。”

金冉把沿路的情况告诉李乐婷：“继续向前三公里有个岔路口，再往前到五公里的地方，是一段坡路，不太好走，他们很有可能在这两个地方围堵我们。”

李越霆也凑过去看了一眼地图，分析道：“岔路口的可能性非常大，有没有办法绕过去？”

李乐婷扫了一眼地图，答道：“两边都是海，根本没办法绕过去，那个路口假如被人堵住了，想要追的话只有一个办法，那就是从海上走。”

金冉皱眉：“现在去找游艇根本来不及啊！”

李越霆叹了口气，语气听起来非常没有信心：“到时候只能走一步看一步了。”

李乐婷想了想说：“那我想办法超过去，在到岔路口之前把车拦下来。”

金冉看了看时速表，其实李乐婷现在的车速就挺恐怖的，无奈他们的车跟对方的性能差不多，双方都已经飙到速度极限，谁也没办法再快了。

事实证明他们的猜测是完全正确的，眼看着对方的车子冲进岔路，李乐婷刚想追上去，无奈前方忽然冲进来一辆破旧的面包车，直接将头一扭横在路面上，彻底拦住了一侧的车道，李乐婷眼疾手快，直接一个转弯，车身斜着压过中线，几乎贴着面包车的头，从逆向车道上超了过去！

李越霆和金冉各自用力抓住了车上的扶手，两个人都被结结实实吓出一身冷汗。

李乐婷原本以为躲过这辆车就万事大吉了，然而定睛一看，对面又是一辆面包车从路边冲了过来，这次竟然是径直朝着他们的车头撞过来的！

这还得了！

李乐婷在顷刻之间转弯减速甩头，然而因为车速太快，她还是无可避免地一头撞在路边的护栏上，幸好这车的安全性能比较不错，车并没有翻，只是车头凹进去了一大块，机盖高高弹起，被海风吹得哗啦啦直响。

李越霆第一个爬起来，他刚刚被从车座上甩下去了，肩膀被撞，这会儿只觉得骨头疼。他疼得咧着嘴揉着肩膀，一边问：“婷婷，金冉，你们怎么样？”

李乐婷经验丰富，知道怎么保护自己，她轻松地拍拍手，回答道：“我没事，没受伤。你们呢？”

金冉只是拐弯的时候头撞在了车玻璃上，撞得有点狠，耳朵此刻还在嗡嗡作响。李乐婷担忧地凑上来看他，见他只是额头有一块淤青这才放心，但还是心疼地泪光盈盈。

李越霆说：“我刚刚撞到肩膀了，骨头没事，不过可能有点拉伤。”

李乐婷担心地问：“有药酒吗？”

下一秒自己就想起来，苏云时不在车上，也没有人准备药箱，药酒是肯定不会有的。

车被撞得太狠，李乐婷试了好几次都没发动起来，李越霆看着路上一左一右横着的两辆面包车，笑嘻嘻地说：“车啊，这不是已经有人给我们准备好了吗？”

三个人戴上口罩，迅速把自己包裹严实，准备下车搭个“顺风车”。

李越霆拉起黑色连帽衫的帽子，让自己只露出一双光芒锐利的眼睛，他第一个下车，看着第三辆面包车一个急刹车停在面前，然后跳下一车手持棍棒的人来。

金冉立刻把李乐婷挡在身后，这个情况非常不乐观，对方三辆车加起来怎么也有二十人了，他们只有三个，其中还有一个战斗力一般的李乐婷。

“想办法抢车突围！”

李越霆双手交叠在一起，用力一握，发出咔嚓咔嚓的声响，语气笃定而决然：“你带着婷婷先走，我断后！”

这时候矫情和推来推去没有任何意义，金冉知道李越霆已经做了目前情况下的最佳选择，于是果断一手拉起李乐婷，将她护在身后，另一手从口袋里抓出几枚硬币，夹在指尖，目光环视，想办法从包围圈里冲出一个口子来！

李越霆主动冲进人群中，试图吸引大部分人的注意，他随手一甩，将许久不用的伸缩棍抖了出来，那东西比较长，横扫一圈能同时绊倒好几个人。

金冉带着李乐婷磕磕绊绊地往车门边移动，上来拦他们的人打退了好几拨，但他们还是停留在原地，而李越霆也好不到哪里去，对方手里也有武器，他的后背、手臂和腰上都被打了几下，尤其是后背的那下，震得他的骨头都要碎了。

“这真是阴沟里翻船了”，金冉气喘吁吁地和李乐婷背靠背短暂休息，对方也被打怕了，不太敢围上来。

李越霆满头大汗，后背的衣襟已经完全被汗水浸透了，他努力把气喘匀，心想这次真是太丢人了，没想到堂堂千面狐狸，竟然被一群不知道从哪儿来的人给揍了。不过好在李越霆从来都是那种识时务的人，有面子的时候要面子，要保命的时候，当然是有多快跑多快。

脸皮这种东西，在他面前根本等于不存在。

李越霆伸手在腰间摸索了一下，果然找到一个烟雾弹，只是这地儿风大又空旷，使用效果基本上好不到哪里去，但是总比没有强。他看准了方向直接扔了出去，很快散开一片烟雾，还带着刺鼻的气味，

金冉把李乐婷推上车，自己冲到驾驶座上发动，身子探出窗外朝着李越霆招手：“这里！”

李乐婷也焦急地看向李越霆，只是他距离他们确实还有一段距离，而眼看着那些人就要追上来了！

李越霆大声吼道：“快走！”

转身手中的伸缩棍横扫，拦住试图要去抢车的人，金冉知道再耽搁下去谁也走不了，于是朝着李乐婷吼道：“打电话报警！”

一边把车开走，李乐婷一边掏手机，一边朝着李越霆拼命挥手：“要小心啊！”

看到李乐婷走了，李越霆才暂时放心下来，他现在这个状态，估计要撑到警察赶来有点难，不过对方要抓也只能抓住他一个人，只要他死咬住自己不是千面狐狸就行。

他一晃神的工夫，后背又被结结实实砸了一棒！

李越霆只觉得五脏六腑都要被砸移位了，脚下一滑差点摔倒，身子前倾，摇摇晃晃半天，最后还是努力站住了。

但是耳边传来呼呼风声，他下意识将头一低，棍子几乎贴着他的耳朵擦过去！

李越霆迅速后退几步，眼看着棍棒再一次铺天盖地的从各个地方袭来，他已经顾不得盘算自己能躲开多少，俯身就地一滚！

与此同时，一声清亮而有威严的呵斥声从他们身后传来："住手！都给我住手！"

众人手上的动作有些迟疑，李越霆趁着这个间隙如同泥鳅一样从包围圈里脱身出来，就看到人群后面不知什么时候多了两个人，一个极瘦，几乎像一副会行走的骨头架子，另外一个高瘦挺拔，身形却是李越霆再熟悉不过的！

竟然是一直没有跟他们联系的苏云时！

他怎么会在这里？

李越霆只来得及大略诧异一下，现场的情况显然已经容不得他多想什么，一个箭步上前，挑了个安全的地方站好，一手拎着伸缩棍，在胸前摆了个戒备的姿势。

那骨头架子这时候说话了："这位应该就是大名鼎鼎的'千面狐狸'吧？我可真是久仰大名了，今天一见，真是不同凡响！"

他这话语气说得酸溜溜的，尽管李越霆听不太懂他这话里面四个字连着四个字的都是什么意思，但是听得出，肯定不是什么好话。

苏云时的声音很浅淡，就仿佛是从另外一个世界传来的那样："这不关他的事。"

他表现出来的态度就好像是不认识李越霆一样，连看一眼都懒得看。

"哦？是吗？师弟啊，这就不对了，这么多年不见，你这口是心非的本事，可是越来越长进了啊！"

那骨头架子笑眯眯地拍了拍苏云时的肩膀，一副良朋益友语重心长的样子。

苏云时不动声色地往后侧了侧身，他对于这人并没有半点好感。他心里其实更担心李越霆和叶颜，只是碍于情势，只能都默默忍在心里。

他瞥了对方一眼，冷然道："我知道你想要什么，我给你就是了。"

瘦男人脸上闪过得意的神色："师弟你放心，这绝对是你做过的最正确的选择。我保证，冯千秋赢不了这倾天局！"

原来这人不是冯千秋，李越霆在心里默默地想，既然如此，那这人必然就是千门玄宗的刘江帆了。

他这时候气力也都缓了过来，呼吸也平稳了，于是开始习惯性找存在感，硬是把之前刘江帆评价他的一番话凭着记忆复述了一遍："这位应该就是大名鼎鼎的千门玄宗传人刘江帆先生吧？我可真是久仰大名了，今天一见，也很不同凡……响嘛！"

苏云时觉得这人实在是太欠了，这种时候还不忘跟人家斗嘴斗气。

刘江帆定睛看了李越霆一眼，这么多人包围还能全身而退，气定神闲玩笑照开，果然不是一般人物。

"你放他们走，我把你要的东西给你。"

苏云时显然不想再跟刘江帆废话下去了，跟这人多说一句话他都觉得恶心。他的脸上几乎要结了冰，一改往日温柔和煦的模样，淡淡一眼扫过去，刘江帆顿时就觉得自己后背莫名有些发凉。

虽然苏云时比自己要小很多，但是或许是因为知道了他的真实身份的关系，刘江帆竟然觉得自己有点儿怕他。

刘江帆挥了挥手，示意让众人后退，放李越霆走。

然而李越霆却丝毫没有想走的意思，双手左右按在伸缩棍上一撑，将它合拢收在掌心，抬眼看向刘江帆："何小姐呢？"

那是叶颜的化名，刘江帆嘿嘿一笑："只要我拿到了我想要的东西，我就会放了她。"

李越霆于是将目光移过去，直直落在苏云时身上，与他目光交汇，眼底似乎藏着千言万语。

苏云时垂下眼眸，不想再触及他的目光："你快走吧。"

李越霆深吸了一口气，又问："这就是你想要的吗？"

他这句话问得没头没尾，但是却自信苏云时能够听懂。苏云时定了定神，最终只是回答到："你走吧。"

李越霆随手将伸缩棍扔进衣袖，果然二话不说转身就走。苏云时望着他果断决然的背影，思绪翻涌，他从来都不是拖泥带水的人，如果知道无法挽回，就不会再开口多问一句，甚至，连原因都不想知道。

苏云时抬手默默按着胸口，闷声咳嗽了两下，代表着文物猎人的红玉挂坠还垂在他的脖颈间，硌得他掌心隐隐发痛。

忽然身后传来一声震耳欲聋的爆炸声，把所有人都吓了一大跳！

明明是天气晴朗，风轻云淡的大好时光，但湛蓝的天空与海岸交汇处竟然突兀地冒起一股瘆人的黑烟！

那黑烟，正是从废弃货柜码头方向传来的！

李越霆顿时转身，心中一凉，李家的字典上从来都不知道“害怕”两个字是怎么写的，但是那一刻，他的的确确是害怕了。

因为叶颜还在那里，那是曾与他并肩经历生死的红颜知己，他知道她冰雪聪明，可是，却仍然忍不住担心。

苏云时被这巨大的动静震得胸口发闷，喉咙里梗着一口气不上不下，只硬撑着问：“发生什么事了？”

刘江帆恨不得把手里震得发烫的手机扔出去，有人用十分慌乱的声音向他报告，声音大得几乎连他身边的苏云时都听到了：“那女的抢了车想跑，弟兄们开车要拦，结果撞车之后爆炸了……”

刘江帆怒吼道：“那人呢？”

“车子爆炸之后掉海里了！”

刘江帆气急败坏地喝道：“那还不快去救人！”

接连不断的爆炸声传来，看来现场的状况相当惨烈，电话信号有些不清楚，只听对方十分为难地支吾回答：“根本……找不到人啊！”

苏云时在旁边听到这番对话，脸色当时就全白了，李越霆也隐约猜到发生了什么事，也顾不上其他，上前一步就要去揪刘江帆的衣领质问，两个人上前去拦，被他当场扭断了胳膊扔在地上。

李越霆是彻底发怒了，像一头咆哮的狮子：“人呢？”

苏云时往前走了一步，拦在刘江帆身前，对李越霆说：“对不起，是我的错。我没有想到……”

他语调一沉，带了几分哽咽，竟然是说不下去了。

他们两个人身高相仿，目光对视，苏云时的眼底沉了一抹血色，一张脸白得就好像所有的血都已经流光了，李越霆定了定神，忽然反手挥起一拳，毫不客气地砸在了苏云时的脸上！

苏云时丝毫没有动弹，只是硬生生挨了这一拳，被打得一个踉跄，往后退了几步，胸口闷得快要喘不过来气，更是半个字都说不出来。

刘江帆在旁边扶住了他，他不知道其中的隐情，但是苏云时对他来说还是非常重要的，所以下意识也要护着他。

李越霆看了半掩在刘江帆身后的苏云时，远处爆炸的浓烟好像被风吹了过来，熏得他眼角发疼。他气急败坏地指着苏云时问："你想跟谁合作，我不拦你，但是你为了破倾天局，竟然利用我们，你还有什么好说的？"

苏云时定睛看了李越霆一眼，忽然从口袋里掏出什么，手一扬扔进刘江帆的怀里。

刘江帆仔细一看，心中立刻一喜，原以为那位何小姐出了意外，苏云时会反悔，没想到他竟然依照承诺，还是把东西给了他。

"明王令已经不在我手中，以后，倾天局里你们是生是死，都与我无关。"

苏云时单手按在胸口上，语气低沉，半转过身，不再去管刘江帆，而是看向李越霆，淡淡对他说："何小姐的意外，是我的错，你要打要杀，我都无话可说。"

他慢慢走到李越霆的面前，看着对方目瞪口呆的样子，顿时心里更难受了："只是有一件事，我必须要告诉你。"

李越霆忽然收敛起眼底的悲伤，脸上迅速抹过一丝少有的冷笑："你不用说了，我知道你要说什么。明王令嘛！原来这么久以来，是我失敬了。"

明王令象征着千门内的最高权力，只有破了倾天局的千门弟子，才能执掌明王令，六年一任，被天下千门子弟，奉为"明王"。

六年前，破了"倾天局"的人并不是他的师父柳远，而是苏云时自己。

刘江帆并不知道苏云时与千面狐狸到底是什么关系，但他知道是千面狐狸出手救走了陈昭，又有人从长春接走了苏云时，当时他就隐约猜测，这两人或许是认识的，现在看来，这有些说不清道不明的联系，恐怕还不光是认识那么简单。

现在苏云时已经将明王令交给了他，也就代表着这任明王属意传位与他，也愿意退出倾天局的竞争。这个时候，苏云时与千面狐狸反目，这对于自己来说，到底是好事还是坏事呢？

苏云时的笑容惨淡："是的，我欠你一个真相。"

李越霆随意地挥手阻止他接下来要说的话："六年前的倾天局，就是当时在法国，我们一起参与的海晏堂兽首拍卖，对吗？"

苏云时不知道自己还能说什么，没人骗得了李越霆，尤其是当他得知一条重要线索之后，他可以顺藤摸瓜，将所有的真相都一次揪出来。

他只能默默将手按在李越霆的手臂上："对不起。"

"我不在意什么倾天局，我在意的是，你没有对我说实话。从一开始，直到现在，你都在骗我！"

李越霆忽然一把推开他的手，愤愤道："我和你，已经无话可说。"

他锐利如冰的目光从苏云时身上，缓缓转到刘江帆身上，停留片刻，又回到苏云时身上，双眼目光如炬地盯着他，一字一句地说："千门倾天局又怎么样？明王是谁又怎么样？你听好了，无论付出什么代价，我'千面狐狸'，一定会比你先破这一局！"

他单手按在手臂上，用力揪了一下，抬手对着苏云时点点，朗声补充了一句："你，给我等着！"

话音未落，他大步转身，踩着马路中央的标线，就这么毫无顾忌地走了。

刘江帆被他这一番挑衅气得够呛，正打算挥手喊人去把他解决掉，苏云时忽然冷冷地问："是不是没有了明王令，我这个时任明王说的话，就没人听了？"

刘江帆只能悻悻把到嘴边的话又咽了下去。

苏云时默默站在风里看着李越霆越走越远，终于坚持不住，弯下腰用力咳嗽起来。

想起叶颜那张笑容明媚的脸，苏云时忽然觉得自己的心脏被无数利刃穿透，拔出再重新刺入，直到血肉模糊，他原本以为能够保全她安然无恙，但是没想到，还是连累了她。

现在只希望奇迹发生，叶颜能够安全无事。

否则，他不知道怎么再去面对李越霆，面对白发斑驳的叶老先生。

他越咳越狠，几乎要把五脏六腑都咳嗽出来，许久没有困扰他的心脏此时又剧烈抽搐起来，他从口袋里摸出药瓶，匆忙地吞下一片，这才慢慢站起来，脚步踉跄地朝着与李越霆相反的方向走去。

他的车就停在前面不远的地方，刘江帆顿时有点懵，不过转念一想，反正他想要的东西已经到手，苏云时又或者是千面狐狸之间的恩怨，他并不想过多干预。

他曾经参与过六年前的倾天局，也记得苏云时的师父柳远是如何丧命的。柳远那时候已经重病在身，隐居多年，不过问千门的事务，但当得知冯千秋的师父罗先生竟然把主意打到了海晏堂兽首的身上，终于忍不住出手阻止，最终病情加重不治，客死异乡。

他临死前说："两只海晏堂兽首身上，一直背负着百年前的国之屈辱，然而此时大国已经崛起，难道我们还要为了一门一派的荣辱得失，而继续让外国人看我们祖国的笑话吗？"

柳远死后，销声匿迹一年的柳远首徒苏云时终于露面，他当时势单力孤，刘江帆原以为他并没有胜算，罗先生才是唯一有威胁的对手，但是没想到，苏云时竟然赢了。

他从当时的明王手中接过"明王令"，只对在场众人说了一句话。

他说，从这一刻起，明王已经死了。

那天之后，他再也没有出现过，有人说他因为身体原因不得不回新加坡休养，也有人说他在法国，为了寻回两只兽首，完成师父的遗愿而继续奔走。

谁也不知道他最后去了哪里，做了什么，但是数年之后，海晏堂鼠首和兔首历经波折，终于漂洋过海，重回祖国怀抱。

至于其中到底发生了什么事，除了亲历者们，没有人知道。

刘江帆早已经很清楚，自己并不是苏云时的对手，从头到尾，他也没想过破倾天局，明王令被他紧紧攥在手里，贴合掌心，因此有了温度。

假如谁都破不了倾天局的话……刘江帆心情愉悦地想，他这个拥有明王令的人，一样可以成为执掌千门的唯一人选。

既然有简单的办法，为什么非要去选难的那种呢？

【第四章】 盛世舞乐归何处

苏云时慢慢地走回车上，他的动作非常迟缓，仿佛每一步都要用尽全身的力气。

他看到放在副驾驶座位上的电脑屏幕是亮着的，提示他收到了一条新消息。

对方说："人找到了。"

苏云时眼底的光又亮起来，迅速锁上车门，这才飞快地回复："人怎么样？"

对方很快回答："很好，没受伤。"

苏云时这才彻底松了一口气，活动一下几乎被自己捏到僵硬的指尖，再次发出一条命令："按照原计划继续吧。"

他发完这句又停下来用力咳嗽了两声，这才定了定神，把车子开走。与此同时，一辆墨绿色的 MINI 沿着滨海公路从远方驶来，苏云时把车窗摇下来，海风吹在他的侧脸上，顷刻间，与那辆车擦肩而过。

MINI 的驾驶座上，开车的是个年轻漂亮的姑娘，戴着一副超大号的蛤蟆镜，把脸挡住一半，她也开着车窗，笔直的长发在风里飘着，那场景特别像是在拍洗发水广告。

她目视前方，却在苏云时的车经过旁边的时候，似乎是不经意地按了一下喇叭。

苏云时并没有理会她，而是专心开车，并且缓缓关上了车窗。

那辆 MINI 很快也拐过一个弯道，朝着市区的方向驶去。

戴墨镜的姑娘心情愉悦地把车速飙高，心中默默盘算着，照这个速度，她应该很快就能追上那个心情不太好的家伙了吧？

李越霆的心情确实很不好。

因为他正试图跟李乐婷还有金冉取得联系的时候，才发现自己的手机不知道被哪个缺德的家伙给打坏了。

他只能靠走，一直往叶颜发生意外的那个方向走，但是等他走到那里的时候，那里已经跑得连人影都不剩了。

撞坏的车还有一辆停在路边，烧得只剩了个架子，散发着刺鼻的气味。

李越霆放眼望去，海面平静如常，汹涌的海浪早已经悄无声息地吞没了一切，他站在那儿发愣，脑子里空白一片，根本不知道要去哪儿找叶颜。

心情糟糕的李先生越想越生气，越想越崩溃，越想胸口越闷，最后也不知道是跟谁赌气，直接弯腰蹲了下来。

他特委屈地把自己缩成一团，蹲在海边的堤坝上一动不动，像只把自己缩在一身甲胄背后疗伤的刺猬。

刚刚狠话也说了，苏云时也打了，可他却还是连叶颜此刻是生是死都不知道。

他早已习惯了掌控一切，但是这一次，他却成了被人利用的那一个。

只是现实并没有给李越霆太多时间当刺猬，他揉了揉有点发酸的鼻子，不远处车胎划过地面的轰响已经被他一点不漏地听到了。他立刻站起身，舒展四肢，重新精神起来。

时尚拉风的 MINI 甩了个尾，横在他面前稳稳停住。

李越霆早已看到驾驶座上那个漂亮的像油画一样的姑娘，暂时不知道对方是朋友还是敌人，所以他暗暗提起了一百二十个戒心。

然而那姑娘并没有打算下车，而是帅气地抬手按了个开关，把车的顶棚给敞开了。

“嘿！大叔！需要帮忙吗？”

小姑娘扬起戴着蛤蟆镜的脸，嘴角弯出友善的笑意。

李越霆被她这一声不知道是有意还是无意的“大叔”给彻底喊奓了毛，把头一歪，指着自己问：“你在喊我？”

小姑娘很诚恳地点点头：“就是喊你啊，大叔。”

李越霆抖着嘴角，把后槽牙咬得咯咯直响，然而他不知道她为什么会突兀地出现在这里，这个地方这么偏僻，她绝对不可能是路过的，所以还是尽量忍住了怒气，做出和蔼的表情：“小美女啊我问你，你看我长得这么年轻，怎么可能是大叔呢？”

小姑娘歪着头盯着他看了又看，然后一本正经地问：“大叔你虽然长得挺年轻，不过，你应该是七零后吧？”

李越霆的脑子飞快地转着，他听对方提起这个心中顿时觉得不妙，只是没来得及开口打断，小姑娘已经指着自己特淡定地说：“我，九零后。”

然后她将双手一摊：“所以啊，不喊你‘大叔’喊什么？”

李越霆只觉得脑子里埋了一吨炸药，点了火“轰”的一声炸了个彻底，他终于理解网上大家经常说的那个“他说得很有道理我竟无言以对”是什么意思了。

还能一起愉快地聊天吗？

李越霆本来决定立刻闪人，后来转念一想又意识到不对，既然对方都送上门来了，他怎么能轻易放过呢？

他于是勾起嘴角露出一个十分欠揍的笑容，靠过去趴在车窗上问：“美人想帮我什么忙？”

小姑娘神秘兮兮地一笑：“我能帮你找到你现在最想找到的人。”

他现在最想找的人无疑只有叶颜。

李越霆搭在车窗上的手骤然收紧，青筋暴起，他压低了声线说话依旧藏不住滚滚杀气：“你什么意思？”

小姑娘帅气地抬起手指了指身边的座位，语气颇为挑衅：“跟我走？敢不敢？”

李越霆扬眉冷笑，他行走江湖这么多年，凶神恶煞的他都没害怕过，更别说一个娇滴滴的小姑娘了。他朝她扬了扬下巴：“当然！”

话音刚落，他直接单手撑在车窗上，用力向上一纵，整个人如同一只矫健的猎豹，直接翻过车窗跳了进去！

他稳稳坐在了副驾驶的位置上，转头发现身边的小美人已经看呆了，于是非常得意地朝她耸了耸肩。

小姑娘直接开着敞篷车在滨海公路上飙高速，一边很开心地问："你不想问我点儿什么吗？"

李越霆一手扶在车窗上，扬着头吹风："我该问点儿什么？"

小姑娘指指他的脸："大叔你不闷吗？你的口罩是租来的吗？还是你长得太丑不敢见人？"

李越霆觉得头有点疼，额角一跳一跳的，他用商量的语气跟小姑娘说："我说美人咱们商量个事儿呗，你不叫我大叔，我就摘下口罩，行不行？"

小姑娘把头一歪："好的呀，大叔。"

李越霆觉得自己被她彻底打败了，只能故作帅气地一把扯下口罩，用力深吸了一口气，下一秒被灌了一肚子风，呛得直咳嗽。

小姑娘忍笑忍得很辛苦，只能用力捶着方向盘。

李越霆赶紧把自己理顺了气，重新装出一副"刚才什么都没有发生过"的样子，转移话题："你真的能帮我找到我想找的人？"

小姑娘拍拍手腕："你要找的人戴了一只玉镯子。"

李越霆眼神顿时变了，知道对方确实指的是叶颜，他的神情也跟着警觉起来："你到底是谁？"

小姑娘笑着自我介绍："我姓柳，你叫我青青就好。"

李越霆在脑海中把这个名字过了一遍，也没想出个所以然来。柳青青抬手在他面前打了个响指："别想了，你不认识我，想破脑袋也没用！"

李越霆此刻心中更关心叶颜的安危，于是问："她还好吗？"

柳青青笑着回答："你放心，她没受伤。"

李越霆长舒了一口气："那就好。"

柳青青瞥了他一眼："你喜欢她？"

李越霆一口气又没喘匀，弯下腰连连咳嗽，一边摆手："哪有哪有，你胡说八道些什么？”

“哦，那就是没有了，”柳青青耸了耸肩，想了想又补充了一句：“忘了告诉你了，这句是叶姐姐让我问你的。”

李越霆觉得胸口上又中了一箭：“不是吧？你骗我是不是？”

柳青青笑着说：“对啊，是骗你的。”

李越霆这才放心下来，把手朝着柳青青一伸：“美人，手机能不能借我用用？”

柳青青随手指了指：“前面的格子里有手机。”

李越霆立刻拿出手机给李乐婷打了个电话，对方听见他的声音很是开心：“哥！你在哪儿？你没事吧？”

李越霆心里暖洋洋的，于是答道：“我没事。我先去见叶颜，原来住的地方不能去了，明天在香港的别墅会合吧！还有，我的手机坏了，帮我准备一部新的。”

李乐婷欢乐地应了句：“好咧！”

金冉的声音跟过来：“小白老板找不到你，所以电话打到婷婷这儿来了。”

他的声音到这里忽然停了停，接着又说：“你方便的时候给她回个电话吧！”

李越霆点点头：“我知道了。”

他明白金冉其实没把话说全，是看他用了陌生的电话号码，害怕他身边有外人。

柳青青对此毫不关心，认真地开车，李越霆挂掉电话，看着她被笼罩在阳光下的侧脸，心中充满疑问。

她突然出现，却叫叶颜“叶姐姐”，能让叶颜透露真实姓名的人，应该是可靠的，但是来历实在是太过神秘，让他心里总保持着一点戒备。

柳青青一路上并不多话，她把车直接开到了码头的停车场，停在一辆黑色的商务车旁边，然后下车走到车门旁边，抬手敲了敲车窗。

李越霆不知道她要干什么，下车跟上她，结果上下一打量把自己吓了一跳。

柳青青身材高挑，虽然穿着一双球鞋，但是足足有一米七五的模样，站在李越霆面前竟然也不显得矮。

李越霆很郁闷地后退了一步，站定。

摸着下巴看着柳青青的背影，摇着头嘀咕："啧啧啧啧，怎么这么高？"

车门这时候开了，一身运动装的叶颜跳下车，她把一头长发全都盘起来，素颜，戴着一副茶色的眼镜，看起来与平时的她判若两人。

李越霆先是愣了个神，然后毫不犹豫地一步上前，张开双臂将叶颜拥进怀里。

叶颜冷不防就被他抱了个正着，吓了一跳，没等她挣扎，李越霆用力收了手臂，靠在她耳边说："幸好你没事。"

柳青青在一旁捂着嘴巴笑，叶颜险些沉醉在他温柔的声线当中，愣了半天才意识到有人在旁边看着，所以爽朗地抬起手，环住他的肩膀使劲回抱了他一下，然后将他推开，笑着说："我没事，让你们担心了。"

那是经历过生死患难之后同伴之间的拥抱，李越霆回过神来，意识到自己的失态，清了清嗓子，装作不经意地打量起叶颜的眼镜来。

叶颜拎起自己的背包，走到驾驶室跟司机道了声谢，柳青青走到叶颜身边，挽住她的手臂叫了声"叶姐姐"。

叶颜朝她亲昵地笑了一下，然后指了指码头的方向，对李越霆说："走吧，不是要去香港吗？"

李越霆扫了一眼她的背包，问："东西都带齐了？"

叶颜朝着他拍了一下自己的背包，见他一直盯着自己的眼镜看，心领神会地说："我跳车的时候把隐形眼镜弄丢了，时间太赶，实在来不及配。"

她说得轻描淡写，但是李越霆还是听得胆战心惊。

叶颜在车子刚开进码头的时候，偷偷解开了绑在手上的绳子，趁着对方不注意，打晕了一个看守她的人，然后拉开车门直接跳了车。

对方发现她逃跑，立刻开出两辆车在码头里围追她，她借着废弃的集装箱躲闪，趁乱抢了一辆车想跑，没想到竟然不小心就撞了，她开的那一辆翻进了海里，另一辆直接撞在堤坝旁边起火爆炸了。

不过好在叶颜反应快，翻车的那一瞬间她直接把车门推开了，整个人借着翻车的力道就飞了出去！她落水的位置水不深，所以很快就浮了上来，为了躲避那些人，她悄悄往旁边游了一段距离，躲在水中藏了一会儿，趁着他们一团乱的时候，才小心地爬上来。

她全身都湿透了，瑟瑟发抖地躲在一个集装箱后面。突然有人在她背后拍了拍她的肩膀，她回头一看，柳青青戴着蛤蟆镜，双手叉腰，笑盈盈地站在那儿问："嘿！需要帮忙吗？"

叶颜于是上了柳青青事先安排好的车，那辆车送她回酒店洗澡换衣服和收拾行李，然后带她到码头跟李越霆会面。

李越霆饶有兴趣地上下打量着柳青青，露出友善的笑容，很诚恳地朝她伸出手："很高兴认识你，谢谢你救了她。"

柳青青坦然伸手与他握手，李越霆的掌心很热，沉稳有力，握住她的手指，停留片刻就又松开。

柳青青看着他脸上平静如常的表情，却主动开口引起话题："你是不是很失望？"

李越霆回给她一个不知所以的眼神："我为什么要失望？"

叶颜将双手交叠在一起，她已经猜出了李越霆的用意，这两人的反应已经证实了事情，似乎并不像他们预料的那样。

她缓缓地开口解释，话却是对柳青青说的："因为你的手上没有茧子。"

柳青青很无辜地看叶颜："我看起来这么像坏人吗？"

李越霆摇摇头："抱歉，情况特殊，我们不确定你的身份，没办法百分之百相信你。"

叶颜接着他的话往下说："你的手上没有茧子，也没有细小的伤痕，这么看你应该不是千门的人。"

柳青青将手摊开给李越霆看，笑容意味深长："看来关于千门的事情，你们知道的还不少啊！"

李越霆笑着回了一句："大家都差不多。"

柳青青摇摇头："还差得远呢！"

李越霆猜不透她这话的意思，叶颜刚想再问，柳青青抬手朝他们摇了摇："我还有事先走了，有缘的话，我们会再见面的。"

她转身往前走了两步，忽然又回过头，朝着李越霆挤了挤眼睛，笑道："大叔，你刚刚在车上跟我说的话，我会暂时帮你保守秘密，不告诉叶姐姐哦！"

叶颜疑惑地看向李越霆，李越霆第一次对美人毫无怜惜的意思，此刻满心崩溃，恨不得扑上去掐死这个古灵精怪的柳青青。

李越霆趁着叶颜还没开口提问，立刻若无其事地开始转移话题："呀，我们买几点钟的船票啊？对了格格你吃过饭没有，我肚子有点饿了……"

叶颜淡定地捏着手指，指节发出咔嚓、咔嚓的声响。

李越霆两眼望天，手指伸进口袋里摸索出几枚硬币，在掌心晃荡着："我去买蛋挞，你吃不吃？"

叶颜眯着眼投过来一道杀气："快说！"

李越霆把硬币摇得哗啦啦响，憋着嘴很委屈的样子："那小丫头明明就是胡说八道，你也信啊！"

叶颜忍不住破涕为笑，有的时候逗逗李越霆其实也是件很开心的事情。

李越霆顿时松了一口气，叶颜要是非问出个所以然来，他可真是编不出瞎话来糊弄了。

叶颜翻出护照，抬手戳戳李越霆的胳膊，示意他把护照拿出来："买一点四十五的船票，行吗？"

李越霆点头表示同意，叶颜在安排这方面向来都很得当，他们还来得及去吃个午饭。

从澳门到香港走水路满打满算也不过一个小时的路程，李越霆和叶颜都很疲惫，各自靠在一边休息，不知不觉竟然昏昏沉沉睡了过去。

船快要靠岸的时候，李越霆先醒了，但他没敢动弹，因为他发现叶颜不知道什么时候靠在了自己肩头，沉甸甸的。

叶颜睡得很熟，素净的脸上有藏不住的疲倦，李越霆呼吸一滞，连喘气都不敢用力，生怕惊扰了美人的休息。

他把下巴微微侧过去，安静地凝望叶颜的睡容。

那一瞬间，明明周遭都是繁华喧闹，但李越霆却觉得自己心中万籁寂静，仿佛有一条潺潺溪水，蜿蜒地从山间流过。

假如真的有一天，他可以远离那些阴谋诡计，与红颜知己这样静静相依，那该是多么悠闲惬意的事情啊！

李越霆在心中无限美好地想象着。

叶颜纤长浓密的睫毛微微一颤，眼珠慢慢转动，似乎是要醒来了。

李越霆仿佛触电一样地闭上眼，平缓呼吸，继续装出熟睡的样子。

叶颜睡意未消，满面飞霞，懒懒地望了李越霆一眼，目光一震才彻底清醒过来，意识到自己正靠在他的肩膀上，她不敢妄动，慢慢地从李越霆身上挪开，靠在了另外一边。

李越霆这才象征性地动了一下，揉了揉眼睛睁开眼，看起来是刚刚被动静吵醒的。

“快到了啊？”

李越霆懒洋洋打了个呵欠，声音又低又沉，如同掩藏在丝丝烟尘背后，却格外撩人。

叶颜睁开眼，扭头看了看窗外，码头已经近在咫尺，两人都假装不记得刚才发生的事情，叶颜开始整理行李，李越霆拿了叶颜的手机来用，低头摆弄。

停车场里已经有车在那里等着，是来接他们的。

香港是李越霆的大本营，他基本上到了这里就如鱼得水，说着流利的粤语向司机道谢，抽出钱包给的小费都是美元，那个悠闲又优雅的劲儿，看得叶颜一愣一愣的。

“我约了婷婷和金冉在半山的别墅见面。”

李越霆接过司机递过来的手机，叶颜把背包扔进后备箱，兴高采烈地问：“你在半山还有别墅？我记得我们上次来香港住的还是酒店呢！”

李越霆彬彬有礼地为她拉开车门，做了个“请”的手势。

叶颜坐进副驾驶座，李越霆亲自开车，他笑着解释：“最近公司股票涨了不少，反正我也要经常来香港，买来度假也挺不错的。”

叶颜对李越霆大手大脚花钱这种事已经见怪不怪了，反正苏云时说过，他有钱。

想起苏云时，倒是冲散了她脑海中其他的念头，李越霆半天都没提起苏云时，刚才她没注意到，现在想起来，这才是最有问题的。

只是李越霆不说，她也不太好问出口。

她咬着嘴唇思前想后，李越霆开车间隙瞥了一眼叶颜，见她满脸都写着“我有心事”四个大字，于是笑着问：“你在想什么？”

叶颜摸着下巴望天：“我在想，你刚刚到底跟柳青青说了什么，是不能告诉我的。”

李越霆正沿着滨海公路开车，眼前一黑，差点把车拐进海里去：“这个、这个……”

叶颜挑挑眉：“你真的跟她说过什么吧？”

李越霆的手摸索着方向盘，很为难的样子：“这个吧……其实……其实是个误会。”

叶颜歪着头，一手托腮看他：“其实，如果你不想告诉我，我可以不问。”

李越霆脸上一热，他不是不敢说，而是不好意思：“这件事嘛，我还没想好……哦不是，是时机还没到，等时机到了，我肯定告诉你，行不行？”

叶颜爽朗一笑，回答：“好啊！”

李越霆躲着叶颜，偷偷拍拍胸口，松了一口气。

叶颜没等他一口气缓过来，接着又问：“那现在，你还有没有其他事想要告诉我的？”

李越霆闭了闭眼，叶颜是何等聪明的人，这么明显的破绽，她又怎么能看不出来呢？

他问：“我没打算瞒着你，只不过，这件事我自己也没想明白，不知道该怎么跟你说。”

叶颜看得出他的困惑，安慰似的拍拍李越霆的肩膀：“小苏……他现在没事吧？”

现在车里没有外人，李越霆也就没有刻意掩饰自己内心的情绪，整个人都垮下来：“我也不知道这算是有事还是没事……唉！”

“你和小苏吵架了？”

叶颜看李越霆露出为难的神色，她知道他们俩向来的关系，能让李越霆这么为难，看来苏云时真是把他气得不轻。

“算起来，我和小苏认识也有六年多了吧？”

李越霆答非所问，滨海公路的车不多，他开车开得轻松，不用动脑子，思绪跟着也就飘得远了。

“我们第一次见面是在巴黎，我去跟几个法国佬谈生意，结果被他们放了鸽子，我实在闲得无聊，就跑上街去买领带……”

叶颜清了清嗓子：“咳咳……麻烦请说重点。”

李越霆笑得很是无赖：“我说的就是重点。我记得当初那两条领带，是那一季的新款，有两个款式，红色和银色，你猜……”

叶颜的神情有些无奈，但还是一针见血地猜中了结果：“你买了红色的，小苏碰巧挑了银色的，是吗？”

李越霆帅气地打了个响指，称赞道：“聪明！”

他们的车子一路往山间驶去，下午灿烂的阳光照在路上，将一切都蒙上了暖融融的金色，回忆在时光里缓缓发酵，如同拢不起，但又始终散不开的烟尘。

巴黎是个浪漫而奢靡的城市，人人享受自由的空气，生活慵懒，享受午后的阳光与咖啡显然比工作更重要。

这一切让刚刚在香港度过三周的李越霆十分不适应，他原本是来这里洽谈一桩生意合作的，但是主管项目的那位法国大叔偏巧休假去了，他闲得无聊，正好遇上一场拍卖会，于是就跑去看热闹。

他新买了一条酒红色条纹领带搭配黑色西装，笔挺优雅，英俊的华裔面孔在一群白种人当中，更是显得尤为出众。在场的年轻女士们频频向他微笑问候，这让他嘴角的笑意更浓，挺胸颔首，如同一只骄傲地快要开了屏的孔雀。

这种酒店里的普通拍卖会不过是上流社会用来打发时间的社交活动，拍卖的多数也都是些小玩意儿，李越霆随手翻着拍品介绍，视线里忽然掠过一抹银灰流影，以他的记忆力，立刻就认出那是他下午在店里看到的那条领带。

那是他第一次见到苏云时，与他一样高挺的身形，但是偏瘦，头发微黄柔软，一身白色西装让他在铺天盖地的黑灰色中显得格外耀眼。

去参加拍卖会，完全是李越霆一时兴起。

他的父亲一直在国外做“文物生意”，说白了就是把国内的文物运到境外出售或者拍卖，从中赚取巨额差价。他对父亲的这种行为十分抗拒，只是数次反对都没能阻止得了这位固执而自大的老爷子，他一气之下远走香港，在东南亚一带做起贸易来。

对于文物古玩，他自小见了不少，也学了不少，除了缺少中国传统文化底蕴的熏陶之外，眼界和鉴定的本事多多少少也是有些的。所以他一路都在看热闹，看有人被蒙了争抢一副赝品字画，看他们把清代的玩意儿说成是明代的，看一群贵妇讨论珐琅彩和青花瓷的区别，虽然脸上十分平静，但是心里都要乐开了花。

拍卖会分上下半场进行，中途休息二十分钟，场外准备了精致的点心和咖啡招待各位客人，李越霆兴致勃勃地咬着一块曲奇，跟几位年轻的女士热烈地讨论着十八种不同产地和口味的咖啡。他年轻时也曾经环游世界，见多识广，他们用的是英文，李越霆的英文带着地道的旧金山口音，听起来优雅而绅士，逗得女士们不时笑得花枝乱颤。

气氛原本十分融洽，但是这时候却有个不怎么和谐的声音从旁传来。

两个中年法国佬似乎是嫉妒李越霆如此深受女士欢迎，在另外一边酸溜溜地大声议论：“哦！中国人！”

“是的！无能的中国人！”

李越霆连理都没理他们，这种只会嘴炮的家伙，恐怕连欧洲的地界都没出过，就以为他们眼中看到的就是整个世界了。

他把杯子里的咖啡一饮而尽，就听到那两个法国佬继续酸溜溜地交谈，大概的意思是中国人都很穷，多数都是骗子信不过之类的。

李越霆朝他们歪头笑了一下，转头朝着女士们耸了耸肩，换上一口标准的法语，言语间很是不屑：“我以为，巴黎的男士们都是绅士，真可惜，我错了。”

他领口酒红色的领带在灯光下极其耀眼，远远的，一个隐在人群中的年轻身影侧过头来，就着凝望的动作，抿了一口手中杯子里的牛奶。

李越霆没看清楚他的脸，目光一转却瞥见他的领口银灰色的领带，心中一动。

对于这些连自己国家国歌都不会唱的人来说，他们又怎么会懂得祖国对于自己的意义呢？

李越霆一向是个有仇必报的人，标准天蝎座，如假包换。

那两个法国佬的话确实惹他不高兴了，可要是骂回去就显得自己太没身价了。

李越霆看着慢慢翻着拍品清单，当看到下一个拍品的时候，眯起眼眸露出狐狸般狡黠的笑容。

真是，来得早不如来得巧啊！

难得在这种拍卖会上遇见一样有那么点儿来历故事的拍品，明景泰蓝熏炉，拍品的主人是位法国士兵的后裔，据说是当时英法联军焚毁圆明园时，他的爷爷从慈禧太后的寝殿里带出来的。

其实这类的景泰蓝玩意儿并不值多少钱，一来不是什么珍品孤品，二来清代的珐琅彩数量多又常见。如果放在国内的拍卖会，多数人都不会感兴趣。但是架不住这是巴黎，很多国外的拍卖行都在暗地里打华人的主意。他们有钱，而且还有一颗爱国心，所以拍卖行经常想办法把一件不怎么值钱的文物包装成中国海外流失文物，然后炒到一个高价，吸引爱国华商来购买。

李越霆勾着手指在图片上敲了敲，潇洒地笑道：“成了，那就你了！”

景泰蓝一起价，李越霆看都不看，直接把手上的号牌一举，用纯熟的英文报了个价：“二十万。”

他们竞价用的都是欧元，前几样拍品的成交价最高都没超过十万欧元，然而李越霆一开口就直接翻了倍，全场哗然，这才认出是那张耀眼的华人面孔，心中顿时懂了点儿什么。

李越霆笑眯眯地四处颔首问候，目光停在那两位法国佬身上，还故意挑衅地上下打量一番，然后颇为骄傲地左右摇了摇头。

仿佛在说，老子有钱，老子土豪，你能把老子怎么着？

法国佬顿时被激怒了，怎么能被比下去呢？这太没面子了！而且，中国人要买的，说不定是好货哎！

他们立刻商量了一下，由一个开口做代表，报价二十一万。

李越霆很是不屑，“啧啧啧啧”地摇着头，抬手打了个响指：“三十万。”

然后继续挑衅地看过去，笑得嘴角一抽一抽的，好像在说，有种你们再加一万啊！

果然法国佬又不甘示弱地加了一万上去，还颇为骄傲地等着李越霆再次加价，然而他这次只是双手交叠放在膝盖上，似乎很为难地露出一个苦笑。

玩得差不多了，他也该回去吃夜宵了。

法国佬当即傻了，说好的爱国商人呢？说好的土豪呢？怎么不按照剧本来演啊？

李越霆原以为这场戏也就演成这样就能收工了。

一个最多能卖上几万人民币的珐琅彩被他直接坑成了三十一万欧，这个结果他还是挺满意的。

然而舞台上的大屏幕这时候忽然亮了起来，原本只是拍品的照片和介绍，这时候忽然变成了一连串的账单截图还有资料。

人群一阵哗然，连司仪都惊呆了，两个法国佬原本就已经愤怒了，看了那些资料之后当场就傻了，脸上一阵红一阵白，恨不得找个地洞钻进去。

会场的音响里忽然传来了一个怪异的声音，说的是英文，不过听起来是伦敦口音，柔软华丽。

他说：他们应该没钱支付这笔拍卖费了，我建议你们可以按照正常法律程序起诉他们欺诈。

资料上是这两个法国人的信用卡欠费账单、公司贷款利息清单，以及多次在拍卖会上拍下拍品后拒绝支付钱款的记录。

在众人一片惊愕声中，他用一个字正腔圆的尾音结束：“两个穷人而已。”

李越霆这时候已经站起身，转身朝着门外跑去。

音响和视频操控台都在会场内，并没有外人进入和异常，所以只能是有人从现场共享的网络入侵，看来是位黑客，而且，还是位身手不错的黑客。

李越霆顿时来了兴趣，无视沿路众人诧异的目光，一路狂奔，四处寻找这人的踪迹。

能够接入会场的网络，又方便撤离，他一定在距离现场不远，但是又最接近大门口的地方。另外，他需要一部电脑，笔记本或者至少是平板电脑，环境幽静，方便他用变声器说话或者提前录音，又不引起旁人注意。

李越霆把目光落在酒店大堂的咖啡吧里，一眼就看到有个挺拔高瘦的背影站了起来，手中拎了一个电脑包。

他装作不经意地绕到他面前，迎面就看到白色西装里衬着的黑色衬衫以及那条银灰色领带。

那是个非常年轻的男人，唇红齿白，看起来文静儒雅，皮肤很白，在大堂的灯光映衬下，散发着柔和的亮光。

最重要的是，他有一张跟李越霆相同的，亚裔的面孔。

李越霆朝他优雅一笑，问道：“中国人？”

对方的眼眸里泛起一点警觉，但很快化为淡淡的温柔，答道：“中国人。”

他的声音很好听，跟他的人一样，柔软柔和。

身后已经有酒店保安匆忙地跑出来四处巡查，李越霆顿时想都没想，如同个自来熟一样地贴上去揽着他的肩膀，在他耳边低声道：“先跟我走。”

男人也不挣扎，顺从地任凭他把自己拉走了。

李越霆听到他用很小的声音说了句“谢谢”，他笑得很灿烂：“大家都是中国人，不客气嘛！”

他把人拉上车，两人相视一笑，各自眼底都是一片风光霁月，坦荡而骄傲。

“李越霆。”

李越霆朝着对方伸出手，很诚恳地朝他扬着下巴笑：“很高兴认识你。”

异国他乡，难得遇见志同道合的朋友，李越霆见过很多人，但第一次遇见那样一双澄澈的眼睛。

在他眼中，看得到热血、情怀，还有一颗与自己一样的侠义之心，李越霆从看到对方第一眼起，心里就已经认定，这一定是个值得用性命结交的伙伴。

“我叫苏云时，就是‘行至水穷处，坐看云起时’的云时。”

苏云时望着李越霆胸前那条与他同款的酒红色领带，他从对方的身上，似乎能感觉到源自天生的默契。他伸出手，握上李越霆的手，主动做了自我介绍。

李越霆笑容满满，但却不由自主露出疑惑的神情：“呃，对不起，请问你刚才说的那个行至什么什么的，是什么意思？”

苏云时顿时一愣，李越霆已经有些不好意思地摸着头笑：“抱歉，我中文不太好。”

“行至水穷处，坐看云起时。”

苏云时看对方的穿着打扮和举止做派，推断他应该是个唐人街长大的华裔，于是难得耐心地解释起来：“这两句诗出自于唐朝诗人王维的《终南别业》，大概说的意思是遇到绝境的时候把得失放下，或许会有新的局面产生。”

李越霆仿佛是恍然大悟的样子，苏云时还以为他听懂了。结果他仍是眨着一对懵懂迷茫的大眼睛继续问：“王维是谁？《终南别业》又是什么意思？和《神雕侠侣》里的终南山说的是一个地方吗？是不是王维认识全真教的祖师王重阳？”

苏云时刚刚对李越霆积攒下来的一点儿好感被他这一句话耗得一点不剩，这家伙简直就是知识推土机啊，武侠小说估计没少看，而且全看杂了。

苏云时对付这种问题向来有一套，沉默不语地低头打开电脑，彻底无视对方。

李越霆被苏云时冷了场也不生气，对投缘的人向来都十分包容，而且转移话题的工夫也是一流的：“唉？你要去哪儿，我送你吧！”

苏云时没想拒绝他，反正有顺风车他乐得搭一程，随口说了个酒店的地址，就低头翻起电脑里的资料来。

李越霆调好了导航，把车拐上主路，看似认真开车，但是目光却偷偷摸摸地一直往苏云时的电脑上瞥。

苏云时其实从他偷看第一眼开始就已经发现了，但是这些资料也都不怕人看，所以也就放任他自己看着玩，只不过李越霆一开始还小心翼翼，后来开始肆无忌惮，连带着目光不时往他身上瞥，左一眼右一眼，目光热切，没有半点掩饰。

苏云时后来被他看得有点难受，终于忍不住把俊秀的眉峰一挑，问：“你不怕撞车吗？”

李越霆摇晃着脑袋装无辜：“啊？什么？”

苏云时开口点破他偷窥的行径：“你一直看我，不好好开车，不怕撞车吗？”

李越霆笑得一脸正派：“我就是觉得你的领带挺好看的。”

苏云时横了一眼李越霆的领口，没好气地说：“我们的领带是同款，你如果想夸自己有眼光，直说就好。”

李越霆嘿嘿一乐，露出洁白整齐的牙齿，看起来人畜无害的模样：“哪有？哪有啦！”

苏云时突然把脸冷下来，毫无征兆地吓了李越霆一跳。他发现苏云时原本长了一张干净柔和的脸，但是扬起眼角收敛笑意的时候，目光却格外瘆人，被他瞪上这一眼，感觉后背的冷汗唰的一下就冒出来了。

“你到底是什么人？”

苏云时的语气里充满戒备，指尖光芒一闪，不知道什么时候多了一柄锋利的匕首，他的动作如同行云流水，李越霆还没来得及反应，对方泛着寒光的锋刃已经横在了他脖颈上。

李越霆倒是并不慌张，嘴角甚至还带着笑：“我就是个路过的，真的，如……如假什么来着？”

苏云时原本一脸寒意地杵在那儿，结果被他这一个说了半截的成语搞得差点没笑了，顺口接了一句："如假包换，是吧？"

"对对对对，如假包换！"

李越霆梗着脖子不敢动，虽然他不害怕，但是这匕首看起来挺锋利的，他怕误伤。

苏云时眨着眼睛盯了他一秒，似乎在判断他话的真假。李越霆单手扶着方向盘保持车子平稳，一边小心地把匕首往外推："我说小苏啊！你先把这个收起来呗？我这儿还开车呢，一旦要前面来个急刹车什么的，我就要挂了。"

苏云时轻轻吐出一口气，指尖翻花，匕首在手中灵巧地转了两圈，李越霆再定睛一看，他的两手空空，匕首已经不知道被收到哪儿去了。

"哇！你这招好厉害！"

李越霆松了一口气，摸着劫后重生的脖子感叹："你的匕首藏在哪儿了啊？感觉就像武侠小说里写的袖中剑呢！"

苏云时没说话，只是指了指西装的袖口，李越霆恍然大悟，眼睛里都在放光，要不是还在开车，他估计就要崇拜地使劲鼓掌了。

"你也是为了那几个兽首来巴黎的吗？"

李越霆见苏云时又打算无视他，于是干脆自己主动切入正题。苏云时挑眉，敏捷地捕捉出他话里不同寻常的意思："你也是？"

"不不不，我只是来看热闹的。"

李越霆见苏云时不信，于是把他被签约伙伴放了鸽子的事情简单解释了一下，最后还不满地抱怨："这群没责任心的家伙，sh……"

刚说了一个音节，立刻意识到在苏云时面前飙脏话实在是不怎么礼貌，于是硬生生给扭了过去："……神怎么不揍他们！"

苏云时笑了，他知道李越霆原本想说什么，不过这么看，对方也算是个君子了，他淡淡接了一句"Shit"。李越霆听到苏云时骂脏话，诧异地看他，结果见他仍然是一脸平淡从容的表情，就好像他刚才什么都没说过一样。

李越霆也笑了，拍拍苏云时的肩膀说："谢了！兄弟！"

苏云时已经对他这个热情饱满的态度见怪不怪了，李越霆这时候已经顺利把车开到了苏云时所住的酒店楼下，苏云时见到了，于是跟他说了句“谢谢”就收了电脑推门下车。

李越霆原本还想要寒暄两句的，结果还没等说出口，面前人影一闪，苏云时已经走远了。

他歪着头盯着对方的背影看了一会儿，忽然斜斜扬起嘴角，露出狐狸般狡黠的笑容：“海晏堂十二兽首……听起来，倒是很有意思的东西啊！”

当天晚上，李越霆就拎着他的行李箱，趾高气扬地住进了苏云时所住的那家酒店。

他戴着一副墨镜，穿着笔挺的风衣，内衬银色衬衫和酒红色领带，看起来整个人都在往外放着能当场闪瞎别人钛合金狗眼的光。

全程英文对话，出手给的小费都是崭新的美金，整个大堂的服务员都被震惊了，恭恭敬敬地帮他开了豪华套房，又殷勤地帮他把行李送上楼，就差排成两排给他跪下请安了。

李越霆对这个跟皇帝出巡一样的效果十分满意，关门之前又甩给行李员一张美金当小费，然后假装顺口问了一句，说自己有个朋友叫“苏云时”，想知道他住在哪个房间。

都说有钱能使鬼推磨，又或者是磨推鬼，虽然李越霆始终分不清到底是哪个推哪个，不过，他知道这个世界上大部分事情，用美金都是能够解决的……哦，现在用人民币也可以。

苏云时虽然行事十分低调，但是架不住长相出色，行李员小哥果然记得另外一张耀眼的华裔面孔，不过鉴于职业操守欲言又止，李越霆笑眯眯塞了两张美钞在他的口袋里，于是下一秒，李越霆成功知道了苏云时的房间号。

他用房间的座机拨了对方房间的电话，在苏云时接起来的那一刻，用标准的中文问：“兄弟，有兴趣出来吃个夜宵吗？”

那个漫不经心到欠揍的语调，苏云时记得实在是清楚，他立刻认出了李越霆的声音，抬头看了看时间，马上就要到八点半了，他当即很果断地拒绝到：“没兴趣。”

“呃……”李越霆首次搭讪失败，硬着头皮继续：“那我买了送到你房间去？”

苏云时想了想，很认真地提了个建议：“可以买两罐牛奶拿上来吗？”

李越霆用力一拍大腿：“当然可以！”

再后来李越霆拎着一兜各式各样的牛奶甜品敲响了苏云时的房门，结果得到了对方非常“热情”的接待，比起一般的男士，苏云时的房间简直太干净了，东西摆放得整齐有序，让李越霆都不好意思穿着鞋进门了。

苏云时见他犹豫不前，于是指了指地上的一双新拖鞋。

李越霆把手里的袋子交给他，成功吸引了苏云时全部的注意力，他就像是个看到了漂亮糖果的小孩子一样，看到里面的牛奶焦糖布丁眼睛都亮了。

“你喜欢喝牛奶？”

李越霆假装疑惑，但是在内心给自己比了个小叉，他果然猜对了，苏云时一定很喜欢牛奶，还有跟牛奶有关的甜品。

苏云时诚恳地点点头，把袋子里的东西一样样拿出来放在桌上，然后去烧热水。

李越霆看到他的电脑摊开在桌面上，上面正是一张海晏堂十二兽首的照片，旁边还配了相关的资料说明，他于是问：“你在看这次即将拍卖的鼠首和兔首？”

苏云时接了水出来，淡淡“嗯”了一声。反正李越霆已经知道他是为了兽首而来的，他也没必要瞒着。

李越霆扫了一眼资料，上面都是英文，对他来说毫无语言障碍：“我听说中国很多爱国商人，还有文物界的人士都在想办法，想要阻止这次拍卖，你也是为了这个才来的吗？”

苏云时眼中顿时闪过一道锋利的光芒，只是立刻沉下一口气，让自己重新冷静：“是。”

李越霆歪着头笑，嘴角斜着扬起，看起来有点欠揍的样子：“那你想到什么好办法了吗？”

苏云时很诚实地摇摇头：“还没有。”

李越霆从口袋里拿出手机，打开某个文件，苏云时把水壶的开关打开，双手抄在口袋里慢慢朝着他走过来，李越霆长臂一伸，把手机递到苏云时面前，说："你看这个。"

苏云时扫了一眼上面的人名，顿时一愣，神色有点吃惊："这个名单……你怎么拿到的？"

李越霆笑得很坦然："这份名单当中，有一半是民间自发组织起来的，想要抢救国宝的爱国人士，还有一半人身份比较复杂……嗯，我不说你也知道，他们表面上是文物买卖商人，实际上，是某些有关部门派来的。"

苏云时点点头，他很明白其中的关节："我知道，有些事，不能是国与国之间的交涉，无关政治，抢救文物，最好的措施就是民间对话。"

李越霆对苏云时的这个回答很满意，表面不动声色，但实际在心里判断着对方说这话时的口气和立场，借以推断他的身份："恰好我有个朋友，对这些事情了解的比较多。她之前曾经问过我对这件事情有没有兴趣，要不要去看看热闹，原本我是不打算去的。"

苏云时知道李越霆有能力拿到这份参与拍卖会人士的真实身份资料，就一定不是普通人，所以反问："那你现在怎么又想去了？"

李越霆摇摇头："我没想去。"

苏云时一时弄不明白他的意思，疑惑地问："你不去怎么……"

李越霆回给他一个意味深长的眼神："去了就有用吗？那么多爱国人士，有钱的多了去了，但是你觉得，真靠竞价硬拍，花上几亿甚至更多美金，拿回兽首，就是真的赢了吗？"

苏云时听他话里有话，眼睛顿时亮若星辰："你有办法？"

李越霆把手一摊，耸了耸肩，忽然抬手一指："水开了。"

苏云时知道他故意转移话题，也不追问，走过去把牛奶给热了，然后问："你喝什么？"

李越霆笑眯眯地问："有红酒吗？拉菲就不用了，一般的就行。"

苏云时从酒柜上随手拎下一瓶，粗暴地扔进他怀里，李越霆垂眼看了一下，哀怨地咬了一下唇："没开哪！"

一个开瓶器又迎面扔过来，李越霆敏捷地一把抄在手里，就听苏云时淡淡地说："我不喝酒，你自己开。"

他端着刚热好的牛奶小口抿着，看起来幸福又满足的模样。

李越霆熟练地把红酒开了，找了高脚宽口玻璃杯倒出一点儿，举高了对着光，在那里慢慢晃着看。

房间里供应的也只能是普通的红酒，味道自然也就一般，但是李越霆心情却很不错，连带着喝进嘴里的酒都变得香醇回甘了。他主动朝着苏云时举起杯："很高兴认识你。"

苏云时用牛奶杯跟他的酒杯碰了一下，浅笑："这句话你昨天说过了。"

李越霆摇摇头："不，不一样。"

他抿了一口酒，意犹未尽地舔了一下嘴唇，在苏云时投来疑惑目光的时候，这才一本正经语气深沉地说："因为从此刻开始，我们才能算是，真正认识……"

窗外不知什么时候开始淅淅沥沥地下起了雨，九月是巴黎的雨季，降雨总是来得那么毫无征兆。

李越霆端着酒杯，用一个自认很帅气的姿势坐在飘窗上，曲起一条腿，空着的胳膊随意搭在膝盖上，很悠闲的样子。

苏云时斯文地用勺子挖着牛奶焦糖布丁，甜品散发着令人安心的香气，那是他最喜欢的味道。

"我的朋友知道我对巴黎比较熟，本来只是委托我照应一下他们的人。"

李越霆把头扭过去看窗外，他不喜欢下雨，阳光灿烂的日子才更适合他，所以看到下雨天总会有些莫名的烦闷。不过今天有苏云时在这里，他的心情倒是少有的明媚，语调都格外轻快。

苏云时放下手里的勺子抬起头："但是你现在改变主意了。"

李越霆轻快地打了个响指，跟聪明人说话简直是太开心了："是啊，因为你的关系，我发现，我还可以做一些更好玩……儿的事情。"

苏云时挖了一勺布丁咬在嘴里，语气含糊地纠正李越霆那不怎么标准的儿化音："是好玩儿，你那个"儿"字不要咬那么重。"

李越霆试着重复了一遍，苏云时朝他比了下大拇指：“孺子可教。”

“啊？那是什么意思？”

李越霆听见成语眼神又飘忽了，苏云时无奈地摇摇头，他错了，他不该跟李越霆说成语的：“就说是你很聪明的意思。”

李越霆洋洋得意地把下巴一扬：“那是当然。”

苏云时又问：“你需要我做什么？”

李越霆说：“我需要一个能帮我拿到所需资料的黑客。”

苏云时一脸无辜地咬着勺子看向他：“黑客是什么？”

李越霆看着他闪亮的双眼，毫不掩饰地朝他举了举手中的杯子，然后将杯中酒一饮而尽。

他们的相遇只是偶然，但是接下来事情的发展，李越霆以为是他主动找上了苏云时帮忙，但是却从未想到，从一开始，苏云时接近他，就是心中另有目的。

“我一直以为，我们只是因为投缘，有共同的目标，所以小苏才愿意帮助我。但实际上我忘了，他是个黑客，他从见到我的第一面开始，就已经知道我是谁了。”

李越霆仍然是曲着腿坐在飘窗上，杯中的红酒只剩了个底儿。叶颜坐在沙发上，面前的青瓷茶杯里泡着上好的碧螺春。金冉和李乐婷肩并肩头抵着头，盘腿坐在沙发的另一边，怀里各自抱着一大袋薯片。

六年后，他终于理清了当初的真相，那并不是他想要的结果，可是，他却无法逃避。

“那时候我还没有成立文物猎人团队，不过，因为小白的关系，我也会偶尔参与一些抢救文物的行动，不过大多数都是后方策应，因为无论在欧洲还是香港，我都比他们更熟悉，他们需要我的情报和人脉。”

李越霆把头靠在玻璃窗上，窗外乌云密布，这时候香港仍处于台风季，气象台傍晚突然刮了风球，打乱了他们原本的计划。

原本他们是打算在这里稍作休整就动身前往瑞士的，可惜台风过境，所有的航班停飞，所以大家吃过饭之后无所事事，只能围在一起闲聊。

“我曾经听爷爷说过，当时很多民间爱国商人和专家已经做好准备，要不惜一切代价拍回兽首，当时预估的成交价已经超过了一千万欧元，可谁都知道，就算拍下了，结果也一定非常惨烈。”

“就是啊！明明是我们中国人的东西，为什么最后还要我们花那么多钱去买回来？这太不公平了！”

李乐婷摇晃着手里的薯片表示强烈不满，金冉摇摇头：“这是当时承接拍卖活动的拍卖行的策略，他们已经想到了中国人为了抢救国宝，会不惜代价。他们一定会刻意找人抬高价格，暗中操纵拍卖。”

李越霆长叹一声：“我当时也是这么想的，如果是我的话，也一定会这么坑那些老外。所以，我告诉小白，我们的策略一定不是跟对方比高价，而是想办法让兽首流拍……”

窗外大雨滂沱，像极了记忆中六年前的那一天。

那一天，他和苏云时第一次并肩战斗，百年前，侵略者闯入古老的北京城，用一把火焚毁了举世无双的皇家园林圆明园，抢掠走园中无数稀世珍宝，甚至连海晏堂外的十二生肖喷水池上的兽首，都被用军刀割下来带走。

百年后，他们守护的，不只是价值连城的国宝，还有整个华夏民族的尊严。

“我们已经不再是任人欺凌的东亚病夫，绝不可以容忍国家尊严再被亵渎。得让这群老外知道知道，中国人现在可不是好欺负的！”

李越霆对着镜子换上他笔挺的西装，六年前他二十五岁，正是年少气盛、心气高傲的年纪，他慢慢系好自己的酒红色领带，略微上扬的眼角，带着狐狸一般高傲的光芒。

“看不出来，你一个 ABC，还挺爱国。”

苏云时穿着淡灰色的休闲装，面前的桌上摊开着两台电脑，他一手握着鼠标，一边嘴里叼着吸管在喝盒装的牛奶。

李越霆抬手按住心脏的位置，隐约能感觉到胸腔里沉稳有力的心跳，他懒懒一笑，用手指点点胸口，用习惯性不着调的轻佻语气说：“那当然，小爷我这里面，绝对是一颗红心，跟国旗一个颜色的红。”

苏云时看了看他，移动鼠标的手忽然停住，问：“那你知道中华人民共和国的国歌是什么吗？”

李越霆一愣，笑容僵硬在脸上，牛皮吹大了，这个他确实不知道，但是直接说不知道感觉又很没面子，于是支吾着半天不知道怎么转移话题。

苏云时站起来，走到李越霆的面前，抬手郑重地拍了拍他的肩膀，说：“我们的国歌，是《义勇军进行曲》。曾经有人觉得这首歌的歌词并不合适，因为现在中华民族已经过了最危险的时候，我们的生活已经好起来了。但是实际上，和平年代，在我们看不见的地方，危险依然还在。我们能力有限，但是，至少我们曾经为之努力过，奋斗过，我们问心无愧，那就够了。”

李越霆点点头，朝着苏云时扬起手：“相信我，我们一定会赢的！”

苏云时挥手，与李越霆在空中击掌，他说：“我很荣幸，能与你，同生死，共荣辱。”

李越霆用力握住他的手，心中禁不住热血激荡：“我也是。”

拍卖会在法国巴黎大皇宫举行，因为两尊兽首在起拍前就备受关注，甚至坊间有传闻，来自中国的民间文物保护人士也会到现场进行抗议活动，阻止兽首如期拍卖。因此现场安保森严，简直是一级戒备，佳士得拍卖行如临大敌，恨不得将所有现场的华裔面孔旁边都安排上十个保镖。

李越霆衣冠楚楚地从一辆加长宾利上下来，抬手系上一颗西装扣子，又从前襟的口袋里掏出一副金丝边框的眼镜戴上，优雅绅士的风度加上他那张耀眼的华裔面孔，简直是浑然天成，引来了现场无数注视的目光。

他的一只手抄在西装裤的口袋里，里面装了个硬邦邦的东西，过安检的时候检测器滴滴响了半天，李越霆顺从地把东西掏出来给安检人员看，是个手机。

苏云时看着电脑上清晰的视频画面笑了笑，李越霆的那副眼镜上装了个微型摄像头，他评价道：“设备不错，画面很清楚。”

李越霆漫不经心地点开手机搜索网络连接，边走边私下张望，不确定地问：“真的随便找一个现场用的无线网络就可以了吗？”

苏云时“嗯”了一声：“只要是好用的，都没问题。”

李越霆忍不住感叹了一句：“竟然这么神奇。”

拍卖会现场自然会提供支持上网的无线设备，虽然不一定跟工作人员用的是同一个网络，但是最终的接口其实都是一个。李越霆顺便找了个工作人员询问了接入的办法，等他找到自己座位的时候，网络已经设置完毕了。

苏云时提前在那部手机上做了些手脚，手机连上了现场网络意味着他面前的两台电脑也已同样接入。虽然对方也有安保软件加密的防火墙，不过对于苏云时来说，那些不过是小菜一碟。他用一分钟轰开防火墙，破解密码，然后就悠闲地靠在椅子上把牛奶当水喝，等着拍卖会开始了。

屏幕上跳动着一连串的数字，苏云时看了看表，留给他的时间足够了。

李越霆在人群中看见了身穿黑色小礼服的白薇，她表面的身份是北京潘家园古玩一条街里的茶楼老板。事实上，她任职部门的名字常年都处于一级保密的状态，普通人根本连听都没听过。

白薇看见了他，于是朝他笑了笑当做是打招呼。

李越霆朝她挥了挥手，把手机顺进口袋里，低下头开始看起了拍品介绍册。

这场拍卖会是专场，某个法国知名商人的私人珍藏，拍卖会之前他的态度一直很强硬，拒绝撤拍，也拒绝中国商人出钱收购兽首的提议，拍卖行为两尊兽首制定的起拍价是 800 万欧元。

“他怎么不去抢？”

李越霆把册子捏得咔咔作响：“800 万欧元折合人民币有 5000 多万了，目前预估成交价大概在 1200 万欧元左右，都快过亿了好吗？”

苏云时笑着打趣：“谁让中国人那么有钱？他们可能觉得，花上一两亿来买个兽首，对于中国人来说可能并不是什么大事儿。”

李越霆捏着拳头，盯着册子上那个欠揍的名字，狠狠地说：“我现在特别想一拳把他鼻子打开花。”

跳动的数字忽然停在某个画面上，苏云时倾身去看，顺便抬手在键盘上敲击了一串字符：“咦？我好像看到你想要的东西了。存放兽首的保险柜，除了密码之外，还有指纹和刷卡两道加密。你找机会凑近了看一眼，我看看是不是防弹玻璃的。”

李越霆顿时双眼放光，不动声色地跟在别人的背后，装作好奇地去看兽首的样子：“能弄到手吗？”

不过他不能靠得太近，兽首的保险柜外拉起了警戒线，还有保镖和保安们站成一排守在那里。

苏云时定睛看了一下，想了想，回答说：“能，不过估计要等一会儿，得他们先动手搞得乱套的时候，我再想办法进到系统里去。我如果现在就轰开他们的加密系统，怕会打草惊蛇，哦，惊动他们。”

他体谅李越霆不懂成语，还特意解释了一下，李越霆倒是听明白了，很认真地表示赞同：“嗯，他们都是蛇，先别惊动他们。”

拍卖会很快开始，司仪是位高大年轻的白人，说着一口地道的英文，每个人的位子上都有耳机，保证同声传译，可以选择语言种类。

开场的几样拍品都是小东西，在场众人基本上目的一致，都是为了兽首来的，所以完全心不在焉，连举牌竞价的兴趣都没有，李越霆在心里衡量了一下起拍价，觉得还算公道，他喜欢玉器和瓷器，反正等着也很无聊，干脆就挑了几样合眼的买下来。

他整个一副游手好闲富家公子哥儿的做派，浮夸张扬到不行，不过也因为如此，下半场拍卖行直接把他请到前排座位，又送上甜品和饮料招待他，显然是把他当作摇钱树了。

李越霆随手拍过去两张美金给服务员当小费，苏云时全程观摩，忍不住笑道：“演技不错啊！估计他们把你当富二代、土大款了吧？”

李越霆一脸认真地低声问：“富二代我知道，土大款是什么意思？”

苏云时面不改色地骗他：“就是说你很有钱又很帅的意思。”

李越霆点点头，心中没有一点点防备就上了当：“嗯，你说得对，我确实是土大款。”

苏云时又说：“不过这样也好，钱花到位了，他们肯定觉得你就是一没见识但就是有钱的公子哥儿，绝对不会怀疑你是去砸场骗他们兽首的。”

李越霆清了清嗓子，很严肃地小声纠正他：“是我们的兽首，不是他们的。”

苏云时原本是想开个玩笑的，不过心里却被李越霆的话小小感动了一下说：“嗯，对。兽首是我们的，从来都不是他们的。”

李越霆这才又笑起来：“小爷我的演技你绝对放心，拿个小金人什么的，绝对没问题。”

他总是不合时宜地说些不着调的话，但是不知道为什么，在紧张的时候听到这些，却会让人觉得心里暖洋洋的，苏云时忍不住也换成了他的语气：“你别骄傲得太早，小李子拼了那么多年都没拿上小金人。哦，虽然你也叫小李子……哈哈，小李子！”

李越霆对这个称呼非常不满意：“喂！”

苏云时收敛了一下脸上的笑容，重新严肃起来：“好了，不跟你开玩笑了，时间差不多了，很快就要拍卖兽首了。”

李越霆扭头去看坐在距离他不远处的白薇，白薇回过身冲他嫣然一笑，仿佛在说：“放心吧，一切都安排好了。”

两尊兽首被放置在精密的保险箱里，旁边站着十个荷枪实弹的保安。

司仪已经开始向在场的观众介绍这两尊兽首的来历，在一连串英文当中，海晏堂三个字最终是被音译过来的，听起来格外突兀，像是哽在喉咙里的一根鱼刺，上下不得。

“十二兽首所在的地方之所以被叫做海晏堂，是取‘河清海晏，国泰民安’之意……”

苏云时的手指飞快地在键盘上飞扬跳跃，那句“河清海晏”在此刻被提起，总是让他觉得心里发酸。

他忽然想起很小的时候，师傅教他读千门首任明王展鸣留下的笔记。当年，展鸣为了保护国宝不被日本人抢掠，不惜以自己做饵，将日本人诱入他提前设下的陷阱当中，最终使他们全军覆没。

那是他临行前写给家人的遗书，他说：“一言启口，震动乾坤，山河大地，海晏河清。”

最后他虽然平安归来，名扬天下，但是却最终被携仇报复的日本人血洗满门，仅剩一个年幼的女儿侥幸逃脱，让人不胜唏嘘。

苏云时知道，想要真正守护“海晏河清，国泰民安”，需要付出的代价，是常人无法接受的。

比如当初的展鸣，还有他的师傅，而现在，这个责任，终于还是落到了他的肩膀上。

他不怕死，但是却害怕辜负。

千门一门当年用鲜血和生命换来的荣耀和骄傲，绝不能在他这一代手中断送。

“河清海晏，是什么意思？”

李越霆听到苏云时的声音不太对，又被他语调中的伤感淡漠所震撼，忍不住轻声问。

苏云时低声淡淡为他解释：“河指的是黄河，晏是平静的意思，‘河清海晏’是说，当黄河的水清了，大海上不再有风浪，风平浪静的时候，也就是天下太平的时代到来了。”

李越霆看到司仪举起了拍卖槌，两尊兽首的拍卖即将开始，他握紧了拳头，低声对苏云时说：“你放心，我们的‘河清海晏’，很快就要回家了。”

司仪的拍卖槌重重落下，起拍价800万欧元，竞价正式开始。

白薇侧目，看着现场的工作人员匆忙走上前，对着司仪说了几句话，司仪脸色一变，随即平静下来，对现场的众人说：“各位女士，先生们，现在有位匿名买家，正在通过电话的方式参与竞拍，他现在给出的价格是900万欧元。”

李越霆交叠在一起的双手忽然收紧了一下，然后便轻松地张开，抬手靠在耳边，轻轻扣了耳机两下：“来了。”

苏云时脸上露出笑容，两台电脑上开始连串滚动着数不清的字符，他接连不断地敲击指令输入并发布。

现场竞价还在继续，神秘买家的出现让大家纷纷猜测起他的身份，敌我不明，很多人的出价都变得谨慎了很多，但是价格还是在不断飙升，瞬间就涨到了1100万欧元。

出价的仍是那个神秘的电话买家，价格已经距离预期成交价不远，有人开始小声地议论起策略来。

“1200万欧元！”

现场忽然响起一个清脆明亮的女声，说的是英文，听起来十分年轻，但是坚定有力。

这个声音在现场一众男声中显得十分突兀，现场每次举牌加价的幅度都是20万欧元，一下加价100万，显然不是个小数目，众人的目光立刻齐刷刷地瞥了过去。

那是个年轻的华裔女士，她并没有像其他参会的女士那样穿着小礼服，而是穿了一身帅气的男士西装，紫红色领带，齐耳短发搭配贝雷帽和高跟的长筒皮靴，衣襟上还别着一枚小巧精致的白玉兰花徽章。

“哇哦，美人！”

李越霆对一切美好的人和事物都抱着欣赏的一颗心，虽然对方的打扮非常中性化，但是她却依然美得让人移不开目光，不是婉约的美，而是帅气耀眼的美。

“Lisa Fang，史密斯先生的助理兼翻译”，苏云时适时把对方的身份和名字报出来：“史密斯先生据说是英国非常有名的文物商人，对那两尊兽首非常有兴趣。”

李越霆“哦”了一声，目光依依不舍地从Lisa身上移开。工作人员又一次上前跟司仪说话，随后司仪立刻宣布：“电话买家已经把价格加到了1300万欧元。”

史密斯先生朝着Lisa做了个手势，男装丽人再一次举牌喊道：“1350万欧元。”

李越霆轻声说：“看来要过亿了。”

苏云时没回答他的话，而是说：“他们开始调查电话买家的身份了，我已经启动了系统加密程序，如果没有意外，八分钟后就能完成。”

李越霆说：“一定要拖住他们，千万不能让电话买家的身份资料暴露得太早。后方需要时间来做准备，我通知小白一声。”

苏云时已经顾不上回答，只是简单地“嗯”了一声。

电话买家是通过提前预支保证金的方式，以完全保密的身份参加拍卖，因为提前通过了佳士得拍卖行的信用审核，所以，对方对他的身份并不是非常清楚。

现在他们需要立刻查证他的身份并确认，因为从目前的情况来看，史密斯先生可能已经放弃了竞价，而电话买家却加价到了 1400 万欧元，很有可能竞拍成功。

Lisa 与史密斯先生对望了一眼，见他做了个摇手的动作，于是点点头，反手把牌子扣在膝盖上放着。

李越霆悄悄起身，往外走去，而白薇几乎同一时间跟在他的身后，两个人一前一后地离开了会场，走进停车场。

“假如欧先生同意了我们的计划，那么，立刻召开发布会。剩下的事情，交给你了。”

李越霆拍了拍白薇的肩膀：“事成了，我请你吃饭庆祝。”

白薇用力捏了捏他的手臂，把一张写了地址的卡片塞到他的手心里：“千万小心。”

李越霆点点头，扫了一眼卡片，揣起那张卡片，从口袋里掏出车钥匙，对苏云时说：“系统加密搞定了吗？”

“当然，”苏云时回答：“密码我稍后会发个短信给你。”

李越霆听了相当高兴：“好的。那现在唯一要做的，就是想办法多拖延点时间给我还有小白了。小苏啊，这次成败可都靠你了，拜托拜托，千万要撑住啊！”

苏云时的眼睛里跳动的都是一行一行的代码，两台电脑成了他的战场，而他就是发号施令的将军。他手上的动作没停，淡淡开口：“要撑多久？”

李越霆把地址输入导航，脱下西装外套，摘下领带，套上黑色的风衣，戴上口罩。

“你最多能坚持多久？”

李越霆问，苏云时想了想回答：“两三个小时应该没什么问题。”

李越霆把车开出停车场，苏云时又问：“电话买家最后拒绝付款的理由是什么？”

虽然李越霆从没跟他说过这一点，但是他自从知道对方安排人匿名参加拍卖会开始，就知道他一定会用上这一招。

李越霆反问：“你怎么知道他会拒绝付款？”

苏云时答道：“以你的风格，最后多半就是耍无赖不付款，然后让兽首流拍了。”

李越霆似乎是很迷惑地皱眉：“什么叫我的、耍无赖的风格？”

苏云时反问：“难道不是？”

李越霆当场哽咽了一下：“确实是。”

他很快补充了一句：“那就三个小时吧，准备发布会，三个小时应该搞得定。”

苏云时握拳抵在唇边，轻轻咳嗽了一声，这才回答：“好的。”

李越霆把车开向繁华的城市，巴黎的黄昏，落日将夜空映照得格外缤纷灿烂，黑暗即将笼罩这座古老的城市，但也预示着，崭新的黎明很快就会到来。

他此行的成败，才是这场战役的关键。

欧先生是当地的商界名流，更是文物收藏的大家，他跟两尊兽首的持有者私交不错，无论看身份还是地位，说话都是相当有分量的。

白薇早已经帮他预约好了会面的时间，一路畅通无阻，欧先生住在半山腰的豪华别墅里，他在顶楼的会客室接待了李越霆。

欧先生年过六十，头发全白，脸上满是皱纹，但也有久经岁月之后的醇熟从容，而李越霆西装革履，戴着足够把他的脸遮挡得严严实实的口罩，举手投足风度翩翩。

李越霆从来不怯场，他随意地往沙发上一坐，眼睛弯起来，笑容可掬。

欧先生觉得这个访客与想象中的完全不同，他看起来年轻、神秘，但又有着与众不同的亲和力。

“欧先生应该经常跟我们的人打交道，熟悉我们这边的办事风格，说实话，这次的预算真的不太多……”

李越霆一副在菜市场买菜讲价的架势，欧先生摸不透对方的来历，只知道他来访之前，中国某个神秘的官方机构曾有人亲自为他牵线搭桥，显然他这次的个人行为，背后总有些说不清道不明的背景。

他在商场混迹半生，深知越是这样的人，就越不能得罪。

只是李越霆请求他做的这件事，实在是有点强人所难："两尊兽首的成交价是1400万欧，就算拍下兽首的人真的像你说的那样拒绝付款，那么卖家也有可能要求重拍，就算不重拍，压价转手，但也真的压不到你现在的价钱啊！"

李越霆语气非常轻松："我虽然不知道他是谁，但是我保证，他一定会同意的。"

欧先生因为他的笃定语气而诧异："为什么？"

李越霆笑着答道："因为他如果不答应，兽首他就再也拿不到了。"

欧先生用警觉的目光瞪他，李越霆非常坦然地摊开手："我可没偷没抢，我只不过是想帮他们做好安全保障工作。今天现场的玻璃保险柜，玻璃是防弹的，想要把兽首拿出来，除了需要指纹扫描和身份识别卡，最后还需要输入密码。我其实没干别的，就是趁着有空的时候，把密码给改了一下。"

欧先生觉得这件事真是让他哭笑不得，就跟打牌一样，我一手烂牌不要紧，我赢不了，你也别想赢，这种耍无赖的打法，他还真是从来没见过。

欧先生叹了口气："我毕竟是个生意人……"

李越霆抬手做了个不必再说的手势："我明白的。你该拿的，我们肯定一分钱都不会少。另外，以您现在的身份，假如要到国内做生意的话，该有的政策鼓励和福利补贴等等，您还怕拿不到吗？"

欧先生听出了这话的弦外之音，全世界现在都在关注中国，如此庞大的市场，哪怕只分一杯羹也是好的。他于是点点头答应了下来："那好吧，我这就给皮特打个电话。"

欧先生给皮特先生打电话的时候，李越霆也给白薇打了个电话。

皮特先生原本还因为兽首被拍出了高价而满心欢喜，所以面对欧先生提出要收购兽首的提议，他毫不犹豫地拒绝了。

然而他还没来得及挂电话，大洋彼岸，来自神秘买家的声音，却结结实实地，当头给了他一棒子。

神秘买家首次现身并召开新闻发布会，承认通过电话的方式成功拍下两只兽首。

“这两只兽首无法以合理合法身份入关，所以，我拒绝为此付款。”

屏幕里传来男人的声音，通过麦克风传遍了会场的每个角落，也由此传向了全世界。

皮特先生脸色发青，有个保镖快步走到他身边，神色凝重地对他说了几句话，这无疑是雪上加霜了，皮特先生脸都快黑成锅底了，盛怒之下，顿时把手中的电话狠狠砸到了地上！

欧先生听到话筒里传来一声巨响，不明所以：“这是怎么了？”

李越霆笑眯眯地看着他：“一想到要跟您合作，皮特先生可能太高兴了，忍不住在往地上摔电话当庆祝呢！”

苏云时关掉电脑上那一个小小的画面，长时间高强度的大脑运转，让他觉得十分疲惫，心脏跳动牵扯着隐隐疼痛，他终于长舒一口气，抬手把笔记本合上。

李越霆走出奢华古典的别墅大门，抬起头，径直望向璀璨的夜空，用力伸了个懒腰。

一切，终于结束了。

白薇站在大门口，目光急切地望向他，李越霆神色看起来有些疲倦，但还是抬手朝她做出一个“OK”的手势。

白薇神色欣喜，但半信半疑：“真的，欧先生成功了？”

李越霆抬手在她面前打了个清脆的响指：“那当然，我办事，你放心！而且价钱上，我还又往下压了两成呢！”

白薇兴奋地立刻拿出电话：“你太能干了！我立刻通知他们，接下来全力配合欧先生行动。”

李越霆在夜空下慵懒地舒展四肢：“太好了！终于可以回去睡觉了！”

他随手把车钥匙扔进白薇的怀里，自己一头扎进车子后座：“累死我了，谈判这种事，可真不是一般人能干的啊！”

苏云时的短信这时候突然跳出来，李越霆窝在座位里，掏出手机来看。

他说：“我走了。”

李越霆立刻把电话回拨过去，但只有空荡荡的呼叫，他等了好久都没有人接听。

苏云时看着手机在桌上不停地震动，苍白的脸上闪过一丝不忍，但终究还是没有去碰。他的电脑已经被装进了背包，一切与他有关的物品也都已经收拾完毕，只剩下李越霆买给他的牛奶，还剩下一盒，孤零零地伫立在一堆空盒子里面。

苏云时想了想，抽出一张便签，在上面写下自己的邮箱地址，贴在了那盒牛奶上。

他很想留下，跟李越霆一起分享胜利之后的喜悦欢畅，但很可惜，还有更重要的事情在等着他。

“希望有机会还能再见。”他盯着那盒牛奶，淡淡笑着说：“还有，很高兴认识你。”

【第五章】 抽丝剥茧局中局

窗外风雨大作，雷声轰鸣，震得整个黑夜都为之瑟瑟发抖。

柳青青携着一身湿漉漉的水汽推门进来，她虽然梳起利落的马尾，还披了雨衣，但还是无可避免地被雨水打湿了头发，这会儿早已经摘下了蛤蟆墨镜，换了一架黑框眼镜戴着。

“这雨也忒……大了”，柳青青站在门口顿时愣了一下，有些手足无措地把门轻轻带上。

房间里没开灯，暴风骤雨中，城市的霓虹灯依然璀璨明亮，映在大幅的落地玻璃窗上，折射出一地流光溢彩。

苏云时坐在地板上，背靠着床，面前是万家灯火，光华流转，他却孑然一身，白的褪尽了所有的血色。

他双手圈着膝盖，脚边放着罐装牛奶，柳青青快步走过去，弯腰在他身边蹲下，温柔地喊到：“苏哥哥。”

苏云时别过头看她，黑漆漆的眼眸里落了光华万点，但却没有一点能在他眼底停留。柳青青觉得好像从他眼中看到一弯残月，顿时无尽悲伤莫名涌上心头：“苏哥哥，你怎么了？”

苏云时慢慢闭上眼，把头又转过去对着窗外，他从澳门回到广州，已经是筋疲力尽，平时他最晚十点钟也会上床入睡，可是今天却怎么都睡不着。

柳青青看到他的嘴角和脸颊还带着一抹淤青，尽管擦了药消退了少许，但是能看出来李越霆这一拳打得还是挺重的。

她轻声问："你饿吗？要不要吃点夜宵？"

苏云时动作迟缓地摇头，他是真的累，不光是身体，四肢感觉沉得抬不起来，更多是心累，不想思考，不想回忆，也不想提起任何事，甚至任何人。

每每闭上眼，总是会想起叶颜挽起衣袖为他泡茶时那洒脱温雅的笑容，李乐婷如同新生的奶猫一样弯起眼靠在他身边，乖乖挪动慵懒的身体讨好地蹭着他的脚背。

还有李越霆，他仍然记得当年文物猎人成立时，李越霆风尘仆仆来到新加坡见他，邀请他加入时的情形。

他穿着一身破破烂烂的牛仔外套和牛仔裤，戴着一副招摇至极的酒红色太阳镜，一只脚踩在他家门口的大理石台阶上，限量版的球鞋在阳光底下闪着光，那荷尔蒙爆棚的气场，能视而不见的绝对都是瞎子。

苏云时拎着一份刚出炉的海鲜炒饭回家，远远就看到家门口站着这么一位祖宗，顿时哭笑不得。

他走近两步，李越霆抽着鼻子闻了闻，自来熟一样地指着苏云时手中的炒饭问："哎，分我一半呗？"

说着身形利落地从台阶上跳下来，双手抄兜，大步走过来，站到苏云时面前，笑道："咱们还真是有默契呢！我下了飞机就过来找你了，到现在还没吃饭呢！"

苏云时对这种自来熟加无赖的打法向来都是一种对策，那就是装冷耍酷，把炒饭往李越霆怀里一塞，径直从他身边绕过去，拿出钥匙开门。

李越霆兴高采烈地捧着炒饭，颠颠跟上去。

一个盘子两双筷子，新加坡的海鲜炒饭独具风味，李越霆吃得狼吞虎咽，差点把头埋进盘子里去。

苏云时根本没动筷子，热了杯牛奶坐在他对面围观他极为不雅的吃相，等了半天见这位爷吃饱喝足往椅子上一靠，十分满足地打起了呵欠，竟然没有半分要解释一下来意的打算。

他抬了抬眼皮，问："这次又打算找我帮什么忙？"

李越霆笑嘻嘻地反问："你上次连声招呼都没跟我说就偷偷跑了，你不觉还欠我一个解释吗？"

苏云时气定神闲地纠正他："招呼是打的，不是说的。"

李越霆被岔了话题，思路差点被一下子带跑："反正话都是说的，哦不，重点不是这个，重点是，你不打算给我个解释吗？"

苏云时很从容地开始道歉："是我不好，为表歉意，我请你吃饭。"

李越霆露出很期待的神色，苏云时随意抬手点了点他面前已经被扫荡一空的盘子，轻描淡写地说："嗯，请你吃炒饭，看来，你挺满意的。"

"喂！"李越霆感觉自己阴沟里翻了船，双手拍桌，神色却是无可奈何的。

苏云时表面看起来单纯无害，但实际上从来坑人不打草稿。

李越霆发现他得认命，放弃挣扎和抵抗心甘情愿被坑才是正确的，因为他自认也就是个十分不要脸的境界，然而苏云时这厮厉害就在于，人家根本就不知道什么是脸。

苏云时弯起眼眸露出笑容，如同此时新加坡的天气一样，风轻日朗，万里无云。

"苏哥哥，你在想什么？怎么又笑了？"

柳青青亲昵地凑过来，递给他一杯温好的牛奶。苏云时的回忆顷刻间被打碎，回过神接过杯子捧在掌心，舒适的温度让血液重新开始流动，他无意识地做了个吞咽的动作，让干涸的喉咙重新湿润起来："我想起，从前都是我在坑李越霆，这一次，终于让他找到报复的机会了。"

柳青青挽着他的手臂轻轻拍着，仿佛温暖贴心的安慰："我觉得你应该把真相告诉他，他应该会体谅你的。毕竟，你们是那么多年的好朋友，好兄弟。"

"你不懂他，他看起来挺不着调的，但实际上心很软，假如他知道了真相，我保证他这一拳就打不下去了。"

苏云时轻轻蹭着嘴角，因为疼痛而不由皱紧了眉。

柳青青抬手用手掌按在他额头，帮他抚平那些褶皱不悦，看了看窗外仍旧如同瓢泼般的大雨，叹了口气："也不知道明天早上，这雨能不能停。"

苏云时拉下她的手，拢在掌心轻轻拍了一下，说："一定会的。"

一场暴风雨，机场里滞留了无数旅客，飞机留港停飞，他们的计划也不得不因此搁置。但是无论多大的风雨，都总有结束的时候。

这一整夜，雷雨恣意洗刷着天空与大地，无论是香港，还是广州，一线之隔，同样的大雨滂沱，但是，向往晴朗的心，却始终坚定。

第二天一早，台风终于结束，留下一片狼藉的街头，以及万里无云的好天气。

机场出发的大厅里，李越霆身边站着重新换上一身湖水绿色小旗袍的叶颜，两个人一起歪着头看着李乐婷上蹿下跳地在背包里找护照，满脸都写着"你怎么不把自己丢了"的无奈。

后来金冉默默地接过她手里已经被翻得乱七八糟的包，终于从某个杂物包里翻出了硬皮小本子，李乐婷露出欢喜的眼神："呀！原来在这儿呢！"

李越霆看向金冉，不由感慨："幸好有你。"

叶颜看了看时间，她的手腕上新戴了一只电子表，银灰色，看起来贵气又典雅。李乐婷和金冉手腕上也同样戴了，不过是粉色和蓝色，看起来十分登对，至于李越霆，他腕间那金光灿灿的就别提了，要多耀眼就有多耀眼。

金冉把自己的护照和李乐婷的护照放在一起，对李越霆说："那我们走了。"

李越霆点点头，非常郑重地用力拍了下他的肩膀，叮嘱说："一定要小心，看好婷婷，她要是有什么，我找你是问！"

叶颜很不给面子地用肩膀撞了他一下："唯你是问，唯啊！"

李越霆"哦"了一声，努力辩解："就错了一个字而已嘛！"

李乐婷已经笑得栽倒在了金冉怀里，上气不接下气，好不容易顺过气来朝着叶颜和李越霆挥手："拜拜，旅途愉快哟！"

李越霆笑容灿烂地朝着妹妹挥手，露出洁白整齐的牙齿。

叶颜也忍不住叮嘱："路上小心，保持联络。"

李乐婷朝她挥了挥手，给她看手腕上那一抹粉色："好的呢！"

李越霆看着李乐婷和金冉肩并肩欢快地走远，忍不住歪着头靠过去跟叶颜炫耀："放心啦，这可是我新入手的装备，用的是战术手表的材质，无论是上山下海，居家旅行，保证好用又方便。"

叶颜瞪他一眼："你这是在打广告吗？"

"我确实是打算让公司技术部门开发一款这个手表卖一卖的，再申请个专利什么的。"李越霆嘿嘿摸着脑袋乐，他的头发有点长了，没打发胶，垂下来有点挡眼睛，他随手抓了两下，结果成功抓出一个软萌的齐刘海。

他炫耀地朝着叶颜亮了亮自己的手表："到时候都做成金色的，多酷啊！"

叶颜扭头很干脆地"嘁"了一声："暴发户才喜欢的颜色"。

李越霆对此表示不满："苹果笔记本不都出土豪金了吗？这是时尚，是潮流好不好！"

叶颜假装不理他，找出护照："走吧，我们也该去办登机手续了。"

李越霆殷勤地追上去："出一款银色的也没问题啊！"

叶颜推了他一把，李越霆夸张地连同行李车一起往旁边滑开，叶颜无可奈何，只能又伸手拉他一把，两人边走边闹，机场广播甜美悠扬的声音在四处回荡着。

飞往柏林的航班，已经开始办理登机手续。

抵达香港之后，李越霆首先找机会跟远在北京的小白老板通了个电话，她已经根据陈昭提供的线索，找到了保险箱的下落。而令李越霆更加惊喜的是，白薇竟然还查到了一些关于六位富商当年旧事的线索，于是他派李乐婷和金冉赶过去继续追查。

李越霆和叶颜赶往瑞士伯尔尼，乐俑至关重要，只有拿到乐俑，才能抢在冯千秋之前，破解古墓的秘密。

"伯尔尼位于瑞士西部高原的中央山地，德文名字叫做'Bern'，意思是'熊出没的地方'，始建于十二世纪，从 1848 年起，这里就已经是瑞士的政治和文化中心了。”

一辆宽阔的牧马人奔驰在连绵起伏的山间公路上，叶颜的目光一直落在窗外，这是她第一次来到瑞士，看到什么都觉得好奇。

李越霆很喜欢叶颜侃侃而谈的模样，她几乎是无所不知的，就像是个百科全书一样。那种从骨子里透出的自信而骄傲的风采，令他不由为之心神荡漾。

他们雇佣了一个当地的司机，这里的居民主要讲德语，李越霆不擅长德语，试着跟他讲了两句英文，结果对方一脸茫然，李越霆只好用磕磕巴巴的德语勉强说清了他们的目的地，转头向叶颜感叹：“唉！白瞎了我这地道的旧金山口音。”

然而语言不通也有一点好处，英文都不会，更别说绕口的中文了，他们在这里可以肆无忌惮地用中文对话，也不用担心被别人听到。

不过，李越霆心细如尘，这一点小小的防备都不肯松懈，重要的事情仍然要确保没有外人在场才能说，如果不行，就用微信打字对话，事后再把信息都删掉。

“八百多年前的老城啊！”

李越霆笑嘻嘻地感叹：“有空去古玩店逛逛，说不定能淘到什么好东西呢！”

叶颜轻哼一声：“八百年就当宝啦！长安光建都史就一千两百年了，要说建城的话，估计都超过三千年了。”

李越霆顿时露出向往的神色：“说起来，我上次去西安，都没来得及好好逛逛十三朝古都呢！什么兵马俑，大明宫，我都没看过。”

叶颜一听也兴奋了：“这么巧，我也是啊！上次好歹去了趟小吃街……别的都没逛成。”

李越霆立刻兴致勃勃地邀约：“等这趟忙完了，我们一起去西安逛逛吧！我请客，全程五星级接待，怎么样？”

叶颜想起李乐婷说过的那个笑话，李越霆的公司基本在各个省会城市都有分公司，又想起上次长春机场那个窘迫的“欢迎董事长莅临检查”的条幅，忍不住又笑起来，答道：“好。不过，千万别让你们分公司的经理再拉大条幅去机场欢迎你了。”

李越霆被她这么一说也想起那件事儿来，囧得不行，连忙摆手：“对、对，不能了，不能了！”

叶颜看他又囧又可爱的样子，于是忍不住抬手揉了两下他的软萌刘海，说：“那我等着，你要是说话不算话，我可要生气啦！”

她这话其实软绵绵的，没半点要生气的样子，李越霆连忙拍着胸口保证：“我办事，你就放心吧！”

叶颜朝他笑了笑，轻巧地抬手拍在他的掌心，语气悠扬，习惯性地飙着京片子：“得了！就这么说定了！”

李越霆难得约到叶颜一起旅游，心里十分高兴，喜悦终于冲淡了他这些天来的阴霾，笑得见牙不见眼。

车子停在酒店门口，李越霆率先下车，为叶颜开门。

叶颜站定环视一圈，深深吸了一口略带着湿意的空气，河流蜿蜒在城市中间穿梭，不同于始终飘荡着浮光掠影的繁华城市，这里静谧、恬淡、平和，没有快节奏高强度的生活，人们安居乐业，生活平顺。

李越霆朝叶颜做出一个优雅绅士“请”的动作，早有酒店的行李员帮他们把行李箱都搬下车。李家大爷到哪里都是一副“我是土豪我有钱”的做派，叶颜已经见怪不怪，跟着他往里走去。

典型的哥特式建筑，气派、开阔，站在阳台上几乎能将整个城市的景色尽收眼底，叶颜很喜欢这种感觉。

“瑞士一直是中立国家，所以没有被卷入一战和二战，远离战火，这些珍贵的老建筑才得以被完整地保存下来。”

伯尔尼老城还保留着当年的风貌，圆石铺就的街道，地面闪着自然而温润的光芒，两旁是极具十六世纪代表性的典雅拱形长廊，与红瓦白墙的尖顶古老房屋交相辉映，一路上能看到不少青铜浮雕，还有街心的彩柱喷泉，此情此景，叶颜也禁不住被深深震撼了，赞叹：“这里真美啊！”

李越霆走到她身边，与她并肩吹着风，点头表示赞同：“是啊，战争摧毁文明，所以人类才那么向往和平。”

叶颜随手把自己盘着的发髻散开，拨到身后，问：“你说，我们现在做的，算不算得上是在守护和平？”

李越霆感觉到轻柔的发丝掠过脸颊，一时心动，凑过去用高挺的鼻尖在叶颜的鬓角上轻轻蹭了蹭，尾音拖得很长：“守护和平是军人的责任，我们守护的，是信念，还有历史。”

李越霆难得正经说上一句话，但可惜做派太过轻佻，叶颜为此不免心跳加速，轻轻将他推开：“收拾一下，我们去银行看看吧！”

李越霆收敛了脸上的笑容，说：“别那么着急嘛！既然来都来了，我们先去街上逛一逛，然后吃顿好的。”

叶颜仔细端详他的表情，似乎是懂了点什么：“你要守株待兔？”

李越霆自从上次把好好的成语说成了“守树待兔”之后，就对这个记得特别清楚，悠然点头：“我们没有密码，去了也打不开保险箱，当然是要等冯千秋来帮我们开箱子啦！”

叶颜哑然失笑：“让冯千秋帮我们开箱子？你可真敢想！”

李越霆笑着嘀咕了一句：“那当然，一切皆有可能！”

叶颜扶额：“你打广告打习惯了是吧！”

李越霆抬腕在手表上按了几下，戴上蓝牙耳机，又递了一个蓝牙耳机给叶颜，做了个手势示意她把耳机也戴上。

通话声音很清楚，内置式的蓝牙耳机十分轻便，也不用担心跑动的时候会掉，叶颜看着手表上已经预先安装的各种 APP，低声嘀咕着：“除了表盘小一点，这跟手机也没什么区别啊！”

“区别可大呢！”

李乐婷的声音突兀地插进来，语调欢快地：“它可是粉色的，多好啊！”

金冉颇有些无奈地：“婷婷，那不是重点。”

李越霆兴高采烈地插话进来：“是重点，是重点，我们家婷婷喜欢的都是重点。”

叶颜暗暗嘀咕了一句“真是一个大写的妹控”，金冉已经无视李越霆讨好自家妹妹的行为，开始为装备正名：“这手表里装载了卫星定位装置，还集成了伯尔尼的城市地图和交通路线，除此之外，还能进行 LED 照明、语音识别，另外，还有射击弹道测算程序……”

叶颜一愣："弹道测算？那不是军用的吗？"

李越霆神秘地一笑："偶尔我们也是能用上一用的！"

叶颜双手抱着肩膀，顺势打了个哆嗦："这个世界太可怕了！"

李越霆拿出手机连上蓝牙，把画面调到手机上，打开地图，一边查看位置一边问："你们现在这是往哪儿走呢？怎么这么多山？"

自从苏云时失踪过一次，他就下定决心要把大家的装备升个级，尤其是追踪定位这一块儿，于是现在这个手表就可以随时显示四个人的所在位置。

李乐婷抱着薯片抬着头看窗外："好像是往叫什么'天门山'的方向去的。"

李越霆皱皱眉："张家界？不对啊？你现在不是在陕西渭南境内吗？"

金冉在旁边纠正："是去潼关，说是在秦岭里，有个叫'天门山'的地方，不是你说的张家界的那个。"

李越霆有点搞不清楚地名，摸着头问："潼关，那是哪里啊？"

叶颜笑着给他解释："《水经注》中有记载，'河在关内南流潼激关山，因谓之潼关。'潼关自古以来被称为'天下第一关'，易守难攻，是长安的一道天然屏障。当年安史之乱，安禄山的叛军攻破了潼关，才逼得唐玄宗带着杨贵妃出逃马嵬坡。后来唐玄宗在马嵬坡赐死了杨贵妃，逃入蜀中，而太子李亨更厉害，直接跑到了宁夏灵武，在那里登基当了皇帝。"

李越霆想了想才理顺："潼关距离西安不远是吧？"

叶颜点点头，李越霆已经把线索全都整理到了一起："潼关、长安、隋代乐俑、唐代金银器、还有神秘的古墓……"

他大胆地猜了一下："莫非，我们要找的那个古墓就在秦岭里面？"

叶颜点点头："很有道理。"

李乐婷一下子就兴奋起来了："哇哦！难道我们要下斗了吗？"

李越霆很无奈地纠正："哎……下斗是盗墓的，我们可不盗墓……"

李乐婷兴奋不减："无所谓嘛！下去看看热闹也好啊！"

叶颜笑嘻嘻地参与讨论："看千年粽子吗？"

李越霆坐在沙发里，脑子里各种凌乱："啊？到底粽子是什么啊？为什么千年了还不坏？”

李乐婷和叶颜两个人笑作一团，金冉也眉眼带笑，毕竟事情有了点进展，大家都挺开心。这时候李越霆的手表响了，他低头看了看，脸色顿时严肃起来，把通话接进频道，白薇的声音响起来：“冯千秋已经到巴黎了，预计明天就能到伯尔尼。”

李越霆拍拍手：“太好了，就等着他来了！”

白薇声音很平静地又说：“苏云时他原本预定了今早的航班，但是，他没有上飞机。”

李越霆的笑容僵在脸上，猛地站了起来：“什么？他没有来伯尔尼？能查到他去了什么地方吗？”

叶颜走过去抬手按在李越霆的肩膀上，沉沉往下压了一下，示意他要冷静。

白薇回答：“查不到。”

李越霆用力握了一下拳头，忽然问：“金冉，你还记得上次让你查的那个护照身份吗？”

金冉想起以前苏云时也曾经用过另外一个护照的身份，赶忙打开电脑开始搜索，很快眼前一亮：“有了！”

李越霆急切地问：“他去了什么地方？”

金冉答道：“北京，早上的航班，现在早就到了。”

李越霆当即脸色一变：“遭了！小白，快，快去陈昭那里！”

叶颜立刻明白过来苏云时要干什么，冯千秋和李越霆争夺乐俑，苏云时不愿插手，所以，他转向了另外一条线索。

千门的倾天局除了事关古墓、乐俑和金银器，也必然与那六位富商二十年前的共同经历有关。

苏云时这时候去北京，显然是已经知道陈昭被暗中保护在那里。

陈昭是目前唯一的幸存者，除了密码，他还知道另外一个秘密。

关于六个人过去的秘密。

李越霆自诩为君子，自然不会逼供，白薇碍于身份，也不能下手太过，所以陈昭不说，他们也就只能自己查。

但是苏云时不同，他认为有价值的东西，自然会用上十分手段，不达目的，绝不罢休。

白薇已经开始踩着高跟鞋往外跑，一边吩咐司机准备车，同时联系保镖确认陈昭现在的位置。

“他、他在房间里洗澡。”

保镖们被吓了一跳，半信半疑地集体冲进了房间，一脚踹开浴室的门，花洒还开着，水流击打在地面上发出哗啦啦的水声，然而里面竟然空无一人，浴室的窗户开着，被风吹得一晃一晃。

保镖们顿时傻了：“人、人不见了……”

白薇彻底被气疯了：“还不快追！”

这时候要再追哪还有那么容易？

柳青青把车开得快飞起来了，陈昭裹着件浴袍，蜷缩在车座一角，头发还在滴水，胆战心惊地盯着苏云时手里闪着锋利寒光的小匕首：“你、你要干什么？”

苏云时随手把一条毛巾扔到他脸上，说：“没什么，就是想跟你聊聊。”

柳青青把车拐上环路，一只手扶着方向盘，反正他们也没有目的地，就随便开着玩。

陈昭都快被吓尿了，这高瘦的男人在他洗澡的时候直接翻窗进来，二话不说就用匕首抵着他的脖子，把他给劫持了。

陈昭多少也算是个人物，社交圈没少混，看人也算准，对方明明看起来柔和优雅，眼神却带着杀气，整个人就像是一柄剑，被敛藏在精致的剑鞘里，不出鞘则已，一出鞘，势必吹毛断发，见血封喉。

苏云时不知道从什么地方掏出一块木头，转了个花儿拿在手上，陈昭战战兢兢擦着头发，小心地瞥过去，那块木头是浅黄色的，还带着点香气。苏云时就随手用匕首轻巧地削着木头，一时间木屑纷飞，他的手又稳又快。

陈昭总觉得那每一下都像削在自己身上一样，缩着脖子用力往后躲，那么大个人，都快把自己缩没了。

苏云时把木头削成一朵花，扔在一边，撇嘴说道：“无聊。”

他这时候终于抬起眼淡淡瞪了陈昭一下："花梨木，认识吗？"

陈昭抖筛子一样地点头："知道！知道！"

苏云时嘴角一抹冷笑："花梨木质地硬重、耐磨，强度高，我也照样能把它削成一朵花，你觉得，我要是用这把匕首削开你的皮，抽出你的筋，会有多难？"

陈昭忍不住瑟瑟发抖，他经历过死亡的威胁，知道那是一种什么样的滋味。然而面前这位爷说的，显然比死还要可怕，削皮抽筋，那可真是生不如死啊！

他说话都结巴了："你、你到底想干什么？"

苏云时将他上下打量了一番，淡淡地自言自语："从哪儿开始呢？"

陈昭抽搐着试图去扒窗户，然而所有的窗都是电子遥控的，早已经上了锁，他绝望地拍打着玻璃。

苏云时轻轻笑了一下，随手一拽就把陈昭拉回来，扔在座位上，他手指一翻，匕首在指尖轻巧地翻了个花，他随手挥出，在陈昭耳畔直刺，陈昭只觉得耳畔一凉，顿时恐惧地惨叫一声："啊！！！"

苏云时收了手，指尖一抹冰凉，抖掉上面的发渣："开个玩笑，别紧张嘛！"

他说这话的语气听起来特别像李越霆，柳青青自己嘀咕了一下，但是没敢说出声。

陈昭大汗淋漓，冷汗一阵一阵地往下淌，四肢都瘫软了。

苏云时又把花梨木捡回来开始削，一边悠悠地问："说吧，二十年前，你们到底干了什么，保险箱里的乐俑是从哪里来的？"

陈昭支吾了一下，他已经被完全吓破了胆。柳青青这时候在驾驶座上轻笑着出了声："我劝你还是早点说实话的好，提醒你一句，他身上的匕首，可不止那一把。"

苏云时冷冷瞥了柳青青一眼，锋利无比地吐出两个字："多嘴。"

柳青青嫣然一笑，继续开她的车去了。

陈昭看着寒光四射的匕首一下下削着木头，无力地抬手擦了一把冷汗，真相说出来他就是个死，然而在死和生不如死两者之间，显然还是后者更可怕一些。

“二十年前，我们六个人，实在穷得过不了了，听说邻村有人在秦岭的山里捡到过金器，所以我们就商量着，冒一次险，赌一把……”

明明发生在二十年之前的事，但是现在回忆起来，仍然还是那么清楚，就好像发生在昨天一样。

陈昭的回忆很漫长，苏云时把匕首在指尖转了个花儿，然后收进口袋里，听得很认真。

秦岭深处，大山起伏错落，在山与山的交接处，散落着很多小村庄。就像是一条玉带上点缀的珍珠，每个村落都只住着三五户人家，村落之间如果想要往来的话，徒步要走几个小时的山路。群山当中，有座不起眼的小山，当地村民称它为“天门山”。

天门山的半山腰有个村子名叫韩家村，二十年前，这里只住着几户村民，大部分人都姓韩，源出同宗。

韩家老五韩成和平时以打猎为生，有一天追一只山猪追进了一个山洞，一脚踩下去，竟然踩到了一个看起来很奇怪的大碗。

他把碗抱回了家，洗洗涮涮，用来装汤盛菜。

后来有一天，这碗被村里的老人看到了，说可能是金器，韩成和费了九牛二虎之力把碗擦得干干净净，带到城里找了家古玩店去看，老板是个讲究人，直接给了他五万块现金，把碗给买下了。

对于韩成和来说，这绝对是一笔巨款，只是全村人都看过这只碗，他当然不敢独占这笔钱，所以回村之后就跟村长商量，要用这笔钱，给村子修一条能通车的路。

这样一来，几乎全村人都知道，后山的山洞里有金器，包括韩成和在内，几乎所有的人都上了山，试图去寻找更多的财宝。

韩成和领着大家找到了山洞，可是大伙儿把里里外外翻了个遍，却什么都没找到。大家失望之余，又在山里四处寻觅了一阵子，仍然没有半点收获，后来也就淡了，就把这件事抛诸脑后了。

韩成和还跟以前一样，继续上山打猎，硝了皮毛晾着，把肉风干做成腊肉。第二年入秋的时候，村里的路修好了，韩成和租了辆车，说要把攒了一个夏天的皮毛和腊肉拿到城里去卖钱，顺便带上了他的老婆和孩子。

然而他这一去，就再也没有回来。

半年后，有个外出打工的年轻人带回一张报纸，在报纸的一角，用不是非常醒目的标题写着“一家三口离奇身亡”的字样，而报道的主人公，名字恰好就叫韩成和。

苏云时的目光淡然却自有威严，从陈昭身上扫过：“韩成和提前藏起了金银器，然后找机会带着老婆孩子离开村子，远走高飞，这样就没有人知道是他拿走了那些财宝，是吗？”

陈昭点点头：“原本他是这么打算的，可说来也巧，我们六个一开始只是听说了这件事，想着赌一赌，就悄悄上了山，没想到竟然被我们撞见韩成和在偷偷把那些金银器藏起来，他因为经常要进山打猎，所以根本没有人怀疑过他还有别的企图，他把那些金银器一点点夹带在背囊里带下山，然后藏在家里。等到村里的路修好了，他就可以名正言顺地把东西运出去卖掉了。”

苏云时眉梢轻挑：“但是他没想到会遇到你们，所以，就许了好处给你们，让你们帮他保守秘密？”

陈昭表情痛苦地回忆起来：“是的，他答应我们，只要能够顺利把东西运出去，就把发现的东西平分一半给我们。可是……”

苏云时很自然地接话，语气里充满了轻蔑：“人心不足蛇吞象，那么大一批金银器，恐怕谁也不会愿意跟别人平分吧？”

陈昭战栗着点头：“没错！当时我们私下商量，反正我们人多，等他把东西运出去，我们可以趁机抢夺。但没想到，他也是这么想的。”

那一夜，韩成和约陈昭他们见面，他在山洞里发现的金银器一共有三十六件，其中有大有小，按照约定，他要分十八件给陈昭他们，但是他十分不甘心，因为东西是他发现的，也是他瞒着村民，想办法偷偷运下山的，凭什么要分给这几个不相干的人？

虽然进了城，但是韩成和身上还带着一把锋利的匕首，而且，他还会做一些打猎时用来麻醉大型动物的麻药。于是，他决定一不做二不休，把这六个知情人也都除掉。

陈昭他们发现中计，于是双方动起手来，慌乱争执中不知道是谁推了谁一把，谁砸了谁一下，总之最后大家停了手，才发现韩成和的小腹不知道什么时候刺入了一柄匕首，血流了一地。反正韩成和是救不了了，但是他的老婆孩子还活着，六个人已经红了眼，也知道自己回不了头了，于是就把韩成和的老婆孩子也骗了过来，一起杀了。

他们清理了现场，拿走了所有的金银器，连夜开车逃到了外地。

这些金银器可以换来不少钱，足够六个人平分，但是最后他们发现除了金银器，里面竟然还有一套精致的乐俑，做工精致，栩栩如生，上面还刻着许多奇异的图形和文字，他们六个人谁也辨别不清这是个什么玩意儿，觉得珍贵不敢随便扔了，卖又卖不掉，所以只能小心地收藏着。

后来他们六个人用这些钱开始做生意，陆续出国，改换姓名，就把乐俑存进了瑞士银行的保险箱，并且把六位密码分开保存。

陈昭说到这里已经满脸汗水夹杂着泪水，看起来十分悔恨又懊恼："我们以为这件事不会再有人知道了，可是没想到啊没想到！"

苏云时很直接地说："出卖你们的是范致国。"

陈昭猛地抬起头，眼底爬满了红血丝："他？"

苏云时说："是他。虽然我不知道他跟我师弟冯千秋谈了什么，但是我相信，他一定把这件事情告诉了冯千秋，而冯千秋看过乐俑的照片，恐怕是从乐俑身上看出了什么端倪，所以，才给你们招来了杀身之祸。"

陈昭一口气松懈下来，整个人都瘫软在车座上："事到如今，你已经什么都知道了，要怎么处置我，都随你吧！"

苏云时抬头对柳青青说："回去吧。"

柳青青欢快地回答了句："得咧！咱们刚刚走的是环路，现在转了大半圈，其实距离刚才来的地方也没多远了！"

苏云时嘴角露出淡淡笑容："咱们绕了这一圈，估计小白这会儿找人要找疯了。"

陈昭听说他要回去，又惊呆了。苏云时拍拍他的肩膀，说："劝你一句，回去就自首吧！到时候，还能保你一条命，否则，要是再被我师弟抓到你，不但你，连你的老婆孩子，恐怕也都要没命了！"

陈昭这时候完全慌了神，哪还有拒绝的道理："我去！我去自首！"

柳青青把车开回刚刚陈昭住的地方，停在大门口，还特别礼貌地下车去按了个门铃。

白薇正安排人手满城找人，焦头烂额地坐在沙发上满肚子火，拿着手机就开始狂骂：“苏云时是什么样的人你比我清楚！我把所有人手都派出去了，可这地儿那么大，你让我上哪找人去？他要是诚心想跑，还能让我找到什么蛛丝马迹？还有，明明就是你跟他翻脸，你们俩斗气，为什么倒霉的是我？凭什么啊！”

她在骂谁显而易见，电话另外一头的那位李先生陪着笑听着：“小白你别急，别急，我忘了跟你说了，其实你不用去找人，他到时候会把人送回来的。”

白薇一听更火了：“那你刚才那么急着催我过来拦人干什么！”

李越霆摸摸脑袋，特无辜地说：“我不是怕他抢了先机嘛！要是那样我多没面子呀！”

白薇气急败坏地把电话往沙发上狠狠一摔：“滚你丫的！你们自己吵去吧！爱谁谁，老娘不管了！”

这边有人特小心地凑过来，缩着脖子，生怕白薇一巴掌呼自己脑袋上：“老板，外面有人找您。”

白薇气还没消：“没看到老娘正生气呢吗？让他滚一边儿去！”

那人差点儿被白薇暴怒的气场吓得当场跪了，可还是很执着地说：“那人说，您想找的人，在她车上。”

白薇目光骤变，腾一下站起来，踩着高跟鞋就气势汹汹地杀了过去：“不早说！人在哪儿呢？”

那人连忙给女王大人指路：“就在，就在大门口。是一——一个年轻小姑娘。”

白薇脚步一顿：“嗯？小姑娘？”

诧异之后才重新迈步，走出门口就看到迎面站着个高瘦的小姑娘，戴着一副大蛤蟆镜，单手扶着车门，用一个自认很威武的姿势站在门口乘凉，看到白薇，于是笑着朝她勾了勾手指：“嘿！你就是小白姐姐吧？我可是久仰你的大名啦！”

白薇没心情跟她寒暄，直入主题："陈昭呢？"

柳青青朝着车上指了指："后边儿待着呢！"

白薇挥手示意，立刻有两个人上前去拉开车门找人。然而车门一开，陈昭的身躯迎面砸下来，似乎是被谁直接从车里扔出来的一样。

"你把他怎么了？"

白薇看到陈昭瘫软的跟一摊烂泥没什么区别，顿时怒目一瞪，看向柳青青。柳青青无辜地耸了耸肩："冤枉呐！我可真什么都没干呢！"

这时候一个淡淡的声音从车里传出来："有这个时间废话，我劝你们不如早点找辆车，送他去警察局自首的好。"

白薇的脸上顿时闪过无数种颜色，这声音她听过很多次，熟悉的不能再熟悉了，她顿时怒道："苏云时！算你厉害，你既然把人劫走了，干嘛还要再送回来！"

苏云时一只手撑在车门上，稳稳跳下车，停在白薇面前："没什么，只是想托你给李越霆带句话。"

柳青青在一旁似笑非笑，神色古怪，苏云时淡淡瞪她一眼，她于是立刻转身走到一边，开始扭腰抻腿做运动状。

白薇冷哼一声，终于忍无可忍地爆发了："你们俩这是情侣冷战吗？自己有手有嘴有手机，不会打电话发微信哪！两个大老爷们儿加起来都六十了，还跟七八岁小孩儿吵架一样吗？你不跟我说话我就不跟你说话，你们俩打架，拜托能不能别连累无辜的人？"

"哈哈哈哈……"柳青青实在忍无可忍，在一旁笑弯了腰，抱着肚子用力拍大腿："说得太对了！太对了！"

苏云时一向淡漠如水的脸上也有了尴尬的表情，虽然只是一闪即逝，不过看起来花花绿绿的也十分精彩，他动了动嘴角，聪明的脑袋里硬是没编出半个字来反驳，最终只能非常苍白无力地说了一句："是我骗了他，是我不对。"

白薇一看苏云时示弱，于是更来劲了："你还知道你不对啊！他什么都相信你，帮你说话，还不让别人怀疑你。那时候我说你来历不明，身份很有问题，想要查查你的底，他竟然拦着我，说你绝对可靠，一定不会有问题。可你呢？你现在这是在打他的脸，你知道吗？”

苏云时慢慢皱起眉，抬起一只手按在胸口，用力揪紧了衣襟。

白薇立刻发现他的脸色不对，她也知道苏云时的心脏一直都有些问题，刚想上前柳青青已经冲了过来，把她挤在一边，像保护幼崽的老母鸡一样，语气焦急而关切：“苏哥哥，你没事儿吧？”

苏云时垂着眼眸给她一个温和的笑容，艰难地吐出口气来：“还好。”

白薇只是在气头上，见苏云时身体不舒服，那股火倒也降下来了，只是还是不太肯服软，站在那儿望着天说：“上个月四院进了一批特效药，李越霆让我托关系给你留了两瓶，你赶紧拿走，别老放在我这儿占地方！”

苏云时淡淡笑了，白薇也是个嘴硬心软的家伙，他难得放轻柔了语调，软糯而妥帖地回答了一句：“哎……”

白薇听得出苏云时这是在哄她，所以无奈地笑着，食指朝他点点：“你啊你……我这辈子真是欠了你们的！”

苏云时慢慢走过去，手掌搭在她的肩膀上，用力往下一沉：“谢谢。还有，对不起。”

白薇娇嗔地把头扭过去不看他：“别废话了，想让我给那只狐狸带什么话，有话快说，有……”

她其实是想说个很不文雅的词汇的，只是忽然想到人太多实在是不怎么合适，正纠结呢，柳青青不知道从什么地方钻出来，挽着苏云时的手臂笑着看着他说：“小白姐姐说得有道理，有话快说，有什么说什么，赶紧的！”

苏云时随手拍了下柳青青的脑袋，对白薇说：“帮我跟李越霆说，既然我能带走陈昭，就一样能带走乐俑，让他可千万小心了！”

“你……”白薇气急败坏地十分想踹死苏云时，但是苏云时说完这句话，已经敏捷地退开半米，转身拉开车门进了驾驶座。

他摇下车窗，对白薇说：“青青正好要回城里去，麻烦你送她一程，正好到时候把药给她就行了。”

柳青青完全没有即将被抛弃的悲伤，欢快地朝着苏云时摇摇手：“苏哥哥！再见！”

白薇十分无语，满肚子又气又恼的不知道怎么办才好，看着苏云时开车走了，柳青青在她身边笑得一脸花痴，最后只能转身狠狠踹了地上的陈昭一脚权当泄愤。

陈昭无辜中枪，心中十分哀怨："我都答应要去自首了，你踹我干什么啊！"

白薇狠狠瞪了柳青青一眼，恨不得把眼珠子挖出来扔她脸上，最后朝着陈昭怒到："我乐意，你管不着！"

柳青青抱着肚子又一次笑到了地上。

白薇虽然对此很愤怒，但是她还是很称职地尽到了一个传话筒的职责，回去的路上她给李越霆打了个电话，原原本本把苏云时的话给他复述了一遍。

李越霆此时正带着叶颜坐游船赏景，伯尔尼水路环绕，海水清澈，河流蜿蜒，再加上微风徐徐，又有佳人在侧，李越霆的心情简直不能再美好了，所以语气里都带着三分笑意："行啊！来就来，你告诉他，我等着他！让他赶紧来，可别让我等太久了哦！"

白薇忍不住扶额，怒到："你们这两个阴魂不散的家伙，真把我当传话筒用啊！我告诉你李越霆，有什么话自己跟他说去！老娘不伺候了！"

白薇这声怒吼声音实在太大，隔着话筒连旁边的叶颜都听到了，于是嫣然一笑，把手机接过来，一口利落的京腔悠扬婉转："小白老板您别生气，这是俩幼儿园小朋友吵架呢！您可别管这事儿，可别跟他们俩一样，忒没劲，忒幼稚您知道吗？"

叶颜边说边用目光瞟了李越霆一眼："都是你们惹的祸，你还不赶紧哄哄！"

李越霆眯眼摊手，用眼神回话："这事儿不怪我啊！亲！"

叶颜皱着鼻子回瞪过去，把手机往他面前一戳，似乎在说："不怨你怨谁？"

李越霆跟她对视了片刻，最后幽怨地垂头对手指，对着话筒说："嗯，我忒没劲，我忒幼稚……嘤嘤嘤。"

白薇也不是个矫情的人，笑得很是爽朗："得了！我大人有大量，不跟你们计较！"

李越霆朝着叶颜做了个鬼脸，叶颜于是又问：“对了，陈昭是不是全招了？”

白薇看了一眼坐在后排认真玩手机的柳青青，拿不准这位姑娘跟苏云时到底什么关系，不过估计她这会儿也已经什么都知道了，所以也就没什么顾忌，问道：“嗯，我刚刚又问了陈昭，他承认自已伙同其他五个人一起杀死了韩成和全家，抢了他在天门山上发现的金银器和乐俑，现在我正在送他去警察局的路上。”

李越霆收敛了鬼脸，严肃地叮嘱到：“路上小心，千万别再让千门的人钻了空子。”

白薇点点头，答应了一句“放心”这才挂了电话。

被陈昭的话提醒，李越霆思路又飘得远了：“看来，天门山上，一定藏着我们想要的东西。也不知道婷婷和金冉到了没有，有没有发现什么。”

李乐婷气喘吁吁的声音这时候横插进来：“到了，我们正在、正在爬山呢！”

李越霆这才想到他们四个人的通讯频道其实一直没关，金冉紧跟着在解释：“我们已经到了天门山的韩家村，小赵正带我们去韩成和住过的房子，村长在那里等我们。”

李乐婷很开心地说：“哥，这里空气好好，有好多树和花，还有超级萌的小松鼠呢！”

李越霆听见妹妹欢快的语调，于是笑着问：“你喜欢呀？喜欢的话，我们在那边盖一栋别墅，让你没事儿带着乖乖过去度假怎么样？”

李乐婷把头点得跟拨浪鼓一样：“好呀好呀！”

叶颜在旁边很不屑地嘀咕：“土豪，暴发户……”

李越霆凑过去贴着她的耳朵吹气：“你不喜欢别墅？那我们去完西安再去杭州怎么样？”

叶颜顿时一个激灵闪出去好远：“你、你能不能好好说话？‘不娶何撩’懂不懂？”

李越霆满头飞问号：“啊？”

李乐婷在频道里笑得上不来气，直接歪在金冉怀里：“不娶何撩，用来形容我哥还真是贴切啊！”

李越霆很疑惑：“喂！你们到底在说什么啊？”

叶颜故意扭头不看他，脸色泛红，都滚烫到了耳朵尖：“就不告诉你！”

李越霆还想问问金冉，结果就听到金冉说：“就是这儿吗？”

他于是知道他们可能已经到了。

给李乐婷和金冉带路的是个肤色黝黑的年轻人叫小赵，开着一辆破旧的金杯面包车，但是车技很好，盘山的弯路又稳又快，看着他开车，李乐婷高兴得眼睛都亮了。

大山深处天气晴朗，依稀听得见虫鸣鸟叫，一只灰尾巴的松鼠从李乐婷面前活泼灵巧地跳过去，然后停下来，瞪着好奇的圆眼睛看了他们一眼。

宁静而淳朴的村落，他们的到来，无疑是一桩很值得围观的事情。

几乎在家的村民都出来看热闹了，多半都是老人和孩子，年轻的男女都到城里打工赚钱了，只有过年时才会回来，而李乐婷和金冉的穿着打扮，一看就是从大都市灯红酒绿当中走来的，所以村民看向他们的目光里有羡慕，也有畏惧。

李乐婷很热情地把随身携带的糖果和薯片分给孩子们，没过多久就很开心地跟他们玩成一团，在山石和砖墙围起来的小院子外面欢笑打闹。

韩成和的房子如今荒废已久，没有人愿意住进来，山里人有时候总会愿意相信一些不切实际的怪力乱神，老人们认为韩成和当初是因为偷走了山神的财宝所以才遭到惩罚，导致了一家人的离奇死亡。

村长是个五十岁出头的男人，不过看起来很苍老，头发花白，看着比实际年龄要大上七八岁。

他很严肃，金冉会意地递上一盒上好的进口烟，又帮他点上一根，无形之中拉近了他们之间的距离。

小赵见时机差不多了，小心地问：“韩叔，二十年前的那件事，全村应该就你最清楚了吧？那个山洞，你还得记得在哪儿吗？”

韩叔默默抽着烟，半晌点了点头：“这种事，我怎么可能会忘？”

【第六章】 群雄逐鹿汾王事

冯千秋比李越霆晚一天到达瑞士，这让他很是恼火，毕竟千面狐狸诡计多端，让人防不胜防。

他第一时间去了银行检查保险箱，工作人员的回复让他大感意外。因为并没有人来过，保险箱安然无恙。

冯千秋办理了各种手续，包括撤销那个挂失的程序，他心里恨不得把那只讨厌的狐狸大卸八块或者砍成十八段，然而并不知道李越霆前一秒正笑呵呵地看着他走进银行，笑得很是欢畅。

他们在瑞士银行对面租用了一间民宅，架了望远镜，李越霆乔装去银行里转了一圈，回来笑容满面地对叶颜说："我去，他们的安保简直太差了，我估计着吧，我要半夜进去撬了保险箱，都不能有人管。"

叶颜把目光收回来，不以为然地："撬保险箱这种事对你来说太没技术含量了吧？"

李越霆打了个响指："那是当然了！这回我们不动武，只动脑，看演技，必须让冯千秋知道知道我的厉害！"

他把一旁衣架上的西装套上，又从口袋里掏出什么，冲着叶颜阴阴笑了下，叶颜朝他挥挥手，叮嘱道："小心点儿！"

说着自己先站起来，快步推门出去了。

十五分钟之后，李越霆化妆完毕，把自己装扮成个粗野的留着络腮胡子的黑人。他不知道用了什么，把自己露在外面的皮肤弄得很黑，粘上了双眼皮之后眼睛放大了整整一圈，要是走在街上，叶颜觉得自己根本认不出来这人就是李越霆。

他说一口流利的英文，然而却不再是地道的旧金山口音，而带着一点布鲁克林混混的腔调。

银行的职员对他的态度很冷淡，因为面前的这位先生实在长相欠佳，说话粗鲁问题又多，她被问得心烦气躁，实在是很想把手上的文件都摔到那个人脸上去。

他要在银行开个保险箱用来存放自己的现金，放心不下又来回询问安保措施，用的还是英文，职员的英文一般，好多单词都听不懂，两个人对着比画了半天，这才把所有的问题都解决掉。

然而最后这位先生到准备签约的时候，竟然又反悔了！

他朝她摇摇手，只说自己还是不太放心，还是要回去考虑一下。

职员有点急了，刚想跟他理论几句，就看黑人先生起身摔了凳子就走，她上前顺手拉了他一把，李越霆心中得意，瞥了一眼旁边，冯千秋正从出口走出来，保镖还没来得及围上去。

他于是假装挣脱，身体侧过去，直接撞上旁边的凳子，只听咣当一声，他结结实实地摔了出去！

这一扑恰好扑在冯千秋脚下，摔了个四肢着地，飞快地在他的鞋子上粘了什么东西。

冯千秋顿时一愣，下意识地把手里的皮箱往怀里抱，然而并没有察觉李越霆的小动作，他只确定对方似乎对他手中的东西并没有兴趣。

李越霆踉跄着爬起来，指着那银行职员说了一大串英文，意思似乎是“你们服务太差，我再也不想跟你们合作了之类”的云云。

说完狠狠瞪了她一眼，完全不管冯千秋，直接转身大步走了。

冯千秋悬着的一颗心终于放下来，原来只是个小插曲而已。不过他不敢放松，还是招呼保镖围过来保护好他，然后在一群人的簇拥下往外走去。

李越霆走出银行，迅速脱掉西装，露出里面的黑色连帽衫，低头钻进早已经停在路边的一辆车里。

叶颜戴上墨镜和口罩，然后迅速开车跟上了冯千秋的车。

李越霆已经开始在后座上重新给自己上伪装。他卸掉了身上的黑色，涂上一层深棕色，然后换上白色衬衫和黑色西装，戴上墨镜和耳机。

摇身一变成了非常有型的保镖，而且跟冯千秋身边的那些保镖几乎没有任何区别。

“再开快一点”，他对叶颜说：“千万不能跟丢了。”

叶颜点点头，把车速又加快了一些。

他们跟着冯千秋一路到了酒店，他为了安全，几乎是每天入住一个新酒店，害怕千面狐狸发现他的行踪。

李越霆把遥控器扔给叶颜，对她说：“等一下看我的手势行动。”

叶颜把车停在距离冯千秋的车不远的地方，保镖在帮他按电梯，有三个守在电梯口，另外三个护着他下车。李越霆和叶颜对望了一眼，推门下车，他手中拎着一个跟冯千秋一模一样的皮箱，悄悄隐蔽在另外一辆车的后面，朝着叶颜比了个 OK 的手势。

叶颜当即立刻用力按下遥控器上的按钮!

冯千秋忽然听到“砰”的一声巨响，像是什么东西炸开了一样，浓烟从他的脚下传来，他顿时站不稳，身子一歪倒在地上，手里的皮箱也因此脱手，他十分慌乱地四处摸索，语气慌乱：“发生——发生什么事了？”

浓烟滚滚，立刻就模糊了所有人的视线。

保镖们还是非常有职业素质，立刻聚集过来想要保护冯千秋，一时间只能看到大片的黑影，都是身穿黑西装的人。

冯千秋摸索到了皮箱的把手，于是赶紧拎过来，牢牢抱在怀中。

但是下一秒脸色立刻变了，怒吼到：“箱子被人换过了！是千面狐狸！”

叶颜的车犹如离弦的箭一样蹿了出去，穿过浓烟，李越霆单手抓着车门跳上车：“走！”

冯千秋奋力挥开面前的烟雾，却只看到那辆车飞快地拐出了停车场，追都追不上了。

他愤愤地把手里的皮箱扔在地上，却听到里面发出清脆的“当啷”一声，他打开箱子一看，里面竟然放着一部手机。

手机上有一条未读短信，写的是："嗨！有兴趣谈笔大生意吗？"

冯千秋不知道千面狐狸的葫芦里到底卖的什么药，但是毕竟刚到手的乐俑，根本连看都没来得及仔细看，就被人给直接抢了，他肚子里憋着一股火可是真的。于是连回复短信的语气都十分暴躁："你到底想干什么？"

李越霆收到短信的时候，正在车上悠闲地卸掉脸上和身上的伪装，叶颜悠闲地把车开去事先约定的地点跟向导会合，按照计划，他们会原路返回。

"你给冯千秋留手机干什么？"

叶颜不解李越霆的举动，李越霆笑眯眯地摆弄着手机写了一串英文，然后抬头解释："当然是想要跟他谈些特别的合作了！"

他刻意把"特别"两个字咬得很重，叶颜对冯千秋此人非常厌恶，于是忍不住抱怨："跟这种十恶不赦的人还有什么好合作的？！"

李越霆抬起头，眼睛里闪着光："十恶……不赦……他的罪名这么多啊？"

叶颜用力拍了一下方向盘："我就是个比方！"

李越霆笑得很诚恳："嗯，我知道这是个比方，开个玩笑嘛！"

叶颜的语气很认真："说实话，我不知道你到底出于什么打算要跟冯千秋谈合作，但是我非常不赞成你这种与虎谋皮的行为。"

李越霆轻松地露出一排白牙齿，无辜地笑着摊开手："嘿！我冤枉啊！我并没有打老虎的皮的主意呀！"

叶颜又气又恼，但是还偏偏对他无可奈何："李越霆你够了！我要不是在开车一定揍得你满地找牙，你信不信？我就是一个比方！比方！"

李越霆笑得十分诚恳："嗯，我知道这是个比方，开个玩笑嘛！"

叶颜愤怒地怒吼："你丫的还没完了是吧！"

李越霆嘚瑟地秀出自己的一口大白牙，瞪圆了眼睛，朝着叶颜摇头晃了晃："嘿嘿！我开个玩笑嘛！"

正好前方遇见一个红灯，叶颜把车停下来，转身作势挥拳头，李越霆跟见了鬼一样捂着自己的嘴巴，灵巧地把自己缩回车座里去继续捣鼓卸妆了。

叶颜用食指朝他点了点："我看出来了，您是好久没陪我练咏春了，手痒了是吧？"

李越霆殷勤地赔笑："格格大人明鉴，小的不敢。"

红灯又变成了绿灯，叶颜转头又把车开起来，不过还是被他这种腔调给逗笑了："您这最近又看什么电视剧了啊？别的没学会，宫里公公的腔调可真是学得个十成十呢！"

李越霆摸着头，在心中给自己比了个小叉：转移话题功力一级棒，哦耶！

他笑道："其实也没看什么，主要是为了了解点儿隋朝和唐朝的历史，我就顺便下载了些电视剧看看。"

开车也挺无聊的，讨论电视剧也算是一种解闷的方式，叶颜于是问李越霆："你看的什么剧啊？《隋唐演义》还是《唐太宗李世民》？"

李越霆笑眯眯地否认："哦不是啊！我看的是《武媚娘传奇》……"

"……"

叶颜眼前一黑，差点把车开到河里去。

果然李越霆先生的品位十年如一日，当年看《还珠格格》，现在看《武媚娘传奇》。

李越霆丝毫没觉得这事儿有什么不对，还乐颠颠地跟叶颜推荐："你看过没，真的挺好看的！"

叶颜崩溃地说："你怎么不看《唐明皇与杨贵妃》呢？"

李越霆好像完全没听出来嫌弃的语气，非常认真地拿过电脑开始搜索："《唐明皇与杨贵妃》？好看吗？讲什么的？"

叶颜觉得自己的脑子瞬间崩溃，当即开始百科全书模式，发誓要用各种典故砸晕李越霆："'一骑红尘妃子笑'知道吗？'三千宠爱在一身'听说过没？还有'贵妃醉酒''马嵬坡之变''安史之乱'，对了，还有'七月七日长生殿，夜半无人私语时'，白居易的《长恨歌》知不知道？"

李越霆满头黑线地把脸埋进手掌里："……格格，我错了，咱们好好说话行吗？"

叶颜轻巧地耸耸肩："哦！我就是开个玩笑。"

李越霆终于把短路的大脑接回来，捧着电脑泪光闪闪："悲剧呀！"

叶颜这才很认真地说："我觉得你现在恶补历史估计是来不及了，有这个时间，你还是研究一下乐俑到底跟唐代古墓有什么联系吧！"

李越霆把卸完妆留下的杂物装好扔在一边，然后仔细地戴上白手套，把箱子打开。

一组古旧的伎乐俑整齐地摆在箱子里，分为六格，共有六个不同造型，全部都是坐姿，手持各种乐器正在演奏，有琴、排箫、箜篌、琵琶等，形态栩栩如生。

李越霆取了一只乐俑，小心地捧在手中观察，一边说道："这应该是有名的坐部伎吧？"

对于李越霆的见多识广，叶颜已经见怪不怪。他虽然没什么文化造诣，偏偏对古玩文物很有研究。她想了想，说："1959年，河南省安阳市北郊的张盛墓曾经出土过一组彩绘伎乐俑，也是坐部伎，一共八人，均头梳平髻，脑后插梳，长裙系于胸前，双带下垂。你看看你手里的，是不是也是这样？"

李越霆把乐俑举起来对着光看了看，答道："除了看不出是彩绘的，剩下的都一样。"

"不是彩绘的啊……"叶颜琢磨了一下立刻就明白了："应该是年代久了，衣裙上的彩绘都已经脱落了。"

李越霆点点头："有道理。不过，张盛又是谁？"

叶颜只好连着张盛一起解释："他应该是个官二代，隋朝的时候被封为征虏将军、中散大夫，哦，就是一种官职，类似于现在的省长之类的再往上点儿吧！"

李越霆歪着头琢磨："伎乐俑是隋代的，但金银器是唐代的，这两件事之间到底有什么联系呢？"

他认真思考着，叶颜也不敢出声打扰他，半天忽然听到李越霆很大声地怪叫："啊！"

叶颜急切地问："你想到了？"

李越霆把乐俑放回箱子里，低头四处去翻手机：“我忘了给冯千秋回短信了！”

叶颜一颗心差点儿没让他给晃飞出去：“你过来我保证不打死你！”

李越霆笑眯眯地按下“发送”，信心满满地对叶颜说：“别着急嘛！好戏才刚刚开始呢！既然我要破千门的倾天局，自然就要先找一个熟悉千门的合伙人了！”

叶颜神情渐渐肃穆起来：“你要利用冯千秋，去帮你破倾天局，打败小苏？”

李越霆帅气地打了个响指：“没错！既然他选了刘江帆，那么，我总要搭上一个冯千秋，这场比赛才够公平嘛！”

叶颜有些犹豫：“你说的是没错，可是冯千秋是什么人，你我都知道。除了陈昭，其他的五个人都死在他手里，你跟他合作……”

李越霆潇洒地抬手敲敲驾驶座的椅背：“喂！这有什么好怕的！你可别忘了，我是什么人呀！”

叶颜又无奈地被他逗笑了：“您不是人，您是只狐狸，还是只修行千年，有九条尾巴的狐狸精！”

李越霆十分不解地摸摸头：“狐狸精不都是女的吗？也有男的？”

叶颜一本正经地胡说八道起来：“当然有了！狐狸也有公有母，狐狸精当然也就可以有男有女啦！”

李越霆越想越觉得不对，眼珠子乱转，叶颜从后视镜里看到他这个古怪的表情，实在憋不住“噗”的一声笑出来，李越霆看她笑得肩膀抽搐的模样，于是终于反应过来：“你骗我！”

“我没骗你啊！”

叶颜把车停在路边，远远地看到向导正在路边朝他们热情地招手，她特别开心，因为终于不用开车，可以跟李越霆尽情地打嘴仗了。

李越霆半信半疑地盯着叶颜看了一会儿，终于认命地往旁边挪了挪，给她腾出一个空座来。

接下来的路途都是向导开车，两个人各自休息了一下，天黑之前入住了酒店。

下车时，李越霆已经给乐俑更换了箱子，虽然一上车的时候他就检查过了原来的箱子里并没有装追踪器设备，但他还是觉得用冯千秋的东西实在是很别扭，所以在向导上车的时候，顺手就把原来的箱子给扔到路边去了。

酒店定的是个大套间，里外正好一人一间，李越霆关上门拉上窗帘就开始查红外线，确认安全之后才把乐俑规规矩矩地摆上桌子。

叶颜戴上白手套，好奇地看了会儿乐俑，然后拿出手机开始拍照。

按照李越霆的计划，他们需要在柏林住一晚，第二天一早从柏林飞北京，再从北京飞西安，到潼关跟金冉和李乐婷会合。

李越霆掰着手指头盘算时间，不由感叹："看来未来两天都要在飞机上过了啊！这可太悲剧了！我得多下几集电视剧存着。"

"看来我们去西安的计划要提前了。"

叶颜把一个乐俑转过去，那是个正在奏琴的乐女，手机远远近近地比画着角度，一边感叹："说好的五星级旅行啊！哎……就这么变成路过了。"

李越霆很认真地表示："西安是一定要去的，我们可以等解决了正事儿之后，留在那儿多玩几天。"

叶颜问："婷婷金冉他们有消息了吗？"

李越霆摇摇头："没有，定位还在，看起来应该是山里的信号不怎么好，暂时联系不上。"

叶颜掰着手指头算了一下："两边儿有六个小时的时差，现在他们那边还是凌晨呢！我看我们还是明早再联系一下吧！"

李越霆戴了白手套，捧起乐俑开始端详："可以确定是隋代的，跟张盛墓出土的那一组外观基本上差异不大，但是少了两个。"

叶颜抬手指指点点地数着数，笑道："唐代的宫廷宴乐上，最多的坐部伎可以有十二个，不过陪葬品，一般六个到八个都是比较常见的。能有六个，看来，这个陪葬主人的级别也不低啊！"

李越霆把乐俑翻过来看："难道说，古墓的主人也是个什么王侯之类的？"

叶颜过来检查另外一个乐俑，女乐师的表情似笑非笑，手中捧着排箫吹奏，她小心地一寸寸摸索着，忽然摸到什么，顿了一下：“咦？这是什么？”

李越霆正巧目光扫过，眼底光芒一亮，几乎是与此同时惊呼出声：“这是……”

两人不约而同地抬起头来，会心一笑。

叶颜迅速拿出手机拍了张照片，然后把乐俑放在一边，放大照片看去：“这应该是个……好像是字？”

李越霆立刻敏捷地把所有乐俑都翻过来检查了一下，发现每个乐俑底下都有几个小字。然而他看不懂繁体字，只能求助叶颜。

叶颜辨认这种字体驾轻就熟，说：“你先把字都拍下来，有几个字不太清楚，等传到电脑上，我想办法复原一下。”

李越霆立刻殷勤地担当起了助理的角色。

叶颜找出纸笔，打开电脑，李越霆把拍好的照片传到电脑上，她打开软件，然后根据字迹和笔画逐步修复起来。

好在缺失的笔画并不多，叶颜一张图一张图地对着抄写，写完了把纸拎起来一抖，满脸诧异：“啊！易经？”

李越霆探头过去扫了一眼，整个人都凌乱了。

只见叶颜在纸上写的是：

火木未济　火地晋　天火同人　艮为山　地水师　泽水困

他收回脖子，悻悻摸着头说：“完全看不懂啊？”

叶颜用笔尖点点第一句：“周易，懂不懂？”

李越霆认真地摇摇头，叶颜又问：“九宫八卦，听说过没？”

“这个我知道，小说里有，八卦阵嘛！那种特别神奇的，能把人困在里面的阵法。”

提到这个李越霆立刻就有话了，叶颜说：“没错，就是那个。两个八卦里的卦象组合在一起，就是周易的一卦了。”

她抬手流利地在纸上画了一个卦象，指着它对李越霆说："看，这个叫'乾为天'，上乾卦，下乾卦，乾卦就是三个横杠。"

李越霆看到上面六个直直的横杠，完全看不懂："嗯。它认识我，我不认识它。"

叶颜知道李越霆会有这种反应，笑笑不理他，又找了张白纸，把各个卦象都画出来，她虽然对《周易》也算有点研究，不过记得不算太详细，这种关于详细卦象的内容还是需要再查一下，于是一边开电脑搜索查询，一边就陆续地都给画出来了。

火天大有上离下乾

地则临上坤下兑

风雷益上巽下震

地山谦上坤下艮

火水未济　上离下坎

泽地萃上兑下坤

李越霆虽然不懂这是什么，但是刻在乐俑底下的，肯定是有关的东西，于是在一旁看得格外认真。

"不知道乐俑的排列顺序，又没有编号，不知道这些卦哪个在前哪个在后啊？"

他摸着鼻子思考："这些到底是什么呢？"

叶颜在自己大脑的记忆库里筛选了一遍："我从来没看过乐俑底下是带字的，单单在这套底下刻字，除非这些字别有用途。"

李越霆分析道："如果是跟那个神秘的古墓有关，那么，要么是位置地图，要么是通关密码之类的。"

叶颜想了想："我觉得还是通关密码比较靠谱，这要是位置地图，我觉得我们这辈子都找不到这座墓了。"

李越霆没说话，摘了手套去拿手机，他收到一个短信，拿出来看了看，笑道："看来冯千秋的肺要被我气炸了。"

叶颜看都没看："喊！炸了才好呢！"

李越霆嘚瑟地伸手把屏幕放在叶颜面前晃晃："看，我说的吧，这老家伙生气归生气，肯定还是会答应跟我合作的。乐俑在我手里不说，除了我之外，还有谁能对付得了苏云时？"

叶颜朝他泼冷水："想拔老虎的牙，小心老虎把你给吃了！"

李越霆悠然地运指如飞，给冯千秋回复了三个字："西安见。"

抬手朝着叶颜笑得很得意："放心，我可是职业给老虎拔牙的，保管他一颗牙都不能剩下！"

叶颜开玩笑："你还给别人拔牙呢，小心有人生气了把你牙都打掉了。"

李越霆挑眉："谁敢？"

这时候叶颜的手机突然响了，她低头一看号码就乐了："哎哟，敢的人来了，真是说曹操，曹操就到啊！"

说着接了电话随手把免提也开了，李越霆诧异地看去，就听到一个清脆轻快地声音响起来："嘿！叶颜姐姐，好久不见啦！"

这语调听起来有点熟悉，李越霆摸着头想了一下："曹操？哦，不对，那貌似应该是个形容词。"

主要是这声音一听就是个女的。李越霆疑惑地目光飘向叶颜，她笑笑，抬手在纸上写了个"青"字，李越霆恍然大悟，接着又觉得有点头痛，柳青青那个精灵古怪的丫头怎么又来了？

"怎么老追着我们不放啊？"

李越霆做了个抱怨的口型，没敢出声，叶颜冲他摆摆手，笑道："青青啊！怎么这个点儿还不睡觉？"

李越霆看了一下表，现在是当地时间晚上九点多，按照时差来说，国内应该是凌晨三点多的样子。

青青笑得很爽朗："时差？哪有什么时差啊？现在才九点多，这么早睡什么觉啊？"

叶颜眉毛一挑，李越霆更是警觉，抢先一步开口问："你也在瑞士？"

青青笑道："哟？这么巧，大叔你也在啊！"

叶颜顿时差点笑得从椅子上翻下去："大叔？哈哈哈哈哈！"

李越霆真想冲到电话那头把青青小姑娘拎过来揍一顿，这时候青青又说话了："我不在瑞士啦！我在柏林。"

叶颜立刻收敛了笑容，抬手唰唰在纸上写了四个字："来者不善。"

她和李越霆对望了一眼，见他一脸不解，于是黯然又在旁边写了一行字解释："她这个时候来，动机不纯。"

李越霆却笑起来，很诚恳的笑容："这么巧啊？我们也是。"

青青故作惊讶："那太巧了！正好我正无家可归呢，能求收留一晚上吗？"

李越霆笑眯眯地回答："好啊，我们住在帝候大道的凯宾斯基，你现在过来，我们在楼下的餐厅等你吃夜宵。"

"好咧！我这就来！"

青青很开心地答应了："拜拜叶颜姐姐，拜拜大叔！一会儿见！"

李越霆把牙咬得咯吱咯吱直响："这丫头，我迟早要狠狠揍她一顿！"

叶颜疑惑地说："她这个时候过来……"

说着低头，目光扫过桌上的乐俑："不会也是要打这些乐俑的主意吧？"

李越霆狡诈一笑："如果她有这个本事的话，可以试一下。"

叶颜突然双手托腮朝他嫣然一笑："小心阴沟里翻船啊！大……叔……"

她的尾音拖得很长，带着悠扬京味，又有些可爱俏皮。

李越霆突然撞进她眼波清澈荡漾的神情中，有些失措地顿了顿，这才恢复过来，抬手轻轻刮了一下叶颜的鼻尖："你确定要叫我大叔？"

叶颜感觉鼻尖那一点皮肤灼热，空荡荡的似乎还在想念肌肤紧贴的感觉。她愣了一下，李越霆忽然一下子靠过来，弯起眼睛与她直视，褐色的瞳孔里还带着些洒脱的笑意："那样的话，婷婷就不能喊你'大姐'，要喊你'小侄女'了！"

叶颜被他灼热的目光看得有些不好意思，又突然找不到话接，两人各自保持着这个古怪的姿势，彼此对望。

叶颜觉得一颗心顿时变成了机关枪，就差突突突地扫射了。

李越霆笑着看她，眼底的光不减反增，明亮如同窗外皎洁的月光。

叶颜连耳朵尖都红透了，终于抢先把李越霆从面前推开，说：“不是要下楼去吃宵夜吗？”

李越霆伸了个懒腰，装作若无其事的样子，开始收拾桌上的乐俑：“走，我带你尝尝德国最好吃的猪脚和香肠！”

叶颜用手拍了拍脸颊，努力让自己冷静下来，这才回答：“我正在减肥，晚上要吃得清淡一点。”

李越霆手脚麻利地把东西锁进保险箱，笑呵呵地哄她：“没事儿，他们的香肠一般都会搭配酸菜。”

叶颜把抄写了字的那张纸用手机拍了照，然后仔细地折好，揣进自己的手包里，撇嘴做不高兴状：“我才不吃酸菜呢！”

李越霆认真举手，像个孩子似的：“不要紧，我吃酸菜！”

叶颜被他逗得忍不住笑，两个人有说有笑地出了门。

餐厅的夜宵确实很丰富，还供应非常新鲜的德国啤酒，这让李越霆非常开心，不过他看了看餐牌最后还是给自己要了一杯橙汁，一抬头就看到叶颜双手托腮望着自己，眼睛里泛着盈盈波光：“咦？酒鬼竟然转性喝橙汁啦！”

李越霆合上餐牌交给服务生，他的德语一般，用的是英文，交代了两句，然后才笑眯眯地说：“明天还要赶飞机，我像是那么不分轻重的人吗？”

叶颜似笑非笑地横他一眼，语气却好像是在撒娇：“你呀！”

李越霆干脆往桌上一趴，学着叶颜此时的动作回看她：“我怎么了？”

叶颜抬手点他鼻尖：“不！靠！谱！”

李越霆顺手把叶颜后撤的手拉住，看她手上那只透水白玉的镯子在手腕上一晃一晃，语气悠长地问：“哪里不靠谱？”

叶颜有点害羞，抽出手，娇嗔地拍了他的手背一下：“哪里都不靠谱！”

李越霆对叶颜的指责笑嘻嘻，轻轻摸着手背：“没有证据，你这是污蔑好吗？”

叶颜正想再说话，李越霆的目光突然转向门口，她随之看去，就见到柳青青戴着一副大号的墨镜，走路带风，穿着一身迷彩装扮，英姿飒爽地走进门来。

叶颜朝她挥手，柳青青摘下墨镜看去，顿时笑成一朵花。

欧洲的女人大部分身材都比较丰满，像叶颜和柳青青这种典型的东方面孔实在少见，再加上柳青青的着装实在太显眼，现场大部分男士的目光此时都齐唰唰移了过来，就看到叶颜站起来，与她热情地来了个贴面的拥抱。

李越霆一看柳青青就觉得头痛，心里恨不得躲得远远的，但是人到了面前还是要努力保持微笑："嘿！来得挺快嘛！"

柳青青随手把长发拨到身后，挨着叶颜坐下："给你们打电话的时候，我正巧离这儿不太远。"

李越霆很绅士地问："想吃点什么？"

柳青青很果断地去翻餐牌，一脸雀跃："那我不客气啦！"

她喊来服务生，指着餐牌点了几样，李越霆也不说话，只是静静地在一旁看着，手握着杯子，指腹在杯壁上轻轻摩挲着。

叶颜直来直去，李越霆有耐性耗着，她却没有，所以一开口就很直接地问："你来找我们有什么事？"

柳青青从口袋里摸出手机，打开相册，随手点了一张图，扔在桌上："有件东西，不知道你们有没有兴趣？"

李越霆把手机拿过来看了看，又递给叶颜，使了个古怪的眼色。

叶颜低头一看就知道李越霆那眼神儿是什么意思了，柳青青给他们的照片其实拍的是一本手札的翻拍，竖版繁体字，他能看得懂才怪。

不过这种东西对叶颜来说并没有什么难度，她一目十行地看着，脸色越来越凝重，看完立刻抬头，看向柳青青的目光里透着警觉："这本手札，你是从哪里来的？"

柳青青嫣然一笑："你们猜。"

李越霆不知道到底发生了什么事，非常无辜地问："嘿！两位，我还在这里好吗？"

叶颜对李越霆长话短说："这是一本民国流传下来的手札，记载了当时军阀、古玩商人和日本人三方争夺一组隋朝乐俑的事情。传说，乐俑上记载着唐汾王宝藏的秘密。”

李越霆瞬间明白过来：“所以，其实不是古墓？而是宝藏？”

叶颜说：“手札上说，唐汾王是一个非常喜欢收藏古玩珍宝的人，甚至经常跟盗墓人混在一起，挖掘明器，那组隋朝乐俑，就是他的收藏品之一。”

李越霆诧异地问：“唐汾王是谁？”

叶颜想了想说：“我也不太清楚，应该是唐玄宗的一个亲戚吧？”

李越霆更诧异了：“还有你也不太清楚的事情？”

叶颜皱了下鼻子：“当然有，我又不是百科全书。”

李越霆立刻深情款款地说：“在我心里，你就是最万能的百科全书。”

柳青青只觉得眼前噼里啪啦地冒火花，就算把墨镜戴上都一样会被闪瞎眼，忍无可忍地抗议：“嘿！两位！我还在这里好嘛！”

李越霆非常绅士地欠身：“抱歉，听故事听得太投入了，所以把没什么存在感的人给忘了。”

柳青青愤愤地鼓起腮帮子，像只小猫：“大叔你现在这么说，很快就会后悔的！”

李越霆悠然一笑：“我们李家的字典里，从来都没有‘后悔’这两个字。”

叶颜很从容地补充了句：“嗯，就算字典里有也没关系，反正你也不会查字典。”

李越霆差点身子一歪眼前一黑跌出去，语气崩溃地说：“嘿！”

柳青青掩着嘴笑得东倒西歪。

服务生无视这一桌人大相径庭的表情，陆续开始上菜，大大小小的盘子摆满了桌。

柳青青自从饭菜上桌，眼里就再也没有了李越霆、叶颜或者是她的手机，拎起餐具就开始埋头狂吃，那样子就跟这辈子从来没吃过饱饭一样。

叶颜一边把香肠切成薄片，一边继续给李越霆翻译手札上的内容：“安史之乱时，叛军攻破了潼关，围困长安，唐明皇李隆基带着杨贵妃，还有大批的皇亲国戚一起出逃。当时汾王正跟几个盗墓人一起勘探一座神秘的隋代古墓，收到要逃跑的消息，因为他府中收藏了很多珍宝文物不方便随身携带，又怕被叛军抢走，所以就匆忙地把这些东西都藏进了古墓里，然后就跑了。”

李越霆听得兴趣悠然：“‘安史之乱’我知道，你上次跟我说过，所以，汾王跑了，就再没回来，他收藏的那些东西，也就一直放在古墓里了，对吧？”

叶颜点点头，一边优雅地咀嚼着香肠，身边趴着一位刀叉齐飞，吃得极为热闹的柳青青。

李越霆瞪过去：“你开个价吧！”

柳青青把头从盘子里抬起来，用力咽下嘴里的食物，放下刀叉，比了个“二”的手势：“你能做到两件事，我就把这份手札给你。”

李越霆笑到：“手札的内容我已经看过了，你给不给我，我都无所谓。我想知道的是，这份手札是谁的，你又是怎么拿到的，你送这个来给我的目的，到底是什么？”

柳青青慢条斯理地用纸巾擦嘴，语调悠扬：“你能做到我说的两件事，我就回答你这些问题。”

李越霆摊手：“成交，请说吧！”

柳青青指着自己说：“第一件事，告诉我，我是谁。”

叶颜一愣，李越霆却笑了：“你是柳青青。”

柳青青也笑了：“柳青青又是谁？”

叶颜却疑惑了：“你姓柳……对啊，你姓柳。”

她想起初遇时，自己和李越霆都曾经做过一件事，那就是去摸柳青青的手，寻找对方的手上是否有着跟苏云时一样细小的伤痕，但因为没有找到伤痕，所以他们才对她的身份一直心存怀疑。

李越霆歪头看向叶颜，语气温柔：“看来，你跟我想到一起去了。”

叶颜迎上他坦荡明亮的双眼，看到对方眼中肯定与赞许的神色，他们虽然没有交流过心中所想，但是在那一刻，他们都能确信彼此心中的想法，清清楚楚，明明白白。

叶颜看向柳青青，语气笃定起来："你姓柳，你是柳远的女儿，苏云时的师妹。"

柳青青慢慢拍手："很好。第一个问题的答案，我已经告诉你们了。"

李越霆若有所思："这手札，是千门的？"

柳青青答到："这是千门首任明王展鸣亲笔写的，是他日常的札记。后来展家被灭门，这本手札几经辗转，后来第二任明王李云起继位时，又寻回了手札，并且将它和明王令一起，作为千门执掌者的信物传承。不过时间实在是太久了，传到这一代，只剩下了这几页。"

李越霆歪着头，单手扶额："展鸣……李云起……这两个名字怎么总觉得之前在哪里看过呢？"

叶颜敲桌子提醒他："那本《八门传奇》里写过这两个人，李云起是展鸣不记名的弟子，后来娶了展鸣的女儿。"

李越霆恍然大悟："哦……所以这手札，是小苏给你的。"

柳青青赞到："看来苏哥哥说得没错，你确实挺聪明的！"

李越霆被小姑娘甜言蜜语一表扬顿时骄傲地尾巴都要翘上天了："那是！这还用说吗？"

柳青青笑到："那你猜猜，我第二个条件是什么？"

李越霆脸上的笑容瞬间消散："你要乐俑？"

柳青青笑着摇摇头，意味深长地说："乐俑本来就是我的。"

李越霆顿时变了脸色，起身就往外走，柳青青笑眯眯地把他拉住，坐在那儿仰头看着他："我第二个条件，就是今天这顿，要由你来结账。"

叶颜还没意识到发生了什么，李越霆已经板着脸甩开柳青青的手，掏出钱包，随手甩出一沓美金扔在桌上。

"苏云时来了。"

李越霆冷冷丢下这句，大步往外走去，叶颜恍然大悟："调虎离山！"

两人赶回房间，一切如常，只是窗子开着，夜风轻柔地掀动窗帘，白色窗纱飘荡起落，李越霆匆忙去开保险柜，但是输入密码却发现已经打不开了。

李越霆试了两次都显示密码错误，站起来，转身看到开着的窗，窗外夜色深沉，他沉默了片刻，忽然回身一拳重重砸在保险箱上！

“砰”得一声巨响，但保险箱毕竟质地坚硬，完好无损，叶颜心痛地上前握着他的手查看，劝道：“你别这样……”

李越霆冷笑：“当年我们一起用这招找回了兽首，没想到现在，他竟然用这招来对付我！”

叶颜看到李越霆的手只是手背发红，没有伤口，这才完全放心下来，只能安慰：“反正，乐俑的秘密我们也已经知道了，他让柳青青带了汾王宝藏的线索给我们，把乐俑给他，也算是一物换一物吧？”

李越霆无奈地笑：“现在已经这样了，难道我还能说不给吗？”

这时候有人按响了门铃，柳青青的声音清脆悦耳：“嘿！现在，我能把我的东西拿走了吗？”

叶颜看向李越霆，他点了点头，示意她可以去开门。

叶颜把门打开，把柳青青让进来，她笑眯眯地朝着李越霆挥了挥手：“为了表示诚意，我可以附赠一个消息给你，冯千秋设这个‘倾天局’，不只是为了明王之位，还想要找到宝藏，他的背后，有位 QS 公司的合伙人在提供支持，他的名字我不知道，但是我知道，他对外的代号，叫作‘银狐’。”

李越霆神色顿时变了，与叶颜对望一眼，异口同声地说：“那条银色的狐狸尾巴！”

柳青青笑着说：“没错。之前在新加坡，偷偷跟踪调查你们的那辆挂着银色狐狸尾巴吊坠的车，就是‘银狐’的。”

李越霆嘴角慢慢抽动，少有地露出一个邪魅的笑容：“太好了！我正打算教训一下 QS 公司的人，没想到，他们竟然主动送上门来了！”

柳青青无辜地耸肩：“话我已经带到了，乐俑我可以带走了吧？”

李越霆抬手行云流水地做了个优雅的“请随意”的手势，柳青青快步走到密码箱前，输入密码，轻松地打开了密码箱，从里面把箱子拿了出来。

她打开检查，见六个乐俑都在，完好无损，这才放心地合上箱子，拎在手上，笑着说：“那就谢谢啦！”

李越霆背过身不看她，叶颜见他毫无反应，所以也不好出手阻拦，毕竟在李越霆看来，承诺这种事是很重要的，说到就要做到。

柳青青拿了乐俑开心地离去，叶颜关上门，转身就看到李越霆正沉闷地坐在飘窗上，指尖翻动，手里夹着一根没点燃的英国细烟转来转去。

她猜想李越霆又在苏云时手上吃了亏，心情非常不爽，于是对他也格外宽容，问："想抽烟？怎么不点？"

她看到打火机被他随意扔在桌上，于是拿了过来打着了想给他点烟。

李越霆抬手推了一下拒绝："不用，不抽了。"

他边说边把打火机按灭，从叶颜手中接过来，装进口袋里。

叶颜难得想要哄他一次，温柔地说："我也不是那么矫情的人，你偶尔抽一两次，我还是受得了的。"

李越霆把烟卷在指尖转了两圈，也顺进了口袋里，抬头看叶颜："算了，怕熏着你。"

叶颜蹲在他面前，稍稍仰头，微微笑着弯了眼眸，像两道可爱的月牙："李越霆，这个世界上还有你害怕的东西吗？"

她的笑容温柔而漂亮，带着令人炫目的光芒，就如同窗外皎洁的月光，能够在瞬间治愈心里全部的伤口。

在她面前，没有勇气说谎，也不必再悉心伪装。

李越霆长长叹了口气，憋着嘴也开始卖萌："当然有啊！我又不是超人，Superman or Batman，我其实挺羡慕他们的，有超能力，有事没事儿就拯救地球。"

叶颜觉得他这个表情呆萌得可爱，于是忍不住抬手摸摸他的脸，又戳了一下他的脸颊："可你不是超人，能力越大，责任越大，你知道中国有句古话说得好，没有那个金刚钻，就不揽那个瓷器活儿。"

李越霆反手握住她的手，贴在脸颊上，笑着问："那是什么意思？"

叶颜说："意思我就不给你解释了，我觉得这句话实际上要告诉我们的是，在自已能力范围内，能做到最好，就够了。"

李越霆的声音有点沙哑，闷闷的，有点撒娇的语气："那句话真的是这个意思吗？你可别欺负我不懂中文。"

叶颜不答反问："不然你去查查字典？"

李越霆握着她的手用力捏了捏："你明知道我不会查字典的。"

叶颜无辜地摊开手，说："那太遗憾了。"

李越霆慢慢露出一个柔软的笑容："我知道你在安慰我，也知道我的问题在什么地方。我对自己太自信了，觉得自己能控制一切，所以绝对不会输。"

叶颜笑着摇摇头："如果你不自信，不骄傲，不永远掌控一切，那就不是你了。"

她把手从他的手中挣脱出来，突然用力捏了一下他脸颊。

李越霆顿时吃痛，喊出声来："啊！"

叶颜笑容可掬地放开手，问："这是什么？"

李越霆答道："脸。"

叶颜意味深长地点头："对，这是脸。虽然你平时脸皮厚，不怎么要脸，但是，你还要顾着你的面子。苏云时就是看准了这一点，才让柳青青过来拿乐俑，他太了解你了，知道你肯定不好意思欺负人家小姑娘。"

李越霆握住叶颜的双手，把她微凉的指尖拢在掌心里："你这是在劝我更不要脸一点儿吗？"

叶颜撇嘴："我的意思是，敌军太过狡猾，我们输这一局也是没有办法的事情，你就别太在意了。"

李越霆恍然大悟："所以，你在安慰我？"

叶颜顿时满肚子的关切散了个干干净净，眯起眼睛瞪着他："我已经安慰你半天了，好吗？"

李越霆舒展眉宇露出一个招牌的笑容："劳烦美人这么记挂着小生，我太感激了。"

听他这半文不白的话，叶颜忍不住嘟囔："你这中文的水平啊，还是少看点电视剧吧，看看，都快学杂了！"

李越霆摸摸头："那我应该怎么说？无以为报，以身相许？"

叶颜又羞又恼，格外崩溃地指着他："你、你、你……这句你倒是记得挺熟练啊！"

李越霆认真诚恳地点点头，脸上重新露出深情款款的表情："婷婷说，这句话是用来跟喜欢的人表白的，我学了好久才记住呢！”

叶颜顿时眼前一黑，表情古怪又无奈，李越霆似乎是看懂了她的神情，眼皮耷拉下来：“唉！看来我又被骗了。”

叶颜被他这个无奈的样子逗笑了：“表白应该用‘在天愿作比翼鸟，在地愿为连理枝’，‘无以为报，以身相许’这种，基本上都是人家姑娘们才用的。”

李越霆听到听不懂的句子，顿时来了劲：“什么是比翼鸟，为什么要做连理枝啊……你给我讲讲呗！”

叶颜其实有点为难，这话的意思说长不长，说短也不短，尤其是中国语言文化这种博大精深的东西，一时半会儿也说不明白，看着李越霆一脸迷茫好奇的表情，叶颜还不好意思拒绝，最重要的是她心里还觉得有点囧，嘟囔着：“明明是我安慰你，怎么话题就跑偏成这样了啊？”

李越霆笑得像只可爱的大白鲨：“没事儿，跑题就跑题吧！”

叶颜想了半天，终于决定把《长恨歌》的故事从头到尾给李越霆讲一遍。

她找了纸笔，把整首诗抄写下来，然后一句一句地解释给他听，李越霆向来对这种情节狗血的题材非常感兴趣，听得很入迷。等叶颜把整个故事讲完，他眼泪汪汪地抽了两下鼻子，感叹道：“这也太惨了！不过，唐明皇和杨贵妃的爱情真的很感人啊！”

叶颜点点头，但是想了想又摇摇头：“是啊，不过很可惜，这都是诗人写出来的故事。真实的历史总是很残酷的，朝堂政治、权谋斗争，还有兵变，一座王朝的衰落，远比一个爱情故事来得更精彩，也更血腥。”

李越霆意犹未尽地摸着下巴说：“真相永远都比我们想象的还要残酷，不只是唐明皇和杨贵妃，还有很多其他人，其他事，也都是一样的。可是，有勇气的人，才敢于直面真相，追查真相。因为只有查出真相，才不会愧对死去的人，也不会愧对那些相信我们，帮助我们的朋友和伙伴。”

叶颜轻轻一笑：“有时候真是不知道你到底是个什么样的人，说话不靠谱像个无赖的也是你，说出话来像个哲学家心灵鸡汤的也是你。”

李越霆忽然调皮地吐了一下舌头：“我这是反差萌嘛！”

叶颜上下把他打量了一番："看来你的心情已经完全好了，是吧？"

李越霆把头一歪："谁跟你说我的心情不好了？"

叶颜反问："难道不是？"

李越霆笑嘻嘻地摊开手比画出一个很无辜的表情："我没有啊？我现在的心情不知道有多么好呢！"

叶颜假装生气，板起脸瞪他一眼，站起身，整理好了衣襟，一言不发地转身要走。

李越霆一个箭步从飘窗上跳下来，忽然从背后抱住了叶颜，把下巴贴在她的肩膀上，声音温柔下来："谢谢你。"

叶颜没有说话，只是将手心贴在李越霆揽在自己腰间的手背上，慢慢地又笑了。

窗外天空中月色被一团淡淡的云雾笼罩，朦胧缥缈。

李越霆一动不动地靠在叶颜肩头，虽然彼此都没有言语，可是，拥抱似乎却给了两颗心源源不断的力量和勇气。

他望着窗外被风撩动的淡淡云絮，忽然意味深长地感叹了一句："起风了。"

叶颜转头望向窗外，接着他的话说下去："风起云散，月明星稀。明天，一定会是个好天气。"

【第七章】 倾天一局风云乱

第二天一早，李越霆和叶颜重新整装出发，前往机场。

在路上叶颜一直思考一个很严肃的问题，显得心事重重，不想说话。

另一个心事重重的人是李越霆，他早上起床先试图联系一下李乐婷，结果发现还是接收不到他们的信号，不过查看位置，是在秦岭的大山深处，信号源很稳定。

两个人彼此都不作声，叶颜摆弄着手机，而李越霆一直盯着李乐婷和金冉的位置，以至于司机提醒他们已经到机场了的声音都显得非常突兀，把叶颜吓了一跳。

李越霆随手拍给司机美金当小费，帮叶颜拎起背包，他们的行李十分简便，一人一个背包。

叶颜下车的时候心不在焉，径直转向了反方向，李越霆趁机牵起她的手，把她拉来身边一起往前走。

对于李越霆的亲昵举动叶颜并没有拒绝，甚至也没有表现出不情愿的感觉。李越霆偷偷观察她的表情，看起来有点走神，他禁不住摇了摇她的手，问："想什么呢？"

叶颜说："我在想，如果小苏和柳青青跟我们同航班的话，场面会不会特别有趣。"

李越霆很想拍拍她的头让她别胡思乱想，不过因为剩下的那只手还拎着包，所以没得逞：“你瞎想什么呢！小苏不会跟我们同航班的，如果我没猜错的话，他昨晚应该连夜就走了。”

叶颜皱眉：“不可能啊！昨晚根本没有飞北京的航班。”

李越霆说：“他转的是香港，你忘了吗？我们装备里的很多东西，以前都是从香港买的。”

叶颜有点担心：“那他会不会赶在我们前面……”

李越霆笑着收了一下自己的手，感觉到叶颜的指尖贴合在掌心微凉的温度，那种感觉细腻而幸福：“放心，就算他先到了也没关系，金冉和婷婷还在潼关，他占不到先机的。”

叶颜悄悄松了一口气：“这就好。”

她的手还被他握在掌心，叶颜很喜欢那种手指互相缠绕依恋的感觉，所以就任凭他一路牵着去办理登机手续，两个人的手都再也没有分开过。

这样就很好了，叶颜在心里默默地想，不需要轰轰烈烈的表白誓言，也不必山盟海誓的爱恋承诺。他们曾经一起经历过生死考验，彼此依赖，相互扶持着走到现在，很清楚对方在心中的地位，细水长流，一切都不言而喻。

在候机室等待登机的时候，李越霆给叶颜买了红茶，自己点了摩卡，叶颜面不改色地一口气喝了半杯，忍不住吐槽：“好好的红茶，非要加糖加奶，啧啧啧啧。”

她更喜欢茶叶原生的香气，回味甘醇悠长。

李越霆抿着摩卡评价：“不好喝就别喝了，等回去我给你泡乌龙茶，雨后龙井也行。”

叶颜还在很淡定地继续喝：“没事儿，我早就喝惯了。”

李越霆知道她从小就在国外生活，估计适应外国人这种奇怪的口味是没什么问题的，只是大小姐心里总觉得别扭，所以找到机会就想要吐个槽发泄一下。

他指指自己的杯子：“要不要试试这个榛子味的拿铁？”

叶颜摇摇头，果断拒绝：“还榛子味的拿铁，你怎么不喝星冰乐呢？”

李越霆听得出她这话里的意思，笑嘻嘻地解释：“我偶尔也想喝点甜的，尤其是，思考问题的时候。”

反正无聊，叶颜就顺着他的话开始八卦：“你在思考什么问题？”

李越霆把电脑屏幕上的画面朝她扬了扬：“唐明皇和杨贵妃的问题。”

叶颜差点被他给气哭了，李越霆正在看的是一个很早的港版电视剧，关于杨贵妃的，也不知道他都是从哪儿找来的片子，画质看起来都挺渣的。

“你……”叶颜欲哭无泪，都不知道说什么好了。

幸好这时候李越霆的手机“滴滴滴”地响了，他随手划开屏幕一看，顿时又高兴了：“啊？婷婷？”

叶颜这时候也收到了提示，金冉发了不少照片在微信群里，她翻看着金冉发来的照片，都是他们进山寻找那个发现乐俑的山洞时拍下的。

李乐婷上线之后立刻发了一个猫咪伸懒腰的萌萌的表情，开始撒娇：“我勒个去！累死我啦！走了一天的山路，整个人都不好了。”

李越霆立刻发小猫咪卖萌献花的表情：“婷婷你辛苦啦！你真棒！哥哥知道，你一直都是最棒的！”

叶颜差点把白眼翻出宇宙，妹控实力上线，真是没救了。

李乐婷这时候又说：“我有一个坏消息和一个好消息，你们想先听哪个？”

李越霆和叶颜根本想都没想就同时回答：

“坏消息”

“好消息”

答案完全不统一，两人不约而同地对望了一眼，眼神互不相让，然后同时又说：

“好消息”

“坏消息”

李乐婷顺手扔出一个小猫脑袋上全是线团的表情：“到底是什么！”

金冉默默飘过：“坏消息是山洞还没找到。”

李越霆追问：“那好消息呢？”

李乐婷说：“好消息是现在开始下雨了，我们已经从山里撤出来了。天气预报说这场雨会一直下到周六，看来，我们最快也要下个星期再进山了。”

李越霆语气悠长地“哦”了一声：“确实是个好消息，对了，今天星期几？”

“星期四。”叶颜说。

金冉很惋惜地说：“村长说方向没问题，但是时间太久了，很多东西都变了，所以确实很不好找。”

李越霆问：“我们最快也要后天晚上能过去跟你们会合，需要我从西安带什么过去吗？”

金冉想了想说：“确实需要一些东西，勘探的工具、红外线探测器、干粮和水，再带几把瑞士军刀过来，可以防身。另外山里的信号太差了，手机打不通，就连手表的卫星定位反应都有点延迟。”

李越霆认真思考了一下提议：“不然我让小白搞几台卫星电话过来？”

金冉说：“那倒不用，我的意思是如果有信号放大设备可以带来试试。”

李越霆随手在电脑上简单记录了一下，然后整理出思路来：“趁着下雨，就先休整一下吧，等我准备好了装备跟你们会合。另外我这儿有几张照片，是已经拿到的线索，一会儿发给你们，除了这些之外，你们想办法再查查这东西的来历，另外问问村里人，有没有人知道些什么别的事情。”

叶颜把那几张手札还有乐俑的照片都转发出去，李乐婷对文物研究很一般，多数时间都是看个热闹。而金冉出身北派盗门，虽然对文物历史知道得不多，但是明器这种东西却接触过不少。他翻了翻图片，然后放大缩小，一边问：“是明器？隋代的吧？”

李越霆答道：“嗯。”

金冉看到乐俑底下的文字，想了一下说：“这些文字是《易经》上的卦象吧？”

叶颜说：“没错。”

金冉的语气有点犹豫，似乎还不是特别确定的样子：“这组卦象我好像曾经在哪里见过。给我点时间，让我想一下，我觉得，可能是……太爷爷的笔记里写过。”

李乐婷笑着问："你太爷爷的笔记？《盗墓笔记》吗？"

金冉很正经地解释："太爷爷的笔记里讲的都是奇门、机关、暗道之类的，关于下斗的故事不多。"

李越霆觉得自己又看到了希望的曙光，所以说嘛，有一群见识广博的朋友就是这么好。

金冉提早结束对话，开始翻查起太爷爷的笔记来。李越霆和叶颜到时间登机，从柏林到北京这种感觉上穿越了半个地球的飞行，一飞就要飞上一天一夜，幸好这两人都不是第一次坐国际航班，早就给自己准备了丰富多彩的"娱乐活动"。

李越霆下载了一堆关于唐明皇和杨贵妃的电视剧和电影，甚至还有什么文物历史纪录片之类的，塞满了整个电脑。

叶颜事先搜索了很多关于隋代乐俑的相关资料和参考文献等等。另外顺手也把千门明王展鸣的名字上网搜索了一下，结果发现资料真是少得可怜，她只能把目标又转移到了乐俑的身上。

"隋"在五千年华夏朝代更替当中，是一个非常独特的存在。

"隋朝的建立者跟唐王朝的一样，身上都带有鲜卑族的血统，出身陇西，最后定都长安。只可惜隋文帝虽然是个非常开明的皇帝，然而他的儿子们实在是不太争气，他先后废了太子杨勇，软禁了三儿子杨俊，后来立了新太子杨广之后，又把老四杨秀贬为庶人。"

李越霆看了很长时间的电视剧觉得眼睛有点累，就拉着叶颜，让她给自己普及一下隋唐的历史知识。

叶颜于是靠在他肩头继续细声低语起来："隋唐两代，有很多地方都很相似，唐代灿烂繁华的大国风采和韶华气度，全都继承自隋代，无论是盛世乐舞，还是金银器的制作，都带有先代的影子。但是，比起大唐瑰丽多彩的文化，隋朝就显得有些低调了。"

所以隋朝乐俑的文物价值其实并不是非常高，相关的资料也就不太多。

但是不知道为什么，与这个唐汾王有关的资料也很少，叶颜很惋惜地说："我查了很多文献，都没找到关于唐汾王的记录，只有几本杂记上记了几笔，也很简略，类似闲散王爷，家里很有钱。"

李越霆问："那汾王宝藏呢？真的有这回事儿吗？"

叶颜把找到的摘抄翻出来给李越霆看，声音压得很低，生怕别人听到："就这几句，传说有，但是有说在西安何家村，也有说在别的地方，没人找到确切证据证明宝藏是存在的，曾经在何家村找到的一些唐代金银器，有人怀疑过那就是汾王宝藏，但是也没有证据能证明，总之，结论就是，什么都不能确定。"

李越霆默默地摸着下巴，语气悠长："哎呀，不确定啊？怪不得……"

叶颜听他似乎是话里有话的样子，于是问："怪不得什么？"

李越霆说："怪不得冯千秋和银狐他们这么积极的想要寻找汾王宝藏，我估计吧，他们可能是这么认为的，当初韩成和从山里捡到的那一小部分就已经那么值钱了，假如山洞里还有更值钱的，那他们一定就发了。"

叶颜听他说道"他们一定就发了"时明显是一副幸灾乐祸的表情，怎么想都觉得汾王宝藏的事情很不可思议："我记得，安史之乱中，公元756年长安失守，叛军从潼关入关，当时战争四起，可古墓却能完好的保存到今天，这真的可能吗？"

李越霆笑道："我觉得古人真的比我们聪明得多，我们还要借助电脑啊，手机啊来查资料，计算数据，最差还有个计算器呢，可是古人什么都没有，却能造出大明宫、故宫、长城那么神奇的建筑。"

叶颜点头表示赞同："真的真的，我也觉得是这样。你知道故宫的排水系统有多发达嘛！前一阵子爷爷打电话跟我说，北京下大雨，广渠门的水都淹了一米多深了，硬是排不出去。可故宫这么多年，无论下多大雨，从来都没淹过水！"

李越霆一听这个更乐了："这是当然了，你想啊，当年故宫里住的那都是皇帝，要是排水坏了，哪天皇上出来溜达，要是一脚踩水坑里了，这一不高兴，从管排水的一路到总管大太监，不都得被拉出午门去砍头啊！"

叶颜笑着纠正："虽然这事儿你说得有道理，但是吧，我还是得纠正你，午门古代一般都是用来接待宾客举办各种仪式的，比如大将军领兵打仗回来，皇上要到午门去欢迎他，犒赏三军你懂吧？"

李越霆点点头，但是很快又不懂了："那为什么电视剧里皇上都说，要把谁谁谁拉出午门斩首啊？”

叶颜无奈地解释：“其实午门建于明代明成祖朱棣，在他之前的皇帝，如果说把谁谁谁拉出午门斩首，不是皇帝穿越了，就是编剧没文化。事实上，午门是不砍头的，不过朱棣有个坏毛病，就是哪个大臣惹他不高兴了，他就让人把这个大臣拖出午门外打板子，有时候直接就打死了，只有那个时候，午门才是用来杀人的。剩下的时候，一般砍头啊什么的，都在西四或者菜市口。”

李越霆想了半天才把这个诡异的关系整理明白，若有所思地感慨道：“所以，有些事情，是不可能出现在不属于它的年代的……假如真的发生了，那么，排除穿越的可能，就只能有一种答案……”

叶颜愣住了，李越霆现在说的这些话她一点儿也听不懂。

李越霆的眼睛却顿时亮了起来：“我明白了！哈哈哈哈，我终于明白了！”

叶颜问：“你到底明白了什么？”

李越霆神秘兮兮地笑道：“嘘……别告诉别人哟！我发现了一个BUG。”

“啊？”

叶颜满头都是问号，李越霆却笑得越发得意，把电脑的手写画板功能打开，拿出笔来在上面写写画画，一边向叶颜解释起来：“每件事都有自己的逻辑，按照固定的线索和套路发展，所以，只要给这件事从头到尾画个时间线，我们就会发现，所有的线索当中，是存在BUG的。”

叶颜看着他在上面写下“2016年10月，四位富商坠楼案；陈昭被骗；11月范致国被杀；千门倾天局开始”，然后说：“这是最近发生的事情，所有的一切，都是从千门六年一度的倾天局引发的。”

叶颜点点头：“没错。按照时间线倒回的顺序，冯千秋联合QS公司着手调查汾王宝藏案件，应该是在两个多月之前，就是我们在查阿波丸号宝藏下落的时候，可能还要更早。”

李越霆落笔写下“两个月前，冯千秋+银狐”，然后说：“那么冯千秋在这之前应该已经接触了范致国，范致国是第一个泄露了保险箱密码的人，再往前推的话，冯千秋应该是从展鸣的手札上，看到了有关于乐俑的记载，才开始着手调查的。”

叶颜说：“六年前的倾天局时，冯千秋应该还不知道这件事，当时的局是海晏堂十二兽首当中的鼠首和兔首，所以他应该是在苏云时接掌明王之后，才知道这件事的。”

李越霆在冯千秋的旁边又写了个“范致国”，然后紧接着又加了个“韩成和”：“再往前，韩成和发现隋朝乐俑和唐代金银器，导致全家被杀，范致国等人杀人之后抢了东西，逃到国外。”

他说着又写了“乐俑”和“金银器”两个词，然后旁边拉出一个箭头，说：“这些东西都与传说中的汾王宝藏有关。汾王——唐代的一个王爷、收藏和盗墓爱好者，他发现了隋代的古墓，并且乐俑与古墓有着某种特别的关系，他在逃出长安之前，把自己收藏的珍宝都藏进了古墓里。”

李越霆用笔点点屏幕：“好了，你看出问题在哪里了吗？”

叶颜看着一页乱七八糟的字迹，时间线很明显，剩下的她都知道，但是也没看出什么不合理的地方。

她摇摇头，很困扰的样子：“没看出来。”

李越霆笑着提示她：“你还记得我们救陈昭的那天，你看到他带的金银器，跟我说过什么吗？”

叶颜想起就是在那个银盒当中发现了苏云时求救的讯号，她对此印象深刻：“你是说，那个鎏金双雁银盒？”

李越霆点点头：“对。”

叶颜对此完全没了印象，当时她记得自己说了好多话，不知道李越霆指的重点到底是哪一句：“我说了什么？”

李越霆说：“你说，唐代皇族、贵族喜欢金银器的风俗，是从汉代流传下来的，他们把生活用品都换成了金银制品，就跟现在有钱人喜欢拎什么LV、CHANEL之类的包似的。”

叶颜隐约记得自己确实说过那么一句，点头：“嗯，我好像是说过这话。”

李越霆兴奋地打了个响指，提高了语调：“问题就在这儿啊！”

叶颜眯起眼睛横他一眼：“你别那么大声！让别人听到……”

李越霆笑嘻嘻地抬手做了个拉链的手势，叶颜脑海中骤然灵光一现，还不忘压低了声音说：“你是说……金银器在当时只是生活用品，而不是非常值钱的文物收藏品，所以，汾王是不应该把它们带进古墓里去的？”

李越霆说：“没错，在我们看来，唐代的金银器都是非常珍贵的文物，但是，如果唐代的人，尤其是一位家里那么有钱，连吃饭喝水用的都是金银制品的王爷，他会觉得这些东西很珍贵吗？”

叶颜想通了事情心情愉悦，开起玩笑来：“是啊，假如是你的话，如果现在要逃难，你难道还会带上家里的筷子和碗，或者是杯子和盘子吗？肯定是带上家里最贵重的东西一起走嘛！”

李越霆赞同地点头，叶颜忽然想逗一逗他，半开玩笑地问：“要是现在你要去逃难了，你会带什么？美金还是信用卡？”

李越霆笑眯眯地说：“我会带上你。”

叶颜迎上他诚恳至极的目光，顿时心头一热，但是被他这么短短一句话就给撩了心有不甘。她向来有急才，当即弯起眼眸，凑到他耳畔轻声细语：“咦，这个程序不对啊？难道不应该是我对你说，‘世界这么大，我想去看看，到时候我带着你，你带着钱，我们一起看遍天涯海角，花开花落’吗？’”

佳人在身边吐气如兰，李越霆没想到叶颜会是这么个表示，有点招架不住，干脆转身拿出钱包，乖乖双手奉上：“女侠，你带上我和钱包一起吧！”

叶颜笑嘻嘻地抬手把他的钱包接过来，她还没真正看过李越霆的钱包，只是知道这家伙钱包里一沓一沓的美金可装了不少，她于是笑道：“好呀！让我也当一回土大款！”

不过叶颜还是比较注意礼貌的，知道不能随便去翻他的钱包，不过又很好奇，摇着钱包就问：“我可以参观一下吗？”

李越霆犹豫了片刻，不过还是回答：“OK 啊！”

叶颜翻开李越霆的钱包，里面一层一层，美金、人民币还有信用卡和银行卡。她边看边感慨：“我去！你还真是有钱啊！”

目光从绿油油的美金扫过去，正巧钱包有一格是存放照片的，叶颜被照片上的人吸引了注意力。那是一张合影，有男有女，李越霆毫无疑问地站在中间的位置，左手边是妹妹李乐婷，剩下的人叶颜就不认识了。不过她迅速地把人扫视过一圈之后，目光立刻就盯在李越霆右边的那个短发的年轻姑娘脸上看了好几眼，抿着唇指着问："这是谁啊？"

李越霆凑过去看了看，顿时有点儿囧："这是……Lisa。"

叶颜的语气酸溜溜的："Lisa 又是谁？"

李越霆非常诚实地说："Lisa 就叫 Lisa……"

叶颜风轻云淡地捏着自己的指节，发出清脆的响声，挑起眉梢，尾音缓缓上扬："嗯？"

李越霆举手投降："Lisa 是我在巴黎认识的朋友，六年前兽首拍卖会的时候，她也在场，是一个竞拍者的翻译，我们就是那时候认识的，一起聚过几次，之后就再也没联系过了。"

叶颜放下手慢慢舒展着指节："就这么简单？"

李越霆用力点头："真的，就这么简单！"

叶颜的表情看起来好像相信了，继续随意翻着李越霆的钱包，一边问："你这好像是款限量版吧？在哪儿买的啊？"

李越霆见叶颜转移了话题，顿时暗暗松了一口气，答道："这个啊，好像是在日本的时候买的。"

叶颜认真看着钱包内层的编号，这种全球限量款一般都会在边角的位置做个特殊的标记。那金灿灿的一串数字差点闪瞎了她的眼，她没好气地说："看到这个编号，我都不想问你这钱包多少钱买的了。"

李越霆诚恳地笑出整排大白牙："呵呵，其实我也不太记得了。"

叶颜随手把钱包合上，然后递还给李越霆："得了，我也不想没事儿自找刺激了……"

她说着朝他嫣然一笑："对了，Lisa 的生日是哪天呐？"

李越霆单手接钱包，所有心思都在跟叶颜闲扯那个钱包的问题，完全没想到她会来这么一出，顿时思路就岔了，随口答道："9 月 2 号……"

说出口立刻就意识到自己中招了，但是再想改口已经来不及了，就听到叶颜冷笑道："好啊！不是普通朋友吗？不是好多年没见了吗？她的生日还记得这么清楚，麻烦您撒谎也要有点技术含量好吗？”

李越霆听到叶颜尾音全都飘上去高八度了，地道的京片子锋利如同刮骨钢刀，他知道叶颜只有在两种情况下才会狂飙京片子，一种是紧张，一种是生气，很显然她的状况是后者。

不过叶颜生气的时候不会大吵大闹，甚至话都很少说，只是默默别过身，低头翻起电脑里的参考文献来。

李越霆整个人都蔫了，他最见不得姑娘们生气和哭了，赶忙靠上去哄着：“格格你别生气，你听我给你解释啊！”

叶颜头都没转，把手随便一挥：“这种偶像剧的台词姐不听，滚一边儿去！”

李越霆见叶颜没戴耳机，心想应该还有转机，于是充分发挥了自己不要脸的精神，努力往叶颜旁边凑，一边絮絮叨叨地说着话：“好吧，我承认，Lisa 对我而言，确实不是普通朋友那么简单。不过，我其实是害怕你误会才撒谎的，而且，我真的跟她很多年没见了，我发誓，我说的都是真话！”

叶颜转过头来，脸上的表情缓和了些，半嗔半怒地说：“你一开始就应该跟我说实话，你觉得我是那么小气的人吗？我会因为这点儿事就误会你吗？我生气不是因为你骗我，而是因为你不相信我。”

李越霆见叶颜的态度软化了，立刻就像是撒欢儿的金毛一样扑上去眨眼睛卖萌：“我错啦！真的都是我的错，我以后一定相信你，不对，我从现在开始，全都相信你！”

叶颜笑道：“既然相信我，那就说实话，Lisa 到底是怎么个情况？”

李越霆已经中过一次招，心想叶颜的套路实在是太深，这回自然不敢再说谎话骗人，只能一五一十地都说了。

Lisa Fang，六年前，李越霆在巴黎参与海晏堂鼠首和兔首的拍卖会上第一次见到她，当时她正担任一位买家史密斯先生的翻译，参与拍卖竞价。

她与一般的年轻姑娘不同，虽然不是他最喜欢的那种古韵古香的中国古典美人，但是却特立独行，齐肩短发，西装短裤长靴，穿着打扮帅气英朗，潇洒明丽。

虽然只是短暂的几眼，却给李越霆留下了非常深刻的印象。

以至于第二次遇见她时，李越霆几乎是立刻就记起了她的名字。

说起来也巧，他也没想到会这么快就再见到她。他处理完兽首的事情，接下来的善后和跟进工作，都毫无例外地交接给了白薇小姐来接手。

然而手边的事情都办完了，李越霆忽然意识到一个严峻的问题，他又一次回到了无所事事，在巴黎混吃混喝等法国人回来谈判签约的日子。

那位不靠谱的法国老板竟然还没有回来，李越霆一边狠狠吐槽，一边逛精品店逛到无聊地长蘑菇。

他不得不另寻一些新的娱乐项目，比如逛逛博物馆又或者是去巴黎各大景点转转，因此顺路认识了不少年轻漂亮的女游客。英俊潇洒的东方面孔本来就在白人堆里十分耀眼，再加上李越霆说着一口流利的英文，法文也勉强能应付日常交流对话，所以深受欢迎，这让他骄傲的孔雀尾巴都快开屏飞上天了。

有一次在逛画展的时候，同桌新结识的两位年轻小姐兴致勃勃地讨论着巴士底市集的诺曼底可丽饼，说得兴高采烈，口水横飞，那边听得李越霆心里也长了草，虽然嘴上说不感兴趣，但是其实私下非常积极，上网查了查攻略，当天下午立刻直奔市集杀过去了。

位于巴黎十一区的巴士底市集，是巴黎规模最大的露天市集之一，从果蔬摊贩到生猛海鲜，熟食、小吃……基本上一次能在这里集齐全球大部分国家的美食。小贩沿街叫卖，人流不息，热闹而又有烟火气。

李越霆一边对着地图找可丽饼，一边顺路就把见到的什么葡萄牙熟食、柬埔寨小吃、法国烤鸡一路吃了个遍，心情愉悦，肚子快饱了，可惜眼睛还没有饱。

市集上人际混杂，有一部分是印度和摩洛哥小贩摆出的摊子，他们用蹩脚的法文叫卖一些蔬菜和水果，热情地揽客。

一个年轻的黄毛小伙子从李越霆身边蹭了过去，人并不多，但是他却特意靠得很近。李越霆见多识广，立刻就警觉起来，不动声色地把手机顺到裤兜里，用手紧紧攥住不放。

两人顷刻间擦肩而过，黄毛小伙子目不斜视地径直走了过去，李越霆往前走了几步，却停下脚步，回头盯着他的背影看去。

他的手抄在口袋里，身形矫健，正如同他的预料，果然往市集人群最为拥挤的地方去了。

李越霆眯起眼的时候，眼睛里有一点点危险的光芒，站在原地摸着下巴嘀咕："果然有扒手。"

他来之前查过巴黎市集的旅游观光攻略，上面就曾经有过提醒，靠近巴士底广场的这段市集环境比较乱，经常有扒手出没，所以大家走到这段的时候，一定要提高防范。只是没想到，真被他撞见一个。

李越霆一心为了吃可丽饼而来，当然没兴趣抓小偷。不过他还是心里偷偷有了点别的想法，比如有位漂亮姑娘被扒手偷走了钱包，于是无助地求救，他就可以上前去来个英雄救美，表现一下他矫健的好身手。

真是好主意啊好主意……李越霆自己在一边儿乐颠颠的畅想着，忽然就听到人群中发出一声尖叫，顿时喧哗起来，打断了他的思路。

有人大声用法语喊着什么，还有人立刻上前去围观，总之就是要多热闹有多热闹。李越霆用自己半吊子的法语努力辨别，能够确定，那尖叫声喊的确实是类似"我的钱包"还有求救的意思。

真是想什么来什么啊！

看到被偷了钱包的年轻白人姑娘正焦急地呼救，李越霆乐得都快抽过去了，顿时跟打了鸡血一样，大步流星跑上前，边挽起袖子准备出手抓小偷。

然而他身形还没稳住，就看到黄毛小子正疯跑着，骤然从斜里杀出一个高挑清瘦的身影，径直拦在扒手的面前，抬起脚来就是个帅气的侧踢！

砰的一声，黄毛小子被直接踹翻在地！

不过他反应也很敏捷，胸口虽然正中一脚，但立刻就地一滚，踉跄着爬起来就往人群里跑。

要是被他跑进人群里，这人就很难抓了。

李越霆定了定神，一步上前，从背后捞住对方的肩膀，用力往后一扳，再用力往地上一甩！

黄毛小子如同个破麻袋片儿一样，被重重摔在了地上！

李越霆转身还想上前把他制服，然而目光顺着看去，一只脚抢在他之前，稳稳踩在那人的后背上，然后往下用力一沉，顿时就听到骨头咔嚓作响的声音，黄毛小子顿时发出一声杀猪般的惨叫，李越霆也感觉到这一脚的力道，抽了抽嘴角，默默同情了那个黄毛小子两秒钟。

黑色高筒长靴，酒红色的七分短裤整齐地扎在靴筒里，再往上是帅气的深褐色皮衣，勾勒出起伏有致的身材……

“感情是个姑娘啊，啧啧啧啧……”

李越霆诧异而兴奋地自己嘀咕着，原本以为可以英雄救美，结果最后竟然是一个美出来抢着把另外一个美给救了，他这个英雄还能不能有点尊严了？

不过他在看到那张鸭舌帽底下露出的精致的东方面孔时，立刻一愣：这漂亮姑娘看着眼熟，他见过啊！

帅气的姑娘一脚稳稳当当地踩着扒手，正巧转头看过来，目光与他相遇，她留着齐耳短发，有一双明亮的细长杏眼，眼尾上翘，颔首朝他示意了一下，权当是问候。

李越霆笑容满面地回了个礼。

短发姑娘弯腰低头在扒手怀里翻出钱包，递给追上来被抢了的年轻姑娘，对方一连串的感激道谢，显然失而复得是值得开心的一件事。

李越霆见黄毛扒手趁着姑娘没看管他的时候，趁机扑腾着爬起来想跑，于是干脆在旁边的摊子上借了条长绳，直接一脚把人重新踹在地上，麻利地三两下给捆了个结实。

已经有人报了警，但是警察迟迟不来，短发姑娘懒得等，随意地把人绑在了某根柱子上，双手帅气地抄在裤兜里，转了半个身看向李越霆，用中文问道：“是中国人吗？”

她的语气有一点软糯鼻音，听起来跟她英姿飒爽的外表有一点反差。

“没错，没错。”

李越霆连忙点头，说回中文的感觉真不错，这里满街人各种外语混杂说得乱七八糟的，他就是觉得这位姑娘字正腔圆的中文说得真好听。

姑娘又问：“你打算在这儿等警察过来吗？”

李越霆眺望半天都没看到警察的影子，忍不住吐了个槽：“等他们来，估计天都要黑了吧？别说巴黎了，法国这国家，工作效率简直低得要死！看歌剧、看画展、休休假、谈谈情他们一样不落，就是工作死也干不好，一小时就能办完的事儿，他们能磨蹭一整天，真不知道他们是怎么活到现在的！”

“法国人个个天生浪漫，看起来工作不适合他们，还是让他们自生自灭吧！”

姑娘笑得很爽朗，朝李越霆挥挥手：“我也不打算等警察来了，咱们走吧！听说前面有家咖啡店的咖啡不错，有没有兴趣去尝尝？”

这显然是邀请他一起走的意思，李越霆顿时来了精神，乐颠颠地跟上去，与姑娘肩并肩地走向了不远处的一家咖啡店。

这里店面不大，但环境优雅，设计简约中带着一点暖意，他们选的座位临窗，能看到窗外熙攘经过的路人。

“我觉得你有点面熟，我是不是在哪里见过你？”

姑娘点了一杯意式浓缩，借着等咖啡上桌的空闲工夫，仔细打量李越霆的脸。

李越霆平和地笑到：“我大众脸……”

姑娘很故作严肃地反驳他的话：“你这要是大众脸，看来全巴黎的男士出门前，都要往脸上涂黑粉了。”

李越霆诧异地摸摸自己的脸和下巴：“我真的长得这么黑吗？”

他看起来有一点伤自尊，眼睛里闪着光，看起来很不开心的样子。

姑娘忍不住笑出声来：“不是啦，说你肤色健康，比起他们那些感觉白得都快发光的家伙，小麦色的皮肤更性感一些。”

提起“白得发光”，李越霆忍不住想起了苏云时，他虽然是亚裔，但皮肤真是白得吓人，可能在夜里都能白得闪闪发光。

他被对方称赞说性感又有一些小骄傲，笑得露出整齐的白牙齿：“谢谢夸奖。”

姑娘看他得意得跟个小孩似的，就觉得这个人也很有趣。

她主动朝他伸出一只手："不客气。我叫 Lisa，你呢？"

李越霆伸手与她礼貌地握手，笑着做自我介绍："Leo。"

Lisa 听到这个名字顿了顿，终于恍然大悟："哦！我知道在哪里见过你了！之前的拍卖会上，你就是那个买了好几件珍藏文物的 Leo ，李先生，我应该没记错吧？"

李越霆挺无奈地笑到："方小姐的记性还真是好。"

这话的意思就是默认了自己的身份，Lisa 朝他笑笑："没想到，李先生这么年轻，就对文物鉴赏方面这么精通。不知道是家学渊源，还是自己有所涉猎？"

李越霆前半句听懂了是在夸自己，后半句整个一个大写的问号："我其实就是懂个皮毛……至于你说的呃……家学……涉什么什么的，我实在是没太听懂。抱歉……"

他有些不好意思地摸了摸头，露出一个窘迫的表情："我从小在旧金山的唐人街长大，中文实在是不怎么好。"

Lisa 笑得很爽朗："已经很好了，李先生的国语口音很标准，我完全没听出旧金山的味道来。所以才把你当成是国内来的古玩商人了呢！"

李越霆摇摇手："我其实真不太懂古玩，就是个爱好。我在香港做进口贸易和物流生意，有时候还做点代工出口之类的，这次本来是过来谈合约的，没想到被那个法国老板给放鸽子了。"

听到"香港"两个字Lisa眼睛顿时一亮："原来李先生也是从香港来？"

李越霆点点头："这么说方小姐也是？"

Lisa 说："不全是，我是广东人。"

李越霆警觉地挑了挑眉："方小姐是广东人？是……佛山人？"

Lisa 有些意外，隐隐挑起嘴角，话中多了些猜测的意味："一般提起广东人，都会问广州或者深圳，李先生怎么会想到佛山？这，应该不是你随便猜的吧？"

李越霆又开始笑着露出白牙装傻："我就是随便猜猜呀！"

Lisa 爽朗地往后一靠，微微扬起下巴，眯着杏眼打量对方："原来如此，那不妨李先生再猜猜看，你是猜对了，还是没猜对呢？"

李越霆歪着头冲她笑："其实我猜得对不对，方小姐刚刚的反应，已经给我答案了。"

Lisa 清楚地发现对方心思狡猾得很，不动声色之间，已经套出了她的来历。她按捺住内心的情绪，巍然不动："哦？不知道李先生得到了什么答案？"

"方小姐说得很对，外地人知道佛山的不多，不过我看过不少关于黄飞鸿的电影，所以比起广州、深圳，佛山我记得更清楚一些，原本真的只是随便问问，不过方小姐对此反应这么大，倒让我想起了一些别的事情。"

李越霆单手托着下巴，饶有兴趣地打量着面前这位明眸皓齿的男装丽人，话说得很慢："你刚刚双手还撑在桌上，当我们谈论到关于佛山话题的时候，你突然往后靠了，从心理学的角度来说，这是一种下意识的逃避反应。"

Lisa 被李越霆说中心事，不动声色地双手抱在胸前："没想到，李先生还精通心理学。"

李越霆看她稍微侧身转向了门口的方向，于是露出个温和的笑意："方小姐不用害怕，我没有任何恶意，我这个人向来有点八卦，遇见感兴趣的人和事，总想研究明白。"

Lisa 听出他话里的另一层意思，脸颊有些发烫，目光移开装作去看店里的装潢："所以……我是李先生感兴趣的人？"

李越霆用力点头："那是当然啦！"

Lisa 的敌意稍稍褪去了一些，抿着唇难得露出少女的娇嗔。

李越霆笑得非常甜蜜，整个一个风轻云淡马蹄轻。

"哼……又随随便便撩人不负责任！"

叶颜原本正在边吃晚餐边听故事，本来打算就着八卦下饭，然而最后却听到忍无可忍，险些拍案而起，李越霆赶紧好声好气地把她哄住，此情此景只有立刻转移话题："你这么聪明，不如猜猜看，这位方小姐到底是谁？"

叶颜的注意力果然被成功吸引走了，歪着头托腮思考了片刻，轻声自言自语："佛山人，方小姐……佛山人……方小姐……方……"

李越霆看她凝眉思索的认真模样，觉得心头欢喜，也跟着赔笑，眼睛里亮亮的都是如同星光般灿烂的光。

叶颜顿时眼中光芒一闪："我知道了，原来是这样！"

李越霆笑嘻嘻地望着她，明显是想要逗逗她的神情："是什么？"

叶颜把嘴一撇，故意转头不去看他，继续去切自己盘里的香肠："什么也没有。"

她的眼波流转，顾盼生姿，一看就是胸有成竹，答案在握，李越霆越看她越觉得喜欢。叶颜从来不是花瓶美人，无论是动手打架，还是知识碾压，她都是个中好手。

叶颜感觉到李越霆在看自己，转过头就发现那家伙竟然目不转睛地看着自己笑，表情又谄媚又邪气，她倒是被他热烈的目光晃了一下，定了定神，立刻计上心头。

"你当时就怀疑方小姐是佛山方家的人，跟方振轩方老先生有关？"

李越霆听到叶颜果然一句话就切中主题，称赞脱口而出："聪明！"

叶颜冲他挑了挑眉，做出个"这又有什么难的"的手势。

李越霆似乎想到了什么，上下打量了叶颜一番："哎？都说北叶南方，我才发现，还真是挺巧的，两位老爷子都有个孙女，年纪也差不多大。"

叶颜轻哼一声："北叶南方，北叶南方，他们方家，家大业大，我们可不敢高攀，跟他们相提并论。"

李越霆故意望天，使劲抽动了两下鼻子："什么味道？怎么酸溜溜的啊？"

叶颜被戳中心事，目光一凛，没好气地指着自己面前的餐盘回答："小酸黄瓜，要吃吗？"

飞机上供应的餐食口味还算不错，然而李越霆并不喜欢吃酸的，摇摇头，似笑非笑地回答："为什么要吃酸的呀？吃甜的不好吗？"

满脸都写着"我很欠揍"四个大字，叶颜朝他比画了一下锋利的刀叉，对方立刻秒怂，缩着脖子笑着抬起手，在嘴边做了个拉链的动作。

叶颜又瞪了李越霆一眼，决定把这场吃干醋的戏彻底演完，但又不能太直接，所以脑子一转，直接上套路。

“Lisa 喜欢吃酸的还是甜的？”

“她喜欢吃辣的。”

“你和 Lisa 一起在巴黎玩了几天？”

“光玩了，没记。”

“你们还去别的地方了吗？”

“没有没有，就在巴黎待着了。”

“Lisa 和我谁漂亮？”

“……当然是你！”

李越霆一后背都是冷汗，这个问题简直太坑了，造成的严重破坏程度，绝对直逼“我和你妈掉水里了你先救谁”。

幸好他机智，及时地反应过来了。

叶颜横了他一眼：“确定没撒谎？”

李越霆充分发挥了脸皮厚的精神，硬是一脸诚恳：“那当然不能了！你知道的，我最喜欢武侠小说里的东方美人了！”

虽然嘴上这么说，但是李越霆心里其实还是把 Lisa 跟叶颜放在一起比较了一下。

都是世家出身，也都对文物古玩相当有见地，Lisa 和叶颜确实有些相似的地方，不过，她们两个放在一起比较立刻就能看出，绝对是两个完全不同的类型。

叶颜是带刺的玫瑰，明媚娇艳，又带着大气婉约的东方典雅。

而 Lisa 英姿飒爽，明丽中带着清朗，更像是郁金香。

李越霆赏美无数，万花丛中过，片叶不沾身，可唯独喜欢东方风韵的姑娘，从这点上看，叶颜还是要略胜一筹的。

“没撒谎就好”，叶颜笑吟吟地看他一眼，手起刀落，用力切了一块香肠下来。

李越霆莫名其妙地打了个冷战，脖子往后缩了一下，但还是保持着微笑的状态。

女人啊，虽然长得很漂亮，但真是太可怕了！

“那你们当时为什么分手呢？”

叶颜嘴里嚼着香肠，又开始了新一轮的八卦，李越霆不敢造次，只能长话短说：“性格不合。”

“哦。”

叶颜咬着叉子看去，诧异的目光点了点李越霆面前的盘子：“你怎么不吃？”

李越霆点的是一份银鳕鱼，味道实在是不怎么样，他只吃了一口就不想再吃了。

叶颜看到李越霆那个欲言又止的表情，立刻就猜到他的心思：“不好吃吗？”

她用叉子叉了一块尝了尝，果然也蹙起眉：“啊！这个味道果然很一言难尽。”

她把自己的盘子往李越霆的方向推过去：“我这个香肠还不错，来，一起吃吧。”

李越霆又笑起来，心里暖洋洋的：“现在看起来，酸黄瓜也不错。”

他说着用叉子去叉，叶颜抬手挡了他一下，其实只是做个样子，还是把他让过去了，笑得皱起了鼻子：“喂！你不是不吃酸黄瓜吗？说话不算话啊你！”

李越霆笑得彻底没型了：“我现在又想吃了！”

两人凑在一起低声打闹着，一顿饭吃得甜甜蜜蜜。

李越霆咬着香肠在心里默默地想，他果然没错，还是叶颜的性格更好一些。

他记得和 Lisa 第一次正式约会吃饭，他也是不小心点了一份非常难吃的牛肉芝士炒饭，然而他刚表达了一下自己对这份饭的不满，Lisa 却开口打断了他，认真严肃地说：“既然是你自己的选择，就算不好吃，你也应该坚持把它吃完。”

虽然从抵制浪费的角度上来说，剩饭确实不太好。但是也没有必要上升到这样的人生高度吧！

当然这种话李越霆是不会对 Lisa 直接说的，他拥有良好的修养，所以肯定不会拒绝一位年轻女士的提议，让她难堪。他那天没有剩饭，只是心里对Lisa的感觉，总觉得隔了一层什么，再也没有刚认识时那种单纯灼热的心情了。

Lisa非常注重原则，而且自我，不懂变通，相处时也从不顾忌对方的感受，跟她在一起的时候，随时随地都要谨慎小心，让人身心俱疲。

而跟叶颜的相处就容易得多了，她看起锋芒毕露，但实际上柔软温和，懂得包容和分享，也会照顾别人，体谅别人。在她面前，让人更容易放松下来。

后来似乎连Lisa自己也感觉到了两人之间莫名的隔阂，李越霆依然对她温文尔雅，绅士礼貌，不过那种感觉却全变了。他们就像两个陌生的朋友，彼此见面笑着寒暄之后，竟然就没什么可谈论的话题了。

以她骄傲的性格，当然也不能容忍真的走到山穷水尽的那一步，当断则断，快刀斩乱麻，直接找了李越霆出来见面，直入主题。

李越霆微笑着听她把话讲完，看着对方意气风发的模样，虽然心有不舍，但却知道这样对他们来说，都是最好的选择。

“有些人从朋友开始，最后成了恋人，但是有些人以为彼此能够相恋，最后发现却更适合做朋友。”

李越霆轻轻拍在Lisa的手背上，诚恳地说：“我很高兴，能认识你这个朋友。”

Lisa一双褐色的眼眸里泛起了泪光，但硬撑着不让脸上的笑容垮下来：“我也是。”

从那天开始，他们再也没有见过面。

李越霆依旧在欧洲和香港之间飞来飞去，听说Lisa回国之后，接管了方家在东南亚一带的生意，而且越做越大。

他们原本就只是萍水相逢，偶然一瞥的邂逅，没有念念不忘，也没有情深缘浅，来过了，遇见了，然后又分开了，李越霆以为，这应该就是他们全部的故事了。

但是命运总是荒诞又奇妙，在不可思议的时候，竟然遇见了原本以为永远不会再见到的人。

飞机抵达北京，李越霆和叶颜暂时结束了漫长的飞行，转机西安。

他们两个人的行李都不太多，所以比较轻松，办好了转机手续时间还早，于是闲不住地开始在机场里逛来逛去。

叶颜看够了文献和论文资料，决定去书店买本时装杂志来换换脑子。

李越霆在旁边的甜品店买了杯咖啡提神，给叶颜买了她想喝的蜂蜜柚子茶，自己一边喝，一边在书店门口站着等她出来。

不远处一个人影悠然飘来，身形高挑，仍是中性帅气的打扮，但是却有年轻女子的窈窕身形，李越霆嘴里哼着的小曲骤然跑了掉，停在某个突兀的点上，他定睛看去，那个正朝着自己方向走来的人，竟然是与他已经有六年没有见面的 Lisa！

这简直比拍电视剧还巧好嘛！李越霆觉得从天而降一盆狗血，直接把他淋了个通透。这种情景，他脑子里还是忍不住假想了一下，如果 Lisa 和叶颜见面的话，那将是一个怎样的画面？

李越霆特别想学电视里最近特别红火的那位圆滚滚的相声演员，双手托腮，用婉转又贱萌的语调感一句：“我的天哪！”

彗星撞地球？恐怕不过如此吧？

李越霆之前刚跟叶颜讲了半天关于 Lisa 的故事，相遇太早，相恋不如相忘什么的，结果一转头，故事的正主就这么华丽丽地出现在了他的面前，他也有点不知所措，尴尬也好，闹心也罢，害怕也行，总之这个美人现在是确定、一定以及肯定不能见的，尤其也不能让叶颜见。

不然说什么？

叶颜笑容明媚地飙着一口京片子自我介绍：“您好，我是李越霆的女朋友。”

然后 Lisa 带着几分南粤婉约的普通话接着说：“Hello，我是 Leo 的前女友。”

李越霆：“……”

这画面想想就觉得太美了，根本不敢看啊！

北叶南方，这赫赫有名的两大古玩世家，竟然被小李子在不经意之间，用这种方式，把两家的孙女给集齐了。

李越霆实在是来不及骄傲了，眼看着Lisa就走到眼前了，他立刻像是装了弹簧一样，把身子背了过去！

他装作去超市里挑选当地土特产的模样，灵活地转到了货架另一端，把自己给挡住了。对方似乎也并没有注意到他，高跟的军装短靴踩在地面上，节奏沉稳而优雅，不紧不慢地就这么目视前方地走了过去。

李越霆在超市里躲了好一会儿，这才转过身，小心地循着那个背影看去。

他应该没看错，Lisa除了齐肩短发留成了飘逸动感的长卷发，剩下的什么都没有变。不知道她现在过得怎么样？李越霆望着她渐渐走远的背影，心事重重地叹了口气。

忽然后背被人重重地敲了一下："你躲在这儿干嘛呢？畏首畏尾的，做了什么亏心事儿了？"

李越霆凭空被打断了思路，结结实实被吓得差点跳起来："啊？"

转头一看是叶颜站在他身后，手里拎着本比砖头还厚的时尚杂志，敢情她是用那个杂志敲了他一下。他赶忙露出些许笑容："哦，是你啊。"

叶颜跟李越霆实在是相处久了，一听这腔调就知道不对，于是单手叉腰，挥起杂志朝他晃了晃，半开玩笑的神情："说吧，不是我，你以为是谁？"

李越霆很诚实地回答说："Lisa，我刚刚看到Lisa了。"

他难得没撒谎，叶颜当场还愣了："谁？Lisa？不会这么巧吧？飞机上刚说起她，下飞机就遇见了，曹操也没这么快吧？"

李越霆揉揉眼睛："也可能是我看错了。那句话怎么说来着？日有所思……夜有所梦？"

叶颜赞许地横他一眼："你这成语看来学得不错啊？"

李越霆的狐狸尾巴嘚瑟地又扬起来了，在身后噼里啪啦地摇着："我有天分嘛！"

叶颜直接一本杂志拍在他胸口上，没好气地扔下一句话转身就走："我看你还'见之不忘，思之如狂'呢！"

李越霆见叶颜踩着高跟鞋走得飞快，而且还说了自己完全听不懂的话，于是心道“不好”，赶紧抱着杂志追上去，卖萌：“格格我错了，我真的错了，其实我还真不知道日有所思夜有所梦是什么意思啊！我是不是说错了？我就是个文盲，求无视文盲，求别生气啊！”

追上一看，叶颜脸上笑得都快开花了，他才知道被她给骗了，不过整颗心也跟着放下来了。

“你的演技有提升啊，连我都骗过去了！”

李越霆直接把她的五指扣在自己掌心里，皱起五官，挤出一张委屈至极的包子脸：“你这么骗我，我好伤心哪！”

叶颜看得开心，伸出食指戳了戳他的脸，难得李大少走个反差萌的风格，当然要趁机好好把握。李越霆基本上是体验派的演技风格，越演越入戏，被叶颜戳了脸上的酒窝，直接眨巴眨巴眼睛开始往外放电。

“你别动啊！”

叶颜开始往外掏手机，摄像头一开，直接咔嚓咔嚓连着拍了好几张。看到叶颜眼角嘴角都因为笑容而舒展开，李越霆也心情愉悦，配合着她摆着造型，结果发现叶颜开始低下头捣鼓手机了，嘴角还带着一抹狡黠的笑容。

坏了！李越霆顿时就知道问题出在哪儿了，叶颜这明显就是打算要共享的态度啊！她倒是不能发朋友圈，但是照片只要被李乐婷看到，他可就没得安宁了。翻你一笔旧账，勒索你个十年八年这种套路，绝对是李家兄妹最喜欢干的事儿了！

李越霆立刻扑上去抢手机，只要公共场合别太过分，小暧昧偶尔还是可以有的。他直接把叶颜拢在怀里，双手去夺她的手机，叶颜稍稍疏忽就被他抢走了手机，顿时跺着脚开始反抢，她不敢动作太大，把咏春拳的套路收了一半，笑嘻嘻地往李越霆身上招呼。

李越霆借着身高的优势左躲右闪，挡来挡去，在外人看来，这俩人简直就是秀恩爱不要脸，随时随地虐单身狗的热恋小情侣。

所以谁都没有注意到，不远处咖啡店的旁边，一个高挑的人影闪出身形来，她静静地望着李越霆和叶颜一边嬉闹着走远，脸上是看不出表情的淡漠。

她的脸上画着精致的妆容，眼底冷峻，如雪似冰，嘴角慢慢扬起，带着不知道是冷笑还是凄婉的表情，自言自语：“若教眼底无离恨，不信人间有白头。”

“方总。”

身穿笔挺西装的中年男人快步走来，很尊敬地停在她身后：“托马斯先生乘坐的飞机已经降落了。”

这年轻的女子正是Lisa，她又看了一眼李越霆渐渐远去的背影，对身后的男人说：“查一查Leo身边的那个女人是谁。”

中年男人顺从地回答了一句“是”，Lisa抬手把行李箱交给他，然后自己转过身：“走吧，我们去见见托马斯先生，给他个惊喜。”

一个向左，一个向右，两人沿着背离的方向，怀着各自的目的，渐渐走远。

李越霆并不知道Lisa其实已经看见了他，他要操心的事情还很多，跟叶颜闹了一会儿就开始摆弄手机，唰唰唰连串地打字发给金冉。

候机的时候，叶颜饶有兴趣地翻了一会儿时尚杂志，停下来的时候顺道瞥了一眼李越霆的手机。他正在跟一个她不认识的人聊天，说的都是英文，而且专业词汇不少，叶颜看不太懂，但也没什么兴趣去问。大多数时候，她都不喜欢管闲事，而且她知道，男人也不太喜欢管太多闲事的女人。

很快广播开始通知登机，又是一波漫长的飞行，等到他们抵达西安的时候，窗外天色明显已经黑了下来，从天空俯瞰大地，千年古都浮光掠影，繁华如昔。

夜幕下的西安让叶颜有种穿越感，古老城墙环绕当中的繁华都市，融合了古朴与现代的元素，那种岁月感总是让人觉得不够纯粹。

一下飞机打开手机，李越霆的微信就跟热线一样，响个不停。

叶颜诧异地看着他，平常应该不是这样的，看起来总觉得发生了什么事。

李越霆轻松地拍拍她的肩膀：“没事儿，我让金冉帮我查了点儿东西。”

他的儿化音还是让人听起来有种别扭的感觉，不过已经比自己刚认识他的时候好很多了。叶颜简单思考了一下目前李越霆最为关心的问题，想了想问："你让他帮你确认，小苏现在在哪儿，是吗？"

李越霆点点头，叶颜在猜测他的心思方面，确实已经跟他有了非常好的默契："我让金冉查一下，小苏是不是已经来了西安，然后再好做下一步的打算。"

叶颜看他的表情很是轻松，显然并不担心苏云时会抢先一步，然而按照行程来说，苏云时比他们出发更早，所以应该已经到了才对。她于是猜测地问："小苏已经到了，是吗？"

"比我们早到半天"，李越霆看了一下表，他们俩一边说，一边肩并肩往外走去。

叶颜问："你要去见他吗？要不要让金冉查查他现在住在哪儿？"

苏云时在瑞士拿走了乐俑，这一度让李越霆特别失落，也很气愤，她也搞不清楚这两个人现在到底处于一种怎样的关系和状态，就怕他们俩一见面就能像两个三岁孩子抢玩具一样打起来。

李越霆抿着唇琢磨了一下，笑嘻嘻地说："见，是一定要见的。不过嘛，查就不用查了，我知道他今晚会住在哪儿。"

如果说世界上有一个人能做苏云时肚子里的蛔虫，那毫无疑问，必然是李大少。

李越霆早就订好了车，刚走出机场的大门，黑色的凯迪拉克在夜色中闪着浮夸至极的亮光，司机已经毕恭毕敬地站在车门边上候着了。叶颜磨了一下牙，她实在是对李越霆这种有钱土豪暴发户风格无言以对了。

"走吧，我们去找小苏吃夜宵！"

李越霆上车之后就开始摩拳擦掌："看我这次怎么把乐俑拿回来！"

叶颜非常崩溃地看着他孩子气十足的表情，不由想起了刚才她说两个三岁孩子抢玩具的比喻，很显然，李越霆已经把乐俑当成了玩具，自从苏云时得手了，他这口气就没真正顺过。

叶颜很无情地打击他："现在已经九点多了，等到了酒店，恐怕小苏都已经睡着了。"

李越霆嘴上就是不肯服软："那又怎样？"

叶颜白了他一眼："上次是谁非要在小苏睡觉的时候偷偷摸摸去戳他，结果把他吵醒了，最后电脑被黑了个彻底，连硬盘里的电视剧都没剩下？"

李越霆不以为然地哼了一声："后来我不是把所有文件都找回来了吗？"

叶颜看他那个死鸭子嘴硬的样子都忍不住笑了："你以为我不知道是谁帮你恢复的硬盘数据吗？"

李越霆硬着头皮装傻："你有证据吗？"

叶颜捏着拳头："要不然一会儿我们去找小苏当面对质？问问他，你请他吃了几顿牛奶沙冰和蛋糕，才帮你把硬盘数据恢复的？"

李越霆很囧地摸着头，故意转移话题："唉？我们好像现在跟小苏不是一伙儿的吧？"

叶颜从善如流地点头："是啊，所以他应该出卖你出卖得更快些。"

李越霆悲愤地作势砸车门："还能不能做小伙伴了啊！"

司机平静地一边开车一边彬彬有礼地说："先生，车门砸坏了是需要赔偿的。"

李越霆一愣，叶颜已经抱着肚子笑到了车座底下。

要说西安，现在也算是座不夜城了，市区里的五星级酒店很多，繁华商圈里也有不少，但是李越霆偏偏选了一家位置有点偏的，环境安静优雅的，只是不太像是他这个爱凑热闹的风格。

叶颜把行李交给酒店大堂的行李员，意味深长地拍拍李越霆的肩膀："在选酒店这方面，小苏确实比你有品位。"

李越霆笑眯眯地也不给自己辩解，毫不犹豫地就把苏云时给卖了："这家酒店三楼有家米其林三星的餐厅，牛奶芝士蛋糕很有名，另外还有一款红豆奶酪也不错。"

叶颜顿时露出"我什么都懂了"的表情："怪不得小苏会来这儿住。"

真土豪李大少的到来，毫无疑问还是让酒店里的众人们小小震惊了一下，最豪华的景观套房，阔绰的小费，让年轻的酒店大堂经理亲自拿了房卡送他们上楼。

李越霆很开心地跟身边年轻的小姑娘搭讪："三楼的餐厅营业到几点钟呀？"

小姑娘被他一排整齐的大白牙和诚恳的笑容晃得都要晕了，殷勤地帮他用房卡刷电梯楼层，一边回答："三楼餐厅营业到晚上十点半，需要我现在帮您点餐吗？"

李越霆笑着朝她欠了欠身："谢谢，麻烦帮我订四块牛奶芝士蛋糕……打个包。"

他转向叶颜："亲爱的，你想吃点什么？"

叶颜觉得他的笑容已经腻歪的比吃了满口芝士还浓郁，忍不住打了个哆嗦，不去看他，而是对大堂经理说："我想要碗粥。"

"真巧，我晚上也想吃清淡一点，来两碗海鲜粥吧。"

李越霆笑着把手臂搭在叶颜的肩膀上，还轻轻捏了一把，趁机占便宜吃豆腐。

有外人在，显然他料定叶颜会给他面子，不会动手把他从电梯里扔出去。于是有便宜不占非好汉，李越霆摸完肩膀之后，直接就靠了过去，叶颜脸上的笑容非常平和，看起来温柔乖顺。

"好，好的。"

大堂经理觉得自己在电梯这狭小的空间里需要一副大号墨镜，她已经开始有要被闪瞎眼的感觉了。

电梯门开的时候，叶颜趁着大堂经理转身的瞬间趁机发难，单手准确无误地移到李越霆的后腰，然后狠狠地掐了一把！

李越霆冷不防疼得差点喊出声来，叶颜的手劲儿不小，这一下就用上了十足的力道，然而他还不能表露出来，只能默默认了，脸上的笑容一度非常古怪。

叶颜笑得神清气爽，身姿婀娜地走在了前面。

李越霆抽了抽嘴角，果然狮子座的女神不好惹啊！他稍微想要翘起尾巴出来蹦跶一下，就被小狮子实力雄厚地一爪子拍在沙滩上了。

大堂经理把这对画风清奇的情侣送到房间，递上房卡，又为他们点好了餐，李越霆姿势优雅地拍出一沓人民币当小费，看那厚度，大堂经理差点就当场给他跪了。

坐了一天飞机，叶颜也觉得筋疲力尽，看到浴室里的豪华浴缸整个人都充满了向往，转头似笑非笑地盯着李越霆："你要出门去找苏云时对吧？"

李越霆刚想说个"不"字，就觉得叶颜的目光落在他身上，意味深长，锋利地都快往外飞刀子了。

他机智地用力点头："对对对，一会儿蛋糕来了，我就去找他！"

叶颜很满意，理所应当地霸占了浴室，并且毫不留情地把李越霆从房间里轰走了。

李越霆连海鲜粥都没喝上，悲戚戚地拎着散发着香气的蛋糕，坐在酒店楼下花园的长椅上望天。

月明星稀，看来明天又是个晴天。

花园里人倒是不太多，曲径通幽，不一会儿李越霆的身边忽然坐下个人，米色长裤搭配淡粉色衬衫，一张脸在黑夜里白得发亮。

李越霆侧头扫了他一眼，抬手把手里的蛋糕递过去，没好气地问："几天不见，你怎么把自己穿得跟个马卡龙似的。"

苏云时目光径直落在蛋糕上，熟练地拆开包装盒，用叉子挖了一块蛋糕慢慢吃着，咽下蛋糕才回答："穿这个颜色显白。"

李越霆看看他从上到下只要是露在外面的皮肤全都白得像牛奶一样，再看看自己小麦色的皮肤，冷哼一声："长得白了不起啊！"

说着拿起另外一支叉子，顺手从对方挖了半边的蛋糕上，也挖走一块，兴致勃勃地吃了起来。

两个人谁也不说话，就着夜色，安静地分吃一块蛋糕。

李越霆一共买了四块，留了一块给叶颜，带出来三块，不过甜食对他来说，就是用来思考时打发时间，或者饿了的时候用来填肚子的。所以他吃了半块就没什么兴趣再吃下去了，反倒是苏云时对此十分喜欢，一口气吃了一块半。

剩下最后一块，他放下叉子盯着看了看，最后原封不动地装了起来。

李越霆好奇地问："不吃了？这不是你的风格啊？"

"青青还在倒时差，一会儿恐怕就该醒了，正好带回去给她吃。"

李越霆知道对方口中的"青青"就是那个古灵精怪的小丫头柳青青，那姑娘简直就是他天生的克星，一想起名字就头痛。

他不动声色地皱了皱眉。

苏云时装好盒子，又问："格格和婷婷最近还好吗？"

李越霆指指楼上，一脸无奈的表情："好得很，把我都轰出来了，你说，能不好吗？"

苏云时的手指头在盒子上摩挲了几下："婷婷和金冉已经去韩家村了，是不是？"

李越霆爽快地点头："去了好几天了，恐怕这会儿什么都找着了也说不定呢！"

苏云时很认真地揭穿他的谎话："潼关这几天一直在下雨。"

李越霆装傻："哦？是吗？"

苏云时也装傻："不是吗？"

两个人谁都不是省油的灯，彼此相视一笑，发现对方的狐狸尾巴已经悄悄地露了出来。

李越霆很能耐得住性子，而苏云时也是个好手，于是两只狐狸遇上了，各自心怀鬼胎，但是谁也不挑明，只是互相试探。

苏云时意犹未尽地回忆着牛奶芝士蛋糕的香味，悠然打了个呵欠。

李越霆欠欠地问："你怎么今天睡得这么晚？"

苏云时睡眼惺忪地看他一眼，眼底的凌厉早就化作了一湾春水："等你来给我送夜宵。"

李越霆挑挑眉："我要是不来呢？"

苏云时站起来伸了个懒腰，让清凉的夜风把自己吹得稍微清醒一点："明知故问。"

李越霆也站起来，学着他伸懒腰："'明知故问'是什么意思？"

苏云时笑道："就是我明知道你晚上会来给我送夜宵，但还是要问你到底几点钟给我送夜宵。"

李越霆笑呵呵地说：“我发现你学会转移话题了。绕了一圈你还是没回答我的问题，我要是今晚不来，你怎么办？”

苏云时轻轻拍了拍蛋糕盒子：“你不来送，难道我不能自己去买吗？”

李越霆笑得越发得意：“你知道去哪里买吗？买得着吗？人家肯卖给你吗？”

这显然说的就不是买蛋糕的事儿了。苏云时知道李越霆指的是什么，借力打力，仍是不肯正面回答他的问题：“你既然都送上门来了，我去哪里买，买不买得着，别人肯不肯卖，就都不是该我关心的问题了。”

李越霆用食指虚点了苏云时几下：“你啊！”

苏云时反过来冲他挑眉：“怎么？来都来了，难道你还想反悔吗？”

李越霆双手抱胸：“我反不反悔，就看你拿什么来付我的夜宵钱了！”

苏云时一张嫌弃脸：“几块蛋糕而已，难道你这个土豪也请不起吗？”

李越霆笑眯眯：“你要是愿意付钱，我给你买一卡车蛋糕也行啊！”

苏云时摊手：“你知道的，我向来没什么钱。”

李越霆终于切进主题：“没钱不要紧，反正我不差钱。不要钱也行，给点别的抵账也是很 OK 的！”

苏云时压低了声音问：“你想要什么？”

李越霆往前一步，与苏云时贴得很近：“你觉得呢？”

苏云时毫不示弱，也上前一步，两个人之间的距离变得更近了：“那你猜猜，我想要什么？”

两人对望，气氛诡异而宁静，风吹树叶沙沙作响，成了他们两人的背景音乐。

忽然一声清脆细微的“咔嚓”声，手机摄像头快门按下的声响，李越霆瞬间警觉，如同一只豹子一样矫健地一跃扑上来，然而年轻的小姑娘并不慌张，不紧不慢地把手机揣进口袋，迎着李越霆凌厉的眼神，笑眯眯地说：“Sorry 啊，很抱歉啊大叔，我是不是打扰你们约会啦！”

清脆悦耳的声音，认真诚恳的表情，李越霆在看到那张脸的时候整个人就已经不好了，头痛啊，他的头又开始疼了。

苏云时不动声色地走了过来，使了个眼色：“青青。”

柳青青乖乖地交上手机："苏哥哥，对不起，我保证，下次绝不偷拍你们了。"

苏云时看了一眼她拍的那张照片，看她眉宇间似笑非笑的表情，就知道那个机灵的小脑袋瓜里面在想什么了。于是他把她手机里的照片删掉，然后把蛋糕塞给她，说："我跟他还有话要说，你先回去吧！"

柳青青在苏云时面前表现得非常乖顺，但是一转头到李越霆那儿，立刻朝他做了个鬼脸，眼珠子乱转，笑得得意极了。

李越霆只能使劲瞪她，但是柳青青根本不当回事儿，抱着蛋糕一蹦三跳的，跟个大号的兔子一样蹦走了。

"她是你师妹，但是看起来，她并不懂你会的那些。"

李越霆见苏云时看向柳青青的目光很柔和，倒是生了几分好奇之心。

苏云时看着柳青青的背影，嘴角的线条都平顺了下来："她不喜欢千门的那些东西，所以师父什么都没有教。师父说，我们都可以有自己的选择，无论我们想做什么，只要合理合法，他都不反对。"

李越霆叹了口气："她有了自己的选择，那你呢？"

苏云时似乎没有听到他的问题，而是自己喃喃地继续说着："她已经拿到了考古专业硕士的录取通知书，过几天就要去报道了。"

李越霆似乎听懂了什么，也跟着感叹："是啊，相信再过几天，这一切，就都能结束了。"

苏云时慢慢回过神来，接着李越霆的话往下说："没错，我们之间，总归还是要分个胜负的。"

李越霆轻轻敲着脑袋，目光似笑非笑："你确定是我的对手吗？你可别忘了，你现在连装备都凑不齐。"

苏云时反瞪回去："小人伎俩。"

李越霆一点儿都没生气："出来混的，当然不能按常理出牌啦！"

按照苏云时原本的计划，他负责拿到乐俑，而刘江帆提前准备好各种进山以及探墓的装备。刘江帆已经在香港订好了货，只等着一手交钱一手交货了，结果没想到，李越霆也不知道用了什么手段，他们到达香港之后，对方竟然说什么都交不出货来了，说是这批货因为某些手续的原因，被堵在了路上，所以愿意赔偿他们双倍的订金，请他们另外再找地方订货。

这显然是个借口，但是接下来的问题就更让刘江帆欲哭无泪，所有他熟悉的货源渠道，几乎都遇到了相同的问题，然而苏云时一听这个耍无赖一样的套路，就知道是谁在里面搞鬼了。李越霆财大气粗，靠赔钱就能解决的问题，确实是他能干出来的事儿。

所以他也不在香港耽搁，直接来西安等着，因为他知道李越霆只要一到西安，一定会来找他。

李越霆想要他手中的乐俑，而苏云时想要的是装备。

“既然各取所需，那么，不如……”

苏云时直盯着李越霆，拖长了语调。

李越霆以为他要说“坐下来好好谈谈”，满心已经做好了准备，反正顺台阶下这种事，他向来干得比较熟练。

然而苏云时停了一秒，非常爽朗地继续说：“打一架吧！”

李越霆：“……”

“你怎么也不按套路出牌啊！”

“跟你学的。”

李越霆发现自己竟然无言以对，很不幸，他又一次掉进了苏云时的坑里，而且是他乐颠颠的，自己跑过去，主动往下跳的。

柳青青拎着蛋糕哼着歌，沿着小路原路返回，走到一个僻静的拐角处，忽然停下来，顺路抬脚把昏倒在花丛中的两个男人给踹醒。

两个男人一醒来坐在草地上，嘴巴张大了跟个章鱼似的。

柳青青冲他们嫣然一笑：“两位帅哥，麻烦回去告诉你们家老板，别没事儿搞这种盯梢的戏码浪费大家的时间了。”

两个男人觉得脖子酸痛，彼此对望了一眼，这才隐约记起，似乎是被谁从背后偷袭了。

他们俩本来都是刘江帆派来盯着苏云时的，他们看到他从房间出来了，所以才连忙跟了上来，结果什么都没来得及看到，就被人直接打晕了。

两个人觉得又羞愧又窘迫，又被柳青青直接识破身份，顿时真是一点面子也没有了，于是只能三十六计，走为上。

柳青青得意地笑着，拎着蛋糕继续施施然往反方向走去。

有蛋糕吃真是很开心，不过她总有预感，更开心的事情似乎还在后面呢！

热水和升腾的水蒸气让连着坐了几十个小时飞机的疲惫身体慢慢放松下来，叶颜披着浴袍，擦着头发从浴室里走出来，就看到桌上端端正正摆着的蛋糕，还有温度刚好的海鲜粥。

叶颜小口抿着粥，抬头就看到李越霆推门走进来，五官纠结地皱着，又像哭又像笑的古怪表情。

“哟？您怎么了这是？”

叶颜一看到李越霆的表情，连粥都顾不上喝了，放下勺子盯着他，目光里充满期待地问：“莫不是，被小苏给揍了吧？”

李越霆一屁股坐在沙发上，舒展四肢坐得全无形象：“你就那么期盼着我被揍吗？”

叶颜嘟着嘴，用力点了两下头。

李越霆笑嘻嘻地露出牙齿：“说实话，我还真不是那么容易就能被人揍了的。抱歉，让你失望了哈！”

叶颜把李越霆的海鲜粥推到他面前去，作势就要站起来：“小苏住哪个房间？请问我现在去找他，让他揍你个满地找牙还来得及吗？”

李越霆下意识地捂住了自己一排大白牙，另一只手去拦着叶颜：“别别别，你等我一下，我话还没说完呢！”

叶颜本来就没打算去找苏云时，只是想要趁机逗一逗李越霆而已，所以被他一拦就停住了脚步：“你还想说什么？”

李越霆长叹一口气，从实招来：“还不是小苏，他、他竟然约了我明天中午，让我陪他‘打一架’。

叶颜眼睛顿时一亮：“天呐！小苏他约你决斗啊！这实在是太Man了！你们要怎么打？中式，西式，还是中西混合？”

李越霆摇摇头，非常崩溃地说：“可是我不想跟他打啊！”

叶颜陡然想起苏云时的身体其实并不太好，李越霆还曾经委托小白帮他从医院里拿心脏特效药，于是知道李越霆到底为什么发愁了：“你担心他的心脏问题，完全不敢对他用上全力，就会处处受限制，但是他就没这个顾虑，可以尽情地发挥。说到底，你还是怕被他揍了，对吧？”

李越霆瘪嘴：“怎么又回到这个问题上来了！谁说我一定会被他揍的啦！这要是换了别人，我肯定把他揍到挂掉好不好！可是小苏不行啊，他的身手本来就不比我差，我又不敢下狠手，肯定没有必胜的把握。我真的不想跟他打啊！”

叶颜知道李越霆心里为难，眼珠一转，顿时计上心头：“他说了想让你陪他怎么打了吗？”

李越霆摇摇头：“那倒没有。”

叶颜轻轻拍了下桌子，笑得非常轻松：“这就好办了，不就是‘打’吗？打架是打，打拳也是打，打游戏也是打啊！田忌赛马，你听说过没？亲，转动你聪明的脑袋瓜，平时耍赖卖萌不走寻常路的套路都去哪儿啦？怎么事情一到苏云时身上，你的脑子就全短路啦？”

李越霆眨巴眨巴眼睛，忽然闪过狡黠的光：“哎？田忌赛马？那是什么故事？”

其实“田忌赛马”他完全不知道是什么意思，但是那其实并不重要，重要的是，他心里好像有点明白了。

叶颜看他整个人突然就轻松了，好像是雨后焕然新生的彩虹，于是知道他一定又有了对策。

“粥快凉了，先喝点粥吧，我给你讲讲田忌赛马的故事。”

她敲了敲桌子，悠然地开始讲解起典故来。

李越霆忙活了半天就吃了从苏云时那儿顺来的半块蛋糕，确实肚子还空着，于是就拎起勺子，一边喝粥一边津津有味地听故事。

叶颜把故事讲完，李越霆彻底明白了，一拍桌子差点把刀叉碗筷都震到地上去了：“我知道怎么办了？我记得以前看《倚天屠龙记》，谢逊抢了屠龙刀，要杀掉所有在场的人灭口，殷素素和张翠山为了救人，跟他打赌比试，就不比谢逊最擅长的武功，而比张翠山最擅长的写字，谢逊就输了。所以，我其实不一定非要跟小苏比打架，还可以打点我比较擅长的嘛！”

叶颜赞许地点头："很好，你终于悟到了。"

李越霆嘴角贱兮兮地扬起，掠过一抹笑，朝她比了个抱拳的动作："多谢指点。等把乐俑拿回来，我请你去小吃街随便吃！"

"我帮了你这么大的忙，你报答我的方式，就只有小吃街啊。"叶颜笑嘻嘻地小口喝粥，微微扁嘴做娇嗔状。

李越霆对此回答得很豪爽："你还想要什么，尽管说就是了。"

叶颜自然不能放过这个好机会，挑眉笑到："那我就不客气了。无论你和苏云时比什么，我都要当观众！"

难得见到一只狐狸跟另一只狐狸之间的较量，这么好的机会，是不能错过的。

李越霆无奈地看着叶颜："你什么时候也变得这么八卦了啊！"

叶颜歪着头，咬着勺子，眼睛弯弯地笑着看他："我一向都这么八卦呀！"

两人彼此对望了片刻，一只狐狸和一只小狮子之间的较量，最终李越霆不敌，败下阵来："OK，我答应，到时候带你去。"

叶颜好奇地继续问："那你到底打算跟他比什么啊？"

李越霆顿时计上心头，找到手机唰唰唰给苏云时发了几句话，抬起头笑得很轻松惬意："你猜？"

反正也闲来无事，叶颜还真的就趁机猜上了："肯定不能是对打，打球好像也不行，莫非是打酱油？"

李越霆笑得又奸诈又可恨："别着急嘛，明天中午你就知道了。"

叶颜猜了好多种可能，按照李越霆一贯的风格，这绝对不能是场正常的比试。

但是千算万算，还是不如亲眼所见，叶颜和李越霆第二天中午是提前到达约定地点的，城郊一个户外真人 CS 的靶场，看起来装备齐全，环境幽静。

进门的时候，叶颜看到门口摆了个画架，上面写着："今日器材维护，休息一天。"

她下意识地看了李越霆一眼，然而这位大爷面色丝毫没有变化，仍是笑嘻嘻地直接绕过画架朝里面走了进去。

叶颜就觉得事情似乎没有表面上看到的那么简单。

李越霆走到了前台站定，笑容满面地问："小旭在吗？"

前台原本坐着玩手机的人抬起头，诧异地问："您是？"

李越霆朝她扬了扬自己的手机："我姓李。"

对方的表情立刻变了："李先生是吧？您要的东西我已经帮您准备好了。"

说着站起来，从前台拎出两串钥匙，叶颜看到了，隐约猜出了点儿李越霆的打算。

看来被她给一语中的了，果然不打架也不打拳，最后改打 CS 了。

这时候苏云时按照李越霆给他发的定位也到了，四下打量了一番，然后双手抄在裤子口袋里，悠哉地走了进来。

柳青青脸上还带着那副招摇的蛤蟆镜，跟个大号的兔子一样，一蹦三跳地跟在苏云时的身后："苏哥哥，这是个什么套路啊？也太神秘莫测了吧？"

她坚持要跟着来一线围观，一边打量四周，一边摸着头不解。

苏云时抬手，亲昵地蹭了蹭她的长发："他最大的套路，就是没有套路。"

他早就想到，李越霆解决这个问题的办法，绝对会是一个四六不着的调调，可是没想到他还真敢整出一个如此四六不着的调调。

"嘿！来了啊！"

李越霆正一手撑在前台，手中一上一下地掂着两把钥匙玩得正欢，看到苏云时于是笑得很开心，看他走近了，随手拎起一把钥匙直接撇了过去。

苏云时不动声色，抬手稳稳接住，低头打量，随即环视一圈："钥匙？怎么，今儿不想打架，这是要反恐精英了？"

李越霆假装听不懂的样子："怎么真人 CS 不算打架吗？"

苏云时深知这人耍无赖绝对是一把好手，懒得跟他辩解，直接拎了钥匙问前台小姐："我的装备在哪儿？"

前台小姐看到苏云时的时候眼睛就开始啵啵啵往外冒桃心，他英俊斯文，不动声色的时候，总会有点淡淡的冷峻，恰好是市面上最流行的那种高冷禁欲的范儿。

所以对待他的态度格外殷勤，亲自把他领去挑选装备，倒是把李越霆扔在了一边。

柳青青好奇地也跟过去看，叶颜抬起胳膊肘碰了李越霆两下：“哎？今天是你包了场吗？”

李越霆点点头：“对呀。”

叶颜指着苏云时的背影评价：“可是我觉得，她对小苏的态度，比对你的好多了。”

李越霆摸摸头，笑出一排白牙齿：“嗯，小苏比我长得帅。”

叶颜大惊，挑眉：“咦？这话不像是你应该说的呀？”

李越霆无辜地撇嘴：“那我应该说什么？”

叶颜想了想，做出一个浮夸骄傲的模样，粗声粗气地说：“小爷这么帅，她太没眼光了！”

李越霆冲她神秘莫测地笑了笑，什么都没说，拎着钥匙跟上苏云时的脚步。

叶颜望着他的背影，眯起眼眸想了想，自言自语地说：“莫非……”

她忽然有种不太好的预感，女人的第六感总是非常灵敏的。

她快步追上去，靠在他肩头，用只有他们两个人能听见的声音问：“从实招来，你又在偷偷打算什么？”

李越霆笑得一脸无辜：“我哪有？”

叶颜抬手作势点点他：“你每次主动示弱的时候，都没好事儿，不是企图不良，就是在蓄力等着放大招。”

李越霆笑得越发真诚：“真的没有啦！”

然而他上扬的嘴角挂着狡黠的笑意，总觉得身后有只狐狸尾巴在肆无忌惮地摇来摇去。

苏云时领了装备，前台小姐这才把李越霆的装备也拿了出来给他，其实他们俩的装备都是一样的，迷彩外套、背心以及乱七八糟的保护措施，每人一把 MA4-Z 狙击步枪。

柳青青跟叶颜都是第一次见这种仿真枪，看起来非常好奇，但是苏云时似乎对此的反应非常平静，面无表情地举起来，比画着校了一下精准。

李越霆把枪拎在手里，墨镜别在前襟，他这个招猫斗狗的性子是不能改了，主动摆了个造型，懒洋洋地笑道："怎么样，帅吧？"

柳青青正好奇地摸苏云时手里的枪，听到李越霆的声音转身看他，忍不住吐槽："没我苏哥哥……"

最后那个"帅"字还没说出口，随着一声枪响和玻璃瓶子爆裂的声音，柳青青的嘴巴成功定格在一个惊讶的"O"型，整个人呆住了。

李越霆原本还漫不经心地跟她说话，叶颜笑着看他在那里耍帅，但是下一秒，他忽然凝眉肃立，举枪掉转枪口，瞄准，扣动扳机！

整套动作一气呵成，没有丝毫停滞，快得就如同一道闪电。

叶颜脸上的笑容也在瞬间凝固了，此时此刻，李越霆身上的杀气纵横，与平时那个笑起来阳光和煦、卖萌耍无赖的雅痞大少判若两人。

千面狐狸，千张面孔的风华，绝对不是一朝一夕就能历练而成的。

叶颜在心里默默地想，正是这样的李越霆才可怕，因为没有人能看透他真实的模样，他只是活在传说里那个神秘的文物猎人。

柳青青也被李越霆震惊了："你、你、你……"

李越霆把枪随意搭在肩头，收敛了满身杀气，仍是之前那个散漫随意的笑容挂在嘴角："怎么样？帅不帅？酷不酷？是不是特别 MAN？"

柳青青小姑娘轻而易举地被忽悠了，非常诚恳地连着点头："帅！帅！"

叶颜走过去拍拍李越霆的肩膀："拜托，您能有点前辈的样子吗？"

李越霆觉得自己很无辜："难道我说的不是事实？"

苏云时忍无可忍，抬手举枪也跟着打爆了一个瓶子："今天的规则是什么？"

李越霆笑嘻嘻地放下枪，指着楼顶的红旗说："全程可移动靶，恐怖分子出现三十秒内必须被击毙，不能误伤人质，否则通往楼顶的入口就会关闭。谁拿到红旗，就算谁赢。"

苏云时又问："没有限制？"

李越霆果断点头："没有限制。"

苏云时嘴角一抹冷笑："很好。那赌注是什么？"

李越霆胸有成竹："你赢了，装备你想要多少，我就送你多少，你输了，乐俑归我。"

他说着把旁边挂着的望远镜拿下两个，递给柳青青和叶颜，笑到："请两位美人做个见证。"

苏云时没说话，只是朝着李越霆比了个"OK"的手势。

叶颜和柳青青对望了一眼，两个人自动退到旁边，准备围观这场比赛。

苏云时拎着枪迈步就要走进靶场的入口，叶颜看他的头盔还扔在那儿没动，于是开口喊到："你的头盔！"

苏云时摇摇头："不用，那个会压坏发型。"

李越霆倒是戴了头盔，不过还不忘把自己带来的墨镜戴上，摆弄了半天，终于整出一个自认为帅到拉风的造型。

叶颜顿时大囧："哎我说你们俩，一个比一个过分，你们还能更自恋一点儿吗？"

柳青青非常认真地接话："不能。"

李越霆和苏云时彼此对望了一眼，凝神肃立，进入靶场。

叶颜端起望远镜看去，两人几乎一样高，身形矫健，穿梭在虚拟的街巷当中，犹如两只捕猎的豹子。

枪声此起彼伏，清脆利落，柳青青的目光追随着苏云时不放，见他三个点依次解决到三个"恐怖分子"。那边李越霆健步如飞，一跃跳过围墙，转身，抬枪连开两枪，三个靶子当中的左右两个倒下，中间那个完好无损，叶颜先是诧异李越霆怎么会犯这样的低级错误，定睛一看，原来是"人质"。

苏云时继续往前跑去，将李越霆落在身后。

李越霆举枪打掉一个靶子，单手撑在栏杆上，帅气无比地翻了过去。

两人的前进速度很快，但忽然不约而同地停下脚步，往对方的方向举枪射击！

为了保证登楼的入口不被关闭，他们必须帮助彼此及时补位。

两人身后的靶子被同时打倒，李越霆和苏云时对望了一眼，李越霆冲他挑了挑眉，笑得很是欢畅。苏云时虽然没说话，但表情也柔和了不少。

“他们真有默契啊！”

柳青青看到李越霆和苏云时几次精彩的互相补位，忍不住赞叹起来，这样的默契绝非源于天生，而是后天用时间历练出来的。

“叶颜姐姐，他们认识多久了？”

柳青青好奇地问：“我和苏哥哥从小一起长大，我自认跟他都没有这样的默契。”

叶颜并不正面回答，而是笑道：“这个世界上总有一种人，他们之间能用脑电波交流。”

柳青青如有所感地笑了。那边李越霆和苏云时的“相爱相杀”还在继续。

他们俩已经一路冲到了楼的入口处，途中不断出现位置隐蔽的靶子，李越霆的反应显然要比苏云时快一些，而且他用枪校准的过程非常短，几乎是不用瞄准，抬手就射。

相比起来苏云时瞄准的时间要长一些，不过他的精准一流，每一枪都正中十环区域。

两人一前一后地跑上楼梯，都已经是满头大汗，苏云时体能消耗似乎更大，脸色发白，呼吸节奏很快。

二楼再往上是空旷的顶楼天台，清除掉这里所有的埋伏，李越霆显然跑得更快一些，径直就往红旗那里冲过去。苏云时见状，嘴角一挑，抬手照着李越霆的小腿就是一枪！

虽然枪里用的都是仿真子弹，不过打在腿上还是挺疼的，李越霆脚下一歪，差点摔倒，苏云时扔掉枪，一个纵身扑上来，挡住了他的去路。

苏云时屈起手肘砸下来，语气风轻云淡：“这场仗，无论如何都是要打的，李越霆，你就认命吧！”

李越霆的枪也不知道什么时候扔在了一边，抬手挡开他的肘击，翻身将他压在地上：“你以为我真的怕你吗？”

苏云时用力翻身，两人颠倒了个姿势，又对峙着彼此难以动弹：“我认识你这么多年，当然知道你有多少斤两。”

李越霆完全没有被压制的自觉，轻松地笑道："可我一直以为你的战斗力是个渣。你可骗得我好惨哪！"

苏云时心里对此事本来就有点耿耿于怀，被李越霆这么一说，顿时走了神，手上的劲儿松开稍许，李越霆身形一跃就从他身上撤开，往红旗奔去！

苏云时从背后攀住了他的肩膀，想要拖住他，李越霆低身想来个过肩摔，但是被苏云时牢牢卡住了臂膀不能动弹，两个人又一次对峙，势均力敌。

"我没有骗你，你没有问过，我为什么要说？"

苏云时的声音如同冷冽的湖水，平静得毫无波澜。

李越霆努力挣开他的手："可我一直当你是兄弟！你却对我隐瞒了你的身手，你的来历，我竟然不知道，和我一起并肩战斗了六年的伙伴，最好的朋友，竟然就是鼎鼎大名的千门明王！你可以隐瞒，但你不应该明知道我们正在追查关于明王的线索，却任凭冯千秋一步步引我们入局，连半句警示的话都没有！"

两人彼此对望，李越霆的眼色深邃，而苏云时面如止水，目光交汇在一处，针锋相对，互不相让。

许久，苏云时的眼神终于有所动容，"为了千门，我别无选择。"

李越霆高声质问："你为千门考虑，那有没有为我们考虑过？我们六年的兄弟情，难道还比不上一个互相陷害的门派吗？"

他说着推开苏云时，手上的招式不停朝着他攻去。

苏云时沉默不语，李越霆语调越来越高："家人、朋友、兄弟姐妹，比明王这个位置更重要吗？"

苏云时不还手，躲了半天，终于忍无可忍出招还击，一边开口反驳："李越霆，你在无理取闹！你不是千门的人，你不懂明王这个位置的意义。我是时任明王，我有责任、有义务维持这个门派的安宁！"

李越霆出招挡住他的手，一拳拳用力砸回去："那你也不能利用我们，利用我们对你的信任，还用当年我们一起抢回兽首的那一招来对付我！"

两个人现在的招式已经完全没了章法，就跟两个打架的孩子一样，你一拳我一脚地打成一团。

叶颜看得哭笑不得："我最担心的事情还是发生了，这两个人真跟三岁孩子抢玩具一样打起来了！"

柳青青扶住自己的额头："天哪！他们还能再幼稚一点吗？"

两个人举着望远镜兴致勃勃地围观，俨然谁也没想到要上前去拉架。

那边李越霆和苏云时终于打累了，两个人都倒在地上，仰面朝天地喘着粗气休息。

"你没完了是吧？"

苏云时问，李越霆喘着粗气冷哼："没完！就是没完！"

"那就接着打啊！"

苏云时翻身挥着拳头就揍："反正我想揍你很久了！"

李越霆动作敏捷的后退躲闪："我也是，打就打！谁怕谁！"

苏云时一边好似认真地跟他打架，但是目光却一直瞄准了红旗。红旗就插在天台旁边，他趁着李越霆没注意，悄悄把身形往那边移动。

李越霆打得很认真，似乎完全忘了他们之间的赌注。

苏云时飞起一腿踹过去，李越霆闪身躲开，正巧让出空来，红旗就在他前方，苏云时伸手去够，可冷不防身后有个人突然重重踹了他一脚！

苏云时注意力全都在红旗上，丝毫没有防备，脚步一乱，身体就失去了平衡，身子径直往前栽去！

李越霆翻身抬手，稳稳把红旗拔下来抓在手中，刚得意地要挥动，就看到苏云时正以不可控制的速度朝着楼下摔了出去！

"小苏！"

"苏哥哥！"

"苏云时！"

从三个方向传出不同的惊呼！苏云时径直向下坠落，李越霆不顾手里的红旗，扑向他摔落的方向！

但是他的手指只来得及蹭过苏云时的手背，连握住都来不及，苏云时已经掉了下去！

电光石火间，李越霆似乎看到苏云时对他笑了一下，他一愣。

柳青青尖叫着扔下望远镜跑了过来！

叶颜紧跟着在她身后，李越霆扑倒在天台边，望着苏云时坠落的身影如同一只白鸟，孤单而悲伤。

万幸的是，现场的防护措施做得很好，楼下铺开了厚厚的防护垫，李越霆用最快的速度冲下楼，苏云时已经躺在垫子上，眼睛紧闭，歪着头一动不动。

柳青青吓得脸色发白："苏哥哥！苏哥哥你醒醒！"

李越霆扑倒在苏云时身边："小苏！苏云时！"

比起这两个惊慌失措的，叶颜显得还比较冷静，果断阻止了这两个人的动作："别移动他，动作小心点儿，先检查一下有没有外伤，打电话叫救护车！"

柳青青拿出电话打120，李越霆深吸了一口气迅速让自己冷静下来，然后开始仔细检查苏云时身上有没有外伤。

苏云时很快被送到医院，他身上并没有明显的外伤，医生为他做了简单的检查，李越霆等三人焦急地等待检查结果。

不一会儿医生走出来，额头上渗着一些细小的汗珠，神色倒是很坦然。

看到他此刻的模样，大家倒是放心了，医生的声音很从容："暂时看没有外伤，不过，因为他没有戴头盔，我们怀疑他有轻微脑震荡，刚才拍了CT，脑部倒是并没有什么异常……"

李越霆问："需要做进一步的检查吗？他的心脏不太好，会有影响吗？"

医生点点头："他的心脏暂时看没什么问题，不过因为他一直没醒，怎么也要住院观察两天。"

叶颜担忧地问："要住院观察啊！这么严重？"

医生答到："如果他很快清醒过来应该就没什么问题了，假如他一直没有醒过来，那就比较严重了。"

这时候苏云时被推了出来，躺在病床上脸色苍白，睡颜平静。

柳青青着急地都快哭了："苏哥哥，为什么苏哥哥还不醒啊！"

叶颜拍着她的肩膀安慰她："没关系，没关系，他会没事的。一定会没事的。"

李越霆拧着眉端打量苏云时，低声念叨着："是啊，一定没事的。"

苏云时这时候的手指动弹了一下，柳青青立刻就发现了，当即惊喜地说："看！苏哥哥，苏哥哥的手指在动啊！"

苏云时的眼皮掀了掀，竟然慢慢睁开了眼睛。

"老李……"

李越霆感觉到苏云时握住了自己的手，他关切到："你醒了？没事吧？"

苏云时半睁着眼睛，语速很慢，也很艰难："咳咳，这一局，是我输了……"

李越霆无奈到："现在不说这个，你没事就好。你先好好休息吧！"

苏云时用尽全力捏了一把李越霆的手，坚持说下去："不，是你赢了，我愿赌服输。"

柳青青想要阻止他："苏哥哥！"

苏云时目光淡淡瞥过去："青青，把乐俑给他。"

柳青青气得五官皱在一起，跺着脚不肯罢休："我不给！都是他，要不是他，你也不会伤成这样！"

苏云时的眼皮慢慢垂下去，脸上的表情似乎很难受，他艰难地吐出一口气，坚持硬撑着慢慢地说："给他！"

他的声音虽然不大，但却非常坚定，极有威严。

这句话说完他就开始用力咳嗽，柳青青的气势弱下来，眼泪汪汪地点头，扁着嘴说："我给！我给！苏哥哥你别激动啊！"

苏云时似乎说出这句话已经用尽了全身的力气，见柳青青答应了，这才彻底放松下来，虚弱地歪着头躺着，合上眼睛不再说话。

李越霆担忧地看了他一眼，语气有些迟疑："我……"

苏云时没睁眼，说："你带着乐俑，去潼关吧。"

他这话显然是对李越霆说的，但是李越霆有点不放心："那你？"

苏云时又说："你不是很想抢在我之前破倾天局吗？现在可是最好的机会。"

李越霆长叹一口气，脸上再度露出坚定的神情："我去。"

柳青青愤愤不平地瞪着李越霆："我也去！我一定会找机会把乐俑再拿回来的！"

李越霆无奈地摊手，望向叶颜："你看这……我也不是故意要招惹她的，她非要跟着我。"

他看了叶颜一眼，目光里似乎有些其他的意思，叶颜本来看到苏云时虚弱的样子心里就不太舒服，被他看得心头一软："小苏现在身体不太好，需要有人照看，既然青青要跟着你一起去，那不然我留下来照顾他吧！"

叶颜看李越霆，柳青青看苏云时，大家似乎都在征求对方的意见，最后是苏云时先点了点头，说："那就这样吧。"

于是组合就改变了，变成李越霆带着柳青青进潼关跟金冉、李乐婷会合，叶颜留下来照顾苏云时。

鉴于苏云时受伤的缘故，柳青青对李越霆的态度变得十分恶劣，对李越霆总是冷嘲热讽，而李越霆却一改常态，对小姑娘的挑衅一言不发。

他在出发之前去见了一下冯千秋，现在冯千秋是他名义上的合作伙伴。他把车停在约定地点，偏僻的高速公路收费站出口旁边，柳青青正靠在车子后座上，就着平板电脑玩切水果，不知道是不是把李越霆当成了水果，所以切得十分用力，表情凶神恶煞的。

"我一会儿要先去见个人，如果你没兴趣，就在车里等我。"

李越霆慢条斯理地戴上口罩，想了想又加上一副墨镜。柳青青连头都没抬："去见我师弟冯千秋吗？"

刚一条腿迈出车厢的李越霆差点脚下不稳直接一头撞在车门上："你师弟？"

柳青青一脸坦然："对啊。"

李越霆眯起眼："你们千门难道是按照入门顺序排师兄弟妹的？"

柳青青放下平板电脑，把架在头上的墨镜拉下来戴上，挡住半边脸，英姿飒爽地推开车门："走吧，我跟你一起去见见我这位一肚子坏水的师弟。"

李越霆顿时觉得这个世界好奇妙，他在心里非常期待一会儿能听到冯千秋喊柳青青一声"师姐"，相信那画面一定美得谁都不敢看。

下午的阳光挺晒的，苏云时在沉睡了三个小时之后终于悠然转醒，让守在他身边的叶颜惊喜不已。

苏云时原本的情况已经开始转好，但是李越霆和柳青青走后不久，他没来由地突然心脏病发作了一次，医生也找不出原因来，不过幸好及时吃了药，缓了过来，只是又一度陷入昏睡当中。

他的脑部复诊确认并没有问题，但医生仍然怀疑他有脑震荡，所以长时间的昏迷对他来说并不是什么好事。

叶颜心惊胆战地守了半天，坐立不安，终于等到人醒了，脸上也有了笑容，连忙喊来医生帮他检查，一时间医生护士来了一堆，进进出出。苏云时刚醒，眼神温润迷离，和声细语的模样，让小护士们一个个都红了脸，满面飞霞地帮他干这干那。

医生检查一番，向叶颜确认苏云时没有太大问题，不过稳妥起见，要再住院观察 24 小时。

把医生送走了，叶颜松了一大口气，把保温壶里装着的牛奶倒了点出来给苏云时递过去，苏云时闻到温热的牛奶香气顿时眼睛就亮了，那模样就跟猫看到小鱼干一样。

叶颜见他一口气喝完还意犹未尽，于是又给他倒了点儿，不过不敢多给，只是温和地叮嘱："你慢点儿喝。"

苏云时回给她一个带着奶沫的笑容："我没事，谢谢。"

就算是叶颜这样心有所属的姑娘，看到苏云时此刻又虚弱又温和的笑容，心里也都七上八下，久久难以平复。

苏云时喝完牛奶又说："这次谢谢你愿意留下照顾我。"

叶颜笑到："这没什么。如果你非要谢的话，就当欠我一个人情吧！有机会的话，你要还的。"

苏云时一愣，随即哑然失笑："何止是一个，应该是两个。"

叶颜倒是有些诧异："怎么会有两个？"

苏云时温柔地笑，语气中有些愧疚："之前在澳门的那次，我差点就害了你……"

叶颜及时摆摆手阻止他往下说："虽然我当时确实挺生你的气的，不过后来当我知道青青身份的时候，我就明白了，其实你还是担心我们的安危的，所以才让青青偷偷躲在附近等着接应。”

苏云时一番话说得非常真诚：“但说到底，还是差点就害了你，我现在想起来，还觉得心有余悸。假如你当时出了什么事的话，我……”

他说到一半说不下去，用力握住了杯子，指节僵硬，白皙的手上露出青筋。

叶颜爽朗地拍了拍他的手：“好吧，为了让你好过点，就算是你欠我两个人情吧！”

她从来不是扭扭捏捏的人，既然苏云时都说了，她断然没有拒绝的道理。

苏云时的表情这才好看了一些：“谢谢。”

叶颜挥挥手：“不用谢来谢去了，多烦啊！”

苏云时眨眨眼，很真诚地看她：“谢谢。”

叶颜这才注意到他竟然不知道什么时候把手里空着的杯子递到了自己面前，神色一囧，又给他倒了点牛奶，苏云时小口抿着，喝得幸福又满足。

叶颜眯着眼睛看他，喃喃自语地念叨着：“怎么忽然有一种在养喵的感觉？”

苏云时没听清她说什么，诧异地抬头看她，瞪圆了眼睛，带着奶沫的嘴角不自觉弯起一道愉悦的弧度。叶颜觉得自己好像看到了李乐婷养的那只又圆润又英俊的猫，苏云时此时的表情神色，与喵星人简直如出一辙。

养就养吧！

叶颜认命地问：“你肚子饿不饿，还想吃点什么？”

也许是因为喝了牛奶的缘故，苏云时的气色开始好了起来，他不紧不慢地抬眼在门口扫了一圈，收回目光，朝着叶颜使了个眼色，低声说：“关门。”

叶颜不明所以，但见苏云时表情认真肃然，显然是要说正事，于是立刻起身，警觉地走到门口，拉开门小心地四处打量了一下。高级病房环境比较幽静，没什么闲杂人等靠近，叶颜迅速把门反锁，这才快步回到苏云时床边坐下。

“外面没人。”

叶颜压低了声音说。苏云时放心地点点头，坐直了身体，勾勾手示意叶颜靠过来，他用只有他们俩能听到的声音，俯身在她耳边对她说：“有件事，我必须要现在告诉你……”

叶颜听着苏云时的轻声细语，神色渐渐凝重，眼底泛起严肃锐利的光芒。

李越霆像个大爷一样晃荡到冯千秋的车旁，那是一辆黑色的商务车，车门敞开着，冯千秋坐在座位上，转头看他，却丝毫没有要下车的打算。

李越霆当然也没有上车的打算，笑嘻嘻地单手撑在门边跟他说话：“我提的条件，冯先生觉得OK吗？”

冯千秋的脸色实在是不怎么好看，心里咆哮着想要把千面狐狸抓起来揍一顿，但还是尽量保持着礼貌高冷的态度：“你最好不要欺人太甚！”

李越霆歪着头懒懒一笑：“我明摆着就是欺负你了，那又怎么样？”

他被包裹得严严实实，墨镜和口罩几乎挡住了他的全部面貌，让这场对话看起来非常诡异。

冯千秋气得真想当场骂街，但努力压抑愤怒：“你别以为我不敢动你！”

李越霆耸肩，无赖的雅痞模样：“那你别憋着，动一动试试看嘛！”

柳青青终于忍无可忍地在后面笑出声来：“哈哈哈哈，我说师弟啊，你现在还没被气吐血，不容易啊，不容易！”

这一刀补得又稳又准，连李越霆都想要当场给她鼓掌点赞了。冯千秋这才看到站在不远处的柳青青，她身材高挑，又穿了一双高跟鞋，站在那儿都快比冯千秋的保镖还高了。冯千秋被这一声“师弟”叫得一口血卡在喉咙里，苏云时的这个师妹虽然年纪小，但架不住入门早，像他这样成年之后才入门的，按照规矩都要喊她一声“师姐”，可是如果真这么喊了，他的面子还往哪儿搁？

冯千秋只能当柳青青不存在，转过来跟李越霆谈生意，但气势已经大不如前：“你确定能找到古墓和宝藏吗？”

李越霆得意洋洋地笑起来："放心吧，苏云时已经被我留在西安了，一时半会儿他是追不上来的，除了我，你觉得现在还有谁能解开乐俑的秘密？"

冯千秋顿时双眉一挑，听出他话中端倪："你知道怎么用乐俑找出宝藏？"

李越霆不直接回答他，而是贱兮兮地反问："你觉得呢？"

冯千秋被噎住了，但很快反应过来："假如你已经发现了乐俑的秘密，为什么不自己去找宝藏？如果你自己找到了可以独吞，我们一起找到了就要每人一半，我不相信你千面狐狸会做这种赔本的买卖！"

李越霆抬手轻快地打了个响指："哈哈哈哈，没想到，你还不笨啊！"

他笑得很猖狂，只是笑容被口罩全数挡住了，冯千秋只能听到他肆无忌惮的笑声。笑过之后，李越霆才靠向他，神秘兮兮地说："我用一半宝藏，不只想换一次我亲手破倾天局的机会，还想请你为我引荐一个人……"

冯千秋忽然后背一凉，有种不寒而栗的感觉："谁？"

李越霆慢悠悠地吐出两个字："银狐。"

冯千秋大惊："你……你竟然知道他？"

李越霆手指搭在车门上轻轻弹动："哪止是知道？我们还曾经交过手呢！不是吗？"

冯千秋面色一沉："苏云时告诉你的？"

李越霆丝毫没动："麻烦帮我向银狐先生带句话，就说千面狐狸久仰他的大名，如果有机会，想亲自请他吃顿饭，聊聊天，交个朋友。"

冯千秋分辨不出李越霆这话的用意，思绪有点乱："你到底想……干什么？"

李越霆故意叹了口气，摇摇头，怜悯地说："唉！我的话都说得这么明显了，难道你还听不出来吗？"

柳青青终于听不下去，语调悠然地补充了一句："就是这只狐狸想认识另一只狐狸，一起去骗更多的人，赚更多的钱，懂了吧？"

李越霆转身朝着柳青青拍了两下手："说得很好。就是这个意思。钱这东西，谁会嫌多呢？你说对吧？"

冯千秋拿捏不清李越霆的本意，但银狐更是他惹不起的人，所以只能顺着点头："好，你的话，我会转达给老板。"

李越霆用力在车门上一撑，重新站直了身子，心满意足地转身就走。

冯千秋终于还是急了，下车喊他："那宝藏……"

李越霆没回头，只是抬起手，朝他勾了勾指尖："跟着来吧！告诉你的人，我开车开得快，可千万跟好了，要是丢了，我可不负责哟！"

柳青青瞪了冯千秋一眼，跟着李越霆回到车上去了。

冯千秋气鼓鼓地坐回车上，交代司机跟上李越霆的车，然后拿出手机，拨通了一个号码。

"老板"，他语气恭敬地说，"千面狐狸说，他想见您，您看……是见，还是按照原计划进行？"

电话那端沉默了片刻，一个中年男人的声音缓缓响了起来："按照原计划进行。"

冯千秋连忙应到："好的。"

电话立刻被挂断了，冯千秋的脸上露出了狠绝的冷笑。然而他并没有听到，电话那头，中年男人放下电话，却恭敬地看向了斜靠在躺椅上隐约露出的半边模糊身影。

那个身影抬起一只手，做了个手势，中年男人立刻会意地靠上来等候吩咐。

"告诉冯千秋，如果这次能一举除掉千面狐狸，那是最好，但如果他失败了，我是不会帮他收尸的。"

雌雄难辨的声音，语气冷漠孤傲，但仿佛是对着空气自言自语："千面狐狸，如果你这次还能大难不死，破掉倾天局，那么，我们的游戏，才算是真正开始。"

这场游戏，我等待太久了，终于遇见了一个势均力敌的对手。

这一次，你可千万不要让我失望啊！

【第八章】 千机谋尽终成空

李越霆翻山越岭，绕着山路前行，柳青青坐车都疲惫不堪，忍不住倒在车座上睡得昏昏沉沉。

夜幕降临，他们终于按照李乐婷发来的导航路线，成功抵达天门山韩家村。

接连几天的雨终于停了，被阳光暴晒了一整天的土地开始变干，也为即将到来的新的探险日增加了几分成功的把握。

李乐婷像只欢乐的小鸟一样奔出来迎接李越霆，脸上笑开了花："哥哥！"

李越霆一看到乖巧可爱的妹妹，立刻瞬间变身资深妹控："婷婷，想哥哥了对不对？"

李乐婷飞快地将他上下打量一番，抱着李越霆的手臂蹭上去卖萌："嗯，最想你了！"

李越霆还没来得及开心，就听到李乐婷特认真地问："哥，我让你帮我带的零食带了吗？"

柳青青终于明白后备箱里除了装备之外，那一大箱花花绿绿的零食到底是给谁准备的了，于是非常诚实地指着后备箱说："带了，在那儿。"

李越霆觉得眼前一花，怀里撒娇卖萌的妹妹已经跑得没影了。

金冉慢条斯理地跟上来，看到李乐婷卖力地在后备箱里翻零食，于是无奈地上前，跟李越霆碰了碰拳头：“一路辛苦了。”

李越霆带来了新的装备以及必要的补给，更重要的是，他带来了解开古墓之谜最关键的线索。

李乐婷欢快地从后备箱抱出一个大箱子，抬头才注意到那个告诉她零食在哪儿的小姑娘，她看到对方顿时皱了皱眉，一脸不高兴：“呀！你怎么长这么高！”

她掂起脚尖抻长了脖子比了比，发现还勉强刚够到对方肩膀，于是跟被踩了尾巴的小猫一样，鼓起腮帮子，冷哼一声：“哼！讨厌！不要跟你站在一个画面里！走开！”

柳青青莫名其妙就被嫌弃了，哭笑不得地对手指：“嘤嘤嘤，长得高怪我啊！”

李乐婷皱着鼻子朝她比画：“长得高的，就该砍掉，嗖嗖嗖，砍掉！”

这一点李越霆倒是十分认同，柳青青高得让“号称一米八”的他也很没身高优越感了，默默在一旁点头。

柳青青欲哭无泪：“能砍掉就好了啊！我也想把自己砍成一米六啊！”

金冉走过去拍了拍李乐婷的肩膀，帮她抱过怀里的东西，笑着蹭了蹭李乐婷的头：“得了，别闹了。”

他转过头跟柳青青说：“我是金冉，这是李乐婷，你好！”

柳青青友好地朝他伸出手：“你好，我叫柳青青。”

李乐婷眼珠子一转，故意很大声地朝着李越霆喊到：“哥哥，我嫂子呢？怎么没跟你一起来啊！”

柳青青没憋住笑，李越霆面色平静地回答：“你哪个嫂子？”

李乐婷哼了一声，低头扒拉起手机来：“算你狠！我现在就去找格格告状去！”

柳青青立刻听明白了这是怎么一会儿事儿，立刻往外甩锅：“叶颜姐姐留在西安陪我苏哥哥了，苏哥哥他受了点伤，需要住院观察两天。”

李乐婷意识到是苏云时受伤，表情也跟着担忧起来：“云时哥哥没事儿吧？怎么受伤了？”

柳青青立刻跟个刺猬一样竖起满身刺儿，狠狠瞪向李越霆，愤怒地抬手一指："还不都是他！非要跟苏哥哥比什么比的，结果害得他从楼上摔下去了！"

李越霆十分无奈地举手做认罪状："我错了，都是我错了行不行？"

李乐婷立刻就跟柳青青站在了统一战线，挽着她的手臂，把她拉到身边，两个人窃窃私语起来。

柳青青把事情的始末跟李乐婷说了，两个人一边走，一边肩并肩抵在一起说话。

李越霆跟金冉被扔在后面，金冉抱着零食盒子，李越霆背着乱七八糟的装备和工具，两个人脚步都很慢，不过他们正好也有话想跟对方说，夜幕掩映下，影子被拉得很长。

期间叶颜给李越霆打了个电话，向他报告了一下苏云时现在的状况，说苏云时开始出现脑震荡的后遗症，时不时会头晕和呕吐，不过身体情况良好，需要好好休息和观察。

李越霆忧心忡忡地挂掉电话，大家集体进了房间。

李乐婷天生自来熟，柳青青也是个好相处的姑娘，于是两个人没说一会儿话就亲亲热热地滚到一块儿吃零食去了。

金冉把门窗都检查了一遍，朝着李越霆做了个"没问题"的手势，他才小心地打开装着乐俑的箱子。

有热闹看，柳青青和李乐婷一人一袋薯片抱在怀里，咔嚓咔嚓嚼着过来围观。

"这就是那套隋代的明器？"

李乐婷挑挑眉，探头过去看，但嘴里还不忘嚼着薯片。

柳青青看到乐俑就皱鼻子，亮出爪子隔空比画："我的！那是我的！"

李越霆不理会她，问金冉："上次我发给你的那组卦象，你研究出来了吗？"

金冉点点头："正想跟你说呢！我发现了点儿挺有意思的事情，我太爷爷的笔记上，还真记了这么一码事儿。"

李越霆眼睛一亮："哦？跟盗门也有关系？"

金冉的太爷爷是北派盗门的掌门人，盗门擅闯不少的掘金及机关术法，代代流传，到金冉手中虽然剩的已经不多，但是没想到竟然还能从中找到关于乐俑的线索，真是意外之喜。

柳青青顿时来了兴趣："谁是盗门的人？我活了这么大，还第一次见到活着的盗门子弟呢！"

金冉面不改色心不跳，就听柳青青又说："真的真的，盗门的那些事儿，我以前都是在书里看到的！"

他坦然地假装什么都没听到，继续说下去："太爷爷说，盗门里面有一种机关连环阵，就是要用易经卦象拆解了，用来标注方位的。"

"那是什么？"

"是什么？"

李乐婷和柳青青像是两个好奇宝宝都不约而同瞪大了眼睛。

金冉看向李越霆，后者点点头，示意这秘密可以与她们分享。金冉这才又说："每个卦象都由两个八卦方位组成，是类似罗盘的那种机关，可以旋转确定方向，只有所有方位指向全都正确，才能打开机关。"

李越霆听了个大概意思，基本上是明白了："所以乐俑上的卦象，其实就是打开墓穴的方位指示，对吧？"

金冉点点头："没错。"

李乐婷更兴奋："那我们拿到乐俑，不就能打开古墓了吗？"

但金冉还是皱眉，李越霆也意识到问题所在："我们现在虽然手里有乐俑和卦象，但是并不知道顺序。"

"六个乐俑，这要排顺序得排出多少种啊？"

李乐婷和柳青青都是数学白痴，满头飞问号。柳青青默默盘算半天，突然用力一拍桌子！

"你算出来了？"

李越霆诧异地问，李乐婷用崇拜的目光看着她，就听见柳青青特认真地问："我才想起来，我师弟冯千秋哪儿去啦？"

李越霆得意洋洋地说："被我甩掉了，估计怎么也要在山里绕一两个小时才会到。"

"技术不错"，李乐婷赞扬道，但后知后觉："谁？冯千秋？那个害死了范致国的大叔？他怎么也来了？”

柳青青嫌弃地瞪了李越霆一眼，用手指指点点地比画：“还不都是他干的？”

李乐婷和金冉都疑惑地看向他，李越霆很从容地答到：“我喊他来的。”

“哦”，李乐婷毫不在意地吃零食：“你骗他过来干嘛？丢到山里扔掉吗？”

李越霆扶额：“什么扔掉，我就不能‘与虎谋皮’一次吗？”

李乐婷乐了：“哎哟，哥，你确定知道‘与虎谋皮’是什么意思吗？”

李越霆被嫌弃不开心：“当然知道，格格之前告诉过我了！”

李乐婷抬头去看柳青青，呲牙无声地用嘴型说话：“知道才有鬼！”

李越霆立刻不甘示弱地还击：“我就是知道！”

兄妹俩都变成了五岁，气呼呼地互相瞪着对方开始打嘴仗。

“会个成语了不起啊！”

“你别瞧不起人，我告诉你哦，我可不止会一个成语！”

“那你会几个？”

“我会的可多了！至少我还会，黄雀捕蝉，螳螂在后！”

柳青青在一旁听这个混乱的吵架节奏，对手指：“亲，你们跑题了好吗？”

自己说完这句隐约觉得哪里怪怪的。

那边李乐婷还在奓毛：“会两个成语了不起啊！”

李越霆被嫌弃地彻底，终于愤怒地吼出杀手锏：“你再嫌弃我，我就没收你所有零食，你信不信！”

“啊哥你好厉害！都学会成语了啊哈哈哈哈，好棒！”

李乐婷的脸立刻一百八十度大变化，笑得灿烂无比，还跟着热烈鼓掌。

这时候柳青青忽然爆发出一阵惊天地泣鬼神的笑声：“哈哈哈哈！”

然后从椅子上笑翻了下去！

所有人都愣在当场看她，柳青青丝毫不理会这个，从地上爬起来，爽快地笑了个够。

什么这么好笑？她笑得李乐婷都好奇了。

“大叔他刚才说‘黄雀捕蝉，螳螂在后’啊！”

“哦？”

其他三人听了都是一愣，李越霆一副不知发生了什么事的样子，李乐婷和金冉瞬间明白过来也笑了，只是没柳青青那么夸张就是了。

姑娘，你的笑点还真是低啊！

“得，成语黑洞就是成语黑洞啊！”

李乐婷已经习惯了，笑嘻嘻地纠正：“哥啊，捕蝉的是螳螂不是黄雀，螳螂就算在最后，也一样要被黄雀吃掉呢！”

“哦，哦”，李越霆摸着头认真思考这个排位的问题，柳青青彻底无语，低下头继续吃薯片。

金冉仔细地观察乐俑，一边琢磨：“难道就没个官方排序什么的？”

李越霆想了想说：“也许有。我们可以查一查当初张盛墓出土的另一套隋朝乐俑有没有编号排序？”

大家眼中刚燃起希望，柳青青就毫不留情地拍死他们：“那是后人编的号，没有参考价值的。”

“呃……”大家又都集体纠结了。

“但是我记得当时发掘张盛墓的时候，墓室的墙上有一组壁画，上面倒是有女乐师们演出的排位。”

柳青青笑眯眯地转折了一下，李越霆崩溃地问：“我说你能不能说话别大喘气？”

“我乐意！”

柳青青麻利地做了个鬼脸，眼波流转，笑嘻嘻的样子。

一想到可能只有柳青青才知道真正的排列顺序，李越霆立刻认怂：“那你乐意了，帮我排个顺序呗！”

柳青青撇嘴一歪头：“才不要呢！”

李越霆越发殷勤：“你帮我排，你提什么要求我都答应你，好不好？”

柳青青眨眨眼：“真的？”

李越霆真诚地点头：“真的，我说话算话。”

柳青青笑到："好呀，那你把乐俑给我吧！"

李越霆笑得闪了舌头，瞬间僵硬了："啊……"

柳青青有恃无恐："给不给？不给不排。"

李越霆无奈只好妥协："给给给！"

柳青青朝着李乐婷抛了个媚眼："亲爱的，你做证，你哥答应了，只要我排出张盛墓壁画上的乐俑顺序，他就把乐俑给我。"

李乐婷咬着薯片点点头："嗯，我都听到了。"

金冉抬眼看李越霆："这……"

李越霆想了想，竖起一根手指："乐俑可以给你，但我有个附加条件，在我们成功打开古墓之前，你必须跟我们一路，听我的指挥。"

柳青青爽朗地点头："当然没问题！我也想看看这个神奇的唐汾王宝藏呢！"

她朝着李越霆扬手："一言既出，驷马难追。"

李越霆跟她击掌："好，就这么说定了！"

柳青青朝他伸手："手套给我。"

李越霆有求于人，殷勤地递上手套，柳青青的神情严肃起来，慢慢戴上手套，歪着头打量着乐俑，一边思索，一边开始重新移动乐俑的位置。

不一会儿，乐俑已经被排成了一排，金冉逐一查看乐俑下面的文字，再重新记录卦象。

李越霆看着柳青青总觉得有些信不过，欠欠地问："你怎么知道那个壁画上乐俑的顺序的啊？"

柳青青没好气地瞥他一眼："不告诉你。"

李越霆眯起眼睥上下打量她，这小妮子一副胸有成竹的模样，倒不像是在乱说。

他于是越发殷勤地套近乎，说起不要脸，假如他称第二的话，肯定没人敢称第一。

"唉？我记得小苏跟我说，你考上考古专业的硕士了哎！你一定是查过相关资料了是不是？"

"嗯，应该是这样了。"

柳青青一开始没空搭理他，又检查了一遍排位，努力回忆，终于确认下来，这才没好气地朝着李越霆挥挥手：“好了，你过来拍个照记一下位置吧！”

李越霆一听乐颠颠地就过去了，拿出手机开始拍照。金冉把李乐婷喊过来帮忙对照检查，房间里顿时安静下来，只听到咔嚓咔嚓拍照以及笔划过纸张的细微响声。

金冉成功抄写出一张新的单子来，李越霆接过去一看，还是完全看不懂。

火水未济上离下坎

泽地萃上兑下坤

地山谦上坤下艮

火天大有上离下乾

风雷益上巽下震

地则临上坤下兑

李越霆对九宫八卦反正是一窍不通，唯一的优点就是记忆力比较好，看了一遍基本上就能记下来了。

“假如明天能找到古墓，我们可以去试试。”

李越霆兴致勃勃地提议。柳青青点头：“那……乐俑归我啦！”

说着把乐俑收进箱子里小心地装好，然后推着箱子背过身，给密码箱上锁。

中途还转过头，防备着李越霆偷看，李越霆无奈地耸肩摊手：“我说话算话，乐俑归你了，我不反悔，哎呀，你就放心吧！”

李乐婷在旁边乐：“哥，看来你的信誉度实在是不太好啊！”

金冉接了个电话之后心情有点沉重，过来对李越霆说话：“这次进山还需要村里出人当向导吗？我听村长的意思，已经开始抱怨我们给村里带来了麻烦。毕竟韩成和的事情已经过去了那么久……”

李越霆反问：“村长带你们上次进山，你画地图了吗？”

金冉看向李乐婷，她随手不知道从哪儿摸出一个平板电脑扔进李越霆怀里：“画了，不过村长的方向感不太好，这条路线对不对还很值得怀疑，毕竟已经过去那么久了，就算不记得也是合理的。”

金冉叹了口气：“山里这么大，如果真找不到准确位置的话，恐怕找上一个月都有可能。”

李越霆打开卫星图，对照着李乐婷手绘的路线图比照起来，一边看，一边在图上标记出几个点，画了个圈给圈起来：“我觉得还行，能看出来，村长一直都带我们在这个区域转，恐怕这里距离当初韩成和发现金银器的地方已经很近了。既然他也不确定具体位置在什么地方，那这次我们就自己去吧！这几个地方可以划为重点区域来搜索！我的装备带得比较齐全，这次肯定不会再没信号了。”

金冉看起来很开心：“装备很全的话，那这次我就不能跟你们一起进去了。”

李乐婷诧异地看向金冉：“为什么？”

李越霆指了指堆在一起的装备：“这些东西带进古墓里去太费劲了，还是放在外面，有人来操控比较好，还能做个后援策应。”

苏云时不在，策应和技术支持这一块的任务自然就落在了金冉的头上。李乐婷还没吭声，李越霆就又说：“婷婷也留在上面吧，和金冉一起，也好有个照应。”

李乐婷当然愿意，只不过有点小小的遗憾：“唉，就是不能下斗了，好可惜啊！”

李越霆摸着她的头笑道：“相信哥，下面真的没什么好玩的，真的。”

李乐婷点点头，她只是抱怨了一下，很快那点小委屈就烟消云散了。

李越霆又问柳青青：“你的身手怎么样？”

柳青青不解地问：“你指哪方面？”

李越霆被她一问也很不解：“还有很多方面吗？”

“当然了”，柳青青一本正经掰着手指头数：“你是说琴棋书画，还是动手掐架？”

李越霆眼前一黑：“当然是动手掐架。”

柳青青很得意地继续掰手指头数数："跆拳道、空手道、泰拳、太极拳……"

李乐婷听得眼睛里光芒亮闪闪："你都会呀！好厉害！"

柳青青数完很帅气地把手一挥："全都不会。"

"……"

李越霆原本打算扶个墙耍帅，然而差点手滑撞墙上去。

"不过偶尔揍一两个人还是可以的。"柳青青看着李越霆面色铁青的脸，笑眯眯地又补充了一句。

李越霆真想这辈子都不跟她说话了："你说话为什么总是大喘气！"

柳青青吐舌头鬼脸做得都快翻白眼了："就是这个风格，你管不着呀管不着！"

李越霆愤怒地抬手捂脸："小姑娘什么的，真麻烦啊！"

柳青青和李乐婷交换了个眼神，很明显，李乐婷对自己哥哥被嫌弃这种事情已经习以为常了，看热闹完全不怕事儿大。

李越霆无奈地抬手指指点点柳青青："行吧，反正也没别人了，就你跟我进去帮忙吧！"

柳青青笑道："大叔，我可是正宗考古专业出身的，带我下斗不吃亏哦！"

李越霆觉得自己已经完全搞不定柳青青了，想来想去只能三十六计走为上计，掏出电话说："哎，你们先聊，我去找一下冯千秋，看看他被困在哪个山沟里了！"

柳青青在他背后小小地比画了一下爪子，冷不防李越霆忽然回头瞪她一眼，笑嘻嘻地指着自己的后脑勺说："别在背后比画我，我这里可长眼睛了哦！"

"骗鬼呢！"

柳青青看到李越霆转回头继续往前走，于是龇牙咧嘴地继续比画着拳头，做出要揍他的样子。

李越霆脚步顿住，没回头，而是就着那个姿势摆了摆手："嘿！都说了别比画了！再比画，我就不带你去了！"

柳青青一脸诧异看向李乐婷："不是吧？这么神，背后他也能看到？"

李乐婷歪着头想了想，又抬眼环视一圈，指着窗玻璃说："应该是玻璃反光。"

柳青青差点被李越霆忽悠成功，愤愤地跺了跺脚："骗子！大骗子！"

李越霆拿着手机走到门外去，掏出跟冯千秋联络专用的手机，发现上面有好几个未接来电，都是冯千秋打来的。

刚进潼关的山路不久，李越霆就加速，轻而易举地甩掉后面跟着的车，把冯千秋等一车人给扔在了山里，他们一路转来转去都找不到方向，正气得要命，结果还接到李越霆发来的一条短信说"天气不错，在山里晒晒太阳再来找我吧"，差点没把冯千秋先生的鼻子给气歪了。

冯千秋给李越霆打了好几个电话都没人接，差点就发短信过去骂他了，终于等到李越霆主动联系他，还特贴心地给他发了个定位。

"哟，冯先生，天气不错，太阳晒得还好吧？"

李越霆的声音懒洋洋的，晚上小村子里上街的人并不是很多，尤其是他这么一个陌生人，大家更是不太敢接近，他很没形象地靠在村口的一棵大树上打电话，就跟没骨头差不多。

冯千秋恨不得从电话这头冲过来掐死他："你别以为我们有求于你，你就这么有恃无恐。"

李越霆单纯地望天："可你们确实有求于我啊！不过，'有恃无恐'是什么意思？"

冯千秋不知道李越霆不懂成语，还以为他是单纯为了气他，差点把电话都给砸地上了："你别太过分，要是找不到宝藏，信不信我杀了你？"

李越霆非常平静地"哦"了一声："冯先生啊，你知不知道有一种功能叫手机通话录音？"

冯千秋一愣："嗯？"

李越霆笑出一脸褶子："嗯，刚刚你威胁我的话，我用手机录下来了。所以你猜猜看，如果我出了什么事，警察会先怀疑谁呢？"

冯千秋满腔怒火被硬生生堵回去："你！"

李越霆悠然拉长了语调："冯先生你放心，我这个人吧，向来都是说得出，做得到的。我答应带你进古墓去找宝藏，我就一定能带你进去。不过，倒是你答应我的事情，我现在还没看到你想跟我好好合作的诚意啦！”

冯千秋知道李越霆问的是关于跟“银狐”见面的事情，但是很明显，银狐的命令是按照原计划行动，想要等李越霆将他带进古墓，找到宝藏之后，就趁机除掉他。

所以他只能皮笑肉不笑地敷衍：“老板说，如果这次你能带我们找到宝藏，他就同意见你。”

李越霆悠然笑道：“嗯，很合理的要求。那样的话，就让你们先看看我的诚意。冯先生，明天一早，我们就会出发进山了，记得要早点起床，不要迟到哦！”

冯千秋全程被堵得半句话都说不出来，一口牙都要咬碎了。

好在收到定位之后，司机终于找到了正确的方向，掉头重新上路，冯千秋被晃了个踉跄，于是把一肚子火都发到了司机身上：“找死啊！你怎么开车的！混蛋！”

这个千面狐狸简直欺人太甚！

冯千秋在心里愤怒地咆哮，反正有了银狐的授意，只要找到宝藏，他就可以毫无顾忌地把这只狐狸给宰了！

到时候有怨报怨、有仇报仇，冯千秋把心中的怒火都按捺住，转头看着窗外漆黑的天色，阴森森地笑着。

李越霆挂掉电话满心轻松愉悦，天上的星空璀璨明亮，似乎郊外的天空要比城市里的纯澈好多倍，连星星都仿佛铺满了天空，每一颗都如同钻石一样漂亮。

他用力吸了一口气，在夜空底下，使劲伸了个懒腰。

忽然想起他们从柏林出发回国的那天夜里，叶颜也是看着这如同星河闪亮的夜空，喃喃地说：“月明星稀，相信明天，一定是个好天气。”

这一场倾天之局，搅乱了千门里的风云际会，不过此刻，终于要迎来终结的篇章了。

李越霆拿出手机给叶颜发了条微信，他问：“月明星稀，你说明天，会是个好天气吗？”

叶颜并没有回复他，也许是还在忙碌，李越霆盯了一会儿安静到有些诡异的手机界面，运指如飞，自问自答："我想，应该是的。"

金冉脚步很轻地走过来，低声说："村长来了，他那边听说今晚可能还有别人要过来，所以很担心我们会给村子惹来麻烦。"

李越霆显然没把这个当一回事儿，靠在金冉身边说了几句话，金冉点点头，李越霆从包里取出一个信封，塞到他手里，笑到："放心吧，你就照我说的做。"

金冉会意地接了东西走出去，李越霆走到窗口，用窗帘半掩着自己的脸，往外看去。

村长就站在门口，连话还没来得及开口说，金冉已经把信封塞进了他的怀里，村长疑惑地打开一看惊呆了，里面竟然是一沓整整齐齐的粉红色钞票。

"这……你这是……"

村长顿时就凌乱了，金冉做了个手势，堵住了他想要接下来说的话："您先听我说。我知道这几天给您带来麻烦了，我们能力有限，别的什么也做不了，这些现金就当您和大家这些天的劳务费，另外，我看咱们村里孩子不少，但是没有学校是吧？"

村长点点头："学校在隔壁镇上，孩子们上学要翻过一座山，我们这儿孩子多，但是建学校要花挺多钱……"

金冉又说："那就这样，我们解决这件事情之后，会帮村里建一所小学，电脑、图书、乐器等等我都可以提供。建学校的期间，村里谁家的房子需要修理的，也都可以免费维修，您觉得行吗？"

村长当时激动得连话都不会说了："行、行、当然行！"

金冉笑眯眯地问："那您还有其他需要吗？"

村长连忙摇头："没有，当然没有了。"

土豪式的轰炸收到了非常好的效果，村长保证不会再对金冉他们在村里的举动有任何异议。他转身离开的瞬间，无意间抬眼望向窗口的方向，只觉得黑夜里有一道白光闪过，玻璃那一边透出一个模糊的人影，看不清他的脸，可是，却仿佛能感觉到对方神秘而带着探寻的目光，一瞬间将他看得通透，却让人不由心生畏惧。

那一刻，李越霆满意地放下窗帘，转身靠在窗框上，摸了摸下巴。

金冉很快回来，朝他兴奋地点头："搞定。"

"其实我本来就打算在贫困山区援建几所小学的。"李越霆望着他笑出一排大白牙，揽着金冉的肩膀对他说："这算一所，将来再有个五六所就足够了，再多了我也养不起。另外图书室可以多建一些，多看书长知识，将来孩子们会更有文化。"

他指指自己："不能都像我，从小到大看得最认真的就是武侠小说。"

金冉拍拍他的肩膀："这是好事，功德无量。"

李越霆点点头，赞许地说："嗯，人还是要多做好事的。将来会有好报，对吧？"

金冉抬手看了看表："冯千秋差不多快到了，我们也是时候出发了。"

他们当然不能等冯千秋来了一起出发，所以必须要抢时间连夜行动。

两个人很有默契地回房间整理行装，不一会儿柳青青和李乐婷过来敲门，李乐婷睡眼惺忪，怀里还抱着个甜甜圈形状的抱枕，没走两步就往旁边的柳青青身上倒。

柳青青穿着迷彩的仿军装，长发扎成了利落的丸子头，戴着一副防风墨镜，背着迷彩双肩包，整个人看起来甜美，又不失酷帅。

李越霆笑着打量了两位女士一番，笑着说："造型不错。"

金冉把小迷糊李乐婷揽过来靠在自己肩膀上，帮她拉上连帽衫的帽子，然后又递给她一副口罩。

李乐婷迷迷糊糊地又翻出一副防风镜戴上，整个把自己打扮得像个恐怖分子。

李越霆扔给柳青青一副口罩，她笑着点头，收在了口袋里。

金冉对李越霆说："那我们先走了。"

李越霆伸出拳头，两人碰了碰："路上小心。"

李乐婷这时候终于清醒过来，朝着李越霆摆手："哥哥再见。"

柳青青很诧异："怎么，要兵分两路吗？"

李越霆跟李乐婷告别，然后朝柳青青勾勾手："小美人你别跑呀，你跟我一组，嘿嘿嘿嘿。”

柳青青把嘴巴一嘟，作势掏手机：“我要告诉苏哥哥和叶颜姐姐，你调戏我！”

李越霆摆出一副油盐不进的笑容：“你去告啊！这个点儿你苏哥哥早就睡觉了！”

柳青青狠狠瞪了他一眼，不情愿地站到李越霆身边去。

“他们带的东西多，所以要开车进山，走大路，所以要先走。我们跟着他们的定位走小路，走之前，先调戏一下冯千秋。”

李越霆简单解释了一下两边的行动线，柳青青还是很不解：“我就是不明白，你跟苏哥哥斗气，为什么一定要带上冯千秋？”

金冉已经拉着李乐婷先走了，车子都准备好停在村后的另一条路上，正好是当年韩成和出钱给村里修建的，山路依然，但物是人非。

李越霆一脸神秘莫测的笑容：“这个嘛！很快你就会知道了。”

柳青青撇嘴抱怨：“大叔你明明什么事儿都知道，还什么都不说，卖什么关子啊！真讨厌！”

李越霆笑眯眯：“关子是什么？能吃吗？”

柳青青特别想把自己的大书包扯下来塞满砖头，然后抡到李越霆脸上去，把他笑到露出来的一排大白牙都给敲碎了才好。

金冉和李乐婷出发之后，李越霆则带着柳青青徒步进了山。

两个人倒也没走远，只是躲在后山丛林茂密的地方待着。李越霆穿着连帽衫，帽子挡住了头发和大部分脸。他正经八百地戴上一副新眼镜，找了个光线不怎么刺眼的地方调试，柳青青看他在默默地按着眼镜边上的按钮，仔细看去，才发现他戴的竟然是一副带摄像头，能通过眨眼动作拍照摄像的谷歌眼镜，顿时十分好奇：“哇！你的眼镜是不是能拍照的那种呀！”

李越霆正靠着树干坐着，懒洋洋地扬起脸看她：“嗯，你也想要吗？”

对于一名未来的考古工作者来说，这种眼镜简直就是绝佳的装备，她无比期待地点了点头。

李越霆朝她伸出一只手：“好啊！你拿乐俑来，我就跟你换。”

柳青青看他笑得眼睛都弯了，像一只不安好心的坏狐狸，于是立刻后退一步，抱住了自己的背包："不要！"

李越霆笑得更得意了，抬手从背包里翻出另一副眼镜，抬手扔给柳青青："不跟你开玩笑了，这是你的，戴上吧！"

柳青青看到那是一副式样差不多的眼镜，有点诧异地望向他。

李越霆转过头，对着某个角度眨眼拍了张照片，然后问："画面清楚吗？"

柳青青刚想回答，李越霆又说："是吗？那我把光再稍稍调亮一点吧！"

她这才想到，李越霆跟金冉他们之间应该是有联络频道的，可能是在跟他们说话。

她这才戴上眼镜开始调试，画面看起来倒是十分清晰，她试着拍了张照片，感觉很有趣，忍不住露出笑容来。

李越霆从手臂的口袋里拿出手机，用眼镜拍摄的照片已经通过程序传进了相册，他满意地点点头："这回挺好。"

转头看到柳青青也很有兴趣地调试着眼镜，于是主动介绍说："眼镜跟金冉那边的系统都是连通的，你拍到的画面，能同步在他那边的电脑上，还有我的手机里，而且是实时的。"

柳青青想了想问："这么说，等我们进了古墓，他们在外面也一样能看到里面的情形了？"

李越霆拍了下手："没错，而且还可以同步保存视频和照片，收集更多的科研资料。"

柳青青诧异地"啊"了一声："你竟然还搞科研？"

李越霆非常认真地摇头："我？我哪里懂什么科研啊？"

他看到柳青青不解的目光，顿时明白过来："哦，这科研资料是帮着别人收集的，我对这个没什么兴趣。"

柳青青立刻星星眼："那我可以也要一份吗？"

李越霆先是不解，然后又明白过来："哦对，你也是考古专业的，需要这些资料写论文什么的，是吧？"

柳青青热烈点头："算是吧！不过，要纠正一点，其实我是考古学专业，不是考古专业的！"

李越霆突然神色陡然一收，变得严厉起来，目光如同刀锋般锁定了突然出现的目标："他们来了！"

柳青青诧异地跟着看去，一拨人马七零八落地冲进村子里来。她定睛一看，却没找到冯千秋的身影，应该不是他的那波人，而是新来的："咦？不是冯千秋，这又是谁啊？"

李越霆悠闲地翻出个望远镜递向柳青青，柳青青接过来用上了，李越霆于是又找出一个，两个人都把眼镜架在头顶，并排坐着，举着望远镜往村子里看。

"是刘江帆！"

柳青青顿时认出了来人："他怎么也来了？"

李越霆悠然一笑："那还能有什么，当然是你亲爱的苏哥哥把地址告诉了他们。"

柳青青好像明白了点什么："怎么来了这么多人啊！你说一会儿要冯千秋也来了，两边儿打起来，到底谁能赢？"

李越霆笑眯眯："你觉得冯千秋和刘江帆，哪个更厉害点儿？"

柳青青摇摇头："这个我也说不好，冯千秋阴狠毒辣，锋芒毕露，在利益面前，丝毫不肯相让。刘江帆师兄的入门时间比我和苏哥哥都早，他有野心，总想着一路往上爬，不过不轻易出头，总在背后使坏。我看啊，这两个人都要提防。不过，我听苏哥哥说，明王令现在就在刘江帆的手里，所以我比较担心刘江帆。"

李越霆一副八卦好奇的模样："明王令？小苏给刘江帆的那个？我还没细看，长什么模样啊？"

"其实也没什么特别的，就是上面有千门的标记——火焰的令牌"柳青青无奈地摸头，"亲，我觉得咱们俩跑题了。"

这时候村里热闹了起来，天渐渐亮了，冯千秋的人也到了，两边的人混在一起，乱糟糟的。

冯千秋刚进村迎面就看到刘江帆，于是心里一阵崩溃，开口问道："这么巧，你也来了？”

刘江帆朝着冯千秋斯文礼貌地笑：“你能来，我就不能来吗？”

“你竟然带了这么多人来。”

冯千秋看到对方身后呼啦啦的身影，眉头一皱：“怎么，想打群架吗？”

刘江帆旁若无人地笑：“你师父没教过你，见到长辈要怎么叫人吗？”

冯千秋心里一阵窝火，但还是忍住了，低头不情愿地问好：“师叔。”

李越霆笑眯眯地读着两个人的嘴型试图猜他们在说什么，幸灾乐祸地说：“刘江帆逼着冯千秋叫他师叔哎！哈哈哈哈，看来很快就能打起来了呢！”

柳青青推推他，担心地问：“真要打起来了，村民怎么办啊？”

李越霆得意地笑到：“没事儿，我让金冉给了村长两万块钱，还答应到时候帮他们修房子，就算一会儿打起来他们把房子都拆了也没关系。”

柳青青哭笑不得：“原来你早有准备啊？”

李越霆继续围观刘江帆和冯千秋掐架，一边非常高兴地说：“你看，刘江帆带了那么多人来，如果我不喊冯千秋来，就凭我们几个人，怎么拦得住他啊？你说，我是不是特别有先见……先见什么来着？”

“先见之明啦！”

柳青青一边围观一边评论：“得，怎么说都是你有理，我说不过你，你都对，还不行吗？”

李越霆看到望远镜里两拨人水火不容，一言不合就要动手打起来的架势，笑眯眯地拿出手机，说：“嗯，是时候了。”

柳青青还没弄明白李越霆到底说的是什么时候，就看到他已经拨出了一个号码。

她见李越霆笑眯眯地端着望远镜继续看，心念一动：“你不是给冯千秋打电话呢吧？”

李越霆边等电话接通边说：“不错啊，猜得挺准。”

那边冯千秋和刘江帆还在互相大眼瞪小眼，他们确实很想动手把对方一拳揍倒，但是这种事儿绝对不能自己先动手，否则将来一旦三宗大会理论起来，他们就算当上了明王，也未必能交代得过去。

所以两个人就在你来我往地打嘴仗，反正嘴炮没证没据，冯千秋气势逼人，刘江帆笑里藏刀，谁都不是省油的灯。

这时候气氛其实有点僵持，来点儿火星可能就能当场把两个人给直接炸了。

然而这时候突然响起了手机铃声和短信提示，竟然是同一时间，冯千秋和刘江帆对望了一眼，不约而同地去摸自己的手机。

电话响的是冯千秋，他看到隐藏号码知道可能又是千面狐狸来电话了，自然不能让对方听到，所以立刻把脸一沉，转身走到一旁躲起来接电话去了。

而来短信提示的是刘江帆，他摸出手机也躲躲藏藏地看。

“唉，打不起来了……”柳青青看着两个人背对着对方越走越远，心中还是稍微有点小失落的。

李越霆悠然的声音已经响起：“嘿，冯先生，路上睡得好吗？”

柳青青知道他又进入了气死人不偿命的模式，所以也就什么都不说，放下望远镜，开始继续玩儿自己的眼镜。

冯千秋跟刘江帆对峙的火气还没完全消，整个人语气都气势汹汹的：“你在哪儿？我们什么时候出发？”

李越霆站起来，扶着一棵树，用一个自认为帅气的造型打电话，语气很欠揍：“你问我什么时候出发嘛？我们为什么要一起出发？”

冯千秋被问得顿了一下：“你不是说，要带我去找古墓吗？”

李越霆无聊地扭着腰：“我是说要带你找到古墓，可我说了到古墓的路我们必须一起出发一起走吗？”

冯千秋气得快炸了：“你想反悔？”

李越霆语气越发真诚：“我说话向来算数，不过，你带了这么多人来，我可不打算带上他们一起进古墓。”

冯千秋顿时警觉，四处张望：“你看得到我？你就在附近？”

他说着立刻挥手，示意跟他一起来的人就近搜寻，李越霆笑吟吟地说：“让你的人别忙活了，他们找不到我的。我劝你，有时间还是先处理一下跟你一起过来的那位刘先生吧，他要是跟着一起来的话，找到的宝藏就要分成三份了，先说好啊，这个分法我可坚决反对哦！”

冯千秋眯起眼睛，像打量猎物一样盯着站在另一个黑暗角落里的刘江帆，他似乎也在打电话。

李越霆说得对，刘江帆确实是他的竞争对手。

“还有，友情提醒你一句，据说，明王令在刘江帆手上。”

李越霆换了个姿势，像条蛇一样没骨头地靠在树干上，朝着柳青青笑得很无赖。柳青青别过脸不去看他，他才接着又说下去：“你可以好好思考一下，假如，我是说假如，谁都没能破得了倾天局的话，那么，对谁来说最有好处？”

他几乎是一针见血，冯千秋顿时如同被一盆冷水浇在了头上：“你是说，他并不想破局，只要没有人破局，拥有明王令的人，就可以顺理成章成为下一任明王？”

李越霆悠悠评价：“嗯，不错，反应很快，看来你的智商没掉线。”

冯千秋立刻恶狠狠地看向刘江帆，心里顿时起了别的念头。

李越霆听出电话那头他的呼吸粗重起来，显然是对刘江帆动了些许杀机，他要的正是这种结果。

“你放心，我既然答应你了，就随时会分享位置给你。你只要按照我发给你的位置走，就能找到古墓。不过在找到古墓宝藏之前，希望你先把其他的麻烦解决一下。”

李越霆笑眯眯地补充了一句，然后不等冯千秋回答，立刻挂断了电话。

抬头就看到柳青青正饶有兴趣地盯着自己，他摸了摸自己的脸：“我脸上有东西？”

柳青青带着几分赞许的笑容：“我发现，你这个人其实还挺腹黑的。”

李越霆歪着头满脸得意：“你知道他们给我起的外号是什么吗？”

柳青青自然知道李越霆在江湖上的名号：“狐狸，千面狐狸。”

李越霆朝她比出一个成功的小树杈：“对啊，我是狐狸，狐狸当然要狡猾啦！”

柳青青摇头：“你可不止是狡猾，你是狡诈。”

李越霆听得一头雾水，把眼睛瞪得很大："那不是一个意思吗？"

柳青青这才想起这家伙坑死人的语文水平，在他面前掉书袋的后果只有一个，那就是根本听不懂，对牛弹琴。

"你故意拉拢冯千秋，然后煽动他去对付刘江帆，等到刘江帆掀不起大风浪了，你再顺手把冯千秋也给按下去，这就是真正的螳螂捕蝉，黄雀在后了。"

李越霆听柳青青这么说，眼睛里的光一点点亮起来，嘴角的笑意也很浓："你这小丫头，还真是聪明。都说长得高的智商不高，我看你的智商还是挺不错的嘛！"

柳青青被他一句话戳中软肋，于是瞬间崩溃："你够了！不提身高我们还能做朋友！"

李越霆笑眯眯地，学着苏云时的样子，转过去摸了摸柳青青的头帮她顺毛。

柳青青竟然难得地没有拒绝或者躲闪，李越霆还以为小姑娘终于对自己没那么大的敌意了，结果等他往回收手的时候，小姑娘开心地皱着鼻子笑成一朵花，说："嘿嘿。我都好几天没洗头了。"

李越霆的手僵硬在空中，进也不是，退也不是。

后来纠结地挥了半天，终于转身按在了树干上，不动声色地蹭了蹭。

柳青青得意地朝他横晃："我骗你的啦！"

"我苍了个天的！"

李越霆作势扑倒在树上锤了两下："为什么现在的年轻小姑娘都这么多套路。格格，我乖巧懂事温柔可爱的格格！我真的好想你啊！"

"咣当"一声，一个男人被踹翻在地。

李越霆口中那位"乖巧懂事温柔可爱"的格格叶颜，轻巧地收起穿着藕荷色高跟鞋的脚，嘴角笑容还没散尽，人已经敏捷地跟上去，并指为掌，果断精准地砍在了那人的后颈上！

旁边的另一个男人还想上前阻止，被叶颜冷冷一眼扫过去，顿时魂都飞了一半，就剩下后退的份儿了。

叶颜此时如同一只骄傲的狮子，对于所有侵犯自己领地的其他物种，一律格杀勿论。

医院里的地下车库里安静阴暗，某个地方正在滴着水，一滴一滴的声响在空旷的空间里回荡着，听起来特别瘆人。

叶颜高昂着头，一脚踩在那个昏倒的男人后背上，转头看向另外一个男人："还跟吗？嗯？"

苏云时淡然地抄着口袋站在原地，看着叶颜，不动声色地笑。

男人吓得连连点头，叶颜慢慢走过去，风姿绰约地俯下身，笑着对他说："回去告诉你们老板，我最讨厌别人偷偷摸摸在背后跟着我。这点小小的教训，就当是个警告。以后再来，那我就真不客气了。"

苏云时慢慢走过去，他的脸色苍白，头上戴着一顶帽子，神色虚弱，明显还没有完全康复的模样。

他没说话，只是淡淡看了男人一眼，朝着叶颜伸出手。叶颜把手搭在他的掌心，然后翩然站了起来。

两个人携手走远，上了同一辆车。开车的是叶颜，苏云时神色疲惫，合着眼，无力地靠在后座上。

"刘江帆应该已经先离开了，这几个小喽啰，不足为虑。"

叶颜安慰着苏云时，把车开出地下停车场，阳光透过窗子淡淡洒落在苏云时的脸上，他舒适地长长吐出一口气："终于出院了。"

叶颜侧目看了看他："医生说，你还是要好好休息，尤其是注意脑震荡的后遗症。"

苏云时被她这么一说，握拳抵在嘴唇上按了按："放心，我真的没事了。"

叶颜定了定神，收敛了脸上的笑容："你要我做的事情，我已经办完了。"

苏云时赞到："效率可真高啊！"

叶颜很谦虚："应该的。"

苏云时歪着头想了想，不知道是问自己还是问叶颜："你说现在，老李他们，已经到哪里了呢？"

叶颜听见了他说的话，没有回答，而是神秘又古怪地笑了。

“阿嚏！”

正在奋力爬山的李越霆捂着鼻子打了个喷嚏：“谁在说我？”

柳青青脚步矫健地跟在他的身后，只落后半个身位：“说不定是有人骂你呢！”

“我这么好的人，怎么会有人骂我？”

李越霆笑嘻嘻地看了看手腕，手表上有指南针，他很快辨别了方向，抬手一指：“再往东十二度。”

柳青青虽然没手表，但是也跟他同步着手机里的地图导航，看着代表他们的光点逐渐接近被李越霆划定的疑似区域。

潼关是历史上著名的军事战略要地，崇山峻岭，地势险要，易守难攻，尤其是遮天蔽日的山林。树木繁茂，举步维艰，不过幸好有些绵延的小路，才让他们不至于无路可走。

柳青青往身上喷了两下李越霆递过来的驱蚊水，忍着快要熏死的刺鼻气味崩溃地问：“我就奇了怪了，为什么蚊子都不咬你啊！”

李越霆停下来看着地图校对方向：“我人品好。”

柳青青自己小声嘟囔：“一只狐狸哪有什么人品？”

李越霆随手扔给她一只耳机：“戴上，这是公共频道，我们已经进入指定区域，接下来所有行进方向，由婷婷统一指挥。”

柳青青很诧异：“让她指挥？”

虽然嘴上这么说，但还是把耳机迅速戴上了，她并没有见识过李乐婷那逆天的记图能力，所以非常怀疑。因为从外表上来看，李乐婷确实只是个娇滴滴的小姑娘而已。

李乐婷的声音欢快地响起：“喵！画面很清楚呀！哥，你这眼镜挺不错的，我也想要！”

李越霆立刻兴奋地：“你喜欢？买买买，我给你买粉色的。”

李乐婷开心地答话：“好呀好呀！既然你答应要给我买眼镜了，那我就不说你刚才行进方向往东南偏了 2 度这件事了。你要是不偏的话，应该可以少走半个小时的路。”

李越霆：“……”

他默默关上频道，对着空气愤愤挥了一拳，然后又把频道打开，语气和蔼地问："婷婷啊，你为什么刚才不说？"

李乐婷特无辜地说："我以为你自己会发现啊！谁知道你方向感那么差！"

柳青青终于明白为什么李越霆要把指挥权交给李乐婷了。她决定给李越霆稍微挽回一点面子，于是开口打岔："婷婷原来你的方向感这么好啊！"

"那当然了，你知道婷婷以前是干什么的？"

李越霆资深妹控立刻上线，非常骄傲地炫耀起来："她可是业内最好的地下赛车手！"

"哇塞！"

柳青青瞪大了双眼："这么厉害！"

李乐婷怀里抱着电脑和薯片，一边嚼着薯片，一边看地图，一边跟柳青青说话："一般一般，也就经常第一第二的样子吧！"

柳青青乐了："得了，有空带我兜风去！我最喜欢坐跑车兜风了！"

李乐婷嚼着薯片很开心地答应了："好呀！等我们回去了，我带你去我们别墅的湖边兜风。"

她随手放大地图，又扫了旁边电脑上的实时画面："哥，你可以再往左一点点。"

李越霆立刻按照李乐婷的指挥往左走去，一边眯起眼睛远望："咦？那里有个山洞？"

柳青青跟着看过去："真的是山洞！"

李越霆摸着头加快了脚步："这，也太顺利了吧？"

柳青青瞟了他一眼："只是个普通的山洞，你想多了吧？"

李越霆朝她做个鬼脸："那可说不定哟！"

然而他进去转了一圈，又灰溜溜地出来："真的就是个山洞，白高兴一场。"

柳青青吐舌头歪歪头："所以说你想太多吧！"

李越霆依依不舍地看着山洞，目光上下打量了一圈。

山洞旁边生长着茂密的爬墙虎，柳青青不经意地拂过绿油油的叶子，把叶子拨来拨去，忽然眼前一亮："咦？这是什么？"

李越霆立刻凑过去看："怎么了？"

柳青青拨开遮挡墙面的绿叶："这好像是……青砖？这里怎么会有青砖？"

一个普通的山洞，怎么可能外面会有青砖？

李越霆摸着下巴，问："青砖，我记得应该是用黏土烧制的吧？"

柳青青顿时来了兴趣："没错，青砖是一种建筑材料，在一个普通的山洞里，怎么会有青砖？"

李越霆把覆盖在青砖上的绿叶全都扯开，发现整面墙都是被青砖整整齐齐砌成的。

"哇，这也太玄幻了吧？"

柳青青看着整面墙，抬手轻轻摸上去："青砖在抗氧化，水化和大气侵蚀方面的性能要明显优于一般的红砖，透气性好，耐磨损，上好的青砖甚至可以保持万年不腐。"

李越霆若有所思："所以……这里面，一定有什么东西，为什么一定要砌一面墙把它遮住呢？"

柳青青歪头问："你有锤子吗？"

李越霆一愣："砸开？这么粗暴？"

金冉插话："你们找到了什么？青砖？"

李越霆把肩上的背包拿下来寻找工具："这里有一面墙是用青砖砌成的，我觉得一定有什么古怪，我要把它打开看看。"

柳青青看他掏出个铲子，神色一囧："你确定要用这个？"

李越霆把铲子扔到一边，又摸索出一把锋利的刀，嘿嘿一笑："当然不是，撬砖墙嘛，当然要用这个。"

他把刀子直接插进墙缝，然后沿着缝隙一点点移动，没两下就把一块砖四周都过了一遍，然后用力一转刀柄，整块砖立刻就松动了。

柳青青上手把砖小心地抽出来，砖上竟然有很漂亮的花纹，纹路清楚，有些地方有灰白的痕迹，她的手一抖，看向李越霆："这纹路我好像以前在哪里见过。”

李越霆看到砖表面翻飞交错的花纹倒是笑了：“哎哟？这么巧，又见面了啊！金冉啊，我终于明白为什么古墓里会有盗门的机关阵了。你看这花纹，是不是凤凰尾羽？”

凤凰尾羽是他们之前曾经追查阿波丸号沉船宝藏下落时的关键性线索，后来被证实是代表着八门之一的盗门的标志和象征，李越霆对这个已经非常熟悉，对着那个花纹拍了张照片。

柳青青诧异地插话进来：“又是盗门？我们千门的倾天局，为什么会跟盗门也有关系？你们不会看错了吧？”

金冉把车停在路边，捧着电脑下车跟李乐婷换座位，他看着电脑里实时收到的画面：“没错，这确实是凤凰尾羽。不过，我倒是没在太爷爷的日记里看到过与这件事相关的记录，难道是南派盗门干的吗？”

李越霆想了想，做了几个假想：“按理说，这里是西北，夏家向来在南粤一代活动，参与的可能性其实不太大。既然你太爷爷那里没有记载，或许，这件事发生的时间更早一些，也或许这件事并没有经过他的手，抑或是由于某种原因没有记录下来，都有可能。”

他说着敲了敲柳青青手中的青砖：“能辨别出大概的年代吗？”

柳青青凝眉思索：“依照这块砖的色泽和年代感，还有被风化的程度来看，很有可能是民国时的东西，不过具体我不太敢确定。”

“要是民国的东西，那就有趣了！”

李越霆摸着下巴思索：“你还记不记得你给我看过的那部千门明王的手札，上面就提到过，在民国时，江湖上曾经一度掀起过寻找隋代古墓和汾王宝藏的传说。展鸣的倾天局一开，逼退了那些打宝藏主意的日本人，后来日本人展开报复，灭了展家的门。”

柳青青点头：“对，是有这回事儿。”

李越霆垂下眼眸想了一会儿，忽然问：“婷婷，你还记得小时候爷爷曾经给我们讲过的故事吗？”

李乐婷本来在认真开车，听到哥哥的问话愣了一下：“你是说，太爷爷的故事？”

李越霆“嗯”了一声，指尖摸索着那块青砖：“我还记得爷爷那时候总给我们讲太爷爷和太奶奶的故事，只是那时候我觉得无聊，所以听一半就走神了，没听全，你记性好，还记不记得，爷爷当时都讲了什么？”

李乐婷知道李越霆不会平白无故问起这件事，于是努力回忆起来，她当时年纪比较小，原本记事应该没有李越霆清楚，但是她天生记忆力就比较好，过了这么多年，现在回想，竟然也能记起不少细节来。

“爷爷说，太爷爷和太奶奶其实从小一起长大，但是太奶奶家出过一次变故，全家人除了她之外都死了，而太爷爷就被几个日本人带到日本去了。后来回国，应该是二几年的时候，遇见了太奶奶，太奶奶还曾经以为他是害死全家的凶手之一。两个人都做文物生意，还交过几次手……太奶奶非常仇视日本人，经常设局骗他们的钱，有一次险些被日本人发现，是太爷爷出手帮了她，两个人的误会才开始渐渐化解。呃……我差不多就记得这些了。”

李乐婷托着下巴想了又想，最后无奈地叹了口气。

李越霆似笑非笑地看向柳青青：“你有没有觉得，这个故事很耳熟？”

柳青青虽然脑海里冒出一个大胆的念头，但是怎么都不敢相信：“不是吧？这怎么可能？你们难道是……”

李越霆悠悠笑道：“其实我一开始也不相信，为了证实我的猜测，我让家里的老管家去翻了一下老宅子，他找到一张以前太爷爷亲笔画的水墨山河图，上面有他的落款和印章。他的落款是李贺，字云起……”

柳青青神色一变：“李云起？千门第二任明王？”

李越霆点头，语气明显高兴起来：“是的，按照这个来推断，我们的太奶奶应该就是展鸣那个侥幸逃脱了灭门惨案的女儿。哎？要这么算的话，我跟婷婷也可以算是千门的人，是不是？”

柳青青上下打量李越霆：“天啊！我记得明王手札里记录过，李云起是展鸣的不记名弟子，还是李鸿章李家分支的嫡子，豪门大宅，书香世家，你是他的后人，这……这也太不像了吧！”

在柳青青心中，李云起就应该是苏云时那种温文尔雅，君子淡泊如水，谦逊如玉的。

而李越霆……这复杂的气场确实一言难尽啊！

李乐婷特开心地在旁边凑热闹："是啊，我哥完全就不像是什么书香门第出身嘛！格格说，他就是个土豪暴发户、青年村镇企业家的气质。"

李越霆特无奈地说："婷婷，我们都是一家的，说我就是说你好吗？"

李乐婷嘁了一声："我愿意当土豪啊！而且还是个开着粉色兰博基尼跑车的土豪，你不觉得这很萌吗？"

李越霆郁闷地低下头去继续撬砖："算了，不说了，反正你们都嫌弃我。"

柳青青意识到他忽然提起千门的旧事，肯定是有什么理由的，于是开始轻声细语地哄他："好了好了，我错了还不行吗？你接着说吧！"

李越霆把唇抿成一线："没了。"

柳青青："没了？！"

李越霆认真摇摇头："没了。"

柳青青崩溃地怒吼："谁给我把锤子！"

李越霆手上不停，继续开始撬下一块砖，一边朝着柳青青挥手："你过来帮我一把呗！"

柳青青嘟囔着："不帮，谁让你不给我锤子的。"

李越霆忙活得满头大汗："我给你锤子你砸我怎么办啊？你就算不砸我砸墙，这墙后面谁也不知道有什么，一旦用锤子给不小心砸碎了怎么办啊！亏你还是考古专业的呢！一点儿也不懂得保护文物！"

柳青青从包里摸索出一根细钢锥，在李越霆面前晃了晃，翻白眼："谁说我要砸了，专业工具懂不懂？"

李越霆半信半疑地停下手，给她找出一个小锤子。

柳青青龇着牙向他小小地比画了一下："哼！骗纸！"

李越霆把脖子缩回去，笑得非常欠揍，继续拆墙。

两个人分工合作，果然进度快了一倍，很快把墙拆出一个洞口，里面黑漆漆的，李越霆打着手电往里照去，顿时一愣："石碑？"

柳青青跟着看过去，也是一愣："怎么会有石碑？"

这石碑看起来有点年头了，一人多高，上面还刻有文字，造型也非常别致，同一个碑座上有两块石头。

他们又继续拆墙，把墙彻底拆掉一大面，才露出一块完整的石碑来。李越霆看不懂上面的字，柳青青凑上去仔细看了半天，终于没好气地冒出一句："你还真是瞎猫撞上了死耗子了。"

"啊？你说什么？你们这些人，别天天拿我和瞎猫比一块儿，我又不抓老鼠。"

李越霆被说得一头雾水，柳青青给石碑拍了照，说："这是隋代的墓志铭。"

"隋代？"

李越霆歪着头盯着石碑上下看："怎么能看出来是隋代的？"

柳青青说："上面有隋炀帝的年号'大业'。"

金冉收到照片，立刻开始进行电脑搜索："我找找数据库里有没有类似的石碑，比对一下。"

柳青青围着石碑转了半天，拿出手机继续拍照："我确定不了真假，我要发给苏哥哥看一下。"

李越霆笑着提醒她："你别忘了，是谁把村子的位置告诉刘江帆的？"

柳青青不管他说什么，立刻反驳："无所谓啊，你也可以把石碑拍给冯千秋看啊！"

李越霆拿出手机，打开实时更新的照片打开放大缩小看了半天，崩溃地问："这上面写的都是什么字啊？"

"墓志铭，换句话说吧，就是祭文。"

柳青青猜想李越霆应该不能知道墓志铭是个什么东西，于是选了最通俗易懂的方法解释："这块碑立于大业二年，立碑人不详，但是这篇祭文的开头就说，写给的是一个不能提及名字的人。这个人原本身份高贵，但是却不能以本来的名字下葬，所以只能用这种方式来纪念他。"

李越霆眼前一亮："所以，这块碑的附近，一定有这个人的墓穴！"

柳青青把碑文从头到尾看了一遍，兴冲冲地说："这里写着，这个人……面朝东偏北方向而葬。东偏北……从这里往东是……长安，是长安城！"

李越霆不解："什么意思？"

柳青青急切地解释："中国古代有这种传统，人死了之后要落叶归根，假如离世后不能回到故土，就要面朝故乡而葬，以表达自己归乡的期待。这个人要求自己的墓朝着东偏北方向的长安城，就意味着他的故土在长安。他是长安人，可却要葬在异乡，不能在墓碑上留下名字、身份，但是，我想，我已经猜到他可能是谁了。"

李越霆对历史的了解实在是很少，听得一本正经："不能被提及名字的话，有两种情况，要么是造反被通缉什么的，要么就是皇权斗争的牺牲者。我记得听格格给我讲过隋代的历史，隋炀帝干掉了自己的几个兄弟，才成为太子登上皇位。如果真像你所说的，这个人身份高贵，但不能用自己的身份，又是长安人，那么，他很有可能就是隋炀帝兄弟当中的一个，争夺皇位失败之后，逃亡到这里的时候死了，被同行的人安葬在这里。"

金冉点点头："很有可能，从你发过来的照片看，这个石碑很可能是真的。之前明王手札里提到，唐汾王在潼关挖掘一所神秘的隋代古墓，会不会就是这座隋朝皇子的墓穴？"

柳青青摩拳擦掌，显然对于下墓这件事非常有兴趣："进去看看不就知道了？"

李越霆摸着下巴："可我总觉得哪里不太对。如果这座古墓事关当年展鸣设下的倾天局，那为什么盗门要用青砖把这块石碑围起来，他们是为了保护这座石碑，还是不想让别人发现这座石碑？他们的目的到底是什么？"

柳青青皱着眉："听你这么一说，我也觉得哪里有点不太对……"

李越霆戴上手套，小心地触摸石碑上的每一个字迹，他虽然看不懂，却格外用心。

柳青青纠结地摇着脑袋："唉！头痛啊！不然还是先找找墓穴入口，说不定下去看看，就什么都清楚了。"

李越霆抬手看了看表，问："婷婷，你们开车能进来吗？"

金冉翻了一下地图，李乐婷已经开口："你们的位置，两面是峭壁，一边是树林，车是肯定开不进去的，距离你们西南方大概三公里的地方，在树林南侧，有一块开阔的平地，路只能通到那里。我建议在那里建一个临时据点，你们先出来，到这里跟我们会合，然后我们再商量下一步的行动该怎么进行。”

她的安排合情合理，李越霆朝着柳青青使了个眼色，两个人立刻很有默契地把撬开的青砖塞了回去，然后把爬墙虎拉下来重新把墙面挡好。李越霆上下打量了一番，觉得没什么异样，这才朝着柳青青挥挥手：“我们走吧！”

三公里走路倒也是不远，尤其是对于已经走了一天山路的人来说，那简直就是轻而易举。

李越霆和柳青青快走到树林尽头的时候，就看到一条小溪，旁边横着一辆越野吉普车，后备箱敞开着，李乐婷抱着个松软的抱枕正窝在那里睡觉，显然是累了。

李越霆眼前一黑，目光望向金冉，小声问：“她怎么又跑后备箱里睡觉去了？”

柳青青没见过这个场景，上前打量了半天，长叹一声：“唉！身材娇小就是这么好，睡后备箱也行。”

李越霆笑眯眯地顺手补一刀：“你也能睡，不过得掰成两截放进去才行。”

柳青青被他调侃惯了，作势挥了挥拳头比画一下，李越霆配合地往后倒去。

“无聊”，柳青青瞪了他一眼，把背包小心地摆在车门边，顺手从后座上翻出两块巧克力，嘴里一嚼一嚼地像只仓鼠。

金冉无奈地摇头：“管不了。”

李越霆叹了口气：“算了，要睡就睡吧，不过有没有毯子？我怕她这么睡会着凉。”

金冉小声说：“我本来给她盖了，她嫌热，直接给扔出来了。”

说完看到柳青青嚼着巧克力溜达过来，于是指了指水边摆着的简易小桌子：“我煮了点汤，在保温壶里。你们要不要喝一点儿？”

柳青青对热汤很有兴趣，把汤倒出来一杯小口抿着，一边喝一边琢磨。

李越霆摇摇头，去后座翻腾半天，找出一罐可乐：“哟，还好，还有可乐。”

他开了一罐喝着，柳青青还是想不明白，于是抬头看他，问：“我能不能把今天发现的青砖，还有石碑，发一份给我的导师？”

李越霆反问：“你想找他鉴定一下？”

柳青青点头，李越霆摇头，断然拒绝：“不用了，我想通了，那石碑是假的。”

金冉和柳青青都愣住了，定格在原地像是两尊石像，异口同声地问：“假的？”

李越霆没有解释，而是对柳青青说：“你现在把照片发给你的苏哥哥，他也会跟我说同样的话，这座石碑，是假的。”

“为什么？”

柳青青不相信，抓过手机发照片给苏云时，向他询问石碑的真假。

苏云时回复得很快，但没有回答柳青青的问题，而是问：“是李越霆让你来问我的？”

柳青青看了一眼胸有成竹的李越霆，答了一句：“是。”

苏云时沉默了一会儿，又回了三个字：“双束碑。”

柳青青看了先是一愣，然后恍然大悟地拍着自己的脑袋：“是啊！我怎么没想到呢！”

李越霆微微抿起嘴笑：“你看，我说什么来着，是不是，这就叫，英雄所见略同。”

柳青青没好气地说：“这句你倒是记得挺清楚。我看，你是瞎猜的吧？你知道‘双束碑’是什么意思吗？”

李越霆垂眸想了想，心里立刻有了答案：“你说的‘双束碑’，就是当年唐高宗李治和他的皇后武则天封禅泰山的时候，在那里立下的一块双石同座碑吧？”

柳青青诧异地望着李越霆：“这个你竟然也知道？”

李越霆诚恳地点点头：“在电视剧里看到过。”

柳青青又崩溃又无奈又尴尬，都不知道该接着说点什么好了。

“‘双束碑’双石同座，又叫做‘鸳鸯碑’，在这之前，应该还没有这个式样的石碑吧？那么一块隋代的石碑，怎么可能做成唐代双石同座的样式呢？所以说，这肯定是假的。”

李越霆认真地揭晓答案：“我猜，这块碑应该是跟盗门的这些青砖一起，是民国时候仿制的。”

柳青青佩服地摸着脑袋：“我算是服了，没想到你知道这么多。”

李越霆被她夸得有点不好意思了，开始谦虚起来：“没有没有，我也就是运气好。”

柳青青一想到石碑是假的，心情又低落下来：“唉，白高兴一场，还以为真的找到隋代的古墓了呢！结果竟然是个假的！”

李越霆慢悠悠地喝着可乐，半天冒出一句：“是真是假，可还说不定哦！”

柳青青反问：“石碑都是假的了，难道墓会是真的？这不科学！”

李越霆歪着头看她气急败坏的样子，还是一脸淡定的笑容：“墓是真的假的我说不准，不过，在这么个偏僻的地方建一座仿造的隋代石碑，你不觉得这件事情很有意思吗？”

柳青青揉着脑袋：“这个这个，信息量有点儿大。”

李越霆拍拍手：“得了，想不明白就别想了。先歇会儿，时间还早，趁着天没黑，我们一会儿再去找找墓穴的入口吧！”

金冉开始帮李越霆和柳青青检查身上的装备，看看有没有需要充电的，临时补充一下。李越霆跟他说了句悄悄话，金冉点点头，转身去找电脑不知道倒腾着些什么。

李越霆也找了平板电脑来，一直在看地图，左右上下来回比画，不知道在想些什么。

趁着休息，柳青青给苏云时发微信询问他的身体状况，顺便把这里的情况转述给他，一边不动声色地打量着李越霆。

“他，到底是个什么样的人？”

柳青青忍不住问，这一路她实在是对李越霆这个人越发地好奇，但认识他越多，接触越多，越发现这个人他看不透。

苏云时隔了一会儿才发来回复：“他是个好人。”

柳青青哑然失笑：“你的意思是，我们都不是好人吗？”

苏云时这回倒是回得很快：“所以，相信他就行了。”

柳青青反问：“如果他这次的目的也是为了宝藏呢？你能确定，他真的是值得相信的人吗？”

苏云时没回答她的问题，而是回了一句：“他在做的事情，跟你我不一样。”

柳青青没弄懂他的逻辑：“所以呢？”

苏云时又说：“所以，相信他就好。”

柳青青皱眉：“咦？不对啊，你们不是在吵架冷战吗？怎么突然又和好了？”

苏云时想了想回复道：“那是我们之间的问题，必须要用我们的方式来解决。但，我们最终的目的都是一样的。”

柳青青听得越来越混乱了：“我真不懂你们俩，吵架冷战也是你们，什么目的一致也是你们，是不是他们说的‘相爱相杀’指的也是你们俩啊！”

苏云时被她说得脸有一点诡异的红：“小孩子胡说八道什么呢！”

李越霆这时候喊了一嗓子：“走吧小美人，抓紧时间啊！别老跟你苏哥哥聊微信啦！”

柳青青匆忙间把手机揣起来，忽然一愣：“你怎么知道我跟苏哥哥聊微信了？你偷看我微信？”

李越霆不以为然地哼了一声：“这还用偷看？我猜都能猜出来，好吗？”

柳青青背上背包：“你这么愿意猜，那你猜猜我们到底能不能找到墓穴的入口呗！”

“假如我没猜错的话，墓穴入口一定就在石碑的附近，只是也被人刻意藏起来了，就像那面墙一样”，李越霆接过金冉递来的电脑，上面是校对过位置的卫星地图，他在上面画了一个圈：“这里就是我们发现石碑的位置，两边都是峭壁不适合修建墓穴。从风水上说，选择墓穴一定要前有照，后有靠，那么，山岭腹地当中，应该是最好的选择。”

他又在上面划了一道斜线：“你还记得石碑上说的吗？面朝东方偏北，

长安城的方向，就是这里。”

柳青青打断他的话：“石碑是假的，上面的话可信吗？”

金冉淡淡笑到：“如果没有用的话，为什么要特意写上面朝东偏北向长安这种具体的指向呢？所以我有个大胆的猜测，这个石碑，或许就是故意立在那里，给人引路用的。但是又不想让其他人看到，干脆就在用完之后，用青砖砌起来。”

李越霆朝他比了个赞的手势：“我也是这么觉得，所以，这两条线的交叉点，就是我们要找的地方。”

地图上两条线交汇在一个点上，然后又各自延展到无法掌控的远方。

他把那一点用力画了两圈，然后把电脑交给金冉：“你来协助我们定位，叫醒婷婷，我们需要她来做方位指引。”

金冉点点头，那边后备箱里忽然伸出个小小的脑袋，打着呵欠伸着懒腰：“不用叫我啦！我已经听到了。”

她一跃从后备箱里跳下，揉着睡成乱糟糟的头发走过来，从金冉手里接过电脑扫了一眼。

“范围半径有点大，最好的办法，我把这里划分成六个扇状区域，你们从外圈开始，逐个区域来找。现在距离日落应该还有两个多小时，如果顺利的话，天黑之前，或许能找完一半。”

李乐婷说着很轻快地抬笔在地图上写写画画，交叉点已经被再次放大，山林、溪流被包裹在崇山峻岭当中，留给大家的任务并不轻松。

她把划分好区域的地图发送到大家的手机上，然后说：“搞定！你们可以出发了！”

李越霆和柳青青戴上眼镜，开始按照李乐婷的指挥到达指定区域，然后展开逐片搜索。

天渐渐黑下来，两个人仍然一无所获，夕阳西下，晚霞映红了半边天空。

李越霆在搜寻过的区域里寻找大树，并用白色的胶带做了隐蔽的捆绑标记，柳青青累得快要走不动了，但还是坚持跟着他帮忙。

“难道是我推断错误？”

眼看着天越来越黑，李越霆的担忧越来越重：“不可能啊？”

金冉呼唤他们回营地，因为天一旦黑下来，山里可能会有野兽出没，比较危险，所以他们必须集中起来才比较安全。

回到营地的时候，熊熊燃烧的火堆上烤着一只山鸡，还有两条已经烤好的鱼，李乐婷正在吃第三条，手里还幸福地攥着个鸡腿。

他们悠闲地就好像是来露营一样，而李越霆很快融入了这种气氛当中，摘下护腕和护膝扔在一边，笑道：“弄得不错啊！连山鸡都能抓到，真有你的！”

金冉抬手指了指一旁的大树底下，那里横着一架小巧的弓弩：“用那个射的，这次的新装备吧？以前没见过。”

李越霆好奇兮兮地凑过去看：“哎我真没注意，我就跟他们说，这次要进山，觉得不怎么安全，让给我弄点能防身，防山里野兽的东西。”

金冉点点头，评价到：“挺好用的，顺手。”

两个人交流的工夫，那边柳青青已经主动坐到了李乐婷身边，两个人就着火光，热热闹闹地吃着烤鱼和烤鸡。

李越霆反应过来扑过去发现鸡腿已经没了，于是悲伤地撕了一个鸡翅膀在咬，吃着吃着觉得格外不开心，干脆拿出手机，去找冯千秋寻求人生乐趣。

电话那头冯千秋的声音听起来有点嘶哑，但总体是愉悦的：“是你？”

李越霆吐出鸡骨头：“当然是我。怎么样，你都准备好了吗？”

冯千秋知道他指的是什么：“刘江帆和他的人已经撤走了。”

李越霆问：“他不可能就这么撤走，你干了什么？”

冯千秋故作神秘：“你别管我干了什么，只要他撤走了就行。”

李越霆对着电话忍不住翻了个白眼：“如果我没猜错，你应该是在他背后动了手脚，一定是更紧要的事情，逼得他必须立刻撤回去解决，让我想想，我记得，刘江帆好像有个女儿，今年十二岁是不是？”

冯千秋得意地哈哈直笑：“没错，我让人把她女儿从学校接走了，放心，我只是送小朋友去游乐场玩两天而已，不会委屈她的！”

李越霆倒也没什么，还是笑：“那就最好了。”

不等冯千秋说话，李越霆又说："明天，带上你的人进山吧！我可能需要一些人手。"

冯千秋一愣："你需要人手？难道你找到了古墓的位置？"

李越霆说："入口没找到，如果明天还找不到，那就只能把山都炸了，硬闯进去了。"

冯千秋紧张严肃起来："你需要多少人？"

李越霆懒洋洋地笑了："那还用说，越多越好呗！"

冯千秋答应了："好，明天我就带人过去找你。"

李越霆扫了一眼地图，悠悠报出一个坐标定位："尽快过来吧，有什么工具也都一起带进来。"

柳青青在他给冯千秋打电话的时候就已经注意他了，只是咬着鸡腿默不作声地偷听，见李越霆挂了电话，于是气冲冲地逼问："你们是不是要绑架刘江帆的女儿要挟他？"

李越霆无辜地摊手："那是冯千秋干的，不关我的事啊！"

柳青青又问："那你让冯千秋带那么多人来干什么啊？"

李越霆指了指地图："这地儿那么大，我不多找点帮手来，就凭我们几个，得找到什么时候啊！"

柳青青看到他诚恳的表情背后，好像有只长长的狐狸尾巴在噼里啪啦地甩来甩去。

冯千秋第二天一早真的就带上大队人马进了山，一直到下午时分才来到李越霆所说的地方，李越霆和金冉在此之前又把附近的山洞都找了一遍，还是一无所获。

冯千秋带了不到十个人，但是这些有生力量的到来还是让李越霆非常高兴，因为他终于可以像个大爷一样闲着没事儿指挥别人干活了。

在冯千秋到达之前，金冉早已经悄悄带着李乐婷和柳青青开车转移，他们的行踪要绝对保密，而李越霆全副武装之后，则留下来，藏在了对面的山上，居高临下地恰好能把冯千秋他们这边的动静看得一清二楚。

"你在哪儿？"

冯千秋到了说定的位置，仍然不见千面狐狸的影子，顿时意识到自己可能又被涮了，打电话的语气都气急败坏的。

李越霆悠闲地躺在一棵大树上，把个新鲜的梨子咬得咔嚓咔嚓响，戴着蓝牙耳机打电话：“你就别管我在哪儿啦，反正你听我的就对了。你赶紧让人在这一带找墓穴的入口，地图我发给你，今天天黑之前如果还是找不到的话，那我看你也不用找了，直接帮我弄点炸药来，我把山给炸了，肯定能把古墓找出来。”

这话让人听得非常恼火，冯千秋越发来气，李越霆此刻的语气极度不靠谱，可是偏偏他还没别的办法，只能奋力挥手，气急败坏地吩咐带来的人：“仔细找，一定要把墓穴的入口找出来！”

李越霆端着望远镜看了看，又说：“不过，我想提前嘱咐你一句，你们要是找到了入口想自己进去，我也不拦着，但是万一有什么死伤之类的，可不要来找我求负责哦！”

冯千秋冷哼了一声：“你别得意，我就不信我堂堂千门，难道还打不开一个古墓吗？”

李越霆知道他一定会过了河就拆桥，笑得很是欠揍：“您随意，我不强求，要是后悔了，可以再来找我，我随时欢迎。”

他说完这句话，随手扔掉吃完的梨核，然后如同猎豹一样从树上跃起，纵身跳到了另外一棵树上！浓郁的林荫与枝叶掩映中，他的身姿矫健，仿佛天生就属于这片丛林，片刻之间已经从树上跳下，轻巧地落在了地面上。

与此同时，金冉正沿着山路开车，李乐婷对照地图看位置，柳青青无聊地把手机抓在手里晃荡，扭头看向窗外。

李越霆挺直了腰背，在瑟瑟山风当中，抬起手腕看了一下自己的位置，简单做了校正，然后就拔脚朝着那个方向飞奔而去！他在林间奔跑，朝着某个既定的方向，如同林间穿梭的风，随着跑动自由舒展身姿。

此刻阳光正好，照在每个人的脸上，蔓延着无尽的温暖灿烂。

柳青青看着电脑里通过李越霆的眼镜传送过来的实时图像，仿佛能从画面颤动的频率，感受到他此刻的力量与速度。但是下一秒，忽然画面全黑，她惊讶地“呀”了一声：“怎么没画面了？”

她身边正在打游戏的李乐婷歪过头看了一下，说："哦，可能是他自己把眼镜的实时传送功能给关掉了。"

柳青青十分诧异："为什么？"

李乐婷嘟着嘴说："谁知道咧！可能是想省电吧！"

柳青青眼前一黑，这种眼镜的功能她还是清楚的，他们之前刚刚都统一给设备充过电了，用上几个小时应该是没什么问题的，这显然不是原因。

金冉开口在频道里问："老李，你干嘛关掉了画面？"

李越霆笑嘻嘻地声音响起："省电。"

柳青青挑眉，加入了频道里的讨论："真的？"

李越霆悠悠回答："真的，我保证是真的。"

他说着打了个呵欠："不说了，我正跟踪冯千秋呢！有消息再联系吧！"

金冉看了看地图，他们现在的位置，距离事先选定的第二个营地已经不远。

茂密的树林能够很好地隐藏他们的行踪，就连那辆身形庞大的吉普车，也被很好地藏进了一个山洞里，三个人一起搭起帐篷，然后金冉开始逐一调试器材，保证他们的通讯随时畅通。

天渐渐又黑下来，晚霞灿烂夺目，联络频道里，李越霆已经保持静默将近四个小时了。

反正闲着也是闲着，柳青青跟金冉要了他们之前发现石碑时拍下的视频和照片来看，石碑虽然是假的，但依照李越霆的推断，还是能够给他们提供不少重要的讯息。所以，她决定再看一遍，看看能不能从中再发现什么别的线索。

她把照片放大，一点点查看细节，李乐婷见她在那里一坐就是半天，动也不动，于是拿了一瓶水，一蹦一跳地过去跟她说话："你在看什么？"

柳青青给她看照片："我们之前找到的石碑。"

李乐婷跟过去看了一眼："你想看看上面还有什么其他线索，是吗？"

柳青青点点头，李乐婷把水递给她，在她身边坐下："我帮你一起看吧！"

反正大家谁也没什么头绪，一起看也挺好，柳青青觉得人多力量大，所以小口抿着水，把电脑移过来跟李乐婷肩并肩一起看。

李乐婷虽然国语的文化程度要比李越霆好一些，但是如果真的说到什么石刻，尤其是繁体字，她其实一样也看不懂，所以柳青青时不时解释一两句，两个人有问有答，相处倒是十分融洽。

石碑的正面看完，李乐婷伸了个懒腰，特别好奇地问："这石碑正面全是字，那，背面写了什么啊？"

柳青青又翻过后面，当时他们只一心研究正面的文字了，谁也没留意背面，只是隐约记得是个花纹，于是她翻出照片，打开放大了看。

李乐婷指着花纹很好奇地问："这是个什么花纹？我好像以前在哪儿见过。"

柳青青解释说："这是吉祥纹样的一种，叫'如意纹'。"

李乐婷认真看了看，不解地用手指点了点某个位置："这个纹就是这么断开的，不是连在一起的吗？"

柳青青被她这么一指点才发现，原来这副如意纹当中的很多横线都是断开的，她赶紧又把图片放大了一倍："这倒是很奇怪，石碑正面的文字都非常清晰，没有出现过这种断线的情况，应该不是腐蚀。难道，是有人故意这么做？"

李乐婷揉揉头发，抬手朝着还在摆弄仪器的金冉挥挥手："金冉，你看，这个花纹上面的断线，有的短，有的长，像不像你前几天画得那个……那个八卦？"

柳青青被她这么一说，顿时眼前一亮，仔细看去，这些直线的花纹之间的断线，确实很像八卦，只不过是把三条线给平放开了，没有叠在一起而已。

"不会吧？藏得这么深？"

柳青青诧异地把所有的图案都抄下来，分门别类整理好，陡然发现竟然是一组新的卦爻和顺序，她顿时一惊："怎么还有一组？而且还是一个单组的！"

这时候李越霆的声音骤然在频道里响起："冯千秋通知我，他们找到古墓的入口了！"

三人听到这句话，眼中都是一亮，尤其是柳青青摩拳擦掌："什么时候轮到我？你之前可是说好了要带我下墓的！"

李越霆笑眯眯说道："别着急，让他们先在下面多玩儿一会儿，等到天黑了，才轮到我们。"

古墓的入口，是冯千秋手下一个小弟子发现的。他其实不过是找的累了，想要找个地方休息一下，结果因为天色昏暗，没看清脚下，结果一不小心被块石头绊倒，于是直接滚到了山坡底下，被卡在两块石头的缝隙之间。

他大声呼救，无意中瞥到脚下，隐约看到下面有什么光亮一闪一闪。

大家赶来救了他的同时，也发现卡住他的缝隙下面，竟然是个很大的山洞，他们小心翼翼地用绳索吊了人下去搜寻，竟然在山洞里发现了一只鎏金荷叶纹的银碗。

山洞很长，一边的尽头被巨大的山石堵住了，是条死路，另外一边，走到头能看到向下的台阶，通向一扇紧闭的、气势恢宏的大门。

冯千秋接到消息之后匆忙赶来，站在台阶上居高临下地端详那扇大门，激动得几乎语无伦次："是，就是这里，这里应该就是那个神秘的隋代古墓了！"

然而台阶与大门之间，那条并不漫长的路上，凌乱散落着很多白骨和残破的布片，显然已经岁月久远。

可冯千秋并不关心那些，他只想要打开面前这扇墓门，把里面的宝藏据为己有。

然而这扇门是用一块巨大的石头铸成的，无论他们想了什么办法，又撬又砸，都无法移动它分毫。

"这面墙上有奇怪的图案！"

有人在山洞里四处巡视，很快发现了一面刻有各种太极八卦图的石壁。

几支手电的光亮同时汇聚在一起，照亮了墙壁上的六幅八卦图，那些图都是凸出来的，每幅图旁边都有一个箭头，正指着上面的一个卦爻。

"咦？这是什么？"

有人很好奇，手比脑子还快，当即伸出手，按在八卦图上，稍稍用力，没想到就听到细微的咔嚓嚓一声，八卦图竟然被转动了！

冯千秋还在带人想办法弄开那道墓门，但就听到身后传来连声惨叫！他猛地回头，看到有人惊魂未定地跌坐在地上，手电掉落在一边，微小的光亮，只够照亮面前那方漆黑的地面。

刚刚，就在刚刚，八卦图在被转动的那一刻，他们脚下的地面突然空了！

于是站在那里的几个人都掉了下去，地面随即合拢如常，只有一个人站得比较靠边，反应也比较快，立刻往旁边一扑，才躲开。

冯千秋高声问："出了什么事？"

幸存那人声音恍惚恐惧地回答："他们，他们突然就掉下去了！"

冯千秋快步走过来，手电的光亮也随之而来，依次看过这六幅图，猜测："这恐怕就是打开墓门的机关。"

冯千秋感觉到背后一阵发凉，黑漆漆的山洞里仿佛刮起了一阵无形的阴风，皮肤上的每一根汗毛都竖了起来。

他回忆起电话里，李越霆那信誓旦旦的语气，他终于明白，千面狐狸为什么会如此胸有成竹，笃定他一定会同意合作。因为，他们并不知道旋转八卦图的正确方法。古代的墓室为了防止被盗，都会设置非常诡异的杀人机关，所以，最后的结果，要么是他们全部撤退，要么就是触动机关，最终全部都死在这里。

冯千秋这时候再也顾不得什么，立刻掏出手机给李越霆打电话，一边大吼："都不要乱碰！什么都别碰！"

大家恐惧地停了手，但是冯千秋拨出的电话却响了很久，没有人接，他的心一直往下沉，越来越深，仿佛深不见底，坠入黑暗。

"喂？冯先生，终于又肯想起我来了吗？"

李越霆的声音悠悠响起，听筒里有点呼呼作响，感觉他所在的地方风很大的样子。

冯千秋有求于人，态度软化下来："我们找到古墓的入口了，需要你来帮我们打开墓门。"

李越霆轻笑了两声："哎哟！自己试过了打不开，所以才来求我的，是不是？”

冯千秋被他一句话顶得半天出不来声，李越霆又说：“可你一求我，我就答应你，这我多没面子啊！要不然这样吧！你带着你的人在里面多玩一会儿，等你们玩够了，我再来找你们吧！”

冯千秋怒道：“你怎么能这样！”

李越霆懒洋洋地反问：“我把你怎么样了？明明是你自己不遵守承诺在先，我已经警告过你了，可是你偏不听。就算是兔子急了还会咬人呢！更何况我是只狐狸，当然要有狐狸的样子了！”

冯千秋气得都快把手机给捏碎了：“你要怎么样才肯来？”

李越霆笑着回答：“我没说不来啊！等我心情好了，自然就去找你们了。你费了那么多心思去找古墓，现在让你给找到了，就在里面多待一会儿吧！不过要小心哦，据说里面的机关很多，弄不好，会搞出人命呢！”

冯千秋身边的人已经都慌了，因为山洞里不知道什么时候弥漫起了一股浓重的血腥味，有人后退时不小心踩到了什么，转身过去用手电一照，迎面竟然是一个面目狰狞的骷髅头，当时就吓得尖叫一声，两眼一翻，直接昏过去了！

李越霆不等冯千秋再说话就把电话给挂了，冯千秋气急败坏地回拨过去，然而他再也不接电话了。

事情到了这个地步，冯千秋也没了别的办法，这古墓实在太过诡异了，他立刻挥手命令道：“都先撤出去，安排两个人，在山洞外面守着！其他人去找找，看看还有没有别的入口！”

李越霆悠闲地躺在大树上喝水，他其实就藏在距离冯千秋他们不远的地方，刚刚他们发现古墓入口的时候，他就已经发现了，并且一直在附近暗暗围观，只是他来的悄无声息，再加上繁茂树木的遮掩，根本没人察觉到他的行踪。

山里有很多高大的树木，枝叶浓密几乎遮天蔽日，一个成年人藏在里面绰绰有余。

他时不时用望远镜查看，看到冯千秋先是带人从石壁的缝隙里吊绳爬了下去，给他打过电话之后，不一会儿又爬了上来，他就知道冯千秋肯定是搞不定那个开门的机关。

天色已经完全黑下来了，冯千秋带来的人分散在四周试图寻找其他的入口，留了几个人在外面警戒，冯千秋还没说话，忽然又低头拿出手机，脸色顿时一变，匆匆走到旁边，毕恭毕敬地接电话。

李越霆虽然听不见他在说什么，但是看他神色从恭敬很快变为恐惧，他扬起嘴角，很得意地笑了。

冯千秋没想到突然会接到银狐的电话，银狐并不需要他随时报告行踪，他只要在完成任务之后，向老板报告结果就可以了。

然而这时候的来电，显然意味着，事情当中出现了意外的变故。

电话里传来的，仍是那个中年男人的声音，端庄而带着几分沙哑："你和刘江帆到底怎么搞的！为什么会惊动了不该惊动的人？"

冯千秋听到扑面而来的指责，顿时愣住了："什么？我、我没动刘江帆啊？我只是嫌他太麻烦，所以让人绑走了他的女儿，想要逼着他先离开。我还交代了，让他们别伤害小姑娘，就是吓吓刘江帆而已。"

中年男人听他这么说，语气骤然提高了几分："只是吓吓？你知不知道，那个小女孩险些没命！"

冯千秋被训了个措手不及："怎么可能！这不可能啊！"

中年男人怒道："怎么不可能！孩子刚救回来，再多关上几个小时就会窒息而死了，你知不知道现在刘江帆已经疯了！他猜到事情是你干的，为了搞死你，他把手里所有富商坠楼案当中伪造鉴定结果的证据，全都交上去了！"

冯千秋完全惊呆了："那件事他也有份，他怎么可能把证据上交呢？这不明摆着他自己也被拖下水了吗？"

中年男人没好气地说："我们现在得到的消息有限，据说，他已经把所有证据上有关自己的部分，都改成了你，这样一来，他就把自己都撇清了。"

冯千秋想起刘江帆所在的玄宗对于鉴定和仿制还是非常有研究的，顿时也有点站不住了，后背开始冒冷汗："那我现在……该怎么办？想办法杀了他吗？"

中年男人的语气平缓下来："原本以为，你们两个可以携手合作，一起找出宝藏。但没想到，你们心里，还是对掌门明王之位这么看重。"

冯千秋说："掌门明王的位置，本来就是有能者居之。谁够狠，谁能下得去手，谁才能赢。"

中年男人长叹了口气，说："听了你的话，我改变主意了。既然你这么想赢，那么我就给你一个机会。我会想办法压住刘江帆提交的证据，多给你一天的时间，如果你能找到宝藏，破解倾天局，我保证，刘江帆会从这个世界上消失得无影无踪，不留半点痕迹。"

冯千秋刚想松一口气，就听到对方又说："相反的，如果破局的那个人是刘江帆，你应该知道，失败者，在这个世界上，根本就没有存在的价值。"

他顿时打了个冷战，他跟随银狐办事也有一段时间了，银狐向来说一不二，说话办事的风格，他是领教过的。

当初在阿波丸号沉船宝藏事件中，银狐也是这么处理潘俊的。当苏云时找到冯千秋，与他达成交易，答应稍后帮他仿制文物并跟他走，以求换取一次传话的机会。

苏云时那时候已经从山洞石壁上的刻字当中发现了宝藏的秘密，得知宝藏早在五十多年前就已经被全部运走。他把这件事告诉了冯千秋，而冯千秋如实把详情都转告给了银狐。

银狐并没有立刻让当时已经为了寻宝如痴如狂的潘俊撤离，而是用一种皮笑肉不笑的语气说："销毁关于潘俊的一切身份档案，这个人，可以不必留在世上了，反正在很多年前，他就已经是个死人了。"

从那一刻冯千秋才明白，银狐是多么的冷血无情。

而这一刻，他恐怕也即将成为下一个潘俊，假如他找不到宝藏，那么到了明天，是不是关于他的一切身份档案都将被销毁，而他自己，也将永远消失在这个世界上。

因为谁都知道，只有死人，才能真正守住秘密。

冯千秋想到这里，立刻急切地恳求起来："老板，请相信我，我一定能找到宝藏的！我们已经发现了古墓的入口，打开墓门只是时间问题，千面狐狸说他已经掌握了开门的方法，只要我们一找到宝藏，我就立刻动手除掉他！”

中年男人“嗯”了一声，很显然他还没有打算把冯千秋逼上绝路：“你跟我办事也有三年多了，刘江帆也是你帮我引荐的，所以，比起刘江帆，我更愿意信你。希望这次，你不要让我失望。”

冯千秋听着电话那头挂断，一头冷汗沿着鬓角涔涔地淌了下来。

中年男人挂断了电话，转身，抬头看向书架前，那里正站着个人，身形高挑，长发披肩，明显是个女人。

从这里望过去，只能看到她姣好的轮廓和背影。

男人走过去，望着她的背影，恭敬地说：“已经按您的吩咐，给冯千秋打过电话了。”

女人随意抬了抬手，撩动散下来挡在额前的长发，悠悠转过身来：“刘江帆那边呢？”

男人答道：“知道他的女儿已经被救出来了，所以又带人返回韩家村去了。”

女人合上手中的书，修长的五指按在书页上，勾起一只食指，轻轻叩动两下，这才说道：“也给他去个电话，就说冯千秋已经发现了古墓的位置，想要独占宝藏，假如他不想成为替罪羊的话，就让他自己看着办吧！”

男人低垂的目光里有些颤动：“您这是想……只留一个？”

女人又一次翻开书页，收敛目光，认真地阅读起来：“这两个人本来就有心结，既然千面狐狸已经从中挑拨，逼得他们为了明王之位和宝藏反目，那我也想看看，到底这场鹬蚌相争，渔翁得利的戏码，他想怎么唱？”

男人谨慎地问：“那我们的人？”

女人用一只手握拳，抵着唇轻咳两声：“让他们保持静默，冯千秋和刘江帆让他们怎么做，他们就怎么做好了。”

他们在两方身边都安插了不少自己的人手，方便时才能随时掌握情况。

所以，在给冯千秋打电话之前，银狐就已经知道古墓的入口被找到了，也知道里面的机关恐怕只有千面狐狸才能打开。

男人朝她鞠了一躬：“我立刻就去通知。”

女人抬起头来，收了下巴当做是回应致谢："辛苦了。等一下……"

她忽然开口叫住了正要走的男人，补充道："顺便告诉他们，这次千面狐狸也一定会出现，要他们想办法，弄清楚千面狐狸的真实身份。"

男人看着她的脸上忽然露出喜怒难测的笑容，幽幽叹道："说起来，我还真的不太想除掉他，像他这样势均力敌的对手，我以前从来没有遇见过，他，是第一个。"

她垂手，将书翻过一页，望着上面的印刷字迹，慢慢地，把字句念出来，似乎只是读给自己听，语气漠然，又带着几分落寞："这个世界上，会不会有个人，是你天生的对手？他对你温暖又冰冷，亲近又疏离，惺惺相惜，却又针锋相对。你们是彼此终生的知己，也是彼此永远的对手……"

她读完这段，抬起头来，见中年男人仍然等在那里没动，于是心念一动，若有所思地问："老陈，你说，这个世界上，真的，会有那样一个人吗？"

中年男人顿时一愣，却不知道该怎么回答。

女人随即摇了摇头，自嘲般悻悻地笑："我这是怎么了？竟然也会相信这种三流小说里写的话。"

她轻快随意地将手一扬，把手中的书扔在男人脚下，语气悠扬地说："拿去烧了吧！"

既然有了留恋，有了动摇，那就会软弱。她不能容忍自己的人生里，有这样的软弱存在。

她看着老陈欲言又止的样子，扬起下巴，优雅而骄傲地笑道："无论是书，还是人，都一样。假如未来注定不能同路，那就，毁掉好了！"

千面狐狸，在未来的某天，我们真的能够成为同路人吗？

她仿佛看到眼前有火在熊熊燃烧，那样的火光灼烧得她眼睛发痛，于是不由自主地扭过头看向窗外。

香港的深夜，城市依然繁华不息，人们在浮光掠影中沉醉，忘记了生存的艰难，忘记了理想和勇气，唯一留下的，只有欲望、贪婪、孤独和冷漠。

城市的钢铁森林里，我们把自己武装成了没有血肉，没有情感的机器。

而在记忆深处，午夜梦回，你是否还会思念在少年时代遇见的那个人，那段还来不及开始就已经匆匆凋谢的爱情？

她单手端着一只高脚杯，里面盛着浅浅的一点红酒，面朝着繁华的维多利亚港湾远眺，那一瞬间，耳畔忽然又响起那个人轻快中略带慵懒的语调。

他说："美国最好的红酒是NAPA，加利福尼亚州旧金山以北，丝毫不逊色于法国的红酒。有机会，我带你去纳帕山谷的鹿跃庄园，尝一尝曾经打败过波尔多庄园一级名庄木桐罗尔希古堡的Cabernet Sauvignon。"

她望着窗外寂寥的月光，喃喃低语地问："Leo，假如那时候我再勇敢一点，坚持不肯放开你的手，现在的我们，又会怎样呢？"

有人在黑夜里怅然失落，有人在黑夜里期待明天。

黑夜总是人们警觉性最为薄弱的时候，尤其是午夜时分，黎明到来之前。

负责在四周警戒的人也开始打起了瞌睡，站在那儿，头一点一点的，李越霆如同一道黑色的闪电，身形掠过被夜风吹得瑟瑟作响的树丛，在地上敏捷地一滚，然后闪身到树后站定身形，稍稍探出头来观察周围的情况。

这种需要隐藏行踪的时刻，没有什么比黑夜的环境更为合适了。

李越霆把眼镜打开了红外夜视功能，控制呼吸，尽量让自己与夜色融为一体。

车灯把山洞照得灯火通明，后备箱打开着，里面各种器材摆放有序，显然经过一番改装之后，这辆车已经变成了一辆随时可以移动的通讯站。

金冉、李乐婷两个人各自守着一台电脑，分别显示着不同的画面。一边是李越霆和柳青青现在的位置，另外一边，是李越霆眼镜同步拍摄到的画面。

柳青青站在山顶空旷的开阔地上，抬头向上眺望。

从天而降的巨大螺旋桨旋转的气流吹得地上的沙石和树叶乱飞，树枝折断，连她都险些站不稳当，挣扎了一下才勉强站稳。

民用直升机稳稳降落在正中央的地上，虽然秦岭山势险要，但如果想要找到这样平坦适合降落的地方，其实也并不是非常难。只是这个地方，距离古墓的发现地已经很远。

直升机停稳之后，机舱的门很快打开了，下来四个保镖之后，终于恭敬地把刘江帆迎了出来。

刘江帆穿着干练的登山装，一副要进山徒步的模样，只是脸色黑沉，胡子都没刮，眼睛微眯起来，神情看起来格外凶神恶煞。

柳青青并不怕他，坦然推了推眼镜，上前迎接。刘江帆阔步走向她，两个人在保持着适当距离的时候站定，柳青青率先开口，问道："师兄，小暖怎么样了？"

刘江帆点点头，提到这个名字的时候神情分明缓和下来："医生已经检查过了，只是受了惊吓，有点缺氧，没有太大的问题，现在还在住院观察。"

虽然跟刘江帆接触不多，但是柳青青始终觉得孩子都是无辜的，她松了口气："那就好，冯千秋这个丧心病狂的家伙，竟然连那么小的孩子都下得去手！真是混蛋！"

刘江帆看向她："我听云时说，乐俑现在在你手里，是不是？"

柳青青点点头，顺手拍了拍自己身后的大背包："是的，在这儿呢！"

刘江帆又问："他为什么一直都没出现？他跟我说现在身体不好，在休养，到底是怎么回事？"

柳青青知道他对这件事情一无所知，于是愤愤地责怪起李越霆来："还不是因为那只讨厌的狐狸！苏哥哥知道是他控制了装备的出货通道，所以想找他私下解决，没想到他竟然那么狡猾，说什么打赌，结果不但把乐俑骗走了，还害得苏哥哥从二楼摔下去，受了伤。医生说他脑震荡的情况非常严重，必须安静休养。虽然现在出了院，但还是要卧床休息。"

刘江帆曾经派人在医院盯梢过，知道苏云时出院的事情，不过因为盯梢的人被叶颜给打跑了，所以他一下子也失去了苏云时的行踪，不知道他现在到底去了哪儿。苏云时现在只跟他用短信或者发邮件的方式联络，偶尔打过几次电话，听起来声音确实很虚弱。

柳青青又说："苏哥哥已经通知我了，让我配合你的行动。他只有一个要求，就是这次新任明王诞生之后，就不要再找他，让他从此过安静的生活，他跟千门从此没有任何关系。”

刘江帆皮笑肉不笑地说：“那多可惜，他离开，可是千门的损失。”

柳青青不耐烦地摆了摆手：“得了吧！别来那么多虚的，我知道你和冯千秋都想坐上明王的位置。苏哥哥说了，冯千秋害死了那么多条人命，他没资格执掌明王令，三宗之中，只有你资历和能力都胜任，所以你答应他的要求，他就能给你所有你想要的东西。”

刘江帆挑眉，神色有些忧虑：“可是偏偏这时候千面狐狸插手进来了，而且选的人是冯千秋。”

柳青青扑哧一声笑了：“你说那只狐狸啊！你怕什么，乐俑在我手上，开门的机关我自然也知道，我们这么多人呢！他跟冯千秋又能掀起多大的风浪？”

见刘江帆还是有所疑虑，柳青青于是笑着劝他：“我知道你顾虑什么，你怕冯千秋的背后除了千面狐狸，还有 QS 公司的老板，对吧？”

刘江帆点头：“虽然冯千秋曾经给我引荐过他，但是，他看起来并不信任我。”

柳青青微微一笑，胸有成竹地说：“你就放心吧！苏哥哥不是已经让你把富商坠楼案的事情都推到冯千秋身上吗？他说，你如果觉得证据还不够的话，不妨把范致国的命案也一起算上。当初范致国吃过降压药，又有人给他喝了柚子汁，所以才导致血压骤降而死，我想，当初那个送果汁的服务员，还有真实的尸检报告，应该都控制在你的手里吧？”

刘江帆眼前一亮：“你的意思是说……假如事情发展到了不可控制的地步，就会有人被推出来承担全部责任？”

柳青青笑着说话，意味深长：“失去了利用价值的棋子，除了销毁，还能有什么别的下场呢？”

刘江帆想起年幼女儿在怀里奄奄一息的样子，脸上狰狞的笑意越发浓重：“没错，死去的那些人命，总要有人出来偿命的，对吧？”

柳青青别过脸不再说话，她的意思已经表达得非常清楚，刘江帆和冯千秋，二选一的这道题，将是一道必答题。

鹬蚌相争，渔翁得利，千古不变的道理。然而现在到底谁是鹬蚌，谁是渔翁，因为所有人都身在局中，恐怕谁也看不清。

刘江帆忽然想到了什么，警觉地又问："那你是怎么从千面狐狸那里拿到乐俑的？他怎么可能那么轻易地就让你拿走乐俑？"

柳青青笑得很得意："那是因为我知道乐俑的正确排序，只有知道了排序，才能开启机关，打开墓门。"

她俏盈盈地朝着刘江帆歪着头挑眉："而且，我还发现了一件更有趣的事情，恐怕墓室里的机关，可不止一种哦！"

李越霆借着夜色的掩映，纵身跃到一个守卫的身后，见左右没人，于是干脆利落地抬手将他打晕，把人拖进树丛藏了起来。

不一会儿李越霆换上了那人的衣服，摘下口罩，露出脸上已经做过的伪装，他粘了胡子，把肤色涂黑，眉毛加粗，眼睛稍稍做了修饰，头发也染成了跟刚刚那人一样的金黄色，这样一来，就完全看不出李越霆的样子了。

他故意在手背上贴了刺青，低着头，慢慢地走到原来的位置。这时候身后传来脚步声，带着几分警觉："谁？谁在那儿呢？"

李越霆压低了声音，从容自若地答道："我。"

那人一愣，看到夜色中他那一头耀眼的黄毛，于是猜测地问："你是小周，老杨介绍过来的，是吧？"

李越霆猜测一般干这种事，冯千秋真正带进山来的心腹不会太多，还有一部分应该是临时找来的，熟人推荐，但其实人与人之间彼此都不是那么熟悉，也恰好是如此，这才给他了可以假扮别人混进去的机会。

他立刻发挥自己出色的演技，弓着腰讨好那人："是啊！哥你这么晚了还出来巡视啊！辛苦了，来根烟吧！"

刚刚那个小周的口袋里有香烟，是最劣质的那种，李越霆顺手给拿了过来，既然要假扮，那就要演全套。他帮那人点了根烟，对方深深吸了一口，长长吐了口气，问："有什么动静吗？"

"没有，都、都挺好的。"

李越霆摇摇头，跟着懒洋洋地打了个呵欠。那人立刻照着他的头敲了一把："别跟我这儿打马虎眼，你刚刚是不是偷偷跑去打瞌睡了？"

李越霆立刻弯腰赔笑："哥，我错了，我再也不敢了！哥你以后让我干什么，我就干什么，绝对不偷懒了！"

那人见他一副乖顺的样子，心里挺有满足感："得了，你跟着我，老板一会儿就到了，别再出什么幺蛾子了，知道吗？"

李越霆连连点头，谄媚地笑着退到一边。

十五分钟前，冯千秋在睡梦中被急促的电话铃声吵醒，打电话来的是金冉，不过他刻意改变了声音，让他的语调听起来跟李越霆有几分相似。

冯千秋非常恼火，但是对方的话却仿佛一盆冷水直接浇了下去，他当场就全清醒了。

金冉很平静，慢悠悠地说："五分钟前，刘江帆的直升机已经降落了。"

冯千秋噌地从床上坐起来："什么？刘江帆又回来了？"

金冉说："你现在立刻去墓门口，我们必须在他到之前，把墓门打开。"

冯千秋这时候完全没注意到对方完全是一副命令的语气，毕竟宝藏比什么都重要，假如被刘江帆抢先一步，他估计连命都保不住了。

带上人匆匆出发，直到走出去很远，冯千秋才反应过来："你在命令我？"

金冉反问："你有什么意见吗？"

冯千秋在心里把千面狐狸的祖宗十八代都骂了一遍，但是因为有求于人，只能用力憋住了一口气，回答道："没有。"

金冉轻笑道："没问题最好。等你到了再给我打电话吧！我先去睡一会儿。"

说着把电话给挂了。

冯千秋感觉自己都要变身一只喷火龙了，但还是没有任何办法地往古墓的位置赶去。

他到达现场的时候，基本上所有带来的人都已经等候在那儿了，他随意地点了两个人在外面放风，剩下的都一起重新回到了墓门口，其中就包括李越霆在内。

只是因为之前触动机关死了人，所以大家都心有余悸，走得非常忐忑，谁也不敢往前靠。

李越霆低着头，随着大部队往前走，单手扣在腰间的口袋上，仿佛是有意的，指尖按照某种节奏轻轻敲动着。

冯千秋打电话给千面狐狸，金冉接起电话，冯千秋已经不耐烦地说："我们已经到了，要怎么做？"

因为李越霆乔装之后摘下了眼镜，他们此时看不到墓穴里的情况，所以金冉说："你把手机的摄像头打开，我要看看开启墓门的机关是什么样的。"

冯千秋于是照做了，并且挥了挥手，让几个人打着手电筒给他照明。

金冉看了几眼就了然于心，又说："你照我说的做，八卦图需要按照一定的顺序旋转，对准上面的箭头就可以了。"

冯千秋忽然想起之前那些因为触动了机关，而跌落下去性命不保的人，抬眼四处扫了一圈，对站在旁边的某个人说："你过来！照着电话里说的去开机关。"

他点的正是之前跟李越霆说话的那个人，名叫赵寻，是冯千秋的心腹之一。他隐约猜出来应该是让他去开机关，也很害怕，哪里肯自动送上去当炮灰，于是立刻装作什么都不知道的样子，一本正经地从背后推了身边唯唯诺诺的"小周"一把："喂！老板叫你呢，还不过去！"

李越霆心里偷着乐，但还是强忍着，装出一副胆小卑微的样子，犹豫地往前一步，然后又停了停，赵寻怕老板变卦，立刻抬腿直接踹了他一脚："磨蹭什么，快去！"

李越霆冷不防被踹了一个踉跄，直接从人群里跌了出来。其实依照他的身手，根本不能摔倒，但是他现在入了戏，当然要似模似样，干脆放松下来，摔了个大马趴！

"哈哈哈哈！"

大家不约而同地爆发出一阵大笑，很及时地缓解了现场的紧张。李越霆似乎是很害怕的样子，挣扎着从地上爬起来，两三步跑到冯千秋面前，故意结结巴巴地说："老、老板，您、您找、找、找我？"

冯千秋看他那么大个人，胆小如鼠的样子都觉得很可笑，但越是这种人，其实可有可无，就算千面狐狸有什么阴谋，他掉进了陷阱也无所谓。他想到这里，于是很关切地拍了拍肩膀："你叫小周，你没事儿吧？摔疼了没？"

李越霆先是点头，后来又拼命摇头："老、老板我是小、小周。我没、没、没什么事！"

冯千秋很诚恳地说："那就好，现在有件事要交给你。"

他说着把手里的电话交给"小周"："电话里的人会告诉你怎么做，你就照着他说的做就好了。这件事做好了，我给你双倍奖金！"

"小周"顿时露出被委以重任的欣喜和感动，眼睛亮晶晶地："好、好的老板！"

说着毫不犹豫地把电话给接了过去，但是说话还是结结巴巴地："您、您好……"

金冉没听出来这人是李越霆，听到电话那头换了个人就知道冯千秋打的什么主意："哟！换了个跑腿儿啊！"

冯千秋看着"小周"肩膀一耸一耸走向对面的背影，朝着赵寻招招手，把人喊到身边，训斥到："好啊你！小聪明要得真是不错啊！"

赵寻一脸老油条的笑："老板您说的话，我可听不太懂呢！"

冯千秋抬手照着他的脑袋扇了一巴掌："别跟我这儿装傻！"

赵寻仍是笑得很谄媚："老板英明，我的那点小聪明怎么能瞒过您哪！"

冯千秋看着"小周"走到第一个八卦图面前，好奇地问："这活宝你从哪儿找来的？之前怎么没见过？"

赵寻答道："老杨介绍来的，说是他的侄子，脑袋不太灵光，但是力气大，能出力。"

冯千秋看着他毫不犹豫地抬手开始旋转第一个机关，有些顾忌地往后退了两步。大家都还记得之前有人曾经从这里掉下去过，所以没人敢往前凑。于是现场就形成了这样一个奇怪的布局，一边是李越霆自己，一边站着一堆心有余悸的人在围观。

李越霆抬手稳稳地转动第一个机关，他早就看过所有的排序，所以就算没人告诉过他，他也自信一样能打开这道墓门。

金冉还什么都没说，就听到对面传来奇怪的动静，他有些惊讶："你转动了八卦图？"

李越霆很从容地回答："好的，我知道了。"

不结巴，也不刻意掩饰自己的声音，金冉顿时一愣，反应过来："不是吧！这也能被你赶上？你说我是该说冯千秋的运气太差，还是千面狐狸太狡猾呢？"

李越霆把八卦图上的某个卦象对准了箭头，手随即停下。

冯千秋等人一直警惕地看着他，怕他突然掉下去，但是李越霆的手只是顿了顿，又开始继续向着同样的方向旋转。

"每个乐俑上都有上卦和下卦，所以，同一个机关，一定需要旋转两次。"

金冉慢慢地把开启机关的办法告诉李越霆，李越霆并不说话，只是认真地盯着八卦图和自己的手。

他也很紧张，因为一旦扭错了，后果必然会很可怕。

他的手再次停住，目视前方静静地吸了口气，屏住呼吸等待，四周没有任何变化，但突然听到对面的八卦图里传来一声细微的"咔嚓"响声，然后那个凸起的八卦图就慢慢沉了下去！

李越霆下意识地后退了一步，转身去看冯千秋："老、老板！它、它陷下去了！"

冯千秋见这次机关并没有被触发，心中窃喜，朝着"小周"挥了挥手："做得很好，继续！"

李越霆回过头，装出认真倾听电话的模样，然后抬手开始旋转第二个八卦图。

金冉说："柳青青已经跟刘江帆会合，朝着你们那边去了，看路程，最多不超过半个小时，你要抓紧了。"

李越霆说："好、好的。"

他扭动八卦图的速度越来越快，似乎是越来越熟练的样子。冯千秋看着八卦图一个个沉下，一想到宝藏近在咫尺，心里越来越急迫，似乎要按捺不住内心热切的渴望。

李越霆终于把最后一个八卦图扭到指定的位置，看着它缓缓沉下，下一秒，整个山洞开始颤动起来！一声巨响传来，大家都被吓了一跳，目光不约而同地转向发出声音的地方。

竟然是石门在动！

冯千秋欣喜若狂："开了！开了！"

李越霆又怕又喜地跑到冯千秋身边，把电话交还给他，小心地问："老板！这样就可以了吗？"

冯千秋其实没工夫理他，随手拿了电话，看着墓门发出巨大轰鸣声缓缓上升，露出里面开阔的洞穴。他急切地往前跑了两步，但是想到了什么，于是转过身，朝着"小周"挥了挥手："你带人进去探探路！"

李越霆装作迟疑了一下，小声问冯千秋："老板，那我的双倍奖金……"

活脱脱就是一个见钱眼开的傻小子，冯千秋根本没当一回事，随口答应："没问题！"

赵寻点了两个人的名字，加上李越霆，三个人被派进去探路，不过有两个人是不太乐意的，只有一个傻兮兮的跟个愣头青一样，直接就往里跑，根本半点顾忌都没有。

李越霆跑下台阶，宽阔的石门缓缓上升，这道门差不多有两米多高，但跟一般的墓穴不同，门口干干净净什么都没有，就连应该有的镇守石兽都没看到。

他看了看脚下，只是一般的石砖，看起来并不像有机关的模样。于是站定四下扫了一眼，里面仍是个山洞，看来这里是依山而建，四处都是山石原有的痕迹，不过地上干干净净，贴着墙壁边留有排水的水道，隐约能听到流水的潺潺声响。

李越霆把手电筒搭在手臂上，一边照明，一边往前走了几步，立刻发现这里其实很狭窄，只是一条过道而已，左右各有一条路，通向不同的地方。他身上一直带着双流通讯器，只是刚才不敢说话，这会儿另外两个人距离他很远，他于是立刻低声问金冉："这里有两条路。"

金冉很诚实地说："我也不知道，随便选一条吧！"

李越霆不高兴地嘟囔："我要有选择恐惧症怎么办？"

李乐婷终于忍不住在旁边插嘴说："别扯了，你又不是天秤座，你好歹是个堂堂天蝎座，该果断的时候果断一点儿，行吗？"

李越霆很无奈，于是就真的随便选了一个方向，结果他最后发现，其实选哪条路都是一样的，因为这里是个环形的通道，左右各通向一个巨大的石室，过了石室再往前走，就会发现最后可以再走回来。

李越霆把两个石室里的东西都看了一遍，左边的石室里摆了很多木箱子，上面挂满了蜘蛛网。有些箱子敞开着，里面堆满了生锈的兵器，有刀枪什么的，还有弓箭，看起来已经放了很久了，有些铁锈都发黑了，箱子也开始腐烂了。

李越霆把木箱子一个个掀开，心里已经做好了一百二十分的防备暗器机关的准备，但是很可惜，他什么也没遇见，一切顺利得让人完全不敢相信。

另外一个石室里存放的是盔甲和马鞍一类的东西。李越霆没见过古代的盔甲倒是觉得很好奇，凑上去翻了翻，结果手一滑，把头盔直接摔到了地上，哗啦啦散成一堆碎片。

"唉！质量不行啊！"

李越霆小声抱怨了一句，用手电把上上下下都照了一圈，但是什么都没发现。他好奇地问："武器、盔甲、马鞍……为什么有人要大批量的存放这些东西？用来干什么？"

李乐婷语气清脆地回答："我知道，电视剧里演过，用来造反的！"

李越霆满头问号，但突然就明白了："啊？啊！我知道了，这些都是打仗能用得上的东西！军需物资是吧？"

金冉说："有道理。"

李越霆又四处翻了翻，终于放弃："我去前面再看看，啊？跟我一起来的两个人跑哪儿去了？"

忽然听到不知道从哪里传来几声凄厉的惨叫，李越霆知道准是谁又出手乱碰这里面的东西了，顿时崩溃地哀号起来：“哎呀！不是不让你们随便碰东西了吗！怎么不听啊！”

他循着声音找人，结果差点没把自己吓一跳，阴森的手电白光打在一张惨白的脸上，面目狰狞。再看过去，两个人都倒在地上，身上插满了箭，满身鲜血，其中一个人趴在石壁上，鲜血顺着石壁往下淌，另一个显然是想要逃走的，但还是没逃掉，倒在地上眼睛瞪得大大的，一脸茫然不解。

他垂下眼露出悲悯的神色，抬手去试两人的呼吸，已经没气了。

这里位于两个石室的中间，但刚才李越霆记得自己曾经从这里走过，并没有发现有什么异常，他们到底碰到了什么呢？

他更加小心，抬手用手电一一照过，光芒覆盖之处，并没有什么异样。

“咦？”视线里，忽然有道亮光骤然一闪，他定睛看去，原来在石壁上，并排镶嵌着两块颜色殷红的宝石，散发着温润的光芒。

李越霆的目光在宝石上一扫，转身走到两具尸体的旁边，弯下腰，一一检查他们的指甲，果然证实了他的猜想。有个人的指甲里有磨损还有污迹，看来是用力想要把红宝石抠下来，所以才触动了机关，丢了性命。

“为什么墙壁上会有两块红宝石呢？”

李越霆问，他暂时不敢去碰它，所以只是盯着静静地看。金冉问：“是什么样的红宝石？”

李越霆把眼镜从口袋里掏出来戴上，把图像传送过去，金冉端详了一会儿，说：“这可能是‘凤血’。”

李越霆愣了：“那是什么鬼？”

金冉解释说：“凤凰的眼睛，嗜血的眼睛。”

李越霆立刻懂了：“盗门的机关？”

金冉点头：“因为通常都是成对出现，而且是红色宝石，不懂的人会以为是宝石装饰之类的。贪财的人会想要把它们抠下来带走，因此触动机关，血染红了宝石，所以，才被叫作凤血。”

李越霆感慨：“所以说吧，做人，就不能太贪财。”

李乐婷吐槽：“你又不差钱，当然不知道缺钱是什么滋味，人为财死鸟为食亡，懂不懂？”

李越霆表示不满：“我就算没缺过钱，但我看过电视剧啊！”

李乐婷扭头刚想反驳，金冉实在是受不了这两个人斗嘴了，开口打断他们的对话：“一般有凤血的地方，就意味着有一个机关阵。”

李越霆捂脸做崩溃状：“天啊！又来！”

金冉说：“你把左右手同时放在两块宝石上，用力按下去。”

李越霆知道金冉是这方面的专家，于是毫不犹豫地照做了。

两块红宝石表面湿滑冰凉，让人有种不寒而栗的感觉。李越霆掌心一凉，立刻用力，就听到轰隆一声，对面的一块石壁竟然从中间缓缓打开，露出一道向下的台阶。

李越霆沿着台阶走下去，这次的门似乎比之前的还要高大，只不过这回门前多了一个巨大的莲花型石座，盛开的莲花瓣簇拥当中，六个舞俑栩栩如生，舞姿生动，但它们对面，却有一片地方是空着的。

李越霆围着莲花台转了一圈，眼睛一亮：“这里还有舞俑啊！是不是把六个乐俑放上去，就能打开这道门了？莫非，是个重量水平仪？”

金冉很高兴地问：“乐俑呢？”

李越霆扁着嘴说：“呃……给柳青青了。”

金冉安慰他：“别担心，柳青青最多再有个十分钟也能到了。”

李越霆哀号：“愁啊！早知道就不给她了！唉！算了，这会儿待着干嘛呢？要不然我还是再去跟冯千秋玩会儿好了！”

他关了手电筒，把自己隐藏在黑暗里，对金冉说：“帮我把电话转到冯千秋那儿去吧！”

冯千秋接到千面狐狸的电话已经不觉得意外了，这家伙就是这么神出鬼没，完全不好控制。电话里，他用一种四六不着的语气说：“我大约十分钟会到，一会儿见啊！”

冯千秋正想质问他为什么一直不出现，就听到他又说：“顺便告诉你一声，我会跟刘江帆一起到，乐俑在他手中，只有拿到乐俑，才能打开第二道门。”

冯千秋被他彻底搞乱套了：“你什么意思！”

李越霆又说："打个赌吧，看谁先拿到乐俑，你要是赢了，一会儿刘江帆要杀你的时候，我可以保住你的命，怎么样？"

冯千秋完全暴躁了，就想把电话给摔了，朝着赵寻大吼："带人出去看看，是不是有其他人来了！"

然而怒火久久不能平息："小周呢？小周进去探路怎么还没出来？都死在里面了吗？"

话音刚落，从里面就传来结结巴巴的"老、老板"的声音，"小周"的语调都变了，显然是很害怕："有、有机关，他们都死了，出人命了啊！"

"小周"一路小跑，惊慌失措，深一脚浅一脚地冲出来。

金冉什么都没看到，但是只听声音都忍不住评价："这小周的戏还真是足啊！"

"小周"差点脚一滑被门框绊倒，爬起来这才又往冯千秋面前跑，狼狈得差点就在地上滚了。

李乐婷笑到："没错，我哥啊，从来都是体验派的。我特建议他哪天去横店逛一圈，自己出钱投个剧组，没事儿演个路人甲乙丙丁玩儿。"

李越霆把这话一点没差地听进去了，只是碍于他还在演，所以不能出声，憋得很辛苦。

金冉好奇地问："都投钱了，怎么不直接演男主角啊？"

李乐婷得意地摆了个 POSE："你想啊！我哥都出钱了，肯定是捧我演女主角啦！但我要是演女主角的话，我才不选他当男主角呢！丫的太抢戏了！"

李越霆差点被自家妹妹给气得笑了。

冯千秋非常厌恶"小周"的大呼小叫，瞪他一眼，问："一惊一乍地干什么！"

李越霆站直了身子还在惊慌地喘着粗气，一边结结巴巴地指着洞里面说："里、里、里面有、有、有机关！他们俩都死，死在里面了！"

冯千秋想起刚刚的电话，知道千面狐狸说得没错，果然里面还有另外一个开门的机关。

只不过要怎么才能从刘江帆的手里拿到乐俑打开机关呢？他脑子里转

得飞快，这时候赵寻匆匆跑来报告："外面确实有人来了，不过天太黑看不清楚。看起来也有十几号人，比我们人多！"

冯千秋阴阴一笑，挥手对赵寻说："让咱们的人都先藏起来，不要惊动刘江帆，让他们直接进来。敌明我暗，趁机把他们的人想办法干掉，混到他们的队伍里去！"

李越霆在心里暗暗地想，冯千秋倒不太笨，这里面那么黑，所有人都混在一起，根本分不清谁是谁，这个办法确实不错。

赵寻刚想吩咐大家各自躲藏，冯千秋又说："不行，还是要留几个人在外面，装作巡逻的样子，如果一个人都没有，刘江帆一定会怀疑的。"

他目光又落到"小周"身上，吩咐到："你去看看，这个门能不能从里面关上？"

李越霆假装犹豫了一下，很害怕的样子："老板我……我不想进去了，里面太吓人了。"

冯千秋狠狠地瞪他一眼，吼到："快去！"

说着从腰间掏出把改装枪冲他比画了一下，李越霆假装被吓到了，于是颤颤巍巍地去里面找关门的机关了。

金冉已经听到了冯千秋说的话，于是对他说："一般来说，控制开关门的机关，都在距离大门不远的地方。不然你去门边找找试试？"

李越霆用手电筒在大门旁边照来照去，果然在一个不太显然的位置发现了一个旋转的按钮，他试着转了一小下，大门果然缓缓往下沉了一点儿，他把手停下，门就不再动了。

他于是兴冲冲地跑出来，指着那个机关说："在这儿！关门的机关在这里！"

冯千秋于是做了安排，几个人留在外面巡视，另外一些人躲到了里面，并且把石门重新关上，装出他们从来没有打开过这道门的样子。

李越霆跟着退到了第一道门的里边，他带着冯千秋看了两间密室和里面的东西，冯千秋看到武器和盔甲明显很不感兴趣的样子："怎么都是这些？"

李越霆摸着头做茫然状："电视上一般不都是这么演的吗？外面都是不

怎么重要的东西，值钱的东西都藏在最里面。”

冯千秋忽然觉得面前这个唯唯诺诺看起来有点傻的小周还挺顺眼的，想想他说的也挺有道理，所以就放心地在这里面藏起来。

两间密室里的空间其实很大，加上又没有灯，要藏几个人还是非常容易的。

刘江帆和柳青青连夜赶来，他们带来的人很轻易就制服冯千秋留在现场的那些人。

柳青青踱步过去，就看到墙上的八卦图，倒也没什么意外，从容地抬手把六个机关扭到指定的位置，果然沉重的石门就缓缓打开了。

刘江帆看向柳青青，使了个眼色，那样子是让她先进去，柳青青没说话，冷哼着把头扭开，然后坦然迈步踏着石阶一路向下。

她完全不犹豫，走得也坦坦荡荡，丝毫不担心这漆黑的通道里会不会有什么机关。

刘江帆在她身后不知道是真心还是假意地赞叹：“果然是将门虎女！”

柳青青回头不冷不热地瞥他一眼：“不要提我父亲，你们没资格。”

刘江帆被她这一句硬生生顶回去，但也不生气，悠然笑着迈步跟上去。

柳青青沿着通道一路往前走，遇到密室连看都不看，刘江帆倒是停下来，让人进去看了一眼。但是因为里面实在是太黑，而且又陈旧，他也没有花时间多看，柳青青清脆的声音从前面飘来：“别白忙活了，不是跟你说过，这里面有第二道机关吗？真正的宝藏，只会藏在里面，不会在最外面的。那里面啊，看也白看！”

她说得非常有道理，不过刘江帆还是微微蹙眉，交代几个人去查清楚石室，自己就紧跟着柳青青走了。

“你不觉得这里很奇怪吗？”

有人帮刘江帆打手电照明，他跟上柳青青的步子：“这里如果是墓室的话，为什么格局跟传统墓室完全不一样？”

“有吗？”

柳青青不动声色地往前走，用手电照亮脚下的路。

刘江帆听她的语气，更确定了自己心中的怀疑：“你是进修考古学专业的，不可能不知道这一点吧？传统的墓室地宫，大部分都是三道石门，分前殿、中殿、后殿和左右两个侧室。就算再不注重形式，也不可能做成这种石室和圆形通道，而且里面还用来存放武器！”

柳青青不说话，还是继续往前走，刘江帆察觉有点不对，上前一把拉住她的胳膊：“你知道了什么？你早就发现了对不对？”

就在刘江帆和柳青青之间发生冲突的时候，埋伏在黑暗里的李越霆忽然纵身一跃，从背后勒住一个人的脖颈，把他弄晕了之后拖到一边。

这声响惊动了旁边的另一个人，但是他只来得及高喊了句：“啊？谁？”

李越霆就地一滚到他脚下，用力将他撞倒在地，然后一把按住了他的嘴巴！

黑暗里，他就像是一道黑色的闪电，无声无息地连续制服两人。

随即他把两人的装备脱下来，扔给一边的赵寻，又把另一套往自己身上套。

不一会儿手电的光亮变得亮了许多，冯千秋看到已经换了打扮的赵寻和“小周”，顿时明白了并投去赞许的眼神。

李越霆朝着冯千秋做了个手势，让他走在自己和赵寻的中间。

三个人一起慢慢移动着往外走去。

不远处，柳青青被拽了一个踉跄，顿时抬手挣脱开刘江帆的手：“没错！我从一进来就发现了！”

她缓缓后退一步，脸上露出神秘莫测的笑容：“你一心只想找到宝藏，所以恐怕没有注意过，无论是石门两侧，还是台阶旁边，都没有一般墓穴里应该有的镇墓石兽吧？假如这里真的如我们推断，是一个隋代皇子的墓穴，藏着大批的宝藏，怎么可能连一只镇墓石兽都没有呢？”

刘江帆顿时怒道：“那你还带我们进来！”

柳青青笑着说：“明明是你让我进来的，我又没让你跟着一起来。还有，虽然这里可能不是墓室，但是，却还是很有可能藏着宝藏的。要不然，你再跟我往里走走看？”

刘江帆对她半信半疑，但是已经都走到了这里，自然是不能走回头路的，于是咬牙发狠：“那你先走！”

柳青青忽然抽动鼻子闻了闻，提高了语调：“有血！”

刘江帆顿时一惊，命令到：“去看看！”

探路的人很快回来报告，发现了两具尸体，柳青青跟过去看了看，她虽然也比较见多识广，但是死人毕竟还是第一次见，吓得脸色发白，扶着墙连连喘气，平复着胸腔里翻涌的恶心的感觉。

刘江帆顺着两具尸体就看到莲花石台，柳青青扶着墙休息，但目光稍微往上一瞥就看到了两颗血色的红宝石，如同浸透了鲜血的一双眼睛，她手一抖差点把手电摔到地上：“这是……凤血吗？”

虽然千门和盗门这么多年来都自成一派相安无事，但是毕竟她读过历任明王的札记，见过类似的记载，心中恍恍惚惚，有个念头逐渐清晰起来。

刘江帆诧异地问：“凤血？”

柳青青转过身，背靠着墙壁努力平静了一下，这才解释说：“你们应该都知道，千门的首个‘倾天局’，破局者是当时的千宗首徒展鸣。当时八门在座，共同见证，三宗奉展鸣为明王，江湖誉其为‘千王之王’。但是，札记里只写了关于汾王宝藏和乐俑的争夺，而倾天局到底是什么，参与的人都有谁，如何破解，后果如何，都没有人知道。”

她从身上解下背包，拿出精心包裹的乐俑，六个栩栩如生的女乐师神态各异，隐约可见当时盛世舞乐的繁华气象。

她把乐俑递给刘江帆，指着被光照亮的莲花石台，低声说：“我想，我终于明白了展鸣在札记最后写的那两句诗的意思，‘何日再见凤凰血，盛世舞乐君始归’。”

她似乎是有些累了，不再是之前那么生气勃勃的样子，抬手指着莲花石台中央对刘江帆说：“这其实就是一个重量水平仪，只要石台上放着的东西，达到指定的重量，那道门自然就会打开，但如果石台上的重量发生了变化，那么这道门就会再次关上。”

冯千秋半信半疑地把乐俑递给身边的一个人，然后做了个手势：“照她说的做。”

那人低着头，把乐俑接过去，然后一个个摆到石台上，果然就听到传来咔嚓咔嚓的细微响动，仿佛是什么发条被上紧，然后从某处开始，接连不断地颤动，直到石门慢慢地向上开启，刘江帆眼睛都亮了，欣喜若狂：“打开了，真的打开了！”

柳青青长叹了一口气：“到这里，我就再没什么能帮你的了。但是苏哥哥对我说过，你或者是冯千秋，都会在打开宝藏之后，杀我灭口。”

刘江帆顿时脸色一变，他确实怀了这样的心思，当众被柳青青揭穿，他倒是一时间不知道怎么办才好了。

柳青青并没有动，她似乎并不担心自己的安危，脸上慢慢露出笑容：“所以，我总要给自己留下一个保命的筹码。”

她看着刘江帆，一字一顿地对他说：“苏哥哥让我告诉你，他当初给你的那块明王令，是假的。”

刘江帆的脸顿时变了颜色，他原本以为胜券在握，没想到，竟然被苏云时将了一军。

柳青青站起来，不再看刘江帆一眼，而是看向莲花台：“历任明王身边，其实都有一位掌令使，替代他保管明王令。明王需要使用明王令时，会把他的信物交给掌令使，由掌令使取出明王令。虽然传到现在，千门已经没有掌令使了，但是，明王的信物还在。”

刘江帆从怀中取出苏云时给他的令牌，问：“所以这不是明王令，这只是明王的信物？”

柳青青点点头：“没错。你如果想要明王令，在你成功破解倾天局之后，可以带着这个信物来找我，我会把明王令交给你。”

她说着举起手，神色严肃认真：“我以父亲之名起誓，绝不反悔。”

刘江帆脸色一阵白一阵红，被柳青青扼住七寸的感觉非常不舒服。但是柳青青说的话让他不得不信，柳青青说完这番话转身就走，有人想要拦住她，但是刘江帆低声喊了句：“让她走！”

显然是顾忌到柳青青手中有明王令，所以暂时不能把她怎么样。

柳青青刚走出两步，忽然转过身，对刘江帆又说：“看在你愿意放我走的面子上，我附赠你一个礼物。”

她笑着缓缓说话，语调悠扬：“黑暗之中，最明亮的地方，往往就是最危险的地方。”

刘江帆一愣，但忽然明白了柳青青说话的意思，此刻他被光亮环绕，假如有人要袭击他的话，那不就是个明晃晃的靶子吗？

这时候现场忽然又出现了异动，接连传来打斗的声响。

可柳青青丝毫没有理会，而是向着环形通道的另一端迈步走远。

大家开始混乱起来，手电的光芒照来照去，一会儿能看到人影，一会儿又什么都看不到。

刘江帆察觉到事情不太对劲，刚想要往第二道门的方向跑，忽然觉得腰间一凉，他顿时身体僵硬了。

手电的光芒又重新汇聚到一起，将刘江帆身边照得格外明亮，冯千秋从光亮中现身，用枪口抵着他的后腰，笑得十分得意。

“说起来，还要谢谢你，帮我打开了第二道门，还给了我明王的信物。”

刘江帆不敢动弹，看着冯千秋从他身上拿走了那块令牌。

柳青青眼看着就要走远，冯千秋立刻使了个眼色，吩咐到：“拦住她！”

赵寻本来想要上前，但是没想到“小周”这会儿反应特别快，一个箭步冲上去拉住了柳青青。

柳青青下意识地反抗，两人顿时打成一团。赵寻紧跟着冲进去本来打算帮个忙，结果不知道被谁一脚踹过来正中胸口，剧痛无比，顿时倒在地上半天没能动弹。

接着“小周”也被踹了回来，摔在了赵寻旁边，冯千秋见状立刻喊人跟上去继续追，然而黑暗中，柳青青早就跑没影了。

“小周”痛得只哼哼，皱着眉，扶着动不了的赵寻靠在墙边。

冯千秋见抓不住柳青青，只能推了一把刘江帆，挑衅地问：“你输了，认输吧！”

刘江帆冷哼一声，不甘心的样子，下巴扬得很高：“你还没有拿到宝藏，不算赢。”

冯千秋让人拿来牛筋，把刘江帆绑了起来，让两个人看着他，又说：“行啊，那你就跟我一起进去，看看那些宝藏吧！”

他忽然想到了什么，看了“小周”一眼，命令到：“你留在外面，把他带来的这些人一个个查一遍，千面狐狸很可能就混在其中，一定要把他找出来！”

“小周”揉着被踹痛的胸口点点头：“好的老板！”

冯千秋又交代了几个人一起留下，于是带着刘江帆走进了第二道门，“小周”把赵寻安顿好，然后指挥留下的人开始一个个检查起来。

大家都在忙碌，赵寻却发现“小周”却安静下来，站在莲花石台边，盯着乐俑若有所思的样子。

昏暗的光线照耀下，他惊讶地发现，“小周”侧脸的轮廓竟然锋利而英俊，完全不是那个傻得只是力气大的怂样。

他刚想要开口喊“小周”，却看到他嘴角一勾，脸上划过一抹邪气的笑容，果断地抬手抓起一个乐俑！

赵寻记得柳青青曾经说过，假如石台的重量改变了，门就会重新关上，他惊讶地大喊：“小周！别动！”

然而“小周”转过头来，看向他的时候，眼里顿时闪过桀骜而不驯的光，他用清朗而平缓的语调对他说：“你错了，我，不是小周……”

赵寻诧异地瞪大了眼睛，看着面前的“小周”，缓缓松开握着乐俑的五指……

他感觉自己的心被一只手紧紧攥住了，但却只能眼看着乐俑径直坠落，摔在地上，四分五裂，发出清脆而绝望的响声。

与此同时，石门仿佛哀叹般的迅速向下坠落，赵寻听到那个人用骄傲的语调说：“我是千面狐狸！哥们，下次，可别再认错了！”

下一秒，他的身影已经如同闪电般划过黑暗，径直扑向石门与地面仅剩不多的缝隙！

轰隆！

石门重重关上，尘土飞扬，在赵寻眼中，一切已然重归黑暗，将他们隔在两个世界。

失去了一个乐俑，这扇门再也没办法从外面打开了。

冯千秋看着“小周”箭一般地从缝隙钻了进来，他发觉石门开始下落，想要赶过来阻拦却已经来不及，"小周"灰头土脸，一瘸一拐地走过来对他说："老板！有——有个神秘的黑衣人拿走了乐俑，我们拦不住他！"

冯千秋喝到："快找找，这里面有没有开门的机关！"

"小周"带着人上上下下一顿找，但是什么都没发现。眼前坚实的石门紧闭，任凭他们又敲又打，却依然纹丝不动。

冯千秋的脸色非常不好看，刘江帆却忽然大笑了起来："我们都中计了！是苏云时，一定是苏云时，他根本不想要宝藏，只想要我们都死在这里而已！"

"谁说，我想让你们死呢？"

从黑暗的尽头传来温润优雅的声音，一道白光随即而来，他手中举了火把，缓缓走来，一边走，一边把石壁上的灯依次点燃。

冯千秋和刘江帆全都脸色大变，望着那个突然出现的白衣人影惊呆了："你……你不是……"

原本受了重伤必须要休养的苏云时，怎么会突然出现在这里！

苏云时点了几盏灯，找了个地方站定，将手一扬，指了指不知道什么时候回到冯千秋身边的"小周"，淡淡地说："你来，把那些灯都点上。"

李越霆憋着笑，看向冯千秋似乎在征得他的同意。冯千秋挥挥手，他低着头走过去，从苏云时手中把火把接过来，继续把墙上所有的灯都点上了。

石室里被照得灯火通明，一切黑暗都无处遁形。

这里是个圆形的石室，中央也摆着一个石台，周围除了入口的门之外，分别还有三道一模一样的门。

苏云时正站在一扇门前，额头上戴着帽子，火光照亮了他的脸，脸色苍白但神情镇定从容。

他看向冯千秋，低声说："把枪放下吧。"

冯千秋并没有听他的话，而是朝着他举起了手中的枪："这里一定有出口的，对不对？"

苏云时往前走了几步，走到正中央的石台前，双手撑在石台上，说："这里有三道门，两死一生，你们，自己选吧！"

冯千秋不甘心地质问："那宝藏呢？"

苏云时遗憾地摇摇头："这里并没有什么宝藏。"

冯千秋完全不肯相信："不可能！这里怎么可能没有宝藏！这里不是隋朝皇子的墓吗？这里有那么多盔甲和武器，怎么可能没有陪葬的珍宝？我不相信，你一定在撒谎！"

刘江帆没好气地打断他："你怎么还不明白，这里根本就不是墓穴，只是个武器库而已。他骗了我们所有人！"

冯千秋完全崩溃："怎么可能！怎么可能！"

苏云时面无表情地说："这当然可能，因为这只是倾天局。"

冯千秋歇斯底里地大喊："你骗我！你骗了我们！你这个骗子！"

说着仿佛失控了一样把枪口对准了苏云时，朝着他瞄准，狠狠扣动扳机！

枪声骤然响起，在这并不大的空间里，显得格外刺耳。

冯千秋原以为距离不远，他必然能够一枪打中苏云时。他恨他，恨他就这么轻描淡写地一句话，就毁了自己的计划，也毁了自己全部的希望。

恨不得他去死！

然而，就在他扣动扳机的那一刻，他的身边突然斜里杀出一个人影来！

那人身形矫健，直接用双手抓住他举枪的那只手，奋力往上一推！

砰！

子弹带着巨大的冲力，径直撞在顶棚的石壁上，火花四溅，爆开山石碎屑纷纷掉落。

冯千秋见枪口被推开，于是奋力想要挣脱，然而那人根本没给他留下任何机会，他感觉到有只手在手腕上重重一敲、一扭，他的五指已经脱了位，手中的枪也已经被顺到了对方手中！

跟着冯千秋进来的还剩下好几个人，看到有人攻击自家老板，于是也跟着上前去阻拦，只不过动作都很粗暴，一个直接挥拳，另一个抬腿就踹！

这时候苏云时也动了，他的身形如同行云流水，无声无息之间，人已经冲入了战圈，直接抬腿踹在那人的膝关节上！

李越霆松开冯千秋，迅速后退，挡在苏云时身前，手枪在掌心堪堪转了个圈，横过枪托，侧头躲过对方的拳头，直接砸在那人的肩膀上！

只听“咔嚓”一声，清楚地传来了骨头碎裂的声响，那人直接被巨大的冲力掀翻在地，抱着肩膀连声惨叫起来。

苏云时上前一步，李越霆会意地让开半个身位，两个人极有默契地对调了一下位置，背对背站着，苏云时用掌心抵住一人的拳头，另一只手的指尖一晃，一道银光顿时划过对方的手腕！

那人哀号一声，手腕一道清晰的血痕，苏云时顺势屈起手肘，半转身撞向他的胸口！

李越霆一拳砸在迎面扑上来那人的小腹上，然后跟着跳起来一个连环踢，直接把那人踹飞了出去！

冯千秋见那边打成一团，于是自己蹑手蹑脚地往门边退，只是他摸索了半天，两手摸得全是灰，但四下寻找都找不到开门的机关，石门和地面仿佛连一丝缝隙都没有。

打退了一波人之后，苏云时和李越霆忽然同时回身向后转去，再度对调位置，迎上第二波攻击！

李越霆抬手，掌心的枪口在指尖灵巧地调转，虚虚指在一人的眉心，那人一愣，他直接一枪托砸在对方脸上，把人打了个眼冒金星。

苏云时贴着对方的肩膀滑过去，指尖夹着一叶薄若蝉翼的刀片，抵着他的脖颈比画了一下，趁着那人吓得不敢动的工夫，并指为掌朝着对方后颈重重劈下去！

随着最后一个人也轰然倒地，地上七零八落躺了一地伤员，最后只剩下了冯千秋和刘江帆两个完好的，脸上的表情已经不知道是什么模样了。

李越霆迅速后退两步，双手微微交错，枪在他手中便立刻被分解成了几块。

寻找半天开门机关却徒劳的冯千秋莫名惊恐地转过头看，见李越霆随手一撇，把枪械的碎片都扔在地上，双手叠在一起拍了拍，似乎在拍根本不存在的灰尘。

冯千秋这才看清楚了对方的模样，那一头乱糟糟的金发，竟然是跟他一路进来的“小周”！

“怎么是你！”

冯千秋大惊失色，顿时幡然明白过来：“你不是小周，你是千面狐狸！”

千面狐狸行走江湖，传说中有千张面孔，行踪诡异，神出鬼没，冯千秋这才意识到，他被千面狐狸给骗了！他之前原以为对方躲在了刘江帆带来的人当中，但没想到，他一直都藏在自己身边。

李越霆兴高采烈地朝他挥了挥手：“嘿！老板，别忘了我的双倍奖金！”

苏云时默默横他一眼，他于是无辜地摊开双手，做出一个“我什么都没做”的委屈表情，微笑着退到一边，双手背在身后帮苏云时警戒。

刘江帆也全明白了：“你们没有闹翻？这一切都是演给我们看的？”

苏云时转头盯着李越霆看了一秒，说：“不，闹翻过。他打了我。”

李越霆被他看这一眼，五官都委屈地皱在了一起，哀怨地申诉：“哪有！那不是剧情需要嘛！”

苏云时冷哼一声：“还打的是脸。”

李越霆感觉委屈地快哭了：“我真的……不是故意的啊！”

苏云时把头扭回来：“现在后悔已经晚了。”

冯千秋和刘江帆被他们俩说得都快崩溃了，冯千秋忍不住抗议：“你们够了！还嫌耍我们耍得不够吗？”

李越霆和苏云时异口同声地回答：“当然不够！”

李乐婷已经笑得抽成一团，倒在金冉身上，柳青青终于可以在公共频道里出声：“苏哥哥你别怕！等着我帮你揍大叔一顿，解气好不好？”

李越霆崩溃地就想把耳机摔了：“再叫大叔翻脸，把我送你的眼镜还回来！”

柳青青下意识地抬手按住自己的宝贝眼镜，一脸不情愿的表情。苏云时清了清嗓子，又说：“送出手的东西还往回要，太不讲究了。”

李越霆冲他挑眉：“不要也行，不然我们再聊聊？”

苏云时面无表情地抬手冲着正鬼鬼祟祟往门边移动的冯千秋一指："你再聊，他就要跑了。"

李越霆笑到："无所谓啦！反正这里就三道门，两生一死，哦不，两死一生是吧，33.33333% 的概率，还是有机会能蒙对的。"

刘江帆还不甘心，质问苏云时："明明一切都对，为什么这里会没有宝藏？"

李越霆主动替苏云时回答："因为这件事从一开始就是个 BUG，难道你们都没人发现吗？"

大家都很诧异地看他，李越霆无奈地摇摇头："算了，以你们的智商，不应该指望你们能想明白。"

柳青青发现李越霆的吐槽功力其实不逊于苏云时，只是平时不太发挥而已。

她此刻正赶到附近的山路上，等待一个车队的到来。

黑夜之中，耀眼明亮的车灯由远及近，那是一排高大的切诺基，全部是黑色，看起来炫酷又拉风。

头车在柳青青面前稳稳停住，后面的车依次排开，很快在路上横开一排。

柳青青迎着车灯的光亮往前走了几步，就看到头车的驾驶室车门被推开了，帅气的长靴踩在柏油路上，由下往上，先是长腿，然后是一身利落打扮的白薇。

叶颜从后座上下来，为了方便行动，她也换了球鞋和长裤，头发束成马尾，用一顶棒球帽压着。

她朝着柳青青摆摆手，顺势一指："这是白薇。"

柳青青朝她点头问好，她此行的目的就是给他们带路，富商坠楼案和范致国的死涉及白薇所属的那个神秘部门的管辖范围。刘江帆咬出了不少冯千秋的证据，叶颜也把当初从冯千秋那里拿来的电脑硬盘特意送了过去，从中找到不少证据。

于是，她立刻带人过来，想要把两个人都带回去协助调查。

白薇开了半夜的车却依旧精神奕奕，叶颜稍微有点困，打着呵欠跟上来。

柳青青指了指耳机，说："三频，加密六位，密码是233333。"

叶颜低头打开对讲频道试了试，问："谁设的密码，这么有喜感？"

李乐婷说："不是我。"

金冉说："也不是我。"

苏云时安静地站在原地没吭声，李越霆的嘴角抽动了一下，也没说话，走到刘江帆面前，指尖一翻，手上不知道什么时候多了薄薄的一叶刀片，手起刀落削断了绑在刘江帆手上的牛筋。他顿时脸色变了，顾不得去揉被勒得发疼的手腕，质问苏云时："你教他的？"

苏云时知道刘江帆指的是李越霆在袖口藏刀片的手法，摇摇头："我没有教过他。"

刘江帆看向李越霆，目光变得更为复杂疑惑："这是千门千宗的独家手法，向来不外传，你到底是谁？"

李越霆冲他故作神秘地一笑："你猜？"

刘江帆看向苏云时："你不知道？"

苏云时很平静地回答："我不知道。"

刘江帆的拳头用力抵住自己的头，难以置信地猜测："难道柳远还收了别的徒弟？这不可能啊！"

苏云时依旧是语气淡淡地说："师傅只收了我一个徒弟。"

李越霆懒洋洋地笑："喂！别猜了，你猜不到的！我告诉你吧，是我爷爷教的！"

刘江帆明显不太相信："你爷爷是谁？"

李越霆笑到："我爷爷就是我爷爷，总之不是你爷爷，更不是你大爷。"

苏云时清了清嗓子小声提醒他："咳咳，差辈了。"

白薇听得忍无可忍，打开耳机咳嗽两声，问："听得见吗？"

柳青青说："还好。"

她们都站在原地没走，柳青青看到车队最后竟然跟了一辆皮卡，这时候有人从上面推了很多辆摩托车下来。

白薇问柳青青：“会骑摩托车吗？”

柳青青面露难色，看了叶颜一眼，后者坦然点头：“我会”。她跨上旁边的一台摩托车，说着朝着柳青青比画了一下，指指后座：“上来，我带你。”

柳青青跟着上车，接过叶颜递过来的头盔，很忧伤地说：“我也要学骑摩托车。”

叶颜问：“自行车会吗？”

柳青青又摇摇头，白薇跨上摩托车，戴上头盔，在旁边轻描淡写地评价：“连自行车都不会啊，白瞎了你那么长的腿了。”

柳青青眼泪汪汪：“又怪我呀？”

叶颜自己也戴好头盔：“不怪你，难道怪我？”

柳青青又看白薇，白薇坦然地骑着摩托车走了，丢下一句：“别看我，我没有长腿，只有胸。”

“噗。”

李越霆终于忍不住笑喷了，只是笑得很不合时宜，刘江帆还在质疑他的身份，没想到莫名其妙没忍住，突然这一笑，把大家都笑毛了。

众人面面相觑，冯千秋都忍不住转过身来看到底发生了什么事。

李越霆很快平静下来，悻悻地道歉：“抱歉抱歉，我没忍住，大家别见怪啊！”

苏云时背过身低声抱怨：“你们别一直占用频道聊八卦好嘛！”

声音又苏又软，但效果很好。

三位女士都不说话了，因为白薇已经霸气地带着车队出发，柳青青正好可以带路，指挥叶颜的方向。山里风大，又是在黑夜里行驶，所以耳机的讯号也变得时断时续，听得不那么清楚。

与此同时，李越霆终于找回了他已经歪到不像样的主题：“你们有没有想过，为什么一个传说中的隋代宝藏里会有唐代的金银器？”

冯千秋的声音在山洞里回荡，有些疯癫的样子：“一定会有出口！一定会有宝藏的！”

刘江帆显得平静很多：“明王札记里不是写过，那是江湖传说，唐汾王躲避安史之乱留下的珍藏吗？”

李越霆反问：“你们家逃难带 LV 包吗？”

冯千秋一愣，刘江帆已经反应过来，脸色骤变：“我早该想到的！在唐代，金银器怎么能算是贵重的收藏！”

李越霆笑嘻嘻地接着说：“还有啊，安史之乱时，判军是从洛阳方向经过潼关打进长安的，汾王要是逃跑经过这里，你又见过谁家逃难是迎着敌人逃的？”

苏云时不动声色地补充说：“唐玄宗当时带着亲眷和大臣们逃入蜀地，而太子李亨等人北上往灵武走的，两个方向都不会经过潼关。”

李越霆点着头表示同意，但转念又诧异了：“唐明皇我知道，唐玄宗又是哪个皇帝？一个朝代怎么会有两个皇帝！”

叶颜差点没把车骑到山沟里去：“那是一个人！”

苏云时很不给面子的嫌弃：“你的历史需要补补课了，有时间别光看那么多电视剧。”

李越霆不好意思地缩了缩脖子：“哦。”

苏云时接了他的话往下说：“我仔细查过明王札记，宝藏的传说其实出现在展鸣接任明王之前。”

他停了停，李越霆很自然地接上后半句：“所以这传言，恐怕本身就是倾天局的一部分。”

苏云时慢慢合上眼睛，试图从如今已经有些残破的明王札记的只言片语当中，还原当时的真相。

1927 年，国家动乱不定，外敌当前，江湖中英雄儿女大多心系家国，舍生忘死，义不容辞，但总有个别贪生怕死，贪慕荣华富贵的人，经不起诱惑，投靠了侵略者，沦为帝国主义的汉奸和走狗。

展寒就是其中之一。

他是展鸣的同门师弟，原本是门中同辈弟子中的佼佼者，但因为心术不正，嫉妒展鸣，于是串通日本人，密谋想要夺取明王之位。

展鸣得知这件事之后，决定与展寒公开较量，依照千门传统的方式，以千局定生死，因为这一局在门派中有“倾天灭地”之名，因此也被称为

“倾天局”。

他联合了当时其他江湖七门中的盗门，兰花门和机关门，共同为展寒和日本人设下了这场以宝藏为名的陷阱。

密室里的三道机关门之外，他们还预先设下了炸药，封死了入口。

不过还是有部分人侥幸带着一些金银器逃走，其中就包括展寒在内。而路上被仓皇丢弃的金银器和乐俑就留在了山洞里，很多年后，被偶尔来到这里的韩成和捡到了。

韩成和也曾经试图往山洞里走，但是因为炸药炸开了巨石堵住了洞口，所以将石门封在了里面。

这也是李越霆之前一直没有找到入口的原因，他和李乐婷推断的方位是没错的，只可惜，路被堵住了，只剩下那道山石之间的裂缝可以进来。

刘江帆和冯千秋听到这已经目瞪口呆，冯千秋如同泄了气的皮球一样，仿佛在瞬间失去了全身的力气，跌坐在地上。

“而这里，就是当年展鸣设下的倾天局，藏有汾王宝藏的隋朝古墓并不存在。”

苏云时说完这句话，深深叹了一口气，抬手按动面前的石台，那石台如同门外的那个一样，也做成了莲花的形状，六瓣莲花栩栩如生，灿然绽放。

“是啊，这里不过是一个当时隋朝四皇子杨秀企图谋反，私下储藏武器的密库而已。如果你们还不相信的话，可以自己进去看看，里面还存着几面带有‘蜀’字的军旗，蜀王应该是杨秀当时的封号吧？”

李越霆跟着补充说道。

莲花中心也有一个八卦图的旋钮，最后一道机关的开启方法就刻在双束碑的背面，是柳青青和李乐婷发现的。

苏云时没有看里面，别过头，抬手指过去：“这三道门，两死一生，展寒和日本人曾经以为生门通向宝藏，但实际上，生门也一样通向死亡。没有人要杀他们，害死他们的，是他们那颗贪婪的心。”

一道石门缓缓打开，尘土飞扬，仿佛掀起岁月的烟尘。然而当尘归尘，土归土，石门背后，火光照亮了黑暗，他们才看清楚，里面摆满的各式各样的铜箱和木箱里都是空的，上面插满了箭矢，墙上都是被利器划过的斑驳痕迹。

地上到处都是已经腐烂只剩下白骨的尸骸，有的胸口扎着尖锐的箭矢，有的头骨和身体分离，还有的已经碎裂成一堆骨头，加上破烂的衣服碎片，已经生锈的武器，虽然过了这么多年，但是谁都能想象出，这里当年到底经历过什么样惨绝人寰的杀戮和死亡。

李越霆只扫了山洞里一眼，就低下头，抬手盖在眼睛上。

冯千秋整个人都已经完全崩溃了，这么久以来，他处心积虑想要坐上明王之位，为了宝藏的下落而尽心竭力，机关算尽，却最终得到了这样一个结局。

银狐不会再重用他、信任他，QS 公司那条可以牟取暴利的文物走私通道和赝品仿制计划，也都不会再有他的份。

刘江帆显然要比冯千秋镇定一些，但脸色也不好看。

“冯千秋，你为了明王之位和宝藏，害死了五条人命，如果按照千门的门规要怎么处罚你，我想你应该清楚吧？”苏云时双手背在身后，腰背挺得很直，他虽然年纪轻，但毕竟也是千门之主，自然有浑然而生的肃然气度。

“妄杀者，以命抵命，以血偿血。我知道，那又怎样？你现在就打算杀了我吗？”

冯千秋扶着石门冷笑，转过身与苏云时对视。他此刻已经完全接受了现实，但是绝望之后，则是更加深邃的杀机和恨意。

苏云时没有回答他，而是又看向刘江帆，说：“你虽然没有直接杀人，但是你也伪造了赝品金银器的鉴定手续，为名利而妄言、妄断，当逐之，从此刻起，你不再是千门子弟。”

刘江帆却笑了，目光与苏云时对视，语气并不惊慌，反倒多了一丝调侃：“若是我罪有应得，那你呢？你如果忘了，不如让我帮你回忆一下，诱骗五位富商入局的赝品金银器，可都是出自你的手！”

苏云时的脸上不知道什么时候血色褪尽，他原本凝重的神色也渐渐垮下来，变得充满了愧疚和自责：“没错，你说得对，你们罪有应得，而我，也一样。”

冯千秋上前一步，质问道：“你说我们为了明王之位和宝藏，谋害人命，那你呢？你现在做的这些，不也一样是为了明王之位吗？”

“没错，我也是为了明王之位，我承认，是我自私，我明知道这是一个局，但是，我并没有阻止，任其发展，事情走到今天这一步，所有因此而死的人命，我也难辞其咎。”

冯千秋见苏云时的表情，就知道自己的话已经让他动摇了，于是又厉声质问：“以千门技艺妄骗者，应该受什么惩罚，你自己心里清楚吧？”

苏云时淡然笑道：“我当然知道。”

话音未落，左手一道银光骤然闪过，直奔自己右手的掌心而去！

冯千秋脸上一抹邪笑，看向刘江帆，两人交换了一个得意的眼神。

没想到他们这三言两语竟然直戳苏云时心中的软肋，时机变了，敌人也可以成为朋友。他们刚刚还针锋相对，水火不容，而此刻他们的目标却是一致的，那就是要毁了苏云时！

正在给叶颜指路的柳青青偶然听到冯千秋质问苏云时的那句，顿时大惊失色：“以千门技艺妄骗者，断指、断掌、断经脉……苏哥哥，不要！”

然而苏云时的动作极快，他的一双手灵巧非凡，速度无人能敌，而且出手又毫无征兆，眼看着他左手中锐利的小匕首就要刺入手掌！

李乐婷看向金冉，没弄懂到底发生了什么事：“怎么了？怎么了？”

金冉握紧了拳头，隐约猜到了是怎么回事。

叶颜和白薇都在骑车，无法分心，听到柳青青的尖叫顿时都十分担心，叶颜更是一个急刹车停下来，险些把后座的柳青青给甩飞出去！

苏云时的左手已经落下，手中那支匕首极为锋利，几乎可以吹毛断发，可以预见如果这一下刺进手掌，他的右手就势必全废了！

血色飞扬，鲜血咸腥的气息立刻弥漫开来。

滴答，滴答。

血一滴滴落在地上，冯千秋和刘江帆全都愣住了。

苏云时也愣住了，因为他已经用尽全力，但是手中的匕首却连分毫都挪动不了。

目光向下，一只戴着手套的手，牢牢地握住了匕首最锋利的刀刃，黑线手套被划开，连带着皮肉翻起，鲜血顺着刀尖一滴滴地坠落。

李越霆忽然一声轻笑，打破了现场死一般的寂静："哟，我怎么突然有种西门吹雪的感觉呢？"

刚刚大家都在说话，只有他注意到苏云时原本背在身后的双手突然缓缓移动。李越霆虽然表面上吊儿郎当，但心细如发，见苏云时的表情坚定决然，眼神也有点不对，目光一瞥，便在心里暗自警觉。

果然，苏云时抬手的一刹那，李越霆立刻就有所察觉，并且比他更快出手！

电光石火间，他已经来不及做出其他的反应，唯一的办法，就是用手握住匕首，替代苏云时挡了这一下。

苏云时瞪他："放手！"

李越霆笑道："今天我替你挡了这一刀，所以，那天我打你脸的事儿，咱能不能以后都不提了？"

苏云时眼波微微颤动，但竭力保持镇静，喝道："我让你放手！"

李越霆的手忽然又动了，扭在苏云时的手腕上，轻而易举地卸掉他手中的匕首，随手往后一掷，银光划过视线，直直扎在了坚硬的墙面上！

"在过去，侠客可以为了维护正义而杀人，但是现在，我们谁也没有资格审判谁。"

李越霆托着受伤的手，缓慢地动了一下手指，幸好戴着手套，有一层保护，不然他的手恐怕就真要废了。

苏云时低下头，李越霆又说："小白一会儿就到，要杀，要罚，要为自己犯的错付出代价，等她来了，你可以跟她走，她会带你去该去的地方。"

刘江帆听出了他这话里的弦外之音："所以，这里还有其他出入口，是不是？"

李越霆用完好的那只手伸向苏云时："有纸巾吗？给我来点。"

苏云时从口袋里摸出一包湿纸巾给他，声音里带了点鼻音："对不起，我忘带药箱了。"

李越霆极为欠揍地笑着说："没事儿，小伤。"

苏云时默默抽出一张湿纸巾按在他的伤口上，李越霆顿时一声惨叫："啊！你轻点！"

"不是小伤吗？"

苏云时嘴角上挂了一点淡淡的笑容，松开手，李越霆龇着牙把纸巾握住，试图让伤口止血，冲他嘿嘿一乐："我才发现，原来小伤也挺疼的。"

苏云时回给他一个笑容，但是嘴角的弧度忽然僵住了。

他的手上沾了李越霆的血，却忍不住用力按在了自己的衣襟上。

他是那么爱干净的人，连来这种地方都要穿一件整整齐齐干干净净的白衣服，但竟然放任自己用带血的手紧紧按住胸口，急促地呼吸起来。

心脏的位置一阵剧烈的抽痛，他抑制不住地倒在地上，把身体蜷缩成一团。

李越霆察觉到了苏云时的异样，立刻上前去翻他的口袋："你的药呢？药放哪儿了？"

冯千秋和刘江帆对望了一眼，两个人不约而同地露出不怀好意的笑。

这是最好的机会！

李越霆担心苏云时，所以把后背留给了敌人，而苏云时现在已经没有半点战斗力，所以冯千秋和刘江帆知道这可能是他们唯一可以脱身的机会。冯千秋立刻扑上去想要袭击李越霆，刘江帆则冲过去用力拔出了墙上的匕首，目标是苏云时！

紧闭的石门背后，传来了剧烈颤动的声响。

那声音是从三道生死门之外的地方传来的，有动静，就意味着可能有逃生的通道。刘江帆更坚定了自己的想法，很快确定了策略，挟持一个重病的苏云时，明显要比对付李越霆来得容易许多。

李越霆扶着苏云时，帮他掏出药瓶倒出两颗药，苏云时的情况还算乐观，艰难地把药吞了下去，只是药效没那么快，他几乎是脱力一样的靠在墙边，合着眼休息。

李越霆刚松了一口气，就听到身后传来的凌厉风声。

他知道是怎么回事，回身正迎上冯千秋的拳头，不过以李越霆的身手，冯千秋那种许久不自己动手的级别，显然不会给他造成任何威胁。李越霆把冯千秋一个过肩摔扔在地上，这会儿看着他也觉得非常碍眼，于是箭步上前，附身一个肘击压在他的胸口上，手臂用力，嘴角的笑意越发灿烂。

冯千秋窒息的感觉越发强烈，脸色发青，大口呼吸却上不来气。他以为李越霆是打算就这么杀了自己，于是挣扎得非常剧烈。李越霆用膝盖压住他的腿，松了手肘，然后干脆利落地一拳砸在他的脸上！

“你知不知道，我想揍你很久了！”

李越霆反手又是一拳，打得冯千秋眼冒金星，顺手又打了一拳，直接把人给打晕了过去。

心满意足地把冯千秋扔在地上，李越霆站起来就看到刘江帆把苏云时从地上拖了起来，匕首紧紧抵在他的脖颈上，一副要鱼死网破的架势。

“别过来！放我出去，否则我杀了他！”

刚才这么一动手，李越霆手上的伤口又全都裂开了，他不得不用另一只手托着手掌，转向刘江帆的方向，皱着眉说：“啧啧啧啧，这么狗血的情节，怎么跟演电视剧似的。”

苏云时被刘江帆拖着拽来拽去的，整个人感觉都晕乎乎的，他被迫靠在刘江帆的肩膀上，干脆也懒得睁眼，声音很弱，对刘江帆说：“你电视剧看多了吧，你以为这样真的有用？”

李越霆笑道：“怎么没用？电视剧里不都是这么演的吗？就算跑不掉，至少可以拖延点时间吧？”

苏云时冷哼了一声：“无聊。”

刘江帆被他们这一唱一和搞得快要崩溃了：“你们能不能重视一点！我现在是在挟持你们！”

李越霆很认真地纠正：“NO，NO，应该说，你挟持的是他，威胁的是我，这个你要先分清楚。”

苏云时纠正李越霆：“他这个不叫挟持，他这叫乘人之危。”

李越霆很认真也很不解地问：“啊？什么叫‘乘人之危’？”

刘江帆愤怒地用力勒紧了苏云时的脖子，把匕首又往他的脖子上抵了几分：“你们够了！”

苏云时对抵在脖子上的匕首视而不见，李越霆上前一步，抬手做出试图阻止他的动作：“你有什么条件，现在就提出来吧！”

门外传来轰隆隆的声响，刘江帆如同惊弓之鸟，拉着苏云时又后退了一步，将他牢牢挡在身前，后背则贴在墙上，脸上发狠的表情，几乎要把牙都给咬碎了。

“放我走，给我准备一辆车！”

刘江帆用力抓着苏云时，将他的脖子都勒出了淤青，匕首的森冷寒意让苏云时觉得后背发凉，但他脸色依然平静：“你跑不掉的。”

李越霆歪着头看刘江帆，露出失望的表情：“你这个条件提得太没创意了！我现在就答应你，一会儿门开了，你就能走了，车也早就准备好了，哎？你喜欢摩托车还是吉普车？”

刘江帆原本以为李越霆至少也会搞点别的什么小手段，然而他竟然就这么坦然利落地一口答应了，心里完全不相信，反问：“你真的就这么让我走？我警告你，别搞别的花样，否则我真的杀了他！”

一道石门缓缓打开，门后依稀可以看到几个人影，刘江帆看到门开了一惊：“这三道门不是两死一生吗？你骗我？！”

李越霆说：“谁骗你了？确实是两死一生啊！我们刚刚不是告诉过你了，大家以为藏有宝藏的生门，其实是死门，那另一个死门不就是生门了吗！这么简单的道理你都想不明白，哎！真为你师父感到悲哀。”

刘江帆的思路不知不觉就被他带跑了：“关我师父什么事？”

苏云时非常不屑地叹了口气：“他的意思是，以你的智商，能把你教成现在这样，你师父也真是挺不容易的。”

石门升到顶，露出一条灯火通明的小道来，门口站着不少人，领头走进来的三个身形高挑清瘦，被劲装包裹的身材匀称姣好，一看就是女人。

柳青青一眼就看到被刘江帆挟持的苏云时，担心急切地喊到：“苏哥哥！刘江帆，你放开苏哥哥！”

李越霆瞪她一眼：“女孩子说话别那么大声，太不稳重了。”

叶颜显得镇定许多，不过目光也是关切而充满忧虑的，因为她知道苏云时的身体非常不好。她只是冷冷地瞪着刘江帆："苏云时此时还是明王，你以下犯上，好大的胆子啊！"

刘江帆歇斯底里地笑："明王？明王是什么？我已经被他逐出千门，从此再非千门子弟，我今天就算走不出去，也要拉着他一起陪葬！"

他用力往苏云时的脖颈上抵了抵匕首，冰冷的利刃顿时划开皮肤，渗出一线血色。

叶颜和柳青青有所顾忌，都被迫往后退了一步，看着刘江帆拖着苏云时踉跄着走过来。

李越霆不动声色地挥了挥手，示意大家给刘江帆让路，众人当中，除了柳青青和叶颜之外，全都齐刷刷地望向白薇。

李越霆的目光也随之转向白薇，他的眉宇紧蹙，显然也非常担心苏云时的安危，他虽然相信苏云时有自保的办法，但是一想到他目前的身体状况，还是没办法完全放下心来。

白薇不动，李越霆仍然抬在空中的手骤然握紧，看向众人，喝道："让开！"

众人被他的威严震动，接二连三地让开路，让刘江帆拖着苏云时走了出去。他们谁也不敢怠慢，刘江帆走得并不快，大家跟得也很小心谨慎，李越霆越过白薇的身边，径直走到了最前面。

刘江帆挟持着苏云时，背靠着墙壁慢慢往外移动，此时，苏云时轻轻咳嗽了两声，垂在身侧的手忽然屈起来，用某种节奏轻轻扣动了几下。

李越霆顿时目光一亮，随即抬眼望去，与苏云时交换了一个眼神。

那是他们共同的讯号。

就如同那么多次合作一样，他们之间，总有与生俱来的默契。

时间回溯到在澳门那天，叶颜乘坐的车子发生爆炸，人坠海下落不明，李越霆得知后心急如焚，他识破苏云时千门明王的身份，原本非常生气的，但是就在他打算翻脸的那一刻，忽然看到苏云时的手垂在身侧，用他十分熟悉地节奏敲出了一句话："你相信我吗？"

他忽然想起那天在游轮上，苏云时也曾经问过他："你相信我吗？"

那时候他不用想就回答："当然。"

当时，苏云时听到他的答案，扬起嘴角淡淡一笑："我就当这是个承诺了。"

是的，他承诺过，不反悔。

从认识的那一刻开始，李越霆就从没有怀疑过苏云时，这种信赖是毫无理由的，连叶颜都曾经指责过，说李越霆对苏云时是盲目信任，太主观了。

然而这一次，面对着生死选择，李越霆对苏云时的信任，仍然没有改变过。

他随即用暗码回复："配合我。"

之后，李越霆就用尽全力打了苏云时一拳，然后主动向他宣战，提出要破倾天局。

苏云时立刻就领会了他的用意，他与自己划清了界限，就可以找机会与冯千秋联手，而苏云时也顺理成章地被推到了刘江帆那一边。

随后，他们在各自的位置，半真半假，将冯千秋和刘江帆引入他们早已经布置好的陷阱。

在西安，苏云时和李越霆相约在酒店楼下的花园见面，苏云时提出要李越霆陪他打一架，但是修长的手指却搭在李越霆的肩膀上，轻轻敲击着讯号，说："我需要留下。"

李越霆虽然不知道苏云时的真实打算，可是，他的想法，倒是与自己恰好不谋而合。他们不能两个人都在明处，这样很容易吃亏，一明一暗才更为有利，李越霆自己想做在明处的那个人，那样的话，苏云时就势必要做那一枚暗棋。

李越霆必须帮苏云时找到一个借口，让他表面上留在西安，实际上暗地先进山做好准备。

他们顺势就定下了这场赌局，有很多情节都是临场发挥，但配合默契一如往昔。

苏云时当时确实是从二楼摔下去的，他受伤是他们事先就商定好的情节，但现场唯一的变数是苏云时为了追求更加逼真的效果，竟然大胆到没有戴头盔，李越霆看着他跌下去简直吓得魂都快飞了，幸好楼下的保护措施做得比较足，现在想想，还是忍不住后怕。

苏云时出院之后，立刻出发赶去潼关，李乐婷把绘制好的地图发给了他，在冯千秋带人漫山遍野寻找古墓的时候，其实他已经先到了。

秦岭林木遮天蔽日，李越霆按照苏云时发来的定位找来，明明地图上他的位置显示得十分醒目，可四处都找不到人。

看着李越霆在树下跟没头苍蝇一样转了无数圈之后，苏云时终于忍无可忍地把自己随身带着的一盒牛奶扔了下去，一边喊他："喂！接住了！"

李越霆险些被砸到，好在反应快，听到苏云时的声音，下意识地伸手把从天而降的东西接住了，定神一看竟然是盒装牛奶，于是喜滋滋地拆开吸管喝起来，一边抬头往上看去。

"怪不得我怎么都找不到你，原来躲树上去了！"

李越霆正好口渴，一口气把牛奶都喝了，随手把空盒塞进背包，双手攀在粗实的树干上，噌噌噌两下就爬了上去。

这棵树的树干格外粗壮结实，枝繁叶茂的，苏云时坐在一根比较粗的树杈上，咬着吸管喝牛奶。他戴着顶帽子，帽檐压得很低，尖下巴隐藏在阴影里。

李越霆很快挪动到他身边坐下，问："你没事吧？大夫到底怎么说？我每次问格格她都不肯说，说是答应了要帮你保守秘密。"

苏云时坦然地把帽子拿下来给他看，李越霆一愣，顿时乐了："怪不得她不说，原来，是因为这个啊！"

苏云时竟然理了一个比李越霆还短的寸头，他不浅不淡地瞪了对方一眼，语气颇为抱怨："轻微脑震荡，有几个小血块，医生建议做微创，然后，他们就把我的头发给剃了。"

李越霆忍着笑安慰他："没事儿，很快就会再长长的。"

苏云时很不高兴地又把帽子给反扣在头上，把手中的平板电脑递到他面前，说："你发给我的照片，我做过放大处理了，你看。"

平板电脑上经过放大的图像，是一幅水墨山河图。

"看起来挺清楚的，你看，是不是画得挺像这一带环境的？"

李越霆把图片放大看仔细，苏云时点头："这真的是你太爷爷留下的？"

"是啊，就挂在我们李家杭州的老宅里，这还是我让老管家特意去拍来的照片呢！"

李越霆指着上面的题字问："这上面的字，都写了什么？"

上面的字都是行书，笔法娴熟流畅，温润柔美之中，却难以掩藏利落的锋芒。

苏云时慢慢把字读出来："倾天一局风云乱，真亦假时假亦真，何日再见凤凰血，盛世舞乐君始归。"

李越霆觉得自己一个字没听懂："什么意思？"

苏云时沉沉叹了口气："啊，我明白了。"

李越霆更好奇了："到底是什么意思啊？"

苏云时又说："倾天一局风云乱，真亦假时假亦真。假的，也是真的，真真假假，半假半真……所以，双束碑是假的，但位置却是真的。墓穴是假的，但石室却是真的。宝藏是假的，机关却是真的。"

李越霆混乱地忍不住摸头："什么真真假假，真的假的，我都风中凌乱了。"

苏云时拍了他的肩膀一把："得了，你自己慢慢琢磨吧！我已经知道要从哪儿进去了。"

李越霆眼前一亮："你找到入口了？"

苏云时摇摇头："不，我找的是出口。"

李越霆诧异地张大了嘴巴，但是很快就明白过来："对哦！假如没有宝藏，只是倾天局的话，展鸣的目的，一定是要把对财宝企图不良的那些人骗进去，然后关起来，弄死他们。所以，最好的办法是封死出入口，然后留一条能让自己悄悄脱身的密道就行了。"

苏云时叹了口气，一脸恨铁不成钢的表情："怎么这个事儿让你这么一说，听起来这么low呢？还'关起来，弄死他们'，你能说得不那么简单粗暴吗？"

李越霆反问："这不就是个简单粗暴的事情嘛？不弄死他们，难道陪他们郊游散心加寻宝玩吗？”

苏云时想了想，忽然觉得李越霆说得好有道理。

通常来说，密道出口，如果要想隐蔽不为人知，要么藏在陡峭的石壁之中，要么就是借着水路出入，但是从这里的地势来看，恐怕只能是前者。

苏云时用画跟地图对照，推算了出入口的大致方位，然后划定了一片区域，在那里圈出所有陡峭的山壁，果然从中找到一个隐蔽的，被野草和树丛遮挡起来的山洞。

洞口很小，然而越往里走，路越开阔，这条路确实是当时的逃生通道，苏云时在门口的石壁上找到一个凸起的机关，竟然就是开门用的。

他们从反方向进入地下石室，正好进到那个两死一生的生死门的地方，那道大石门从里面是打不开的，他们猜测，要开启石门，必须从外面启动机关。所以苏云时可以暂时藏在里面静观其变，而李越霆则回到地面，等着冯千秋找到入口之后，从外面启动机关把门打开。

等冯千秋、刘江帆等人都进来了，他又找机会放下机关，把人关进来制服。苏云时正好借机结束倾天局，然后等叶颜和白薇搜集证据带齐人手，直接过来把人都抓起来就可以了。

只是计划总是没有变化快，李越霆没想到苏云时会突然病发，更没想到因为他一时大意，导致苏云时被刘江帆挟持。

不过此时此刻，他只是担心苏云时的安危，并不担心刘江帆会跑掉。

因为这条路刚刚他曾经走过一次，最外面的洞口非常狭窄，一次最多只能容许一个成年人单独出入，假如刘江帆想要一直这么挟持着苏云时的话，到了洞口，他根本就走不出去。

想必苏云时也清楚这一点，所以才给了他一个暗号。

他说："配合我。"

看来苏云时心里已经有了脱身的办法，李越霆不动声色地回给他一个"好"字，然后抬手示意所有人都先往后靠。

越往外走，道路就越狭窄，以至于刘江帆都不得不低头才能继续往外走，前方传来耀眼的光亮，山风扑面而来，是自由而新鲜的空气的味道。

刘江帆也意识到了这一点，脚步一顿，似乎在想办法。

苏云时眯着眼睛打量了一下周围的环境，他的身高，在这里抬头都开始有点困难了。他清了清嗓子，似乎是有气无力地问："怎么？终于想明白了？"

刘江帆愣了愣，完全没反应过来："明白什么？"

苏云时有些嘲讽地说："我之前不是说过嘛，你带着我，是跑不掉的。"

刘江帆皱眉头，侧头看了一下已经近在咫尺的洞口，在心里判断了一下大小："你早就知道会这样？"

苏云时无奈地笑道："我是从这条路进来的，我当然知道。"

刘江帆感觉自己的手快要没力气了，血脉不通，开始一阵一阵地发麻，他用力握紧了匕首："你信不信我现在就杀了你？！"

苏云时完全不相信他有那个胆色："你现在杀了我，就更出不去了。"

刘江帆说："我可以杀了你，然后用你堵住洞口。"

李越霆笑眯眯地插嘴："冯千秋还知道进来之后在外面留几个人看着呢！所以你的智商还不如冯千秋是吧？"

刘江帆现在忽然觉得自己有点骑虎难下了，撇下苏云时也不是，不撇下苏云时也不是。

苏云时又说："我教你一个办法。"

他说着抬手往口袋里伸去，刘江帆吓了一跳，赶紧用力抓住他，喝道："别动！"

苏云时停了停，说："那你自己拿吧！就在我外套的口袋里。我想你应该很想要那样东西，我用这样东西，跟你做个交易，交换我的命，行吗？"

刘江帆一愣，李越霆趁机配合着也说："我答应你，我向你保证，只要你放开他，我一定让你安然无恙地离开这个山洞。"

刘江帆有些犹豫，问："你人都在我手里，你还有什么能拿来交换的？"

苏云时说："明王令。"

刘江帆先是诧异，随即反应过来，大怒："你们又骗我！刚刚柳青青明明说明王令在她的手中的，我不相信你，你一定在骗我！"

苏云时淡淡道："真正的明王令，随着温度的不同，会不断变色。你把东西拿出来，用手握一下，就知道它的真假了。"

对于刘江帆来说，明王令的吸引力还是很大的，毕竟他现在已经一无所有，假如能把明王令拿到手的话，倒也还有希望再扳回一局。

刘江帆有点动摇，匕首还是抵在苏云时的脖颈上不动，但是原本勒着他的那只手已经开始缓缓放松，想要往苏云时的外套口袋里伸去。

苏云时原本眯着的眼睛忽然睁开，挑眉朝着李越霆看去。

李越霆一直在凝神等候苏云时的讯号，与他眼神交错，顿时心领神会。

刘江帆的手已经伸进苏云时的衣兜，把东西掏出来一看，掌心冰凉，竟然只是个普通的青色玉牌，他随即反应过来："你骗我！"

话音未落，苏云时的手抬起，猛地抓住刘江帆拿着匕首那只手的手腕，奋力往外拉！

刘江帆随手把玉牌扔在地上，扑上去双手抓住苏云时的手，和他推搡着抢起匕首来！

苏云时体力不支，所以一直不动，只为了积攒力气，保证一击即中。

他双手使劲按着刘江帆的手，用尽全力一下下往坚硬的石壁上撞去！

终于在撞到第三下的时候，刘江帆的手无力地松开了，匕首摔在地上，砸在已经碎成两块的玉牌上。

苏云时这时候已经没劲了，脚一软就往后倒，刘江帆不甘示弱地扑上去想要掐住他的脖子，反过来把他按在石壁上，但是刚往前一动，忽然觉得胸口顿时一痛！

他难以置信地低头看去，一柄尖锐的短箭插在他的胸口，箭头没入，但伤口并没有流太多血。

李越霆单手将弓弩收在身后，抬手在背后托了苏云时一把，苏云时单手撑在石壁上，艰难地长舒了一口气。

刘江帆神色恐惧，但李越霆看着他淡淡笑着说："你放心，我不杀人。箭上没毒的，只是涂了点麻药，会让你好好睡一觉而已。"

刘江帆这时候精神涣散，他现在连逃生的机会都被无情扼杀了，唯一的执念就是明王令，所以固执地瞪大眼睛看着苏云时，断断续续地问：

“你……为什么骗我……我难道就真的没有资格……拥有明王令吗？”

苏云时看了刘江帆一眼，语气中带着几分悲悯：“我没有骗你。”

他缓了一会儿，抬手往地上一指：“那枚明王令，是真的。”

刘江帆看着已经碎裂成一堆的玉块，神色越发绝望：“不！你骗我！那只是很劣质的玉，怎么可能是明王令？”

苏云时垂下眼，慢慢走过去，弯腰拾起自己的匕首，在掌心转了半圈收进衣袖。

“明王令，不过是一块令牌而已。首任明王设立以倾天局争夺明王之位的传统，其实原本的用意是鼓励千门子弟，有能者居之，不论出身，也不分高低贵贱，就算只是一块劣质的玉，也可以胜任一门之主。”

他望着碎掉的明王令，语气悲怆：“然而，他并没有想到，六年一度的倾天局，却就此成为了三宗追逐名利的工具。六年前，你们为了赢得倾天局，竟然枉顾国家与民族利益，利用国人拳拳爱国之心，煽动兽首的主人竞卖高价，险些让兽首成为了牟取暴利的工具。六年后，你们竟然变本加厉，害死这么多条人命。所以，这明王令，还有这倾天局，早已经失去了它原本的初衷。”

刘江帆的视线越发模糊，意识也渐渐迷离，依稀间，他好像听到苏云时沉重而落寞的叹息，但是，这一切对他来说都不重要了，因为这个局，这场比拼，属于他的戏份，已经结束了。

他输了。

李越霆反手安慰似的拍了拍苏云时的肩膀：“时代已经变了，有些不该存在的东西，就让它这么结束了吧！”

苏云时点点头，往外走去，柳青青见他脸色不好，担忧地追上去。

白薇招呼人上前来把已经昏了过去的刘江帆架出去。

叶颜看到李越霆弯下腰去捡明王令的碎片，于是跟过去帮忙，但却一眼看到某块玉片上有血迹，她顿时心中一紧，仿佛被什么东西紧紧攥住了：“你受伤了？”

捧着李越霆的手开始检查，果然看到他手套上已经干涸又被鲜血湿润的斑驳血迹。

叶颜眼睛发红，鼻子皱着追问："怎么伤成这样啊？"

苏云时突然回过头，朝着李越霆喊道："我车上有药箱，你们跟我来，先处理一下伤口。"

柳青青追着他检查他的脖子："苏哥哥你慢点，你的脖子也有伤，小心一点，先用纸巾按一下吧！"

一行人依次走出洞口，眼前豁然开朗。

最沉重绝望的黑夜已经过去，黎明时分，天边一线光芒即将破晓绽放。

天空清澈，山风习习，伴着草木清香，世界仿佛又重新变得安稳平静。

苏云时的车就停在附近，他一如既往地保持着准备齐全药品的好习惯，柳青青急切地翻出酒精棉给他的伤口消毒，叶颜已经从药箱里拣出了两只破伤风针。

打针，然后清洗伤口，李越霆咬着唇装出若无其事的样子，但还是脱手套的时候忍不住疼得龇牙咧嘴。

苏云时的伤不严重，只是被匕首划破了皮，加上柳青青手快，所以很快处理完毕，贴着两个创可贴晃过来帮叶颜的忙。

因为血迹已经完全干透了，把伤口和手套粘在了一起，脱掉手套基本上是重新撕裂伤口的过程，叶颜看到李越霆满头都是冷汗，自己都忍不住快哭了，但手愣是一点儿也不抖，稳稳地把手套剪开然后一点点撕下去。

白薇安排完休整的琐事，来给他们送水，看到叶颜给李越霆清洗伤口的模样，忍不住轻轻推了推苏云时，小声称赞道："果然是老李看上的姑娘啊，临危不乱，都见了血了，手竟然半点都没抖。"

叶颜开始往李越霆的手上倒酒精，结果还没倒上人就要跑，她顿时大喝一声："别动！"

李越霆只能咬着牙保持不动，憋着嘴十分委屈的样子。

苏云时从白薇手中接过水，丢给柳青青一瓶，柳青青先扭开一瓶，然后拿过去给苏云时，跟他的换了一下，笑得很开心："叶颜姐姐可是狮子座，我觉得大叔以后吃苦头的日子还长着呢！"

苏云时看了看他们俩无比和谐的画面，笑着给了句评语："周瑜打黄盖，一个愿打，一个愿挨。”

叶颜用棉花帮李越霆擦拭伤口，擦掉周围的血迹，头越来越低，忍不住一滴眼泪就掉在李越霆的手上。

李越霆看她强忍着眼泪的模样，觉得心比伤口都痛，于是声音温柔地哄她：“别哭，你别哭嘛！你一哭，我就觉得自己的伤口更疼了，怎么办？”

“噗！”

柳青青一口水喷出去老远：“这是什么恶心的台词啊！”

白薇虽然没像柳青青这么夸张，但也成功把自己呛到了，弯下腰连连咳嗽。

苏云时坦然自若地喝着水，就看到叶颜忍无可忍地敲了一下李越霆的头，咆哮到：“你好好说话能死吗？”

李越霆满脸赔笑地打着哈哈：“我错了，我错了，我再也不敢了。”

叶颜怀着一颗又担忧又嫌弃的心，把李越霆的手包成了一个粽子，顺道打上一个大大的蝴蝶结。

于是赶来跟他们会合的金冉和李乐婷在看到李越霆的手时，差点没当场笑岔气了。

李越霆无视各种朝他投射过来的诡异的笑，吊着一只手，用左手朝着苏云时和柳青青勾勾手，说：“你们俩过来一下呗，我有点事，想跟你们单独谈谈。”

柳青青看向苏云时，苏云时双手抄在口袋里，坦然地朝着李越霆走了过去。

他们走得其实不太远，李越霆把他们领到山间小溪旁边，苏云时这才发现，白薇也在。

李越霆开始用一只手艰难地掏兜，最后捧出一堆碎片，抬头认真地看着苏云时，朝对方露出诚恳地、足以融化冰雪的笑容。

“虽然明王令碎了，但是，这一局倾天局，应该是我赢了吧？”

苏云时点点头：“实至名归。”

李越霆笑到：“那么，我要以明王的身份，发布第一条，也是最后一条命令。”

他看向苏云时，目光笃定，他从对方的眼中，看到与他如出一辙的坦荡、从容和坚定，他朗声说道：“从此刻起，废除千门六年一度倾天局的传统，明王的人选，将从三宗当中选择最优秀的弟子担任，并由各宗选出一人担任副手协助管理，如果明王有失职的地方，可以召开千门大会，公选表决。”

苏云时看着他，脸上露出淡淡笑容。

李越霆现在说的，正是他一直以来想做的，只不过，他没有那种破釜沉舟，勇往直前的勇气。比起李越霆，他还是不够果断，不够大胆。

李越霆目光恰好落在了柳青青的身上，朝她勾勾手：“小美人，组织要交给你一个严峻的任务。”

柳青青说：“我才不要呢！我跟你又不是一个组织。”

苏云时清朗地声音响起：“青青，听话。”

柳青青委屈地闭上嘴，李越霆说：“我知道你不想管千门的事情，但千门现在需要整顿，我会让白薇帮你，在选出新一任明王之前，由你暂时代理明王的职务。”

柳青青目光闪烁，看向苏云时，又看看李越霆。

苏云时想要说话，李越霆立刻开口打断他：“你不能回去！你必须跟白薇走，你是这件案子最重要的证人和当事人。我说过，你既然错了，就要为自己犯的错付出代价，你总不能让我这只手白伤了吧？”

苏云时低下头不说话，柳青青用力咬了咬牙，点头回答：“好！我答应你！”

她转而看向苏云时，灿烂一笑：“苏哥哥，你走吧，我知道你一直想要放下明王的身份，离开千门。现在你的愿望，我帮你实现。你放心吧，我可以的。”

李越霆大步上前，把手中的碎片都放进柳青青的掌心，义正词严地说：“这次的艰巨任务，就都交给你了！”

柳青青看着那已经无法再修复的明王令，又看了苏云时一眼，缓缓转过身，手掌倾覆，把所有的碎片，都倒进了潺潺流过的山涧溪水当中。

一切，都该结束了。

遥远的天边，朝阳初升，阳光重新覆盖山川与大地，带着温暖和煦的暖意。

李越霆和叶颜并肩站着，李乐婷吊在金冉的胳膊上，苏云时依次与他们拥抱，最后走到李越霆的面前。

他们拥抱彼此，相视而笑。

苏云时没有说话，放开李越霆之后，缓缓转身，走向白薇的车。

车门已经敞开，柳青青站在门边等他。

阳光落满他们的衣襟，每个人的脸上，都看不到分别的悲伤。

因为他们相信，不久的某天，他们还会再见面。

白薇坐在副驾驶座上，身子探出车窗，朝着他们挥手，随即喊道："出发！"

车队缓缓开动，迎着朝阳初升的方向驶去。

新的一天，又要开始了。

六个月后。

故宫刚刚迎来第一场雪，银装素裹，分外庄重肃穆。

午门外，李越霆坐在国旗护卫班对面的台阶上，单手夹着一根没有点燃的细烟。

他似乎是在等人，漫无目的地四处张望，手里的香烟在指尖转了一圈又一圈。

叶颜拿着两张故宫的门票朝他走来，一边招手："走吧，票买好了！"

她说话的时候嘴边呼出浅浅的白气，只穿了一件大衣，脸冻得有点发红。

李越霆腾地从台阶上跳下来，抬手解下自己的毛绒围巾，一圈圈缠在叶颜的脖子上："天这么冷，你的围巾呢？"

叶颜幸福地笑着任凭他帮自己整理围巾："落在车上了，懒得回去取。"

李越霆轻轻拍了一下她的前额："懒得你！冻感冒了我可不管你！"

虽然嘴上这么说，但还是牵起她的手，顺进自己的大衣兜里。

两个人踏着薄薄的雪一路走向故宫的入口，叶颜温柔细语地问："你确定，他真的在这儿吗？"

李越霆轻松愉悦的笑声传得很远："真是的，我你都不信吗？"

在他们身后不远的停车场里，一辆银灰色的宝马缓缓驶入，后视镜上挂着一个银色的狐狸尾巴，随着车子拐弯，在空中轻巧地摆动着。

中性打扮的年轻女人坐在后座上，关上手中的平板电脑，慢慢抬起头来，说："我真没想到，他竟然会在这里。一定要查出他的新身份，因为只有他，才能帮我们引出千面狐狸。"

前排开车的中年男人应了句："是。"

她望着那条银色的狐狸尾巴，嘴角扬起，露出胸有成竹的笑意："看来，我们的'猎狐计划'，终于可以开始了。"

这将是他与她之间的较量。

生死较量。

而你，准备好了吗？